Los hechizados

Seix Barral Biblioteca Formentor

Witold Gombrowicz
Los hechizados

À Bienvenidoz Cubanos!

Allan Kulaski

Philadelphia
July 29, 2017

Diseño original de la colección:
Josep Bagà Associats

Título original:
Opętani

Primera edición
en col. Biblioteca Formentor: enero 2004

© Rita Gombrowicz

Derechos exclusivos de edición
en español reservados
para todo el mundo:
© 2004: Editorial Seix Barral, S. A.
Avda. Diagonal, 662-664 - 08034 Barcelona

Traducción de la versión francesa: José Bianco,
revisión de Víctor León, 1986; revisión de Agata Orzeszek Sujak, 2004
Traducción «Fin» (texto inédito) y Nota del editor:
Agata Orzeszek Sujak, 2004

ISBN: 84-322-2768-4
Depósito legal: M. 44.895 - 2003
Impreso en España

PRÓLOGO

Cuando Gombrowicz escribió Los hechizados, *había publicado ya un libro de relatos reunidos bajo el título de* Memorias de los tiempos de la inmadurez, *una pieza teatral*, Yvonne, princesa de Borgoña, *y una obra maestra del género novelesco*, Ferdydurke, *que lo situó en el primer plano de la joven literatura polaca. Bajo el seudónimo de Z. Niewieski*, Los hechizados *aparece en folletín, simultáneamente en el* Correo Rojo, *diario de la tarde de Varsovia, y en el* Expreso de la Mañana *de Kielce-Radom, entre el 6 de junio y el 30 de agosto de 1939. El ataque alemán a Polonia interrumpió la publicación. Para ser más exactos, diríamos que faltan, en la culminación de la obra, uno o dos capítulos que determinarían la suerte de los personajes secundarios y darían una respuesta completa a los enigmas planteados en el curso de la intriga. Gombrowicz no pudo escribirlos: invitado a la inauguración de una línea marítima con Sudamérica, partió para Buenos Aires el 1 de agosto. Lo que proyecta como una breve temporada se transforma en un exilio de veinticuatro años en Argentina. Lo impulsan otros imperativos como sobrevivir, abrirse camino, imponerse, en fin, en Argentina al*

principio, y sobre todo en París, donde aparece, sucesiva-
mente en polaco y en francés, lo esencial de su obra: Trans-
atlántico *y* El casamiento *(1950), el* Diario *(1957-1966),*
La pornografía *(1960),* Cosmos *(1965). En cuanto a* Los
hechizados, *aparentemente amortajados en su efímera*
publicación de antes de la guerra, deberán aguardar la
noticia autobiográfica a la cabeza de los Cahiers de
l'Herne *para ser reconocidos por su autor y ser publicados,*
en 1973 y en su lengua original, en las ediciones Kultura
de París. La novela permanece inédita en Polonia. Tales
son los pocos datos que nos procura la historia literaria so-
bre una obra que no merece por cierto indiferencia ni con-
descendencia. Ahora, cuando reaparece ante nosotros uno
de los autores más importantes del siglo xx *en la totali-*
dad de su creación —por fin restituida—, es fundamental
afirmar la dignidad de una obra a través de la cual se re-
vela su personalidad profunda.

Novela gótica, Los hechizados *hunde sus raíces en los*
conflictos que son centrales en la narrativa gombrowiczia-
na: oposición entre individuo e historia, forma y persona-
lidad. Sobre la naturaleza del bien y del mal, sobre la an-
fibología humana, los perversos secretos del erotismo, la
fatalidad y el crimen, Gombrowicz pasea las extrañas ilu-
minaciones de sus crepúsculos sin fin, de sus claros de
luna, de sus llamas vacilantes y de sus fluidos espiritistas.
Pero antes que el ejercicio de estilo, antes que la renova-
ción del género, antes que la originalidad de la reflexión
moral, conviene definir el arraigo autobiográfico, median-
te el cual el modesto proyecto de folletín se integra desde el
comienzo en la historia de Polonia y también en los mitos
y demonios del antiguo linaje lituano de los Szymkowicz-
Gombrowicz.

La infancia del futuro escritor transcurre en la pro-

piedad de su abuela materna, la casa solariega de Bodze-chów. Su hermano Jerzy dice: «Estaba llena de leyendas y fantasmagorías. En el parque aparecía una dama blanca, alternando con un señor vestido de negro. Se veían luce-citas de origen misterioso y se oían ruidos también difíciles de justificar. El personal de servicio (sobre todo las muje-res), propalaba sus presuntas visiones sin el menor sentido crítico y transmitía todo lo que oía a los niños, lo cual, desde luego, influía sobre su imaginación y sus nervios.» Del lado materno —siempre según el mismo testimonio—, eran frecuentes las enfermedades mentales, quizá ligadas a constantes uniones consanguíneas. Un tío, súbitamente afectado de demencia, vivía confinado en Bodzechów. Sus vagabundeos nocturnos por la casa o el jardín, las pala-bras deshilvanadas que se dirigía a sí mismo, aterroriza-ban a sus parientes jóvenes. Pero al mismo tiempo, Witold sentía vivo interés por el pasado de su raza, examinaba la masa de documentos cuidadosamente acumulados por su abuelo Onufry y escribía una historia de su familia que es el primer ensayo literario nacido de su pluma. En Los he-chizados encontramos el linaje materno de los Kotkowski, misántropos y locos, bajo la máscara transparente de los príncipes Holszański. Los lamentables vagabundeos de su último superviviente apenas trasponen las rondas noctur-nas de Bolesław Kotkowski. La ficción novelesca se ali-menta de las tradiciones íntimas, privadas, de la familia verdadera. Al mismo tiempo, la locura, la decadencia, el renunciamiento de la nobleza a su papel histórico, ese gran abandono en que se complacía, definen la representa-ción mítica que Gombrowicz se forja de Polonia: tierra hamletiana de la autodestrucción, donde el humillado triunfa sobre quien lo humilla humillándose aún más ante él. Una escena resume claramente esas complejas re-

laciones: es el momento en que el viejo príncipe se felicita al principio por la iniciativa del profesor Skoliński, quien ha propuesto colgar de nuevo en las paredes del comedor los retratos de sus antepasados. Muy pronto, sin embargo, huye del cuarto para no seguir ofreciéndoles el espectáculo de su decadencia. A la investigación racional del sabio no opone más resistencia que su aparente indiferencia. Pero se derrumba frente a la mirada que posa sobre él la historia, a través de un irrisorio retrato de familia y, otro rasgo gombrowicziano, la tragedia cae en lo grotesco. El dato biográfico alimenta y refuerza el análisis sociológico. Ya se trate de las clases decadentes de la alta y mediana nobleza confinadas en Mysłocz y Połyka, del círculo ambiguo de las mujeres galantes, de los medios populares de la capital, o de los excéntricos, como el millonario Maliniak, el novelista combina su experiencia rural y ciudadana, saca resueltamente partido de su convivencia con todas las categorías sociales.

Así se precisa la toma de posición personal en el tema: detrás de la familia y de sus tradiciones, detrás de Polonia y sus realidades históricas y sociales, Gombrowicz se perfila con sus mitos, su moral, su escritura. Esta novela desarrolla ante todo un tema que corre a través de la obra entera, de Ferdydurke a Cosmos: el de la personalidad, el yo que se busca y se afirma afrontando una serie de sistemas. Frente al universo cerrado del castillo de Mysłocz, la casa solariega de Połyka, el círculo de la presidenta o el club de tenis, Maja y Walczak/Leszczuk conjugan y oponen ante todo sus esfuerzos para comprenderse mejor a sí mismos. La cuestión punzante que los acosa en su naturaleza profunda, más allá del personaje social que ambos representan, sólo recibe un principio de respuesta a partir del momento en que ambos aceptan la influencia del mal, es de-

cir, el principio de identidad. Maja ha podido matar, como Walczak, porque ambos no son más que una parcela semejante de la misma fuerza maléfica. Sus crisis y sus desencadenamientos ritman la exploración del sombrío reino, el descenso a los infiernos que se confunde con la exploración del castillo. La afirmación del yo no retrocede ante la autodestrucción; y mucho antes que La pornografía, Los hechizados ofrece una espectacular demostración. Franio, hijo natural del príncipe, para reprocharle que no lo haya reconocido se identifica completamente con el mal que desea causarle y se consume en la violencia. Holszański y el viejo Grzegorz lo encierran en vano. Su pernicioso poder subsiste, intacto, en una servilleta presa de una perpetua agitación. Profundamente erótica, la posesión desarrolla aquí los símbolos orales (labios, mordiscos) y, como en Ferdydurke, *sugiere una experiencia homosexual (identificación parcial). El mal habita a partir de entonces la belleza de la juventud, realizando así el ideal de nuestro tiempo, tal como lo define Gombrowicz en su* Última entrevista con Dominique de Roux: «*Negamos la belleza clásica; la belleza perfecta, y buscamos la belleza inferior, la belleza imperfecta.*» La inspiración de* Los hechizados *se une a la de Georges Bataille. Frente a Cholawicki, a Franio, a Maja, a Leszczuk, todos poseídos, esclavos de las tinieblas dóciles o entusiastas, ¿qué peso tienen las declaraciones del vidente Hińcz? A la certidumbre general de la impotencia del mal, Hińcz opone la convicción inversa. Su tardía entrada en escena y su argumentación enteramente teórica ya no le permiten, sin embargo, conquistar la adhesión.*

Tal es la renovación que Gombrowicz aporta a la novela negra: logra el prodigio de reinstalarla en el corazón de nuestro tiempo y su tiempo, haciéndole llevar el peso de lo vivido personalmente, de sus mitos y de sus obsesiones. Queda por destacar la alegría de este texto, que el lector sentirá sin duda, aun a través del velo de la traducción. El verdadero héroe, que eclipsa a todos los demás, es ciertamente el castillo de Mysłocz en torno al cual ocurren auténticas ceremonias de encantamiento. Masa de inmovilidad y de silencio, emerge de la noche y de los pantanos, surge de la niebla y del bosque para inspirar armonías elegíacas o desencadenar orquestaciones brillantes. El espacio se organiza con una facilidad que no desfallece: dédalos y subterráneos para el feudal Mysłocz, confortable comedor para la aburguesada Połyka, batahola y promiscuidad para las fiestas de moda en Varsovia. El tiempo se acelera, se estira y hasta disminuye cuando se trata de presentar la doble versión de un homicidio.

El encadenamiento vertiginoso de las acciones, la vigorosa tipología de los personajes, los cambios veloces de tonalidad y de ritmo, sugieren reiteradamente la idea de parodia. Los hechizados no se contenta con ser un ejemplar destacado y hermoso en el museo de la novela negra; tampoco se limita a representar todos los registros de la ironía, el lirismo y lo frenético, hasta lo grotesco. Sus personajes se esfuman ante una antigua ruina. Su intriga avanza impulsada por sí misma. En todo instante el lector adivina que desde lejos el autor lo maneja con hilos muy sutiles y lo hace andar para descubrirle una irresistible mueca, o para convencerlo de que, en el fondo de toda esa fantasmagoría, se enmascara una inquietud genuina.

PAUL KALININE

LOS HECHIZADOS

Me gusta transportar en featones
el contrabando más actual.

G.

1

—¿No sabe usted leer, joven? ¿Ignora que está prohibido sacar el cuerpo fuera de la ventanilla? —dijo un viajero macilento, ajustándose las gafas.

El tren acababa de dejar Lublin.

—¿Cuál es la próxima estación? —preguntó el joven, dándose media vuelta.

—Creo haberle hecho una pregunta —respondió disgustado el puntilloso personaje con ojos de carpa, el pelo lacio y el abdomen atravesado por una cadena de oro—. ¿No cree usted que ante todo debería contestarme y decirme si no sabe que está prohibido sacar el cuerpo fuera de la ventanilla de un tren en marcha?

—Oh, discúlpeme —dijo distraídamente el joven.

Esa despreocupación, esa desenvoltura, molestaron vivamente al hombre de los ojos de carpa. El consejero Szymczyk, a quien nada le gustaba tanto como sermonear y llamar al orden, no toleraba que tomaran sus observaciones a la ligera. Miró de arriba abajo a su víctima con severidad.

Era un muchacho de unos veinte años, rubio y bien plantado. A pesar de la frescura del atardecer al fin de verano, llevaba una leve camisa azul pálido, un pantalón gris y tenía los pies sin calcetines en el calzado de tenis.

«¿Quién podrá ser? —pensaba el consejero—. A juzgar por las raquetas quizá sea el hijo de algún terrateniente de los alrededores. Pero esas manos toscas, con las uñas no muy limpias... Y ese pelo poco cuidado, esa voz más bien vulgar... ¿Un proletario? No, no tendría esos ojos, ni esas orejas. Sin embargo, ¡la boca y el mentón son bastante ordinarios! ¡Hay algo sospechoso en esa combinación!»

Los demás viajeros debían de pensar lo mismo. También ellos observaban furtivamente al muchacho, que permanecía apoyado en la pared. Por fin triunfó la curiosidad del consejero Szymczyk. Renunció por el momento a exigir toda la atención que merecían sus observaciones, hechas por una persona autorizada, para proceder a la identificación del desconocido. De ese modo se encontraba en su elemento, pues aunque estaba de vacaciones, en el fondo de su alma subsistía el funcionario habituado a rellenar sus formularios.

—¿En qué trabaja usted?

—Soy profesor de tenis.

—¿Edad?

—Veinte.

—¿Veinte? ¿Veinte qué? ¿Veinte años? ¡Hable claro! —Szymczyk se impacientó.

—Veinte años.

—¿Y adónde va? —preguntó el consejero, receloso. Cada vez le gustaba menos el joven. Desconfiaba de los que responden con prontitud y docilidad. Una larga experiencia burocrática le había enseñado que esos individuos no tenían la conciencia tranquila o que muy pronto dejarían de tenerla.

—No voy muy lejos, a una finca de los alrededores donde me han contratado como entrenador —respondió el muchacho.

—Pero entonces —exclamó el consejero— usted va sin duda a Połyka, a casa de los Ochołowski. Sí, por supuesto. Lo pensé en seguida; la señorita Ochołowska es, según dicen, una de nuestras mejores tenistas. ¿Y piensa parar mucho tiempo allí?

—No. Es decir..., no lo sé. Eso dependerá. Debo ocuparme de lo esencial, poner la pista en buen estado y entrenar a esa señorita, que no parece tener compañero de juego.

—También yo voy a casa de los Ochołowski —aclaró el consejero.

Y tendiendo la mano se presentó: —Szymczyk.

—Walczak —contestó el entrenador, inclinándose.

En ese preciso instante, se acercó un viejecito todavía lozano, que seguía atentamente la conversación desde el principio.

—¿He oído bien? ¿Los señores van a Połyka? ¡Qué feliz coincidencia! También yo. —Y dirigiéndose al consejero, agregó—: Permítame presentarme: Skoliński, Czesław Skoliński, profesor, o, con más exactitud, historiador de arte. Supongo que usted irá a Połyka como pensionista. No podría encontrar nada mejor. La casa solariega de Połyka es, en verdad, un pequeño paraíso. Confieso que a veces me alegra que la decadencia de nuestra nobleza la obligue a transformar sus casas en pensiones. Nada mejor que la tranquilidad del campo. Ya he pasado quince días allí y regreso después de una escapada a Varsovia. ¡Qué comarca tan encantadora! A propósito —exclamó, volviéndose hacia el joven—, su futura compañera viaja en este mismo tren.

Permítame que me presente: Skoliński, profesor, o, con más exactitud, historiador. Le habría presentado a la señorita Ochołowska, pero temo ser indiscreto porque viaja con su novio... o mejor dicho, su novio acompaña al príncipe Holszański... Ya sabe, ese príncipe de Mysłocz, cerca de Połyka. Lo cierto es que el señor Cholawicki, el novio de Maja Ochołowska, viaja en el compartimiento del príncipe, mientras que ella, pobrecita, está en el compartimiento vecino. El príncipe está un poco (se señaló la sien)... usted ya sabe lo que quiero decir, y su secretario no puede dejarlo ni a sol ni a sombra. Sea como fuere, es mejor no molestar a la joven pareja.

El tren atravesaba con monótono balanceo una campiña triste, verde y chata, iluminada por los últimos rayos del sol. A lo lejos ondulaban bosques cada vez con más frecuencia, y pinos jóvenes surgían tras las ventanas. Los dos hombres habían iniciado una discusión, mientras Walczak, entrenador del club «El equipo», en Lublin, miraba desfilar el paisaje, silbando suavemente.

Se aburría, cosa que por otra parte le sucedía a menudo, y a veces mortalmente. Por eso decidió dar una vuelta por el pasillo.

Pasó al vagón de primera, que estaba casi vacío. Pero un compartimiento le llamó la atención.

«Ha de ser el del príncipe», se dijo. Se detuvo delante del espejo como para peinarse, y echó una mirada al interior.

¡Curioso espectáculo! Viejas maletas atestaban las redecillas. Un bolso de mano bostezaba sobre una manta de viaje de paño burdo. Un bastón con incrustaciones de marfil se rozaba con un paraguas ruinoso y a su alrededor se amontonaban una multitud de paquetes, sacos de vituallas y cofrecillos que ofrecían un espectáculo del tiempo de las diligencias.

En medio de ese heteróclito muestrario dormitaba, la cabeza apoyada en un almohadón bordado, un viejecito menudo y enclenque, con la ropa raída y un enorme remiendo en la rodilla derecha. Pero el rostro de ese hombre que había vuelto a la infancia, por lamentable que fuera, conservaba una expresión tan imperiosa, una distinción tal, que a primera vista se advertía que el elegante compañero que tenía frente a él, de traje impecable, no podía ser sino su secretario. Este último tenía un libro abierto entre las manos, que no leía. Sumido en sus meditaciones, miraba por la ventanilla.

De pronto, el digno anciano estornudó, abrió los ojos, percibió al joven que lo observaba, y abrió todavía más los pálidos ojos azules que parecieron salírsele de las órbitas, como si estuviera viendo un espectro. Enrojeció. Movió los labios tratando de decir algunas palabras.

—¡Franio! ¡Franio! —exclamó de pronto, con una vocecita aguda, tendiendo los brazos.

Su compañero salió de su meditación y corrió precipitadamente las cortinillas de la puerta.

Walczak, sin comprender demasiado lo que había sucedido, creyó preferible alejarse. Echó una mirada al compartimiento siguiente. La escena, harto distinta, no era menos interesante. Una muchacha dormía.

«Bueno —se dijo—, sin duda es la señorita Ochołowska.»

No pudo verle el rostro, oculto por un brazo, pero su postura era de lo más extraña. El cuerpo, esbelto y delicado, elegantemente vestido, parecía haber sido arrojado en un rincón. Las piernas descansaban en la otra banqueta, con las rodillas en alto. Era difícil concebir que alguien pudiera dormir en posición más insólita y extravagante. Daban ganas de sacudir el brazo de la desconocida y de preguntarle cómo se sostenía.

—Duerme de un modo extravagante —gruñó Walczak—. Parece que poco le importa tener los pies más altos que la cabeza... ¡Una persona tan elegante!

El tren avanzaba con un fragor uniforme. Todo vibraba y se estremecía, y la joven dormida seguía el movimiento general. Marian Walczak la contemplaba con una curiosidad tan intensa que le hacía olvidar dónde se encontraba y adónde iba. A decir verdad, no era de las muchachas que prefería. Le gustaban de más edad y opulentas. Sin embargo, había en ella algo que le atraía hasta el punto de que no lograba apartar los ojos de su cuerpo. Súbitamente, comprendió. «Duerme exactamente como yo.» Y este descubrimiento lo dejó estupefacto.

En efecto, cuando se despertaba por la noche, se encontraba siempre en esa misma posición extraña. Sus compañeros, más de una vez, se habían burlado de él por eso. Que él durmiera así podía admitirse, pero que una joven tan elegante se preocupara tan poco de sí misma... «Duerme como si estuviera en el banco de una comisaría. Exactamente. Me pregunto si será la señorita Ochołowska.»

El abrigo de la viajera estaba colgado en la puerta. Del bolsillo del abrigo sobresalía un sobre blanco. Walczak vaciló, pero la curiosidad fue superior a sus escrúpulos. Cogió el sobre y, mirando a la joven dormida con el rabillo del ojo, emprendió la lectura de la carta. Sí, era ella, no cabía duda. La carta estaba dirigida a la señorita Ochołowska:

Mi queridísima Maja:

Puedes quedarte sin temor algunos días más en Varsovia, si lo deseas. Yo me las arreglo muy bien, y casi no tenemos pensionistas, por desgracia. Es atroz verse reducido a albergar a extraños en nuestra vieja casa. ¡Si al menos pudiéramos ganar algo! Pero dejemos eso. Hablemos de tu noviazgo con Henryk.

Querida mía, sabes cómo deseo tu felicidad. Dejo la decisión enteramente de tu cuenta —¿consentirías, por lo demás, en escucharme?—, pero tus reticencias, tu reserva a mi respecto, me afectan profundamente. Ha de parecerte ridículo que te escriba cuando nos volveremos a encontrar dentro de algunos días, pero confieso que no sé hablarte. ¿No es desolador que una madre no pueda hablar a solas con su hija acerca de las cuestiones más importantes y más íntimas? ¡Y sin embargo, nuestras relaciones han tomado un sesgo tal que me sería más fácil abordar ciertos temas con un extraño que contigo!

Querida, perdóname mi franqueza. Sé que me quieres, y tú bien sabes que daría mi vida por ti. Pero no hablamos el mismo idioma. Aprovecho, pues, la distancia que nos separa para tratar de expresarte mis temores. Lee esta carta y, si quieres, no hablemos de ello.

En los últimos tiempos, estas aprensiones envenenan todos mis instantes de libertad.

Tu belleza, tu juventud, me dan miedo, te quisiera menos segura de ti misma... ¿Cómo decirte? Adivino tus ambiciones, tu determinación, y esa insaciable sed de felicidad. Te siento tan ávida de las alegrías de este mundo, tan cansada de la vida gris de nuestro campo, que estarías dispuesta a todo con tal de conocer el lujo y el brillo de las grandes ciudades.

¿Piensas que Henryk puede asegurarte lo que deseas? ¿Estás realmente apegada a él, o él no es para ti sino el medio de escapar de la existencia que te espera aquí? Acaso hayas encarado hasta la posibilidad de dejarlo al cabo de algunos años...

Aun admitiendo que sientas por él alguna inclinación, ¿no es esa misma sed de goces, común a vuestras dos naturalezas, lo que os ha reunido?

A veces tengo la impresión de que él siente tan poco respeto por ti como tú por él, que todo es frío cálculo, asociación de animales salvajes. ¡Dios mío, qué estoy diciendo!

Tanto peor, lo dicho, dicho está. Si me equivoco, si sólo he tenido falta de comprensión hacia vuestra juventud, perdónaselo a una vieja educada en otros tiempos.

Puedes imaginar hasta qué punto tales suposiciones son capaces de torturar el corazón de una madre. El mundo se me hace cada día más insoportable, más incomprensible. No sientes ningún amor propio, ningún respeto, ni hacia ti, ni hacia los demás; a mi juicio, nada hay peor que eso.

Puedes disponer libremente del dinero que te han dado en Varsovia; acabo de recibir mil trescientos zlotys, que no esperaba, como saldo de mis cuentas con Lipkowski. ¡He perdido de tal modo la costumbre de las grandes sumas, que no estoy tranquila con todo ese dinero en casa! He creído prudente guardarlo en el cajón de la izquierda de tu armario. No te preocupes por los gastos, compra todo lo que necesites para vestirte, encontraremos siempre cómo arreglárnoslas, tendremos que encontrar cómo. Es imperdonable fomentar así tu afición al lujo, pero me pareces tan bonita... Tengo debilidad por ti. Espero que hayas podido practicar y mejorar tu juego durante los días que has pasado en Varsovia. Maja, querida, no te enfades conmigo, piensa en lo que te he dicho y haz como si nunca hubieras recibido esta carta. ¿Me quieres siempre?

Tu madre.

Walczak volvió a poner la carta en el bolsillo del abrigo.

Era, pues, la señorita Ochołowska, la campeona de tenis a cuyo entrenamiento debería dedicarse a partir del día siguiente. Su futura compañera. Aspiraba a un rico matrimonio. ¡Todas eran iguales! Sólo soñaban con buenos partidos y con aprovechar la vida al máximo.

«Exactamente como yo», se dijo sonriendo.

El tren aminoraba la marcha. Walczak volvió a su compartimiento. El consejero Szymczyk y el profesor Skoliński ya habían reunido sus maletas y se habían puesto los gabanes. El tren se detuvo.

—Apresurémonos —exclamó el profesor—. No para más que dos minutos.

2

—¿Están listos los caballos de Połyka? —exclamó sin dirigirse a nadie en especial el consejero Szymczyk al salir de la estación.

Lo seguía un mozo de cuerda cargado de su bolso de mano y de sus dos maletas.

La pregunta no tuvo eco. El consejero la reiteró en voz más alta, sin turbar por ello la indiferencia de un grupo de muchachos. Si se hubiera dirigido a uno de ellos en particular, habría sabido en seguida lo que quería, en tanto que lo miraban, boquiabiertos, como a un bicho curioso.

—¡Qué voz! —dijo el más pequeño, que se metía el dedo en la nariz.

El consejero cambió de color. Sin embargo, se serenó inmediatamente porque acababan de empujarlo por detrás.

—Le pido disculpas —exclamó, volviéndose—, pero le rogaría que prestara atención. Acaba de empujarme con su maleta.

—¿Cómo? ¿Yo? ¿A usted? ¿Mi maleta? Oh, le pido mil disculpas —exclamó el culpable, que no era otro que el profesor—. ¡Pero qué veo! ¡Es la señorita Maja! Permítanme, señores, que los presente... El señor... eh... Szymon...

—Szymczyk, consejero del tesoro —rectificó el consejero Szymczyk—. He anunciado mi llegada por telegrama.

—Mil perdones, Szymczyk. Y éste es el señor Myńczyk... que juega al tenis.

—Muy bien —dijo la joven, tendiéndoles la mano—. Habrá sitio para todos, porque viene una calesa para las maletas.

Avanzó un vehículo. La señorita Ochołowska ocupó el asiento trasero, con el profesor a su lado, mientras el consejero y Walczak compartían la banqueta. Habían tomado un camino pantanoso y atravesaban un bosque poco tupido donde se abrían a veces claros en una campiña chata, melancólica y monótona.

El sol acababa de ponerse. Todos callaban, aturdidos por el silencio. Los bosques cerraban el horizonte, pero el camino corría ahora a través de praderas donde se alzaban, aquí y allá, algunos árboles esmirriados.

—¡Qué lugar! —suspiró el consejero.

—Ah, es cierto. Un rincón salvaje, muy triste, casi fúnebre —admitió, riendo, la joven.

Walczak tuvo la sensación de reconocer esa risa. Examinó atentamente a la señorita Ochołowska. Hablaba muy bajo, por coquetería, sin duda, y esa voz le daba un aire de misterio. Pero la risa... ¿dónde podía haberla oído? ¿Quién, entre sus conocidos, se reía de esa manera? Sin razón aparente, el corazón empezó a latirle precipitadamente.

«Pero, ¿qué me pasa?», se preguntaba.

La noche caía cubriendo el follaje de los árboles.

Una luna enorme emergía por encima de los prados. A lo lejos ladraban perros. Walczak, escrutando las crecientes tinieblas, no podía reprimir una extraña inquietud. De pronto creyó soñar... una antigua y pesada carroza, lanzada al galope de cuatro caballos, surgió junto a ellos con un ruido de hierros ensordecedor, y desapareció, crujiendo, chirriando y sacudiéndose, en una nube de polvo.

—¡Qué es eso! —exclamó el consejero.

El profesor se inclinó para mirar la carroza que se desvanecía en la noche.

—Es el señor de Mysłocz —dijo.

—Pobre infeliz —dijo Maja—. También regresa de Varsovia. Estamos atravesando sus tierras... ¿No conoce usted Mysłocz, el monumento más singular de la región? —preguntó al consejero—. Está sólo a unos pocos kilómetros de Połyka.

—¿Por qué diablos se desplaza en ese vehículo antediluviano? —preguntó Szymczyk, asombrado—. Sin duda ha de ser tan incómodo como ruidoso.

—El viejo príncipe anda un poco mal de la cabeza —explicó el profesor—. Siempre ha pasado por ser, digamos... un original. Hasta me asombra que haya ido a Varsovia, porque no se aventura nunca fuera de su castillo. Ha debido de darle bastantes dolores de cabeza al señor Cholawicki —agregó, volviéndose hacia la señorita Ochołowska.

—Así es —afirmó ella—. A Henryk le ha costado mucho persuadirlo de que se lanzara a esta expedición, como exigían sus negocios; y en Varsovia el príncipe no le ha dejado un momento de descanso.

—¡Mire allí! —gritó el profesor al consejero—. Desde aquí se puede ver el castillo.

La luna iluminaba una llanura donde algunos árboles recortaban sus fantásticas siluetas. Un río centelleaba en la noche pálida. Era el Muchawiec, que se demoraba y esparcía en esos bajos fondos pantanosos.

La inmensa capa de agua que se ofrecía a los ojos del consejero tenía las dimensiones de un lago, pero bajo las cañas, los juncos y los mimbres que la invadían de un extremo a otro, el conjunto evocaba más bien un valle inundado o, mejor aún, una yuxtaposición de estanques. Aquí y allí, tierra y agua se mezclaban estrechamente hasta confundirse. Una alta colina surgía, insólita, en medio del pantano. Estaba coronada por un enorme edificio todavía más sorprendente.

Szymczyk, que era miope, distinguía sólo la pesada masa del coloso de piedra flanqueada por una poderosa torre que se levantaba, solitaria, orgullosa, feudal, por encima de esos espacios desolados... Poco a poco la bruma ahogaba la base del castillo.

—¡Es gigantesco! —exclamó el consejero.

—Ésa es la palabra —dijo el profesor—. Piense usted, ciento setenta cuartos, una inmensidad de salones, de cámaras, de antecámaras, qué sé yo. Pero ningún estilo. Todo sin el menor interés para el historiador de arte. Una ruina que se desmorona, perfecto ejemplo del abandono en que han quedado nuestras casas señoriales. Polonia, como usted sabe —prosiguió doctamente—, no es demasiado rica en monumentos históricos. En otra época se construyeron magníficos castillos, todos ellos desaparecidos en el curso de nuestras guerras con Suecia. La negligencia y la ignorancia han terminado con lo demás. ¡Cuántos monumentos reducidos a canteras de piedra!... Łańcut es considerada hoy como la más hermosa residencia de Polonia, pero Łańcut no es más que un chiquillo, un vulgar advenedizo, sin duda fastuoso con sus invernaderos, sus caballerizas de mármol, todo llamativamente nuevo ante los ojos de los seis siglos de vida de que puede jactarse Mysłocz.

—¡Seis siglos! —repitió el consejero incrédulo—. ¿Aquí, en esta región?

—Así es —replicó el profesor—. Este lugar fue desde su origen ocupado y fortificado y no ha dejado de serlo. Ya era la cuna de los antiguos duques de Holszański-Dubrowicki. El castillo que acabamos de ver ha conocido épocas de esplendor —agregó, no sin nostalgia— y he aquí lo que queda: un simple montón de piedras, triste retiro de un insensato, y tumba de una familia que se extingue... Desde hace cien años, la locura ronda estos lugares.

El bosque se cerró sobre ellos. Rara vez un rayo de luna llegaba a penetrar la densa masa del follaje. Walczak sintió que el corazón se le encogía y le invadió tal angustia que tuvo que contenerse para no saltar del coche y perderse en las tinieblas.

El profesor se había dejado ganar poco a poco por la melancolía. Se puso súbitamente taciturno, mientras el consejero censuraba los defectos de los polacos: la incoherencia, la negligencia, la suciedad y, cuando se trataba del patrimonio nacional, la indiferencia y la ineficacia. Nadie escuchaba. Cada uno se abandonaba a los recuerdos, quizá a las angustias secretas que surgen de la sombra.

De pronto la señorita Ochołowska se dirigió a Marian:

—Así que vamos a jugar juntos —dijo sencillamente.

—¡Cuento con eso! —contestó él riendo.

¿Estaba soñando? En ese instante acababa de sentir la mirada de ella fija en él. Lo estaba observando, sin la menor duda. ¿No lo habría sorprendido en el tren leyendo la carta? Imposible, dormía... Entonces, ¿por qué esas miradas furtivas?

La voz del profesor lo sacó de estas reflexiones.

—Ya llegamos —anunció.

Desembocaron en un vasto claro y franquearon el pórtico, perseguidos por los perros.

La casa de Połyka era una vieja y vasta mansión coronada por un alto techo, típico de la región, y flanqueada por una estrecha terraza. Marian aguardó distante el fin de las presentaciones y de los primeros saludos.

La señora Ochołowska se volvió por fin hacia él, después de que Maja le hubiera susurrado algunas palabras al oído.

—Me alegro mucho de que haya venido. Mi hija lo esperaba con impaciencia. Marysia le mostrará su cuarto y allí le servirá la cena.

Le tendió afablemente la mano y se reunió con sus huéspedes.

Walczak, precedido por la criada que llevaba una vela, subió una escalera de peldaños empinados y chirriantes. Su minúsculo cuarto quedaba en el altillo. La criada, amable y reposada pese a su juventud, explicó:

—Aquí están la palangana y el agua. En seguida le traigo una toalla. Si necesita algo, llame, pero creo que no falta nada.

—¿Hay mucha gente en Połyka? —preguntó Walczak, sentándose en la cama.

—¡Oh no! Descontando las personas que acaban de llegar con usted, sólo hay la mujer de un médico de Lwów y otra dama. Estamos a principios de temporada.

Le deseó buenas noches y se retiró.

Walczak se acercó a la ventana e intentó abrirla. Pero no pudo y tuvo que contentarse con abrir el montante. Los árboles del viejo parque susurraban suavemente y se adivinaba, muy próxima, la masa inmóvil y muda del bosque. De nuevo se sintió invadido por la angustia. No hubiera debido venir. ¿Estaba aún a tiempo de huir, incluso a pie, de dar media vuelta? Pero, ¿hacia dónde? Su vida no había sido hasta entonces sino una confusa sucesión de azares.

Lo habían contratado a los diez años para recoger las pelotas en un club de tenis de Lublin. Su padre, cerrajero de oficio, miraba satisfecho la «posición» de su hijo, que llevaba a casa más dinero del que él mismo ganaba en una jornada entera de duro trabajo. Los muchachos no eran muy bien retribuidos por hora en el club, pero no era insólito que un rico jugador les deslizara hasta un zloty. A decir verdad, Marian no tardó en guardarse buena parte de sus ganancias.

Su padre se dio cuenta de que las rentas disminuían y, ante la imposibilidad de ejercer un control, empezó a pegarle. Marian ocultó cada vez más sus ganancias. Detestaba tanto a ese padre que, aun vapuleado a muerte, no hubiera soltado un céntimo. Las relaciones se deterioraron aún más con el curso de los años. Marian no volvía a la casa. Dormía aquí y allá sólo para reaparecer al cabo de algunos días y recibir la inevitable paliza.

En el club encontraba la roja tierra apisonada, el sol, los trajes deslumbrantes, las bromas, los gritos, el buen humor. Se sentía en su casa, sabía mostrarse descarado y sin la menor vergüenza para sonsacar dinero. Entre dos sets, pedía prestada una raqueta para ensayar las principales jugadas. Mieczkowski, viejo entrenador y presidente del club, advirtió las condiciones excepcionales del muchacho. Decidió formarlo y le prestó una vieja raqueta.

A los dieciséis años Walczak ya sabía entrenar a los principiantes. Durante horas, veía desfilar colegiales y colegialas. Aprendió en seguida a cuidar del material y, más aún, a prestar atención a las ilusiones de los jugadores, abusando de su credulidad.

Entre tanto, la suerte le sonrió de nuevo. Su padre se estableció en el campo y Walczak pudo instalarse definitivamente en casa de Mieczkowski. Aumentó sus ingresos trabajando en el restaurante del club, antigua cantina que Mieczkowski había ido abriendo al público.

Pero muy pronto perdió interés por el restaurante y las pistas. Le aburría entrenar a nulidades. Se preocupaba más por su juego que por el de sus compañeros, «terminando» las pelotas en *drives* implacables en vez de colocarlas suavemente ante ellos. Se volvía irritable, sombrío, indócil, amargo, insatisfecho, rebelde. Se aburría sin saber por qué. Iba al cine, leía novelas de aventuras y soñaba con una vida diferente. En vez de aburrirse en casa de Mieczkowski, hubiera podido hacer algo, irse, probar fortuna...

Algunas tardes, le invadía una angustia tal que pensaba en terminar con todo de una vez por todas. En realidad vegetaba, firmemente persuadido de que arruinaba su vida. Los nombres de los campeones que leía en la *Revista de los deportes* le hacían soñar. Imaginaba sus viajes al extranjero, los torneos, el éxito, las ovaciones... ¿Por qué tenía que enmohecerse en aquella pequeña capital de provincia, sin otro horizonte que un club oscuro, y dejar a los demás los viajes y el triunfo? Evidentemente, no eran cosas para un recién llegado; para eso se necesitaba talento... Él, que se jactaba de vencer con facilidad a todas esas raquetas agujereadas del club, ¿qué sabía del buen tenis? Nunca lo había visto.

Estaba entregado a esos melancólicos pensamientos cuando un ingeniero a quien conocía le propuso una temporada en Połyka. No vaciló un segundo y rogó a Mieczkowski que lo dejara ir. Había leído en la *Revista de los deportes* que la señorita Ochołowska era una de las más sólidas esperanzas de la nueva generación.

—Vamos, señor Mieczkowski, ¡déjeme ir! —suplicaba—. Si ella no puede dejar sus tierras, ¿dónde quiere que encuentre un compañero? Sólo pone como condiciones el entrenamiento y la reparación de las raquetas. Usted se las arreglará muy bien algunos días sin mí, sólo se trata de dos semanitas.

Ahora, frente a los tilos inmóviles, comenzaba a lamentar su escapada. ¿Era la vieja casa la que lo hundía en esa extraña desazón, o la áspera tristeza de esas tierras lejanas? Le volvían a la memoria: la enigmática exclamación del príncipe, la carta, el sueño de la señorita Ochołowska, sus risas, sus miradas furtivas, el dinero oculto en el armario, pero la turbación que lo agitaba permanecía inexplicable.

Se desperezó lenta y voluptuosamente, hasta que le crujieron las coyunturas, y sonrió ante la idea de todo lo inesperado que aún podía vivir.

En su cuarto, la señorita Ochołowska, semidesnuda, se desperezaba también, con la misma sonrisa en los labios. Pensaba en cierto proyecto que muy pronto debía tomar forma. Se levantó una brisa ligera y los tilos se estremecieron en la noche.

Al día siguiente por la mañana, Walczak y la señorita Ochołowska, con prendas de tenis, atravesaban a paso lento el césped que llevaba a la cancha. Se oían los gritos de la chiquillería encargada de recoger las pelotas. El día era espléndido —ni un soplo de viento—, salvo algunas pequeñas nubes que se aborregaban en el azul pálido.

Cada uno llevaba dos raquetas bajo el brazo.

El mundillo del tenis no tenía secretos para Walczak. No ignoraba que la señorita Ochołowska, aunque nunca había tomado parte en grandes torneos, contaba en su haber con algunas victorias en encuentros amistosos con veteranos campeones de ambos sexos. Más de una vez los entendidos habían elogiado la calidad de su juego. Fundaban en ella grandes esperanzas y le predecían una carrera excepcional.

Nadie en el club era capaz de vencer a Walczak, pero a la vez nadie tenía pasta de campeón. Resolvió, pues, atenerse estrictamente a devolverle las pelotas para hacerle trabajar los diferentes tiros. Por lo demás, la señorita Ochołowska no parecía aguardar nada especial. Avanzaba en silencio, sombría y pensativa, fijando en el suelo una mirada ausente. Cuando llegaron a la pista, que a la primera ojeada Walczak juzgó excelente, se contentó con tomar posición, sin decir una palabra, en la línea de fondo.

—¡Los tiros aquí derecho! —pidió.

Él lanzó la pelota, que fue a dar a la red. Lanzó la segunda. La tercera era buena, pero Maja debió correr para devolverla. Las siguientes cayeron sin orden, o demasiado cerca, o demasiado lejos.

—¡No tiene usted idea! —exclamó por fin la muchacha.

—O se tienen condiciones, o no se tienen —contestó él sin reflexionar.

Ella vaciló un momento.

—Lástima que usted no parezca tener muchas —dijo ella encogiéndose de hombros. Walczak le arrojó una nueva serie de pelotazos, que ella devolvió con movimientos sabiamente estudiados. El joven se prometió no devolverle ninguna pelota, resentido por el poco caso que hacía de él.

La señorita Ochołowska trabajaba ahora su revés, sobre todo con tiros altos que devolvía empuñando con las dos manos la raqueta y echando el busto hacia atrás. Sus pelotazos, tirados desde la línea de fondo, eran tan perfectos que Walczak no pudo resistir y cuando una pelota fue a dar contra su raqueta, la devolvió. La pelota rozó la red. Maja flexionó las rodillas, llevó muy lejos la raqueta hacia atrás y respondió con un tiro fulgurante.

Él se había lanzado sobre la pelota casi antes de que ella tirase y fue sólo gracias a esa circunstancia que no la falló.

—¡No es posible! —exclamó ella, corriendo, inclinada hacia delante.

Hubo una áspera serie de reveses cruzados. Las raquetas resonaban cadenciosamente. Sin darse cuenta, Maja se encontró desplazada fuera de los límites de la pista por los largos tiros insistentes de su compañero. En ese momento Walczak subió a la red y tomó de nuevo el alto *lob* que ella quiso pasar con un *smash* fulminante contra el que nada pudo.

—¡Hagamos un set! —exclamó ella.

El propio Walczak quedó asombrado de su éxito. Tenía conciencia de haber lanzado magistralmente esa pelota, pero le parecía todavía más sorprendente que entre ambos estilos no pareciera haber diferencia. Se concentró y devolvió correctamente un saque rápido y bien colocado de su compañera. De nuevo las cuerdas vibraron. Él se anotó los quince primeros puntos.

«O ella juega peor de lo que pensaba —se dijo—, o yo juego mejor...»

Y sintió en el fondo de sí mismo ese acuerdo casi misterioso con la naturaleza, esa seguridad infalible que a veces anima al deportista o al jugador. En verdad, su estilo era de una eficacia sorprendente y contestó el saque de Maja con un *drive* irresistible colocado en el ángulo, que le aseguró el primer juego.

En el juego siguiente, su compañera mostró más prudencia. Las pelotas volaron más tiempo por encima de la red sin que ni uno ni otro consiguiera vencer. Mientras tanto, atraídos por los ecos del partido, los huéspedes de la pensión se acercaban a la pista y se instalaban en los bancos que la cercaban.

La presencia de espectadores galvanizó a los jugadores y la partida se transformó insensiblemente en uno de esos encuentros excepcionales que ponen fuera de sí tanto a unos como a otros. Walczak, que se entregaba en cuerpo y alma al juego, era todo alegría ante la revelación de su talento, porque cada jugada confirmaba esta verdad en adelante manifiesta: él dominaba a su famosa compañera. ¡Tenía pasta de campeón! A eso se agregaba el placer de vencerla.

Un encono inexplicable contra su compañera le contraía las mandíbulas; Walczak pegaba a la pelota como si hubiera sido Maja. No le sacaba los ojos de encima, pronto a saltar al menor ademán, y adivinaba instintivamente sus reacciones.

También Maja ponía en el juego un encarnizamiento no exento de despecho, ante el cual era la primera en sorprenderse, así como ante el sesgo que tomaba el partido.

Luchaban en un silencio total, y el público, sin comprender las sutilezas que encerraba el partido, estaba sin embargo asombrado por la aspereza del juego, hasta el punto que había dejado de aplaudir.

Por eso se oyó claramente a una de las damas que decía en voz baja:

—¡Cómo se parecen!

—En efecto —respondió la segunda—. Es asombroso.

La señorita Ochołowska dejó de correr tras la pelota. Se detuvo y abandonó la pista.

—Gracias —dijo—. Ya es suficiente...

—¿Cómo? —se indignó Walczak—. ¿No terminamos el set?

Estaban sin aliento. Ella lo miró.

—No.

Estaba lívida. Walczak también, y necesitó hacer un esfuerzo para no soltar una palabrota. ¡Ella tomaba las cosas con demasiada tranquilidad! No respondió.

El público comentaba:

—¿Por qué dejan de jugar? ¡Qué demostración tan asombrosa!

—¿Dónde ha aprendido a jugar? —exclamó la señora Ochołowska—. Yo entiendo algo... Aún comete usted errores elementales, pero tiene un talento fuera de lo común. ¡También usted necesitaría un entrenador!

—¡Qué empuje! ¡Qué precisión! —exclamó extasiada una de las damas, una rubia opulenta de ojos saltones—. Sobre todo esas jugadas cruzadas... ¡Formidables!

—Prodigioso —dijo la segunda, filiforme y huesuda—. Aunque un poco brutal, para mi gusto. Mi hija y su amiga pueden hacer durar un partido mucho más tiempo. ¡Aunque éste no es un argumento, por supuesto! ¡Qué magnífico partido! Y su hija —se volvió hacia la señora Ochołowska— juega a las mil maravillas. ¡Un ángel!

—Un demonio, más bien —rectificó la primera—. ¡Qué temperamento!

—Vamos, vamos —dijo el consejero Szymczyk—, no exageremos. Si supiéramos con qué facilidad los elogios se le suben a uno a la cabeza, los dispensaríamos con más discernimiento. Una atmósfera de crítica sana es harto preferible —agregó, frotándose las gafas—. Por lo demás no debemos sobrestimar la función de los deportes...

—Juegan divinamente bien —exhaló en un suspiro extasiado la rubia opulenta—. ¡Y qué pareja tan maravillosa forman! ¡Cómo se parecen!... ¡Se diría que son hermanos!

—No veo el parecido —respondió secamente la señora Ochołowska.

—Desde luego, estimada señora, desde luego. ¡Qué idea! Y sin embargo, los dos tienen algo en común. Esa resolución, esa violencia de temperamento... No es más que una impresión, desde luego... Pero, estimada señora, no lo tome al pie de la letra.

La señora Ochołowska contuvo un suspiro. Los sempiternos discursos críticos y didácticos del consejero Szymczyk no eran nada comparados con lo que le hacían soportar esas damas. La una flaca, acerba y fría. La otra cálida, corpulenta y expansiva. Ninguna de las dos perdía ocasión de inquietarla o de soltarle alguna impertinencia.

Estaban íntimamente persuadidas de que la señora Ochołowska, obligada por las circunstancias a convertir su casa en pensión, veía en ello su decadencia y se lo hacía sentir a sus huéspedes. Por eso —y aunque la señora Ochołowska, lejos de manifestarles la menor desconsideración, les quedase por lo contrario sinceramente reconocida por su presencia— habían decidido, a su debido tiempo, ponerse a la defensiva y hacerle sentir a esta gran señora que no era tan fácil menospreciarlas.

Esta vez la señora Ochołowska, por lo general insensible a sus sarcasmos, acusó el golpe. En la observación que ellas hicieron había un fondo de verdad. Existía, en efecto, un parecido no físico —y eso era lo inquietante—, sino indefinible, en el que reconocía una presencia de mal augurio, aunque no pudiera descubrir el origen del vínculo que asociaba de tal modo a su hija y a ese señor Walczak.

No había ninguna altivez en ese sentimiento de una madre preocupada por su hija. La señora Ochołowska no tenía ninguno de los prejuicios de la aristocracia; estaba demasiado enterada de la realidad de los grandes desórdenes sociales que nivelaban con lentitud pero inexorablemente todas las clases y castas. Si estaba tan inquieta y turbada, no era por un esnobismo fuera de lugar, sino por razones de orden moral.

Le parecía que había que buscar ese vínculo en una similitud de carácter, en un parentesco de naturaleza... Era sin duda algo malo, hasta funesto. La señora Ochołowska se pasó la mano por la frente. Después de todo, ¿no sería quizá pura imaginación?

—Volvamos a la casa para almorzar —propuso.

—Ah, almorzar, querida señora —exclamó con alegría la opulenta y voluble pensionista—, imagino el festín que nos espera. Nada mejor que el campo para comer bien. Uno no deja la mesa en todo el día.

—¿Cuántas personas se mueren de hambre en tanto que nosotras nos atracamos? —dijo agriamente su ética compañera.

—Una reglamentación de los alimentos, ésa es la solución —declaró el consejero—. La reorganización y la normalización, tanto de las substancias absorbidas como de las materias excretadas, constituyen una necesidad económica y deberían efectuarse según criterios especialmente establecidos por el Estado... Todo ciudadano no debería consumir sino lo que le es indispensable para cumplir convenientemente con sus deberes para con el Estado.

Tomaron sin prisa el camino de vuelta.

Walczak, que desde el fin del partido se había pasado del otro lado de la pista para calmarse, no oía lo que se decía, pero sentía las miradas fijas en él. Y ahora lo observaba alguien más. No era Maja.

Ella charlaba apartada con un hombre de buena presencia y de cuidada vestimenta, que reconoció en seguida como el compañero de viaje del príncipe Holszański.

Sin duda había llegado a caballo, como lo demostraba su traje y la fusta con la que se daba golpecitos en las botas. Era el elegante secretario del príncipe, el novio de Maja. No dejaba de mirarlo mientras conversaba con ella, con la negligente desenvoltura de una persona segura de sí y poco preocupada por los demás. Walczak conocía bien esa actitud propia de la juventud dorada que frecuentaba el club y el restaurante de Mieczkowski.

«¿Por qué me mirará así?», se preguntó.

Temblaba de cólera. El partido que acababa de jugar con Maja, más que deslumbrarlo, lo había puesto fuera de sí. Pero sobre todo lo había exasperado la manera en que la joven había dejado la pista sin decir palabra. Y ahora charlaba con su novio como si nada hubiera pasado, en tanto que un cuarto de hora antes llegaba al límite de sus fuerzas.

Pero durante el almuerzo (esta vez Walczak participaba de la mesa de la pensión), la indiferencia de la señorita Ochołowska dejó de irritarlo y llegó incluso a divertirlo.

Debía de estar furiosa por haber sido vencida, y mortificada por el hecho de que un simple entrenador la hubiera dominado durante todo el partido. Era eso lo que ocultaba su indiferencia.

«¡Se siente humillada!», se dijo, y este pensamiento lo llenó de alegría a la vez que hacía nacer entre ellos una especie de familiaridad.

Sentado en el extremo inferior de la mesa, se sintió de pronto más cerca de la muchacha que el resto de convidados, inclusive su novio, y tuvo la certeza de que, sin parecerlo, ella observaba sus menores ademanes y gestos.

Para convencerse, fijó la mirada en Maja. Aunque tenía los ojos vueltos en otra dirección, la muchacha se puso al instante roja como una amapola.

Bajó la cabeza, pero en ese momento su novio, el señor Cholawicki, contaba una anécdota que provocaba la risa general.

Todo era muy confuso. ¿Por qué se había ruborizado? ¿Sólo a causa de su derrota? ¿Por qué Maja en el coche, y después Cholawicki, lo habían observado tanto? ¿Y por qué sentía que todas esas miradas —hasta la de la señora Ochołowska— se deslizaban furtivamente, como por distracción y sin embargo irremisiblemente, de él a Maja, de Maja a él, para recomenzar una y otra vez de la misma manera?

Tras el almuerzo, Marian fue a pasear por el bosque. Avanzaba a buen paso por un sendero herboso, entre bosquecillos, espantando los pesados moscardones que se posaban sobre sus brazos desnudos.

Una alegría insensata dilataba su corazón. Revivía todos los detalles del partido de la mañana, y las cuerdas de las raquetas resonaban en su corazón.

¿Era posible que tuviera talento sin saberlo y sin que nadie lo hubiese advertido aún? Ciertamente que en el club jugaba sin entusiasmo y que nunca había podido dar la medida de su talento. Pero, ¿no tenía ya entonces la íntima convicción de que valía más que los otros, la sensación de que desperdiciaba sus dotes y esa perpetua insatisfacción que lo impulsaba a partir a la conquista del mundo? Debía ir a toda costa a Varsovia para que lo vieran, lo valoraran y lo alzaran hasta los primeros puestos. Después podría dar la vuelta al mundo como Tłoczyński. Una bocanada de calor le subió al rostro y el exceso de felicidad detuvo sus pasos.

De nuevo su imaginación vehemente se demoraba en algunos pelotazos formidables que había devuelto milagrosamente. ¡Sin la menor duda, jugaba mejor que ella! ¡Era superior! ¡Maja no era rival para él! Decidió hablarle esa misma noche y pedirle que lo ayudara a ponerse en contacto con los jugadores de la capital. Ella no podría tenerle mala voluntad durante mucho tiempo. Después de todo era una mujer, y no podría haber competencia entre ellos.

Y de pronto se encontró al borde del río, que desenvolvía perezosamente sus meandros a través del bosque. Se desnudó y se hundió en la corriente tibia y lenta. Nadó hasta un pequeño banco de arena abrasada por el sol. Una inmensa lasitud se apoderó de él.

Se durmió...

Cuando despertó, el sol declinaba. Las aguas del río adquirían tintes verdosos y violáceos y lanzaban reflejos de plata; el bosque estaba fragante. Walczak volvió a la orilla y se vistió. Tomó el camino de vuelta sin que el pensamiento de su futura carrera, sus viajes a los cuatro rincones del mundo, sus triunfos, lo abandonara un instante a través del claro y alto monte.

Era tal su deseo de gozo que echó a correr para aliviarse. Parecía huir de sí mismo...

Al cabo de unos dos kilómetros de carrera se dejó caer, sin fuerzas, al pie de un gran roble. Hundió la cara en el musgo húmedo.

De pronto, oyó una voz encima de él.

—¿Hay alguien ahí?

El muchacho, estupefacto, levantó la cabeza. Sobre el roble, en lo alto, se adivinaba entre las ramas una forma humana. La voz se hizo oír de nuevo:

—¡Socorro!

—¿Qué sucede? —gritó él.

—¿Puede ayudarme a bajar? No me siento bien.

A Walczak no le costó ningún trabajo trepar al árbol. Al llegar a media altura descubrió al profesor sentado a horcajadas muy cerca de la copa aferrándose convulsivamente al tronco.

El espectáculo era tan grotesco que Walczak estalló de risa.

—¡Ya llego! —exclamó.

—¡Rápido! ¡Que me caigo! ¡Socorro!

Pero no era tan fácil. Las ramas próximas a la copa eran tan frágiles que podían romperse en cualquier momento bajo el peso de dos hombres. El delgado tronco se doblaba peligrosamente y el profesor se aferraba a

Walczak, hundiéndole las uñas en la piel y temblando de pies a cabeza. El muchacho lo hizo bajar de rama en rama, sin preocuparse de los rastros que la operación podía dejar en la vestimenta de la víctima, que apenas tenía fuerzas para gemir. Desplomado sobre el musgo, el profesor permaneció algunos minutos sin poder reponerse.

—¿Dónde están mis anteojos? —exclamó por fin.

—Aquí —respondió Walczak que se rompía la cabeza sin comprender qué podía hacer subido a un árbol un viejo armado de gemelos.

—Joven —dijo solemnemente el profesor—, sin usted hubiese caído, no hay la menor duda, porque sufro de vértigo.

—Entonces, ¿por qué subió? —preguntó inocentemente Walczak, que de pronto lo adivinó—. ¿Quería ver el castillo?

Siguiendo la mirada del profesor, había descubierto el pantano que se extendía más allá del bosque y luego, a una distancia de algunos kilómetros, la masa escalonada de los muros y las dos torres de ángulo que dominaban el cuerpo central del edificio y su techumbre. En el centro de la construcción surgía el alto torreón cuadrado que había percibido al llegar desde la estación. Los estrechos rectángulos negros de algunas ventanas horadaban aquí y allá los muros severos y ruinosos, que exhalaban una orgullosa y melancólica soledad. Desde allí, el castillo aún parecía más temible y fantástico...

—Hum... entre otras... —adelantó prudentemente el profesor—, sí, entre otras cosas quería mirar el castillo. Y usted, ¿de dónde sale?

—Estaba en el bosque y me extravié.

El profesor lo observaba atentamente.

—Usted no es de aquí —dijo como si reflexionara sobre algo. A Walczak le divertía esa carita arrugada y coloreada, en perpetuo movimiento.

—Sepa ante todo, muchacho —dijo por fin—, que entiendo de hombres, y que me basta mirarlo para saber con quién trato. El carácter está inscrito en la morfología del cuerpo. Para quien sepa leerlo, desde luego. Usted es de una especie mucho más peligrosa de lo que parece. ¿Sabe de dónde saco esas conclusiones? De aquí (pasó sus dedos sobre el rostro del muchacho), de las relaciones entre esos pómulos y la forma de la boca, de la combinación de la nariz y los ojos. Se lo advierto: si no es capaz de dominar sus pasiones, no tardará en ser arrastrado por caminos peligrosos que... hum... Dejemos eso. Parece usted tener una naturaleza violenta, pero recta. Es lo que me incita a confiarle un secreto, a condición, desde luego, de que usted no diga una palabra a nadie. Tengo la intención de introducirme en ese castillo y, si usted me facilita la cosa, no lo lamentará.

—¿No se puede entrar?

—¡No! ¡Ése es el problema! —contestó arrebatado—. El viejo príncipe está loco, su padre estaba loco, su abuelo estaba loco. Hace cien años que no se puede entrar. Sobre todo porque... los secretarios reciben mal a las personas que... Yo he querido entrar normalmente, por la puerta, pero estaba cerrada con doble llave. Y un viejo sirviente totalmente chocho me dijo tartamudeando a través de la mirilla que el príncipe ha prohibido que se deje entrar a nadie. En total sólo hay tres personas que viven en ese enorme edificio: el príncipe, su secretario y el viejo sirviente, ni uno más. Ni siquiera estas personas tienen acceso al castillo; se alojan en las casas ruinosas y sórdidas que usted ve a la izquierda. A pesar de esa prohibición formal, debo entrar, cueste lo que cueste, y aunque me echen los perros encima.

—¿Por qué?

Walczak contempló con curiosidad al obstinado anciano.

—¡Para qué explicarle! —dijo el otro haciendo un mohín de desprecio—. De todas maneras, no me comprendería. Joven, si mi intuición no me engaña, si mis sospechas y presunciones son fundadas, y exactas las conclusiones a las que me han conducido mis investigaciones, esos muros encierran un verdadero tesoro, una mina, oiga usted bien lo que digo, una fabulosa mina de maravillas única en Polonia, de una riqueza excepcional, ¡única!

Jadeaba...

—Ve usted esos muros, tienen un carácter puramente defensivo. Nada para llamar la atención; un exterior severo, militar. Yo mismo había pensado siempre que el castillo de Mysłocz lo único que tenía de notable era su vejez; al fin y al cabo, el ala norte tiene cerca de seiscientos años. Pero en una biblioteca romana he leído por casualidad la correspondencia de Almari, nuncio en Polonia en el siglo XVII. Allí se revela que el nuncio visitó Polonia y fue huésped, entre otros, del príncipe Holszański de Mysłocz. Pues bien, Almari menciona unas magníficas pinturas que habría visto en el castillo. La cosa me intrigó, pero yo habría podido quedarme en eso y pensar que el italiano había querido halagar a su huésped, si la casualidad no me hubiera puesto entre manos, cuando investigaba los archivos de la casa de los Radziwiłł —que está emparentada con la de los Holszański—, un documento del siglo XVIII procedente de

Mysłocz y titulado *Registro de gastos.* ¿Y sabe usted qué ponía? «Al pintor, por la restauración de dos antiguos cielos rasos pintados por Dolabella... Por poner marco y restaurar dos cuadros de Jordaens, uno de los cuales representa la Adoración y el otro a Ceres.» Cuando terminé de leer, ¡figúrese mi emoción!, quedé boquiabierto... Es inútil que le explique, sería inútil... Baste decirle que las sillas de Gabrielle d'Estrées, las famosas sillas que recibió de Enrique IV, su amante, el Vert-Galant, figuraban también en ese inventario. ¡Y armarios de Hugues Sambin! Y cuando uno pensaba que el registro sólo mencionaba lo que acababa de restaurarse, creía soñar. ¡Lo que pueden encerrar esos muros! ¡Cuántas joyas inestimables! ¡Cuántas obras de arte del pincel y del cincel!

El profesor, que momentos antes había puesto en guardia a Walczak contra la pasión, era ahora presa de ella. Estaba al borde de las lágrimas.

—Tengo que ver todas esas maravillas, tengo que tocarlas, asegurarme de su existencia —exclamó el profesor—. Cuando pienso que se deterioran minuto a minuto... ¡Hay que salvarlas a toda costa!

—¿Cuánto puede valer uno de esos cuadros? —preguntó Walczak.

—¡Buena pregunta! —exclamó el profesor—. Esas cosas no tienen precio. Pero si le interesa saberlo, ¡un solo cuadrito de ésos puede valer un millón!

—¿Y nadie sabe que hay allí objetos de tanto valor?

—Ni yo mismo puedo creerlo. Pero hay que tener presente que desde hace ciento cincuenta años ninguna persona civilizada ha franqueado el umbral de un castillo habitado sucesivamente por tres generaciones de borrachos, de jugadores y de libertinos que no tenían la menor idea de lo que poseían y eran incapaces de distinguir el estilo renacimiento del gótico. ¿Quién de esos grandes señores ha tenido la menor noción de lo que es arte? Se acostumbraron de tal modo a esas obras de arte trasmitidas de padres a hijos que terminaron por no prestarles atención. Y siempre hay un secretario para negar sin razón el derecho de entrar a las personas competentes so pretexto de que... ¡el príncipe lo ha prohibido terminantemente!

Bajó la voz y se puso a hacer guiños a Walczak; después, al cabo de un momento, exclamó:

—¿Dónde están mis gemelos?

—¿El señor Cholawicki es el secretario del príncipe? —dijo Walczak, deslizando su mirada por la vieja residencia.

Brumas blancas empezaban a flotar al pie del castillo, agrandando sus muros. Los últimos rayos del sol coloreaban el cielo a lo lejos, en tanto que una sombra densa invadía los bajos fondos.

El muchacho suspiró y una tristeza inexplicable le oprimió el corazón.

—¡El señor Cholawicki, secretario, primo, apoderado, confidente, familiar y administrador! Un ejemplar perfecto de animal distinguido. Un hombre zafio, bajo su apariencia de persona elegante. ¡Un palurdo! ¡Y si no hubiera nada, si yo me hubiese equivocado! —exclamó el profesor asustado y abrió los ojos en dirección al castillo cuyos contornos se alejaban, agrandándose y disolviéndose en la noche que caía.

Algunos perros ladraron en la colina. El aire, por encima de los pantanos, se hacía más denso, más pesado, se cargaba de brumas, a punto de fijarse en capas blancas y opacas.

La pavorosa soledad, el aire insalubre y miasmático,

la tristeza desolada de esos pantanos erizados de juncos y entrecortados de malecones, aumentaban el aura de tragedia y de misterio que rodeaba la vivienda ancestral de esos príncipes singulares que con su castillo se encaminaban lentamente a la ruina y a la muerte.

Walczak tenía cada vez más miedo de las tinieblas o de los espíritus que acechaban en ellas, o quizá de las presencias que se adivinaban y que en cualquier momento podían deslizarse bajo sus pasos o surgir de la espesura. De la alegría desbordante solía pasar sin transición a un total abatimiento en que la tristeza y la angustia se apoderaban de él por completo. Entretanto, el profesor no dejaba de mirar el sombrío edificio, tratando de horadar sus muros.

De pronto surgió una luz en uno de los ventanucos a la altura de una torre y esa única y mezquina luz perdida en medio de la masa enorme del edificio acrecentó la impresión de soledad. El muchacho se estremeció ante la idea de que no había allí dentro más que tres personas —el príncipe, su secretario y su criado—, tres individuos para poblar esa multitud de cuartos húmedos, sombríos y vacíos, donde tantas riquezas iban quedando reducidas a cenizas...

—Siempre hay luz en esa ventana —dijo el profesor—. Debe de ser el cuarto del príncipe. Y ahora volvamos, que estamos haciendo tarde para la cena. Hay unos cuatro kilómetros hasta la casa. Comprenderá, pues (gesticulaba y tropezaba en las piedras del camino), qué clase de ayuda necesito. Sin duda habrá otra entrada, además de la gran puerta; tengo la impresión de que los muros del oeste se desmoronan. La única dificultad consiste en que no se puede avanzar demasiado, porque nos verían desde las ventanas. No quiero despertar sospechas. Por eso, joven, cuento con usted para que me ayude. No lo lamentará. Tendrá que aproximarse al castillo de noche, oculto por la niebla, y ver por dónde se puede entrar. A la noche siguiente, haremos el camino juntos y, si todo marcha bien, efectuaré un discreto reconocimiento de ese Cafarnaum. Al menos sabré si vale la pena proseguir nuestras investigaciones.

—¿Y si nos sorprenden?

—¿Acaso es usted miedoso?

El muchacho miró de reojo al profesor, que trotaba valerosamente a su lado.

No tomaba la propuesta demasiado en serio. ¿Qué interés podía tener él en mezclarse en esa historia? Si la cosa resultaba mal, quedaría comprometido y todos sus proyectos de tenis se desmoronarían. Se habría negado en seguida, de no ser por la simpatía que le inspiraba el profesor. Por otra parte, esos relatos inflamaban su imaginación aventurera. ¡Ah, sin el tenis!...

Esa misma noche tenía que preguntarle a Maja qué pensaba de su juego.

—Volveremos a hablar del asunto —dijo el profesor cuando terminaron la cena que les sirvieron en una mesita.

Del saloncito llegaban los ecos de una partida de bridge. La seca y huesuda funcionaria interrumpía el juego con acres observaciones sobre la incongruencia de entregarse a tales pasatiempos, cuando quizá en ese mismo instante, algún enfermo incurable estaría en trance de agonía, en medio de horribles padecimientos, y así por el estilo...

—Entonces, ¿por qué juega usted? —exclamó, harto ya, el consejero Szymczyk.

—Le pido disculpas —dijo ella—. ¿Acaso debo ser yo la única que no participe de los placeres de la existencia?

Y anunció agriamente un pequeño *slam*.

Maja estaba en el hueco de una ventana con su novio, quien le hablaba en voz baja. Parecían sostener una viva discusión.

Al verla, Walczak se puso aún más impaciente y quiso hablarle inmediatamente. Pero, ¿y si la joven seguía tan maldispuesta hacia él como por la mañana?

El rostro de Maja, altanero y desdeñoso, no presagiaba nada bueno.

Sin embargo, era necesario que él le hablara. ¡Debía saber inmediatamente, sin esperar un minuto más, cuáles eran sus posibilidades y qué le convenía hacer!

De pronto, después de plantar a Cholawicki en medio de una frase, la señorita Ochołowska se despidió brevemente y abandonó el salón.

Ya abría la puerta de su cuarto cuando Walczak la alcanzó.

—¡Por favor, señorita!

—Sí —dijo ella en voz baja—, ¿en qué puedo serle útil?

Pronunció esas palabras en un tono poco alentador. Walczak perdió toda seguridad.

—Podría... —tartamudeó—, quisiera pedirle... una cosa... en fin, tengo algo que pedirle...

—¿Ahora? —dijo ella mirando su reloj—. Bueno —abrió la puerta—, bueno, ¡hable! —dijo impaciente—. Es tarde.

—Quisiera ir a Varsovia; quizá si alguien me viera

jugar se interesaría en mí. Usted conoce allí a todos los dirigentes, he pensado que usted podría darme... no sé, una carta de recomendación... Su madre me ha dicho que tengo talento.

Advirtió hasta qué punto era estúpido todo lo que decía.

Maja, con la mano en el picaporte, no apartaba los ojos de él.

—Admitamos que tenga usted talento, ¿y qué?

—¿Cómo y qué? —balbuceó él—. Eso lo cambia todo.

—Sin duda. ¡El pequeño entrenador de Lublin podría convertirse en un jugador célebre y ver que todo se abre ante él, que todo le sonríe! El mundo... la gloria... el dinero... las mujeres... los viajes...

Parecía tan interesada al decir esto, tan comprensiva, tan familiar en cierto modo, que Walczak se sintió muy cerca de ella. Los ojos de ambos se encontraron.

Maja soltó una risita nerviosa, a la que se unió Marian. Estaba a la vez confuso y exaltado. ¡Qué bien lo había adivinado! De pronto ella se puso lívida y su cara adquirió una expresión malévola.

—¿Por qué se ríe?

—¡Pero usted también se ríe! —tartamudeó Marian, desconcertado.

—Yo tengo derecho, pero usted... usted... Usted cree de verdad que todo le está permitido. Talento, ¡vamos!... Usted apenas juega mejor que lo normal. ¡Sáquese esa idea de la cabeza! Hoy yo no estaba de humor para jugar.

Bajó la escalera corriendo, sin volverse.

Marian quedó estupefacto. No creía una palabra de lo que Maja había dicho. ¡Pero con qué tono le había hablado! Si hubiera podido, le habría hecho tragar sus sarcasmos y sus desprecios. ¡Por quién lo tomaba! Se las haría pagar. ¿Pero cómo? ¡No tenía ningún medio!

De pronto, por la puerta entreabierta vio en el cuarto un armario y recordó la carta. El dinero estaba allí. Más de mil zlotys. ¡Perfecto! Le tomaba el pelo; bueno, él le birlaría el dinero. «¡Ah, no sé jugar! ¡Bueno, por lo menos sabré robar!»

Miró a su alrededor. Una puerta vidriera conducía al rellano de los cuartos de huéspedes. No había luz; todos estaban abajo.

Entró en el cuarto de la señorita Ochołowska. Ante todo debía asegurarse de que tenía otra salida. En efecto, una segunda puerta conducía a una de las habitaciones de los huéspedes.

Si alguien entraba, podía llegar al rellano por allí.

Vaciló. Todavía no le había quitado un centavo a nadie.

Tanto peor, ¡eso le enseñaría a la señorita Ochołowska! Era el único daño que podía ocasionarle. ¡No retrocedería!

Se acercó de puntillas al macizo mueble adosado a la pared y lo abrió. Los vestidos de Maja, colgados de perchas, llenaban la mitad del armario.

El dinero debía de estar en uno de los dos cajones de abajo..., ¿pero en cuál? Ambos estaban cerrados.

En ese momento oyó voces en la escalera. Se precipitó en el cuarto vecino, pero allí tuvo que rendirse a la evidencia: la puerta que daba al rellano estaba cerrada por fuera.

En un abrir y cerrar de ojos se encontró de nuevo en el cuarto de Maja y sólo tuvo tiempo de meterse en el armario, esconderse entre los vestidos y cerrar cuidadosamente la puerta tras de sí.

Entraron Maja y Cholawicki. Walczak oía todo lo que decían y hasta podía verlos por una rendija. Discutían.

—¿Quieres dejarme en paz? —decía la muchacha en voz baja, pero en un tono muy irritado—. Estoy fatigada. No empecemos de nuevo.

—¡No me iré antes de que me hayas dado explicaciones!

—Eres ridículo, no tengo nada que explicar.

—Sé que soy ridículo —contestó él entre dientes— y que es absurdo verme obligado a hacerte una escena a causa de ese muchacho. ¡Piensa sólo esto: tú, yo y un entrenador de tenis! ¡Qué trío! Pero la cosa salta a la vista. ¿Piensas que no te he visto ruborizarte en la mesa? ¡Y tu conducta absurda en la pista! ¿Por qué interrumpiste el juego de repente? ¿Crees que no me he dado cuenta de cómo lo observas? ¡Y después cambias algunas palabras con él y vuelves trastornada al salón! ¿Qué significa eso?

—Ten cuidado con lo que dices. Me parece insultante que no tengas confianza en mí. Pero estos celos por... (No terminó la frase.) Deberías tener más estima por mí.

—¿Estima, yo? ¿Crees que ignoro por qué somos novios? Has calculado que podía ser ventajoso para ti durante algunos años ser la mujer de Cholawicki, porque es posible que en cualquier momento Cholawicki reciba una pequeña fortuna, y tú detestas la miseria. Elegancia, refinamiento, un nombre, en suma, el marido perfecto para una mujer hermosa que tiene sus exigencias... y quiere brillar. Y debo tener estima por ti, cuando sé perfectamente que sólo te casas conmigo por cálculo.

—¿Olvidas que no ignoro con qué medios tienes pensado hacer fortuna?

Cholawicki calló un instante.

—¡Lo sabes, y has aceptado ser mi prometida!

—Y tú, que sabes que lo sé, no me has rechazado...

Callaron de nuevo.

—¿Quieres saber lo que eres?

—¿Qué? ¡Dilo! Si no tienes por mí ninguna estima, ¿por qué quieres casarte?

—¿Quieres que te lo diga? Bueno... bajo tu apariencia distinguida, eres vulgar. Vulgar, ¿me oyes? Te parece ofensivo que tenga celos de ese muchacho... ¡Pero contigo se puede tener celos de todo el mundo! Además sabes por qué estoy celoso. Si no te parecieras tanto a él, no se me habría pasado por la cabeza...

—¿Nos parecemos?

—¡No te hagas la inocente, te has dado perfecta cuenta! Si no fuera así, ¿por qué lo observarías de ese modo? Los dos habéis sido hechos en el mismo molde, todo el mundo se ha dado cuenta. Él tiene tu risa, tu mirada, tus gestos, ¡es escandaloso! ¡Ese... Walczak! Todo el mundo lo ha advertido. Tú más que nadie, y eso es lo que te pone furiosa.

—¡Vete de aquí!

—¡Muy bien, me iré!

Maja quedó a solas. Miraba ante sí, apoyada en la pared... Su rostro encantador se había ensombrecido.

¡Así que era verdad! ¡Así que también él había descubierto ese inverosímil y absurdo parecido!

¡Inaudito! Ya en el automóvil, al volver de la estación, había advertido tantas semejanzas que se había asustado... Después, en la pista, cuando se entregaban al juego con el mismo encarnizamiento...

Le aterraba que este parecido saltara también a los ojos de los demás. Ella, Maja Ochołowska, y un Walczak.

Maja conocía su propia fisonomía hasta en los más mínimos detalles. El parecido no residía en los rasgos. ¿No tenían acaso la tez diferente? ¿No tenían acaso también la boca, los ojos y el pelo diferentes?

El parecido era más profundo, estaba en la expresión del rostro, en la mirada, en la risa y en algo aún más inconcreto.

Por difícil que fuera decir en qué consistía, Maja se daba cuenta de que todos los comparaban y de que las miradas de los pensionistas iban sin cesar de uno al otro, en busca de una explicación...

Era más de lo que podía soportar. No tenía prejuicios y hubiera aceptado fácilmente una similitud fortuita. Pero un parecido tan estrecho con un muchacho de quien se burlaba soberanamente, que no era otra cosa para ella más que su entrenador, resultaba grotesco.

Ese parecido la humillaba. La exponía a escenas ridículas, la obligaba a ruborizarse tontamente y la hacía depender de él aunque no quisiera.

Era absurdo que semejante ilusión óptica pudiese imponerse de tal manera a los demás.

Se miró en el espejo. De nuevo la sangre afluyó a sus mejillas. Lo que más la exasperaba era sentir tanta vergüenza. Y se traicionaba sin cesar, ella, que hasta entonces no se había ruborizado nunca.

—Si no me pareciera a él, ¿se habría atrevido a decirme que soy vulgar? —murmuró.

Cholawicki había tocado uno de sus puntos sensibles. Ella era de una belleza llena de distinción. Tenía los miembros finos y delicados, y asignaba el más alto precio a su elegancia. Por eso se había comprometido con Cholawicki, era el único que le permitiría vestirse como le correspondía.

Estaba enamorada de sí misma, de la desenvoltura de sus maneras, de la gracia exquisita de sus gestos. ¡Y todo ello para parecerse a quién!

Ese Walczak la ridiculizaba, la comprometía. Hacía que su belleza fuera ilusoria y trivial. Miraba el espejo, espantada.

Un ruido de pasos resonó en la escalera. Maja frunció las cejas. Su novio regresaba.

Corrió a cerrar la puerta con llave. No quería verlo, le resultaba odioso.

Pero recordó que desde hacía mucho tiempo no había llave en la cerradura y se lanzó precipitadamente en retirada.

Entonces le ocurrió lo que le había sucedido a Walczak media hora antes. Buscó con desesperación dónde esconderse, dio algunos pasos en dirección al cuarto contiguo, retrocedió en el último momento, abrió con rapidez el armario y, antes de que Walczak pudiera volverse, se encontró junto a él y cerró la puerta.

En ese instante entraba Cholawicki, después de llamar sin éxito muchas veces a la puerta.

—¡Maja! —exclamó.

Le respondió el silencio.

Persuadido de que la joven había salido por un instante y de que no tardaría en volver, se sentó en una silla y se puso a tamborilear impacientemente con los dedos sobre una mesa. Debía hablarle antes de volver al castillo, hacer entrar en razón a esa joven que le gustaba tanto más cuanto menos dócil era.

Resolvió esperarla.

Al cabo de algunos minutos Maja tuvo la increíble sensación de que no estaba sola en la oscuridad. Tendió instintivamente el brazo y tocó una mano. ¿Quién estaba allí?

Se echó hacia el otro lado, se replegó sobre sí misma. Se preguntaba si no se habría vuelto loca. Walczak y ella se mantuvieron en total inmovilidad, reteniendo el aliento.

Walczak estaba convencido de que ella iba a gritar; Cholawicki se precipitaría hacia el armario y el escándalo estallaría en toda la casa.

Pero la señorita Ochołowska temía tanto el ridículo que recobró la sangre fría. Temblaba ante la idea de que el misterioso visitante tuviera miedo y se pusiera a gritar lanzándose afuera. ¿Quién podía ser? ¿Un ladrón? Después de todo, quizá no hubiera nadie. ¿No estaría soñando?

Temía tocarlo por segunda vez. Pero sentía el calor de un cuerpo muy próximo a ella y creyó adivinar el violento latido de un corazón. Su propio corazón latía tan fuerte que le parecía que el armario iba a saltar en pedazos. Y volvió a interrogarse febrilmente sobre la identidad del desconocido. La oscuridad era total.

Recordó el dinero encerrado en el cajón. ¡Era un ladrón!

Cholawicki había cogido un diario que había sobre el velador y se puso a leer. Como Maja no volvía, decidió, después de haber echado varias miradas a su reloj, escribirle una carta. Sacó de su bolsillo una estilográfica y comenzó, aspirando nerviosamente el humo de su cigarrillo:

Querida Maja:
Quiero olvidar tus últimas palabras. Las atribuyo a la irritación que han podido provocarte mis observaciones. Reconozco que me dejé arrebatar. Quizá, después de todo, mis sospechas eran injustas e hirientes. Si

así fuera, te pido que me perdones. De un tiempo a esta parte ando hecho un manojo de nervios.

Veo que no tienes una idea exacta de mis actuales dificultades. De lo contrario, me evitarías esas escenas agotadoras y, al parecer, sin fundamento. («A decir verdad, soy yo quien ha hecho una escena —pensaba—, pero poco importa.») Deberías comprender en tu propio interés que en el momento en que la situación madura —sabes lo que quiero decir— y se aproxima al desenlace y va a requerir toda mi atención, no puedo dejarme distraer por un malentendido entre nosotros porque eso podría tener enojosas repercusiones. Sin duda hago mal en asignar una importancia excesiva a caprichos, pero puesto que tal es mi debilidad, deberías respetarla. Te aseguro que tengo siempre presente tu porvenir.

Desde luego, no pienso ni por un instante que puedas dejarme. Te soy demasiado necesario y nos convenimos demasiado bien. Nuestro mutuo apego es totalmente egoísta, pero tú necesitas de mí como yo necesito de ti —y hasta prefiero que se base en esto y no en los sentimientos. Es una base sólida—. Volvamos a tu actitud. Aunque estoy persuadido de que ya la lamentas, temo no voy a poder dejar de pensar incesantemente en ella mañana y los próximos días.

Sabes que me es imposible en este momento alejarme del castillo. El príncipe se hace cada vez más exigente a medida que sus fuerzas declinan y ese viaje a Varsovia lo ha aniquilado completamente. Debo permanecer sin cesar a su lado y no podré venir a Połyka los próximos días. Por eso me niego —¡y estoy en mi derecho!— a dejarme irritar por una desavenencia. Tengo otras preocupaciones en la cabeza. Te pido que vayas «sin falta» a encontrarte conmigo mañana al castillo. Desde luego, no por la puerta grande, sino por el subterráneo. Te espero a las nueve en punto. No es muy agradable...

Se interrumpió, pensando que era preferible no exponer a la joven a atravesar la oscura galería. En fin, ¡tanto peor! Se inclinó de nuevo sobre el papel.

Mientras tanto Maja, siempre inmóvil en la oscuridad del armario, adquirió la certidumbre de que a su lado estaba Walczak, tan cerca que ella debía contraerse con toda la fuerza de sus músculos para evitar el contacto con su cuerpo.

Al mismo tiempo, su pensamiento trabajaba febrilmente. ¿Era Leszczuk* o no era él? Si era él... ¿Y qué? Pero era algo atroz. ¿Qué hacer?

Entretanto, Cholawicki proseguía con la carta:

> No es muy agradable, pero al menos nadie te verá, ni de un lado ni del otro, y esta precaución nos evitará los chismes.
>
> Te pido encarecidamente que estés allí, porque si me he tomado el trabajo de escribirte y tú no vienes, pensaré que te consideras de veras ofendida y que has roto conmigo, y quedaré más irritado aún. Si no has de acudir, escríbeme. Pero no es muy prudente, porque el príncipe lo sabría en seguida y se inquietaría. Ya ves la vida infernal que me hace llevar ese hombre; no te asombres, pues, de que a veces mis nervios no resistan. ¡Te espero!...
>
> H.

Se levantó y cogió un sobre. En ese preciso instante, Maja rozaba ligeramente el cuerpo de Leszczuk —¿era él?—, pero dejándose ir con un abandono total. Hacía

---

* Puesto que resulta que en la vida real existe un entrenador de tenis llamado Walczak, cambiamos su nombre —con el permiso del autor— por el de Leszczuk.
¡Vaya una coincidencia tan extraña!

falta tan poco... apenas aflojar algunos músculos. Y cuál no fue su felicidad cuando una mano áspera apretó la suya en la oscuridad.

Ella le devolvió el apretón de manos con una secreta alegría.

Cholawicki puso la carta en el sobre, escribió la dirección y volvió a sentarse, tamborileando con los dedos sobre la mesa. ¿Qué haría Maja? La esperó unos minutos más y después salió.

Cuando sus pasos se hubieron alejado, Maja saltó del armario y sin volverse huyó del cuarto; Leszczuk también escapó, lo más pronto que pudo, a encerrarse en su buhardilla.

3

Al día siguiente, cuando bajaba para tomar el desayuno, ignoraba qué acogida le tendrían reservada. ¿Lo expulsarían? ¿O sería aún más grave el castigo? Esperaba lo peor.

Sus temores se disiparon. La señora Ochołowska lo saludó con un amable movimiento de cabeza, y después del almuerzo Maja apareció con sus raquetas.

—¡Vamos a jugar! —dijo.

—¡Qué entusiasmo! —exclamó extasiada la pensionista opulenta, volviéndose hacia la señora Ochołowska—. ¡Ah, querida, no hay nada como la juventud!

—No todos pueden ser jóvenes —observó secamente la flaca funcionaria.

Cada cual ocupó su asiento para verlos jugar. Después de algunos pelotazos, Maja propuso un set, pero hasta el propio consejero Szymczyk no tardó en darse cuenta de que no había nada que esperar del partido.

—Hay que admitirlo, querida señora —exclamó la rotunda e inagotable pensionista—, hoy juegan atrozmente mal. Y su hija no tiene buena cara. ¿Estará enferma?

—Los dos tienen mala cara —dijo inopinadamente la huesuda funcionaria.

La señora Ochołowska se alejó lentamente por una avenida del parque, acompañada de los pensionistas. Leszczuk y Maja continuaban jugando.

El muchacho se distraía cada vez más y demostraba más impaciencia al devolver las pelotas. Las preguntas se precipitaban en su mente. ¿No estaba allí Cholawicki? No, debía de haber vuelto al castillo. «Pero ¿qué me habrá pasado por la cabeza? ¡Sin contar con que de inmediato todas las sospechas habrían recaído sobre mí!»

Pero ante todo se imponía esta magnífica evidencia: ¡Maja no había dicho nada a nadie! Más aún, había propuesto una partida de tenis, como si nada hubiera sucedido.

Él se había dado cuenta de que estaba fatigada, pálida, como después de una noche sin sueño, distraída en el juego, y él no esperaba sino el momento en que se encontraran a solas. Su impaciencia crecía por momentos y falló algunos pelotazos muy fáciles.

Lo cierto es que después de haber hecho seis saques afuera o en la red, Maja abandonó la pista.

Leszczuk se reunió con ella. Los árboles los ocultaban tanto de los chiquillos que recogían las pelotas como de la casa.

—¡Un momento! —exclamó Leszczuk.

Maja se volvió.

—¿Es que... no jugaremos esta tarde?

—No.

—¿No tiene usted tiempo? —Sin duda era una pregunta muy tonta. No sabía cómo hablarle, cómo tratar el incidente del armario. Ella lo miró con asombro.

—No.

Su indiferencia parecía tan poco fingida que Leszczuk comenzó a preguntarse si no había soñado la víspera. Le tomó de la mano.

—¿Qué es esto, se ha vuelto loco? —exclamó Maja
y le pegó un raquetazo con todas sus fuerzas.

Leszczuk no pudo esquivar del todo el golpe y lo recibió en el hombro izquierdo. La señorita Ochołowska
se alejó.

¿A qué se debía su actitud? Por lo visto Maja consideraba que entre ellos no había sucedido nada... Es así
como veía las cosas. Se frotó el hombro dolorido y se internó en el parque.

Nunca se había sentido tan desdichado. Todos los
sentimientos confusos que había experimentado hacia
ella en el curso de la noche se transformaron en odio y
furor. Se acercó a un árbol y se puso a romperle las ramas, una tras otra...

Mientras tanto, Maja se había sentado en su cuarto
y fijaba en la pared una mirada ausente.

—Ese grosero... —murmuró—. No se arredra ante
nada, ese... ¿ladrón?

¡Ladrón!

Estaba segura de que había querido robarle el dinero del armario. Sí, simplemente robarlo y huir con el dinero. ¡Un vulgar ladrón, eso es lo que era!

Maja se asombraba de que el súbito descubrimiento de la verdadera naturaleza de Leszczuk, la indelicade-
za, trivialidad y bajeza de su acto hubieran podido tras-
tornarla de esa manera. El muchacho le inspiraba tal
aversión que había hecho un gran esfuerzo para propo-
nerle jugar.

Se estremecía. Tal vez fuera precisamente el parecido

que los unía la causa de que su mísera y grosera deshonestidad la hubiera conmovido hasta tal punto. Era como si la hubiera sentido en su propia piel.

Al principio, al conocerlo, no le había parecido ni deshonesto, ni grosero, ni codicioso. Lo había encontrado quizá un poco tosco, pero decente. Y de pronto...

«¡No se arredra ante nada! Imaginarse que yo...»

Aunque pensándolo bien... Ese instante de debilidad al que ella había sucumbido inexplicablemente la noche anterior debió de trastornar al muchacho, envalentonarlo, volverlo descarado y confianzudo. De eso estaba convencida.

Lo sabía porque ella misma, en su lugar, hubiese obrado de igual modo. Pero de eso a permitirse...

«No ha recibido sino lo que se merecía —pensó con satisfacción—. ¡Espero que lo haya entendido!»

Y para colmo, ese día estaban los dos pálidos y agotados, más parecidos que nunca, pero esa vez por haber compartido una misma experiencia.

¿Acaso esas dos mujeres habrían observado en ambos la misma palidez? ¿Habrían asociado la fatiga que los agobiaba?

«Debo exigir que lo despidan, darle a entender a mamá que su conducta respecto a mí no es irreprochable. Encontrará en seguida el medio de librarse de él con tacto y discreción. Una palabra, sólo tengo que decir una palabra, y se irá hoy mismo. ¡Es necesario! Mamá no me hará ninguna pregunta.»

Pero Maja sabía muy bien que no diría esa palabra. ¡No! No podía hacerse a la idea de que la víspera se había abandonado hasta el extremo de...

El recuerdo de ese instante la llenó de tal cólera contra sí misma que se mordió los labios hasta hacerlos sangrar. Apretó los puños... ¡En un armario! ¡En un armario con ese Leszczuk! ¡El colmo del ridículo!

Y habían permanecido allí mucho tiempo, quizá diez minutos... hasta que se fue Cholawicki... ¡Diez minutos! ¿Y si se hubiesen besado?... Un beso puede ser un simple capricho, una fantasía más o menos escandalosa... Pero no, se habían cogido de la mano, en la embriaguez y el éxtasis... Era más grave... Eso se parecía al amor.

¡Amar a Leszczuk!

Y por si fuera poco, él habría oído la escena que le había hecho su novio y por lo tanto estaría al corriente de su parecido... si es que no se había dado cuenta por sí mismo.

No había que precipitar las cosas. Leszczuk debía quedarse en la casa por lo menos algunos días, el tiempo necesario para que ella pusiera las cosas en su lugar, para demostrarle a él, a los demás y a sí misma el poco caso que le hacía.

«¡Se arrepentirá!»

Se pasó agua fría por la cara y bajó, indiferente y resuelta. Como se demorara junto a una ventana del comedor, alguien la cogió delicadamente del brazo. Se volvió y encontró la mirada preocupada de su madre.

—Maja —dijo la señora Ochołowska bajando los ojos—, me parece que sacas poco provecho de tu entrenador, y había pensado en instalar a Marysia en el cuarto que él ocupa.

Maja contestó:

—Me gustaría que se quedase algunos días más.

La señora Ochołowska suspiró. Qué preocupación diaria la de tener una hija tan hermosa y tan difícil... Hasta el punto de que a veces hubiera deseado que se casara con Cholawicki, pues la asustaba su carácter independiente, reservado y voluntarioso.

Pero no se atrevió a pedirle nada y volvió a sus ocupaciones domésticas, que le absorbían la mayor parte del tiempo. Vio a lo lejos que Maja leía lentamente una carta, y que reflexionaba. Ah, ¿de dónde provenía ese abismo entre ambas, que le impedía hablar con su hija, ayudarla, aconsejarla?

Maja releía por tercera vez la carta de Cholawicki. ¿Acudiría o no a la cita? En condiciones normales, apenas si se hubiera alzado de hombros... Pero esta vez tenía razones para tratar a su novio con miramientos.

Deseaba reconciliarse, restablecer su buena unión, poder contar con su apoyo. Después de todo, Cholawicki era elegante, pertenecía a su mismo mundo; y Maja sentía la necesidad imperiosa de una reconciliación con un hombre tan correcto, y de su condición social.

De todos modos, no podía quedarse sin hacer nada. Necesitaba actuar. Todo choque, toda emoción, debían encontrar una descarga inmediata en la acción. Resolvió ir al castillo, y, después de la cena, por la noche, salió de casa envuelta en una gabardina, con una linterna en el bolsillo.

No tenía miedo de los perros, que la conocían, y hasta podía volver a una hora avanzada de la noche sin llamar la atención porque sabía que Marysia, la criada, que estaba bien dispuesta, le abriría la ventana cuando ella golpease.

Maja se sumergió entre las masas enormes de las coníferas. Avanzaba silbando, con un paso vivo y nervioso, entre los secretos nocturnos del bosque. Se sentía de excelente humor.

La noche y el bosque despertaban en ella una agradable excitación y al mismo tiempo la apaciguaban, calmaban el ardor de su ambición y de su amor propio herido.

Pero cuando emergió del bosque al borde de los vastos pantanos que cernían el castillo, se estremeció. La desolación del lugar era extraordinaria.

Una bruma flotaba por encima de las aguas desbordadas del río, sobre los pantanos cubiertos de juncos y los matorrales de arbustos. A lo lejos se veía una mezcla de tierra, agua y niebla, en que la mirada se internaba y se hundía sin encontrar apoyo.

Las capas blanquecinas conquistaban ya el pie de las murallas, más grandiosas y solitarias que nunca. A lo lejos resonaron ladridos aterrorizadores, como un grito de sufrimiento.

Maja no tenía miedo a nada, pero temía la muerte. Y ese castillo desierto, perdido entre las aguas, las nieblas y la turba, era para ella la imagen misma de la muerte, de una existencia que toca a su fin: condenada, tullida de años y de grandeza, moribunda.

Sintió cierto espanto al ver la lucecita solitaria que brillaba en la ventana de una torre. A pesar de todo, prosiguió su camino.

Caminaba ahora a lo largo del malecón y de pronto la envolvió la humedad característica de la niebla. Aquí tenía que mantenerse particularmente atenta. No era difícil perder el rumbo en ese suelo traidor, cenagoso, que a tramos se hundía insensiblemente en los pantanos, y encontrar allí la muerte.

Al cabo de tres cuartos de hora de una marcha agotadora, llegó a la pendiente del monte. En realidad sólo merecía el nombre de monte en relación con el trasfondo liso de la llanura que dominaba. Era apenas un montículo, una colina que no pasaba de cincuenta metros. Pero al menos allí terminaba el barro que se pegaba a las suelas.

De cerca, el castillo surgía de la bruma aún más extraño. El fantástico edificio medieval tenía algo irreal con sus resaltos, sus almenas, sus troneras, sus casamuros, sus torres, sus caminos de ronda. Aquí y allá se veía una ventanita y sus cristales de vulgar casa habitada, así como otros detalles feos y sin estilo que permitían adivinar los muchos años de esa vivienda derruida.

Maja redobló sus precauciones. A medida que subía, había menos niebla y se habría podido adivinar su silueta en el claro de luna.

Por suerte reconoció justo frente a ella la espesura que señalaba la entrada del subterráneo por donde debía tomar. Cholawicki le había descubierto un día, para divertirla, esa curiosidad. El pasaje, que conducía a uno de los sótanos del castillo, se abría a decir verdad mucho más lejos, en el bosque, pero desde tiempos inmemoriales ese trecho se había vuelto impracticable. En épocas recientes, uno de los propietarios del castillo lo había comunicado con el exterior en ese lugar perfectamente escondido por la maleza, y casi inaccesible.

«¿Por qué razón? —pensó Maja—. Quizá una mujer iba a reunirse con él por allí.»

Y se internó entre las zarzas, llegó a una estrecha escalera y encendió la linterna. Se encontró en un lugar oscuro y húmedo. Avanzaba lo más rápidamente posible, ahuyentando las ratas a su paso. Otra escalera, y se encontró bajo las bóvedas del sótano. Cholawicki corrió hacia ella.

—Gracias —dijo.

Maja tuvo que recobrar el aliento. Atravesar el subterráneo era, al fin y al cabo, muy impresionante. Llegaron a la planta baja por una escalera de caracol, y atravesaron una serie de salas vacías y ruinosas hasta llegar finalmente a una nueva escalera muy estrecha.

Una galería más, desierta y helada, y llegaron a un cuarto de dimensiones reducidas, iluminado por una lámpara de queroseno. Moría el fuego en la chimenea. Dos armarios, una mesita, algunas sillas y una cama en el rincón constituían todo el mobiliario. Pero a pesar de su austeridad espartana, este cuarto estaba habitado, y Maja sintió al encontrarse allí un gran alivio.

—¿Te ha dado por beber? —preguntó, al ver varias botellas sobre la mesa.

Cholawicki se acercó a la puerta y la entreabrió.

—Debemos andar muy despacio —dijo a media voz—. ¿Tienes idea del lugar donde estamos? Este cuarto se encuentra en la mitad del ala sur. Seis grandes salas lo separan del cuarto del príncipe, que está situado en la torre llamada «Dorotea», en el ángulo sudoeste. Dejo la puerta entreabierta. Con él, nunca se sabe. Si se le ocurriera salir de su cuarto, no tendrías más que bajar. Grzegorz duerme en el otro extremo del castillo.

—¡Cómo admiro tu sangre fría! —dijo la joven, espantada por el silencio.

—¡Y te asombra que beba! —exclamó él—. Si no bebiera, muy pronto estaría tan loco como él. No te imaginas lo que es vivir noche y día en semejante lugar, presa de los caprichos de un insensato. ¡Pero no tiene para mucho!

Profirió estas últimas palabras con tanta alegría que Maja levantó los ojos del fuego.

—¿Tan mal está? —preguntó.

—¡Sí! —replicó Cholawicki—. El estado de sus nervios empeora a ojos vistas, signo de que su organismo se debilita. A mi vuelta de Połyka, anoche, me hizo una escena terrible, llorando, quejándose de que lo abandonaba... No podré ausentarme por más de una hora. En adelante permaneceré clavado en el castillo, pero no por mucho tiempo. ¡Muy pronto todo esto no será más que un recuerdo!

La atrajo hacia sí.

—¡Sabía que vendrías! Ni por un instante he pensado que nuestra riña pudiera tener consecuencias serias. ¡Estás unida a mí! Y así debe ser, porque estamos hechos para comprendernos. Los dos somos igualmente lúcidos, hábiles y audaces. ¡Qué pareja formamos! ¡Yo soy el hombre que tú necesitas! No nos ofusquemos por cosas insignificantes.

Maja se liberó ligeramente de su abrazo.

—¿Estás seguro de que no te has hecho demasiadas ilusiones? —dijo—. Hablo del príncipe. Como no anda muy bien de la cabeza...

—El testamento está hecho. No hay herederos ni parientes. Y no existe la menor posibilidad de que le cambie una coma.

En ese instante, Cholawicki aguzó el oído.

—Me ha parecido que llamaba. No puedes imaginarte qué fastidioso ha regresado de ese viaje a Varsovia. Ha vuelto quebrantado, como si hubiera envejecido más de diez años. Sí, el testamento está bien hecho. Intachable. Por lo demás, ¿quién querría intentar un proceso por bienes cargados de hipotecas? Soy el único enterado de que aún se puede sacar algo y que el príncipe no está en bancarrota total, como todos piensan. Bueno, ¿sigues enojada conmigo?

Le tomó la mano, pero Maja la retiró con violencia.

—¿Qué pasa? —dijo él, frunciendo las cejas.

—Nada.

—¿Me amas?

—No.

—Entonces, ¿por qué estás aquí?

—¡Por negocios!

Cholawicki sonrió. Esas maneras no le disgustaban. Le atraía el tono de ella, abrupto y cortante, que contribuía a su encanto. Estaba demasiado seguro de sus propios méritos para dudar por un instante de que Maja lo amaba. Pero le gustaba comprobar que ella nunca cedía ni se excedía en efusiones sentimentales.

Y Maja, sabiéndolo tan absolutamente seguro de sí, sentía un maligno placer en decirle las peores cosas. Por lo demás, ella misma prefería cien veces más esa franqueza y fría lucidez a desfallecer vergonzosamente como lo había hecho en el armario.

Cholawicki le cogió de nuevo la mano, y esta vez ella no trató de retirarla. Pero de repente el recuerdo de Leszczuk se le impuso con tal violencia que se puso lívida y tuvo que cerrar los ojos, mientras que con la otra mano se aferraba convulsivamente a la mesa.

—Me amas —suspiró él atrayéndola—. ¡Me amas!

—¡Déjame!

Es ese instante, ambos oyeron una débil llamada:

—¡Henryk! ¡Henryk!

La aterrorizó la voz senil y temblorosa, perdida en las salas desiertas.

—Es el príncipe —gruñó él entre dientes—. Tengo que ir. ¡Espérame!

Salió presuroso. Maja se encontró a solas. Se sentó y permaneció algunos momentos mirando el fuego que agonizaba en la chimenea y le coloreaba el rostro con reflejos rojizos.

Comprendió entonces que una temporada prolongada en el castillo podía acabar con los nervios más templados. Ni el bosque en la noche ni el subterráneo habían despertado en ella esa angustia que la dominaba en esa serie de cuartos vacíos.

Sus sentidos sobreexcitados vibraban al menor susurro procedente de lo más profundo del edificio, que parecía animado de vida propia... Era un crujido... a veces un chirrido... Una rata enorme surgió por la puerta entreabierta y desapareció al instante.

«¿Qué he venido a hacer aquí?», se preguntó Maja.

Empezaba a tener miedo. Miedo del castillo. Pero no era sólo eso. También tenía miedo de su novio. Hasta entonces no se había preguntado sobre su presencia en el castillo. Sabía que era el secretario del príncipe y la única persona que ese viejo extravagante soportaba, además del criado Grzegorz. Sabía también que Cholawicki esperaba heredar lo que quedaba de los bienes de Mysłocz, una quincena de granjas en mejor estado de lo que se creía. No había en ello nada que pudiera inquietarla demasiado. Encontraba a su novio duro, intratable, pero muy conveniente pese a ello.

Si fingía estar apegado al príncipe con el propósito de apoderarse de sus bienes, nada permitía creer que fuese capaz... de uno de esos actos sugeridos por la atmósfera sombría e inquietante del castillo.

Parecía, en verdad, que una estancia prolongada en ese sitio no podía sino hacer germinar pensamientos sombríos y criminales. Y para soportarlo se necesitaba una resistencia poco común y una rara pasión.

Maja se dio cuenta bruscamente de que siempre había subestimado las fuerzas de Cholawicki.

Se estremeció. Echó una mirada por la puerta entreabierta. El cuarto vecino estaba a oscuras. Sólo una débil claridad entraba por las ventanas. Las ratas hurgaban en los rincones. Se sentía el soplo del vacío. Permaneció escuchando la extensa gama de los susurros y murmullos del castillo.

«Esos muros deben de tener un metro y medio de espesor», se dijo.

De pronto brilló una luz a lo lejos. Retrocedió rápidamente.

Era Cholawicki que volvía de ver al príncipe y que apareció en seguida con su lámpara en la mano.

—¿Qué tenía? —preguntó Maja.

—¡Nada! Dormita casi todo el tiempo. Al cabo de algunas horas se despierta y me llama para comprobar que no lo he dejado solo.

—¿Incluso por la noche?

—¡Desde luego! ¡Pero no tiene para mucho tiempo! —Se sirvió un vaso—. ¿Quieres un trago?

—De buena gana.

Cholawicki cogió la botella, pero se quedó inmóvil con el vaso en la mano. Palideció.

—¿Qué pasa?

—Chist... Hay alguien.

—¿Dónde?

—Silencio. Estoy acostumbrado. No cabe duda, alguien se ha metido en el castillo.

Su mano temblaba hasta el punto de derramar el líquido del vaso. En vano aguzaba el oído; no podía distinguir nada especial.

—Te habrá parecido —susurró Maja.

Él la miró con aire ausente.

—Estoy seguro, absolutamente seguro de que hay alguien...

Ambos se estremecieron. Un grito horadó el silencio de la noche. Era el príncipe, que repitió cinco o seis veces, con voz aguda, estridente, demencial:

—¡Franio! ¡Franio! ¡Franio! ¡Franio! ¡Franio!

—¿Quién es? —exclamó Cholawicki.

Cogió una browning y la linterna.

Maja lo siguió corriendo. ¡Por nada del mundo se hubiera quedado allí sola! Atravesaron a la carrera las salas desiertas. Cuando llegó al cuarto del príncipe, Cholawicki desapareció detrás de la puerta. Maja percibió la voz mortecina y el sollozo sin fuerzas del anciano, un estertor prolongado que terminó en un ataque de tos. Se refugió en el hueco de una ventana para que nadie pudiera sorprenderla. Después oyó un nuevo gemido:

—¡Franio, Franio!

Cholawicki volvió junto a Maja, pero le hizo señas con la mano para que esperara antes de desaparecer corriendo en las profundidades del castillo. Sólo reapareció al cabo de cierto tiempo. Su rostro revelaba una seria inquietud.

—Ha debido de ver a alguien para gritar así. Alguien que ha entrado en su cuarto, lo ha despertado y ha huido cuando el anciano se ha puesto a gritar. Debe de ser un muchacho. ¡Una de las manías del príncipe es ver en todas partes a un tal Franio! No soporta a los jóvenes que le recuerdan a ese Franio. Por lo demás, tengo la prueba de que había alguien. Mira lo que he encontrado.

Puso sobre la mesa una navaja de varias hojas.

Maja la reconoció en seguida. Era la que Leszczuk

había usado la víspera, después del almuerzo, para pelar una manzana.

—¡Ah!

Desvió rápidamente la mirada, pero en seguida comprendió que lo hacía deliberadamente, para no decir a Cholawicki a quién pertenecía la navaja. ¡Esta vez, era demasiado!

—Conozco al dueño —dijo a despecho de sí misma, furiosa—. Es la navaja de Leszczuk.

Cholawicki se sobresaltó.

—¿Qué dices? ¿Estás segura?

—A menos que él tenga una igual.

—Entonces es más grave de lo que me temía.

Maja sonrió:

—¿No exageras?

Parecía inevitable una nueva escena de celos y al mismo tiempo la buscaba. Pero Cholawicki, ante su asombro, se contentó con gruñir:

—No has comprendido nada. Sígueme.

Pasaron por las mismas salas que habían atravesado momentos antes, pero apenas llegaron al cuarto del príncipe tomaron por una galería lateral. Era larga y muy alta; en la bóveda, a la escasa luz de la linterna, Maja percibió vestigios de pinturas. Tropezando sobre las losas desiguales, franquearon un pequeño pórtico y tomaron a la izquierda. Él dio vuelta a la llave de una pesada puerta de roble.

Un aire confinado envolvió a Maja.

—Mira —dijo Cholawicki apretando el botón de su linterna.

Era una vasta sala cuya cúpula reposaba en su centro sobre una columna. Parecía atestada de muebles, en contraste con la desnudez de lo que Maja había visto hasta entonces. Bajo la bóveda corría un largo friso, borrado a tramos, que representaba escenas guerreras. Las paredes estaban tapizadas de brocado y el suelo cubierto por dos grandes alfombras persas, grises de polvo.

Pesados armarios y cofres del Renacimiento esculpidos se adosaban a la pared, también cubiertos por tanto polvo que daban la impresión de que ninguna mano los había rozado desde hacía un siglo. Muchos cuadritos antiguos completaban un conjunto que no tenía el brillo del lujo, sino tan sólo la nostalgia de las cosas abandonadas.

—¿Para qué me has traído aquí? —preguntó Maja, mirando el escudo de armas esculpido sobre la chimenea.

—¡Para que entiendas! —replicó él—. Si soporto este lugar desde hace dos años es únicamente por estas malditas antiguallas. No te dije nada hasta ahora porque no veía la necesidad de hacerlo. En efecto, nada se puede esperar de los bienes de Mysłocz. Ni el mismo diablo conseguiría nada. Pero o mucho me equivoco, o este mobiliario vale millones, digo bien, ¡millones!

—¿Millones? —Maja hizo un mohín—. ¿Estás seguro?

—No, no estoy seguro. ¡Ahí está todo! Yo no entiendo. Sólo un verdadero experto podría fijar el valor aproximado de ese cuadro, por ejemplo... Desde luego son piezas auténticas. Nada se ha tocado aquí desde hace dos siglos. Pero no podría decir si todo esto vale decenas de millones, o millones.

—¿Millones?...

—Sí. Hay detalles que permiten suponerlo. Corre la leyenda por el castillo. Una vez, Grzegorz, el criado, que aún recuerda al padre del príncipe actual, hizo una alusión delante de mí. El viejo príncipe, antes de caer en la locura, quiso llevar varios cuadros al extranjero para levantar sus hipotecas. He encontrado una mención en las cartas que dejó. Es una mención muy vaga, pero innegable. Por otra parte, el viejo se conduce también de manera extraña respecto al moblaje. Se diría que es un viejo roñoso empeñado en esconder el valor de lo que posee. Pura maldad de loco, sin duda, pero tengo buenas razones para pensar que todas las granjas de Mysłocz juntas no bastarían para pagar lo que contiene esta sala. ¡Y hay ocho como ésta!

—¿Por qué no llamas a un experto? —preguntó Maja, cayendo de las nubes.

—¡No soy tan tonto! ¡Invitar a un marchante para que divulgue el asunto y la prensa lo propague! Al día siguiente toda Polonia sabría que se han descubierto tesoros en el castillo de Mysłocz. Acudirían todos los acreedores de la familia, todos aquellos que, por el momento, me dejan en paz. ¡No! El juego que hago es demasiado delicado para correr ese riesgo. He pensado más de una vez en la posibilidad de llevar uno de esos cuadros a Varsovia para que le hagan un peritaje. Pero si por azar eligiera la obra de algún maestro célebre, no podría contar con la discreción del experto. En cuanto a formarme una opinión yo mismo, ¡ni pensar! ¡No! No puedo someterme a la buena o mala voluntad de los marchantes y los expertos. Sé demasiado bien que nada los detiene, tan pronto olfatean un negocio. ¡Y qué negocio! Prefiero armarme de paciencia y no intentar nada hasta no ser el dueño y señor.

Su voz temblaba. Maja comprendió hasta qué punto debía dominarse, viviendo en contacto cotidiano con esos objetos, para contener durante tanto tiempo su afán de esclarecer sus dudas. Él tocó con la punta del dedo una de las telas.

—¡No, no —murmuró—, es imposible que todo esto no tenga valor, imposible! ¿Cuánto darían por este cuadrito? ¿Qué piensas tú? ¿Doscientos mil, trescientos mil? ¿Y por esa alfombra?

Maja pensó que si él se enteraba de pronto de que no eran sino simples copias, no se consolaría jamás. Observó con espanto hasta qué punto estaba pálido.

Su novio le daba cada vez más miedo. ¡Qué diferente le parecía en el castillo de como se mostraba en Połyka! Sus palabras le producían escalofríos por la espalda. Y nada se presentaba ya como ella lo había imaginado. Ya no era cuestión de tierras, sino de muebles.

—¿Por qué no me lo has dicho nunca? —preguntó.

—Si no te lo he dicho nunca es porque un secreto está mejor guardado cuantas menos personas lo saben. Pero ahora veo que solo no llegaré nunca a nada, y que tú eres mi único recurso. ¿Te das cuenta de lo que representa para mí la visita nocturna de ese muchacho? —exclamó arrebatado—. ¡Justo en el momento en que el profesor veranea en tu casa!

—¿El profesor?...

—Pues sí, el profesor, un especialista, un historiador del arte. ¿Crees que ha venido sólo para veranear? Vamos, algo tiene que haber llegado a sus oídos. Por lo demás, ya me ha dicho que quiere visitar el castillo.

Cerró cuidadosamente la puerta. Maja miró por la ventana y permaneció alerta. El patio del castillo, dentellado de pórticos semiderruidos, parecía salir de un sueño en el claro de luna... y Maja empezaba a creer en la realidad de los tesoros.

Pero Cholawicki la cogió brutalmente del brazo.

—¡Entremos! —dijo entre dientes.

Volvieron al cuarto.

—Tienes que ayudarme. Acuérdate de que no sólo se trata de mí. Nuestro porvenir está en juego.

—¿Adónde quieres ir a parar?

—Hay que averiguar si Skoliński sospecha algo; si el que ha venido hace un rato era Leszczuk y, en tal caso, qué intenciones traía; y sobre todo —y esto es lo más importante— si no obraba por instigación del profesor. Haz como te parezca, con tal de averiguar algo. No te costará trabajo sonsacar a ese muchacho.

—¿Y por qué habría de sincerarse conmigo?

—Se confiará más fácilmente a ti que a mí —gruñó él.

La mirada que le lanzó explicaba elocuentemente el sentido de sus palabras. ¡Sí, era verdad, los dos se parecían!

—¿No estás celoso? —le preguntó ella en tono burlón.

—¡Dejemos esas tonterías! Y deja de provocarme, no es el momento oportuno. Debes sonsacarle todo lo que puedas; eres la única que está en condiciones de hacerlo.

—¡No quiero!

—¡Cómo que no quieres! ¿Por qué? ¿Por qué me niegas ese pequeño favor? ¿Vas a permitir que me las arregle solo? O si...

—¡No quiero!

Apartó la cara. Le repugnaba la idea de ser obligada a acercarse a Leszczuk para impulsarlo a hacerle confidencias. ¡Tener conciliábulos con él!

—¡No exijas eso de mí! —dijo en voz baja.

—¿Por qué?

—¿No comprendes que después de lo que me dijiste ayer no tengo ningún deseo de conversar con él, sobre todo de ese asunto y de esa manera?

—¿Has perdido la cabeza? ¡Leszczuk te preocupa demasiado! No debería ser para ti más que un cero a la izquierda, absolutamente nada. Si llegara el caso, no tendrías vergüenza, aunque el mundo entero te dijese que te pareces a él. ¡Qué puede importarte!

—Muy bien, le hablaré.

—Trata de mostrarte hábil.

—Lo intentaré.

—Y prudente. Que él no sospeche nada.

—Haré todo lo posible.

—Ven a verme mañana, a la misma hora. Cuando sepamos algo concreto, podremos decidir lo que ha de hacerse.

—No estoy segura de lograrlo tan rápido.

—Ven, de todos modos. Es terrible estar encerrado aquí como en una prisión.

4

Leszczuk estaba persuadido de que lo mejor sería no decirle una palabra al profesor sobre su expedición nocturna. Aún se estremecía al recordar los gritos demenciales del viejo príncipe y su huida enloquecida por el dédalo de salas y escaleras.

Tuvo suerte de que el príncipe, al despertarse sobresaltado, lo hubiese confundido obviamente con otro y creyera reconocer en él a ese «Franio». Si sabía callarse, conseguiría salir bien del paso.

Lo cierto era que la víspera no había tenido la menor intención de aventurarse en el castillo. Pero después de su disputa con Maja, mientras deambulaba por el bosque, se encontró sin saber cómo en las proximidades del castillo y le vinieron a la memoria las palabras del profesor.

«¿Y si fuera?», se dijo. Tenía que hacer algo, obrar. Borracho, indiferente a todo, habría hecho cualquier cosa para olvidar lo que había pasado y no pensar más en Maja.

Dos veces se vio obligado a desvestirse y atravesar a nado un agua fangosa. En efecto, desde cerca, descubrió que la superficie de los muros del oeste estaba llena de fisuras y grietas. En algunos lugares, la piedra se había derrumbado, abriendo largas brechas al nivel del primer piso. Después de muchos ensayos infructuosos logró subir por una de ellas, aferrándose a los salientes del ladrillo derrumbado. Ya estaba en el lugar. Paseó su mirada en torno suyo, y se dijo: «Ahora que he llegado, veamos...»

Avanzó prudentemente por el patio cuyas losas rotas se abrían en las tinieblas.

Todo parecía desierto. Ni rastro de tesoros. Grandes salas húmedas y desnudas, leprosas. Ni un alma viviente. Sólo ratas.

Adquiría más seguridad a medida que avanzaba. Accionó el picaporte de una puerta y súbitamente se encontró en medio de la claridad de una vela, frente a un anciano tendido sobre su cama, que lanzó un grito espeluznante. Cerró la puerta de golpe y corrió como loco hacia la salida. Por suerte, no se equivocó de camino. Unos minutos más tarde estaba afuera, y dos horas después en Połyka.

Eso era todo.

«¡En qué lío me he metido! —pensaba mientras subía por una avenida del parque, mascando una brizna de hierba—. ¡Maldita casualidad! ¡Primero el armario, y ahora el castillo! Desde que estoy aquí, han estado a punto de pillarme dos veces... ¡Yo que nunca le he quitado un centavo a nadie! ¡No sé qué me sucede! Haría mejor en marcharme y olvidarlo todo.»

Maja despertaba en él una sorda animosidad. Pensándolo bien, hubiera preferido que lanzara un grito en el armario a que se hubiese comportado con tanta naturalidad. Al menos todo estaría claro. ¿Pero ahora?

Hasta dudaba de si era honesto o no. Y esta incertidumbre lo atormentaba. Pero al mismo tiempo la actitud de Maja lo perturbaba profundamente. ¡Una muchacha decente, conducirse de ese modo! ¡Todo era por culpa de ella!

Volvió la cabeza...

Maja estaba junto a él, con una sonrisa traviesa en los labios.

—Quería devolverle esto.

Le mostró la navaja.

—¿Dónde la ha encontrado? —preguntó sorprendido.

—En el castillo.

Leszczuk se puso tenso.

—¡Pues entonces no es la mía!

Maja sonrió.

—Es inútil negarlo —dijo en voz baja—. Sé que usted estuvo allí... Lo vi. ¡Yo también estuve anoche! No tenga miedo, no se lo diré a nadie.

—¿No dirá nada?

—Nooo...

Por la rápida mirada que Maja le echó, Leszczuk comprendió que podía tenerle confianza. Como si hubieran sido cómplices desde siempre. La muchacha se le acercó.

—¿Para qué fue al castillo? —preguntó apoyando la mano en un árbol, justo a su lado.

De nuevo una leve sonrisa vagó por sus labios. Levantó la cabeza y posó su mirada en la copa del árbol; después volvió a bajarla hacia él. Todo tenía un algo familiar, como si ella le hubiera dado un codazo intencionado.

Como no obtuvo respuesta, repitió en voz baja, casi sin mover los labios, pero con vehemencia:

—No se lo diré a nadie. ¿Fue por algo... como lo del armario?

¿Era preciso confesar que si él había querido robar el dinero era por un impulso de cólera, para vengarse de ella? No, no se lo creería. Por lo demás, en la voz de Maja había algo de ávido, de insatisfecho, que le hacía sentir que no estaba obligado a justificarse. Se contentó con reír, y Maja le contestó con la misma risa exasperante que en el rellano de la escalera, cuando le había preguntado si pensaba hacer carrera.

—Usted... —empezó Leszczuk sin saber demasiado lo que quería decir.

Pese a todo, los dos reían y se observaban con curiosidad. ¿Era verdad que se parecían tanto? Y al convencerse de ello experimentaban una gran alegría, se sentían muy próximos el uno del otro.

—Pero, ¿cómo sabía usted que había dinero en el armario? —preguntó la señorita Ochołowska como si no fuera la dueña del armario y del dinero, sino la cómplice del robo.

—Cuando usted dormía en el tren, vi una carta que le sobresalía del bolsillo de su abrigo. La cogí y la leí.

—¡Leyó usted la carta de mi madre! Es verdad, en ella se hablaba del dinero. Pero, ¿por qué la cogió?

—¡Por curiosidad!

Rieron de nuevo. Se comprendían muy bien.

—Y en el castillo —preguntó ella como al descuido—, ¿qué le hizo pensar que podía haber algo de valor? ¿Se lo dijo el profesor Skoliński?

—¿Cómo lo sabe?

Maja guiñó los ojos.

—Es una cuestión que me interesa. Usted sabe que mi novio vive en el castillo, como secretario del príncipe. Y mi novio me interesa. Pero... ¿realmente es usted capaz de hablar conmigo con franqueza?

—Sí.

—¿Lo jura?

—Lo juro.

—¿Fue Skoliński quien lo mandó al castillo?

—Sí. Me dijo que debía de encerrar grandes tesoros, según él había leído. Quería saber qué había en realidad. Entonces me dije: «¿Y si me arriesgara a ir?» Pero recuerde que me ha prometido no decir nada a nadie.

Le hizo el breve relato de su expedición.

—¿Entonces...?

—Bah... No he atravesado más que unas salas, pero estaban vacías. Nada en las paredes. Quizá haya algo en las otras. Dígame, ¿existen o no existen esos tesoros? —preguntó Leszczuk con curiosidad; pero ella no le respondió.

—¿Le ha explicado a Skoliński lo de anoche?

—Todavía no. Iba a hacerlo.

—No le diga nada... por el momento. Espere hasta mañana. Debo reflexionar. ¿No se lo dirá?

—Digamos que no le hablaré.

—¡Bueno, vamos a jugar! ¡El suelo ya está seco!

Echó a correr seguida por Leszczuk. Pero al acercarse a la casa, Maja aminoró el paso. «Despacio», murmuró. Cogieron las raquetas y las pelotas.

Desde los primeros pelotazos, el partido se anunció excelente. Uno y otro se dejaban embriagar por el juego, olvidando el mundo entero, entregados a su alegría. Maja se asombraba de devolver milagrosamente las pelotas como nunca había soñado hacerlo, y él descubría nuevos horizontes a cada jugada. Nadie miraba. La similitud de sus estilos y temperamentos hacía que se comprendieran al vuelo, que se pusieran de acuerdo en la lucha, y que cada cual diera lo mejor de sí.

Maja perdía. Perdía irremisiblemente a medida que él adquiría seguridad, desarrollaba sus posibilidades y despertaba otras nuevas; pero ella se defendía palmo a palmo, salvajemente.

En un momento dado, Leszczuk le preguntó para impacientarla mientras cambiaban de campo:

—¿Qué tal?

Ella respondió, sin aliento, en un murmullo apenas audible:

—Excelente.

Pero hacia el fin del set cogió súbitamente con más fuerza su raqueta y huyó hacia la casa. Leszczuk quedó en la pista sin comprender qué había pasado. ¿Cómo había podido contarle todo en un minuto? ¿Por qué se había puesto a conversar con ella como si se conocieran desde siempre? ¿De dónde le había venido esa seguridad para jugar? ¿Y por qué había huido, qué le había sucedido esta vez? Las preguntas quedaron sin respuesta; no sabía qué pensar, mientras una alegría mezclada de aprensión inundaba su corazón.

Después de la comida, cuando el profesor empezó a hablarle del castillo, le contestó lo primero que se le pasó por la cabeza: que había buscado un pasaje pero que no había podido llegar hasta los muros, rodeados como estaban por agua y fango.

—Esta noche trataré de buscarlo de nuevo, pero sin entrar en el castillo. ¡Si usted quiere visitarlo, vaya solo! Yo no quiero mezclarme en el asunto.

—Bueno, bueno —replicó el profesor—. Me las arreglaré sin usted.

Por la noche, Maja se deslizó a hurtadillas para encontrarse de nuevo con su novio. Con las manos en los bolsillos de su gabardina y la cabeza baja, seguía a prisa un malecón entre las aguas estancadas y los juncos. La luna se alzaba en la oscuridad.

«Henryk podrá estar satisfecho —pensaba mientras avanzaba nerviosamente por el sendero resbaladizo—. Me he enterado de todo con más rapidez y facilidad de lo que suponía. He conquistado su confianza y en adelante no hará nada que yo no quiera. ¡Sí, Henryk podrá estar satisfecho —repetía (y el agua chapoteaba a sus pies)—, sí, podrá estar satisfecho!»

Pero ella no lo estaba. Cuando pensaba de nuevo en su conversación, en las risas de Leszczuk, en su fácil acuerdo, y en la caminata que hicieron para ir a buscar las raquetas, la sangre le afluía al rostro. Apuraba el paso como para huir, apretaba los puños y las mandíbulas como si se acordara de una inconveniencia, tratando en vano de persuadirse de que no era más que un juego, que ella se ponía deliberadamente a su nivel. ¡Qué ridícula estaba! ¡Y qué parecida a él! ¡Cada vez más parecida!

¡Era para volverse loca!

Cholawicki la esperaba en el sótano y ambos fueron a su cuarto. Maja le contó en pocas palabras todo lo que había sabido por Leszczuk.

—Así que no me había equivocado —murmuró él palideciendo—. El profesor está al corriente. Debí haberlo sospechado. ¿Qué hacer?

—Leszczuk no dirá nada de su venida al castillo mientras yo no lo quiera. Me ha dado su palabra.

—Veo que te ha costado poco trabajo entendértelas con él.

—Ni el más mínimo —respondió ella.

—¡Bueno, basta de tonterías! —Cholawicki recorría el cuarto frotándose nerviosamente las manos—. ¡Quién me garantiza que no hablará! Por lo demás, ¿crees que así podrás impedir que ese curioso venga a espiar por aquí? ¡No lo conoces! ¡Hay que evitarlo de una vez por todas!

—¿Qué piensas hacer?

Él se echó a reír.

—Sencillamente, persuadirlo de que pierde el tiempo, porque aquí no hay el menor tesoro. ¡Después de todo, él no está seguro de nada! Actuaremos de este modo.

Apuró el vaso de vodka y permaneció un instante atento a los murmullos del castillo. De vez en cuando, dejaba de hablar y aguzaba el oído. ¿No se habría despertado el príncipe? ¿No habría comenzado sus peregrinaciones de sala en sala? No, todo estaba en orden.

—Habrá que hacer desaparecer todos los objetos de valor o que parecen tenerlo. En primer lugar, los cuadros y tapices. En definitiva, hermoso o no, un armario nunca será una gran obra de arte. Así no quedará nada que pueda entusiasmarlo y una vez convencido de haberlo visto todo, nos dejará en paz. Sólo falta encontrar el medio de hacerlo venir aquí.

—¿Cómo?

—No es muy difícil. Silencio...

Alguien caminaba, arrastrando los pies. Un instante después, una tos senil resonó al otro extremo de las salas, y Maja oyó llamar débilmente, a media voz:

—Henryk, Henryk...

Cholawicki lanzó un juramento y salió.

Maja se quedó a solas. ¡Ah, qué difícil soportar ese vacío! Mientras su novio permanecía a su lado hablando con ella, todo parecía más o menos sensato y normal, aunque no sin peligro... Maja no temía el peligro concreto ni los obstáculos que debían superarse.

Pero cuando se quedaba a solas, cuando el silencio, la melancolía y el abandono surgían de todas partes, se colaban por cada intersticio, cada hueco, los acontecimientos en los que se encontraba mezclada se le mostraban desde un ángulo sombrío y nefasto, amenazante y aterrador. La muchacha tenía entonces el doloroso presentimiento de que bajaba por una pendiente que la llevaba paso a paso a lo peor.

Tenía miedo del castillo, miedo de su novio, pero sobre todo miedo de sí misma, de las amenazas que sentía agazapadas en el fondo de su naturaleza demasiado audaz, demasiado impaciente, demasiado ávida de felicidad. Las siniestras murallas perdidas en su antiguo pasado parecían enunciar la ligereza de quien partía en busca de una felicidad efímera.

Pues bien, buscaba esa felicidad y aspiraba a ella con todas sus fuerzas. Todo lo que hacía sólo tenía un objetivo: ser feliz y gozar plenamente de su belleza y juventud.

«¡Me siento arrastrada!», se decía con espanto, de pie, inmóvil en medio del cuarto.

Prefería no hacer un gesto entre esos muros que parecían verlo todo y retenerla. «¡Me siento arrastrada! ¡Ya soy cómplice de Henryk! ¿Y ese Leszczuk? ¿Cómo terminará todo esto? ¿No debería hablar con mamá?» Pero rechazó muy pronto la idea. Pedir ayuda a su madre... no, se las arreglaría por sí sola.

Entre tanto Cholawicki había llamado al cuarto del príncipe y había entrado sin esperar respuesta, con las manos en los bolsillos y la cara sombría y malhumorada.

Era un cuarto curioso. Bastante exiguo, de techo

bajo y abovedado —porque era el interior de una torre—, y con muros tan espesos que los huecos de las tres ventanas tenían dos metros de profundidad. Las paredes estaban revestidas hasta la mitad de una *boiserie* de roble tan estropeada que apenas se adivinaba la decoración.

Una inmensa cama con baldaquino ocupaba, con dos sillones y una mesa de tocador, el centro del cuarto, por lo demás invadido por una montaña de chucherías, una gran profusión de frascos, cofrecillos, baratijas, utensilios diversos, bocales vacíos, platillos y otros objetos de lo más extraño.

Desde hacía años, el príncipe había prohibido que tocaran nada, porque no se sentía con fuerzas para poner orden por sí mismo y tenía un miedo enfermizo a que tiraran algo que pudiera servir. Por lo demás, como el viejo criado Grzegorz era de naturaleza bastante indolente, reinaba por todas partes una suciedad increíble. Las sábanas estaban grises de mugre, y el príncipe vacilaba durante meses antes de mandarlas lavar. Sentía horror por el menor cambio.

El frágil y aristocrático anciano estaba sentado en su cama y observaba a Cholawicki con su mirada de pájaro asustado.

—¿Me ha llamado? —preguntó con dureza el secretario.

—Qué idea, qué idea, Henryk; te habrá parecido. ¡Llamarte, cuando sé lo mucho que te disgusta!

—¿Qué quiere usted de mí?

—Nada, de veras, nada.

—Le pregunto qué quiere usted de mí. ¡Dígamelo! Sé que si me voy, me llamará usted de nuevo. Es mejor que me lo diga.

—Pero Henryk... Bueno, bueno, ¡es esto! —gritó con voz aguda cuando Cholawicki se dirigió hacia la puerta—. Ves, Henryk, quisiera poner orden; aquí hay demasiado fárrago. Quisiera empezar por este frasco, pero no sé... ¿No podría servir?

—Bueno, no lo tire.

—Pero, ¿no sería preferible tirarlo?... ¿Para qué puede servir?

—Pues tírelo.

—¡Qué puedo esperar de ti, Henryk! ¡Nada, jamás, en ninguna parte! ¡Ni una sola vez he encontrado en ti ayuda, comprensión, consuelo, olvido!

—¡Si va a continuar así con sus quejas, me iré del castillo!

Cholawicki lo miraba con una hostilidad no disimulada. Esos diálogos idiotas lo irritaban más allá de todo lo imaginable. No se sentía con vocación de enfermero y soportaba cada vez menos la vida infernal que le hacía llevar el anciano.

—No, Henryk, ¡no me dejes! —exclamó el príncipe con terror salvaje—. ¡No me quedaría aquí por nada en el mundo! ¿En el castillo, solo? ¡Jamás! Este castillo es maligno —añadió en voz más baja, como si reflexionara.

—¿Por qué? —preguntó Cholawicki.

Siempre tenía la esperanza de que el príncipe pondría en sus manos el quid de los tesoros. Sospechaba a veces que el viejo sabía más de lo que dejaba aparentar y que lo ocultaba adrede, por algún capricho senil, o por pura malignidad, para engañar a los cándidos.

—¿Y por qué es maligno el castillo?

—No lo es en su conjunto. Pero hay en él un lugar perverso.

—¿Cuál?

—Un... un cuarto.

Llegado a este punto, el príncipe era inflexible. Nunca había querido descubrir cuál era el cuarto maligno ni qué entendía por tal. Cholawicki presentía un secreto. Muchas veces había vuelto a la carga, e incluso había espiado las idas y venidas del anciano por el castillo, sin llegar nunca a descubrir nada.

Ese lugar debía de asociarlo el príncipe a algún recuerdo terrible porque cada vez que hablaba de él fruncía los ojos, lo que era señal del más grande temor. Esta vez el anciano permaneció un largo rato con los ojos semicerrados, buscando el aliento de sus labios exangües.

—El castillo está hechizado —comentó al fin.

Cholawicki se estremeció. Era la segunda manía del príncipe. Siempre insinuaba que el castillo estaba hechizado, y lo hacía perversamente, con un aire hipócrita y solapado.

Más de una vez le había parecido a Cholawicki que el maniático se complacía en el temor nervioso que el secretario no sabía ocultar —de hecho, tenía los nervios rotos y vivía en el miedo perpetuo de algo... no sabía qué... que los acechaba en las salas desiertas—. Quizá era simple astucia y engaño, maldad de demente, o puro infantilismo. Pero no cabía duda de que él mismo tenía miedo. Resultaba imposible saber qué imaginaba, o de qué alucinaciones era presa, pero tenía el aire de un hombre poseído por el terror, perseguido sin descanso por la angustia.

Su misma risa era sobreaguda, y lanzaba constantemente miradas enloquecidas en torno suyo, con los ojos veloces hurgando sin cesar los recovecos oscuros.

Cholawicki sabía que él mismo no estaba lejos de

dar una impresión semejante. La intangible pero opresiva atmósfera actuaba sobre él como sobre cualquier otro.

Sin embargo, al observar al príncipe, su eterna angustia, su astucia atemorizada y el terror que acechaba en sus ojos, tenía la sensación de que algún drama terrible pesaba sobre el pasado del viejo extravagante, que, lejos de provenir exclusivamente de una degeneración del organismo, denunciaba la razón de su locura en algún hecho concreto.

¿Qué habría pasado? ¿Quién era «Franio»? ¿Por qué gritaba siempre su nombre? De la vida del príncipe no sabía gran cosa, salvo que había paseado por Europa una juventud alegre y tumultuosa, de capital en capital. Después se había casado y su mujer había muerto de un parto. Finalmente había vuelto a instalarse en el castillo, donde desde entonces llevaba una existencia de recluso. La naturaleza de los Holszański había despertado en él, y cuando algunos años antes Cholawicki lo había visto por primera vez se le había aparecido tal como ahora lo conocía, víctima de los mismos trances.

¿Por qué había tanto miedo en su actitud? Grzegorz no había sabido explicárselo a Cholawicki. Por otro lado, el secretario veía con buenos ojos la ofuscación del espíritu del príncipe. ¿No había tomado la noche última a Leszczuk por «Franio», ese «Franio» del que nunca quería hablar y que parecía reconocer en cualquier muchacho?

—Tome estas gotas —le dijo—. Tiene los nervios fatigados.

Le dio una doble dosis del poderoso somnífero y volvió junto a Maja. Estaba seguro de que después de haber tomado esas gotas, el príncipe no se despertaría en toda la noche, lo cual le permitiría llevar a cabo la mudanza de los cuadros sin despertar su atención. Permaneció un momento más charlando con Maja y cuando la muchacha hubo partido, fue a la planta baja y llamó a media voz:

—¡Grzegorz!

—¿Quién es? —dijo el viejo sirviente desde el fondo del cuarto que ocupaba cerca de la escalera.

—Venga, Grzegorz, tengo trabajo para usted.

—Espere que me vista. ¡A esta hora!

—¡Apresúrese!

—Vamos, vamos... ¡Qué ocurrencia!...

El sirviente no podía soportar a Cholawicki, pero presentía en él al futuro dueño y no quería tenerlo en contra. Se atenía por lo general a una política de estricta neutralidad. No comunicaba al príncipe sus sospechas en cuanto a los tejemanejes del secretario, pero a la vez no le suministraba a éste ninguna información.

«A decir verdad, no sé. No estoy encargado de espiar», respondía cuando el secretario le hacía preguntas.

Cholawicki habría prescindido de su ayuda, pero no quería que creyera que algo se maquinaba a sus espaldas.

—Usted me ayudará, Grzegorz —le dijo—. Habrá que cambiar de habitación algunos cuadros.

—¿Y por qué? Después de tanto tiempo, bien pueden quedarse donde están.

—¡No discuta, Grzegorz! ¡Haga lo que le digo, y basta! Y es inútil que se lo diga al príncipe. Debo mostrar esos cuadros a alguien. Están muy deteriorados, hay que restaurarlos.

—¡Para lo que servirá arreglar esos adefesios!

Sin embargo, se había puesto a descolgar los cuadros indicados por Cholawicki. Pusieron en el suelo no sin trabajo casi todos los cuadros, con excepción de algunos tan feos que no podían ilusionar a nadie. Luego enrollaron varias alfombras y tapices.

—¿Dónde guardaremos todo esto? —dijo Grzegorz con la voz enronquecida por el polvo.

Cholawicki reflexionó. No se trataba de llevar demasiado lejos toda esa carga, sino de encontrar cerca un sitio donde almacenarla. Recordó la existencia de un cuarto en el ángulo llamado la «vieja cocina».

Estaba apartado de las salas principales; nadie ponía allí los pies y tenía la ventaja de su pesada puerta de roble guarnecida de hierro y que cerraba con llave.

—Vamos —dijo—. Vamos a guardar todo esto en la vieja cocina.

—¿En la vieja cocina? ¿Por qué en la vieja cocina?

—¿Por qué no? ¿Qué tiene usted en contra, Grzegorz?

—Es que es... sucia.

—Aquí todo está sucio. ¡Manos a la obra! ¿Tiene usted la llave?

Tomó su linterna y caminó por un estrecho corredor, seguido por el viejo sirviente. Sin embargo, cuando se encontraron frente a la puerta, el sirviente volvió a la carga.

—¿Por qué no en la sala arriana?

—¡Abra, Grzegorz! —exclamó Cholawicki que empezaba a tener sospechas.

Pero el otro le tendió las llaves.

—Abra usted mismo, señor.

—¿Qué le pasa?

—Nada...

Cholawicki hizo girar la enorme llave en la cerradura.

—El señor haría mejor en no abrir —murmuró Grzegorz presa de una agitación febril.

—¿Y por qué?

—Está... hechizada.

«¿Será éste el cuarto maligno?», se dijo Cholawicki.

Abrió la puerta. Era una pieza bastante grande, blanqueada a la cal, que en efecto había debido de servir antes de cocina, porque aún conservaba un horno y una fresquera.

El aire no estaba viciado porque faltaban varios cristales en la ventana. Quedó sorprendido de encontrar allí, contra la pared, una sencilla cama de hierro cubierta por una manta y, más lejos, un lavabo, un armario... Parecía que el cuarto hubiera estado recientemente habitado. Viejos diarios se arrastraban por el suelo.

Quiso entrar, pero Grzegorz lo retuvo por el brazo y lo puso en guardia.

—No insista, señor. Este lugar es impuro.

—¿Impuro? —preguntó Cholawicki con curiosidad—. ¿Qué sucede en él, Grzegorz?

—¡Dios me libre de saberlo! Todo lo que puedo decirle es que yo, el mismo que le habla, he visto a dos personas morir de miedo. Pronto hará quince años que el señor Rudziański, un ayudante de ingeniería, decía también que los espíritus no le daban miedo y quiso pasar la noche aquí. Por la mañana lo encontraron sentado en los escalones, balanceando la cabeza y el pelo erizado como las cerdas de un cepillo. Después nadie pudo sacarle una palabra. «Voy a pasar la noche y ya veremos», decía. Bueno, pasó allí la noche, y así quedó... Ahora está en el manicomio, loco de remate, y se tapa todo el tiempo la cara con las manos, hasta el extremo, según dicen, de que le han salido abscesos. El segundo, Wicuś, era el hijo de un cocinero. Él también quedó completamente idiota, y murió poco después.

—¡Pamplinas! Quizá hayan tenido visiones...

—Visiones o no visiones, que el señor salga de ahí. Y además no se necesita ser brujo para darse cuenta de que hay una fuerza impura. Hay señales claras, ¿no?

—¿Qué quiere usted decir?

—Ya he hablado demasiado.

Cholawicki levantó la linterna, pero no vio nada especial. Las paredes blancas parecían alegres y agradables, comparadas con la suciedad de los cuartos. Sin embargo, había sin duda algo anormal... Mirando de cerca, uno tenía la sensación de que algo ocurría allí que contravenía las leyes de la naturaleza, pero ¿en qué?

Por fin Grzegorz le tocó el codo y, sin hablar, le indicó con un dedo furtivo una servilleta gris de polvo, que colgaba de una vieja percha metálica. Temblaba ligeramente, sin duda por efecto de la brisa que entraba por la ventana.

Pero era un movimiento extraño. La servilleta no se agitaba libremente en el aire; temblaba manteniéndose tensa, como si una mano invisible la sostuviera por lo bajo. No podía ser el efecto de las corrientes de aire. Era un movimiento de otro tipo.

—¡Qué es eso! —preguntó Cholawicki, observando el fenómeno.

El espectáculo de esa servilleta tensa que temblaba tenía algo de repugnante. Era horrible de ver. Cholawicki dominó su repulsión y quiso acercarse, pero Grzegorz lo cogió por el brazo.

—¡Señor, no se mezcle en esto!

—¡Vamos! Eso debe de tener una causa.

—¡Causa, seguro que la hay! —murmuró el sirviente de pelo blanco, persignándose furtivamente.

—¿Y cuál?

—Hay una.

Comprendió que no le sacaría otra palabra. Ninguna fuerza era capaz de hacer hablar a Grzegorz. Por lo demás, aunque no creyera en los espíritus, Cholawicki se sentía también incómodo. Se echó a reír.

—Bueno, bueno, cálmese usted, Grzegorz. No hay castillo sin fantasma. Pensándolo bien, podemos poner los cuadros en otro lado, aunque este sitio parecía el indicado, porque no tiene ratas.

—¡Claro que no hay ratas! Y no vendrán —observó Grzegorz supersticiosamente, cerrando la puerta—. Son más inteligentes que los hombres.

—¿El príncipe viene alguna vez a este cuarto?

—Nunca, nunca.

Almacenaron los fardos en uno de los cuartos vecinos. Pero durante mucho tiempo Cholawicki no pudo quitarse la horrible sensación —a medias repulsión, a medias espanto— que volvía aún más duros el silencio y el vacío del castillo.

5

El profesor Skoliński parecía haber tomado un sendero al azar en su paseo, pero que en realidad debía de conducirlo una vez más ante los muros inaccesibles y codiciados.

Andaba lentamente, meditando la forma de introducirse en el castillo, y a veces se entusiasmaba hasta escupir sobre el tapiz de musgo. Era propio de un profesor, de un intelectual, lanzarse al final de su vida a semejante aventura, aun a riesgo de comprometerse. Decididamente no se sentía con el espíritu de un asaltante de vivienda.

Y sin embargo, estaba persuadido de su derecho. ¿Podía dejar que se perdieran inmensas riquezas, inapreciables obras del espíritu humano, y someterse a la voluntad de un anciano lunático?

«¡En nuestro país, todo se deja al abandono! —suspiraba—. Y sin embargo, esos tesoros podrían acrecentar el patrimonio nacional. ¿Acaso en los momentos críticos las obras de arte no sirven para garantizar los empréstitos del Estado? ¿No son una reserva que bien vale la reserva en oro? Preocuparse por la suerte de esos objetos es actuar en favor del valor espiritual y financiero de la cuestión. Pero entre nosotros, todo se deja al abandono. En vano ese estado de cosas mejora de día en día; aún queda mucho por hacer... Por lo demás los hombres no se derrochan menos que los cuadros. ¡Ese Leszczuk, por ejemplo! Un muchacho lleno de vida, pero indisciplinado, incoherente, inmoral, amoral, podríamos decir. Tan capaz de obrar bien como de acabar mal, según el caso... Al azar de las circunstancias. Maja, lo mismo. Un exceso de vitalidad, la violencia de un río sin diques que inunda los campos en vez de hacer marchar los molinos... todo el Wísła. En cuanto a nuestras dos señoras, una es gorda y la otra flaca. La primera es suave y la otra brusca, pero ambas igualmente limitadas. ¿Y el consejero Szymczyk? Un caso parecido: por un lado, de una energía mal contenida; por el otro, el esquematismo burocrático, el perfeccionismo amigo del papeleo, las pejigueras administrativas. Y los cuadros del castillo dejados al abandono...»

—Cómo, señorita, ¿usted aquí?

Esta exclamación se dirigía a Maja, que acababa de aparecer. Se mostraba indecisa y grave a la vez.

—¡Qué casualidad, profesor! —dijo—. Deseaba hablarle.

—¿A mí?

—Sí. Respecto de... cierto edificio que le interesa.

El profesor no se tomó el trabajo de defenderse.

—Veo que Cholawicki le ha hablado de mi deseo de visitar el castillo —dijo observándola atentamente.

—No ha sido únicamente él.

Y le contó en pocas palabras lo que había ocurrido la víspera, y los gritos de Holszański.

—Henryk ha creído que eran las alucinaciones pasajeras del príncipe, pero yo he encontrado la navaja de Leszczuk y he comprendido lo que ha debido de ocurrir. Nada le he dicho a Henryk, pero he podido charlar hoy con Leszczuk. No lo ha negado... ¿acaso es usted, profesor, el que lo ha inducido?

El profesor se mordió los labios. Así que Leszczuk no había podido dominarse. Era de prever.

—Señorita —explicó con dignidad—, no tengo de qué avergonzarme, ni nada que ocultar. En efecto, deseo introducirme en el castillo, pero mis intenciones son puras. Si su novio no me pusiera trabas, no me vería obligado a emplear tales subterfugios.

—De esto precisamente quería hablarle —dijo ella—. Henryk se niega a dejar que nadie vea lo que hay en el castillo.

—Ah, ¿está usted enterada? ¿Hay algo que ver en el castillo?

—Sí. Muchas salas amuebladas... Pero no sé calcular su valor... ¿Qué diría usted, profesor, si yo lo condujera? Ningún peligro. Conozco un pasadizo oculto.

El profesor la observaba con candoroso asombro. ¿Se ofrecía a llevarlo al lugar sin que lo supiera su novio? ¿Qué se proponía? Sentía una desconfianza instintiva por las muchachas al estilo de Maja, que lo asustaban por su independencia, su precoz madurez y una libertad que parecía no conocer trabas. ¿Trataban de engañarlo? ¿Por qué le mostraría lo que Cholawicki ponía tanto cuidado en ocultar?

Maja, bajo un árbol, mordisqueaba una brizna de hierba.

—Se lo explicaré —prosiguió negligentemente y en tono casi infantil—. Henryk ha puesto en la herencia del príncipe grandes esperanzas, y esas esperanzas me han decidido a comprometerme con él. Necesito dinero (dijo estas palabras con vehemencia), ¡mucho dinero! Si él no pudiera proporcionármelo, nunca me casaría con él.

El profesor abrió desmesuradamente los ojos. ¡Decirle esas cosas a un extraño! ¿Qué buscaba? Sin embargo, su voz tenía un acento de franqueza.

—¡Nunca! Me irrita, me horripila. ¡Me es totalmente indiferente! Me resigno a casarme con él, pero siempre que tenga la certeza de su próxima fortuna. Una leyenda dice que el castillo encierra tesoros, pero no he podido obtener de Cholawicki ninguna precisión. Temo que sobrestime su valor y que me mantenga deliberadamente en la ignorancia por temor a que rompa con él. Me ama —deslizó, no sin complacencia—. ¡Pero yo no me dejaré engañar! Lo llevaré a usted al castillo y me dará su opinión. Usted entiende de esas cosas, ¿verdad?

Ese ingenuo cinismo pareció sospechoso al profesor. Era demasiado inverosímil.

—¡Qué me dice, hija mía! ¿No lo ama usted?

—No. Hay en él algo inquietante. Por lo demás, no amo a nadie —dejó escapar.

—¿A nadie?

—¡No! Ni a mi madre, ni a él, ni a nadie. Nooo, sólo me quiero a mí misma.

En su manera de arrastrar la palabra «no», el profesor reconoció en seguida una inflexión propia de Leszczuk. Desde hacía algún tiempo no dejaba de impresionarlo e inquietarlo el peculiar e inasible parentesco de ambas naturalezas. Esta vez era tan flagrante que el viejo profesor, con gran sorpresa de su parte, sintió que enrojecía como una amapola.

Maja enrojeció a su vez y dijo por lo bajo, entre dientes:

—Nooo... No amo a nadie. Todo lo que tengo es un parecido. Un parecido con... alguien.

Hacía un violento esfuerzo para contener las lágrimas. Pero se le contrajeron los labios y las lágrimas empezaron a correrle por las mejillas. Se mantenía erguida, ofreciendo su rostro a la vergüenza.

—Vamos, hija mía, cálmese usted...

—Usted también sabe a quién me... ¡Es un ladrón! Ha querido forzar mi armario. Pero yo no valgo mucho más. Somos parecidos. ¿Le sorprende que hable claro? Por qué habría de avergonzarme, si he sido hecha a su imagen...

El profesor escuchaba con horror y buscaba las palabras.

No cabía la menor duda, todo debía de ser verdad. Que odiara a su novio, que quisiera conducirlo al castillo, que hubiera podido hacer confidencias a un extraño, todo debía de ser verdad, puesto que se parecía a Leszczuk. Ni siquiera le hubiera sorprendido saber que ella había robado, dado que ese parecido volvía extravagante y desconcertante a una muchacha que no obstante era correcta y decente.

Pero ¡cómo despreciaba a ese muchacho!

—No debe ser tan despreciativa —le susurró por último, antes de irse.

No podía quedarse más tiempo escuchándola. Necesitaba reflexionar. Apenas desapareció detrás de los árboles, Maja se echó a llorar desconsoladamente. Encontraba su propio llanto irresistible.

«¡Partida ganada! —pensó—. Ahora no queda sino llevarlo al castillo. Henryk podrá estar contento. Se lo ha creído todo a pie juntillas. Me cree enamorada de Leszczuk. ¡Perfecto! ¿En qué podría molestarme? Puedo hacerle creer lo que me plazca. Lo que no impide que... haya llorado de veras —se dijo, asombrada, mientras borraba los rastros de las lágrimas en sus mejillas—. A pesar de todo, este parecido me pone nerviosa. ¡En el fondo, tanto mejor! ¡Mientras fuera una joven normal y formal, una Ochołowska, no podría permitirme lo que puede permitirse una persona... semejante a Leszczuk!»

—Sea como fuere, no hago el ridículo —murmuró.

En el camino de regreso encontró a la gruesa pensionista flanqueada por la flaca funcionaria. Las dos damas, al verla, callaron bruscamente.

Maja adivinó sin esfuerzo de qué hablaban. ¡Cómo había aprendido a reconocer, desde hacía algunos días, esas miradas furtivas e inquisidoras! Se acercó sonriendo.

—¿No habrán visto ustedes a Leszczuk?

—¡No! —exclamó la primera—. ¿Por qué, hija mía? ¿Quiere usted practicar tenis?

—¡No! Sólo charlar un poco.

Lo dijo con ligereza y descaro, divirtiéndose ante el efecto que producían sus palabras. No ignoraba que su «parecido» daba a su respuesta una coloración particular. Bastaba ver las señas de inteligencia que intercambiaron las dos damas después de su partida.

Ambas estaban persuadidas de que se habían creado lazos íntimos entre la joven y su entrenador, y la falta de toda prueba no hacía sino confirmar sus intuitivas suposiciones.

Era también la opinión del profesor, con la diferencia de que, después de su encuentro con Maja, no vacilaba en emplear la palabra «amor». La conducta de la señorita Ochołowska, después de su conversación, le había hecho caer la venda de los ojos. Estaba de tal modo trastornado que había casi olvidado el castillo.

Ya no dudaba de que estuviera locamente enamorada de su entrenador, o que se hallara en camino de estarlo.

«¡Asombroso! —pensó—. ¡Cómo no me di cuenta en seguida! ¡Están hechos el uno para el otro! ¡Basta mirarlos! No es un simple parecido, es una armonía perfecta, una suerte de correspondencia secreta que los impulsa irresistiblemente el uno hacia el otro. Se han encontrado y se han reconocido... ¡Romeo y Julieta! Hecho rarísimo, pero cuando por casualidad se produce, toda oposición es vana. Tengo curiosidad por saber si él también, ya... ¡Seguramente! ¡Qué historia! ¡Pobre señora Ochołowska! Se está librando ante sus ojos una lucha entre su amor propio y la fuerza fatal que atrae a los jóvenes. La pobrecita estaba asustada de este «parecido» y quizá más aún de someterse a él, a pesar suyo. Lo desprecia. ¿Cómo lo ha llamado? ¿Ladrón? ¿Le ha tentado en verdad el deseo de hurtar algo? Ella ha quedado mortificada, herida en su dignidad y ese sentimiento inconsciente de humillación puede impulsarla a lo peor, sobre todo con el carácter que tiene. ¡Bah! ¿Qué hacer? ¿Aceptar su propuesta de ir al castillo? Eso está fuera de cuestión. Yo no puedo embarcarme en semejante historia. Con todo, dejar pasar una ocasión única de ver las riquezas que encierra, porque esas riquezas existen, si hemos de creerle...»

Tras una madura reflexión, el profesor decidió ir. Quizá exageraba después de todo la gravedad de la situación. Siempre estaría a tiempo de acudir más adelante en auxilio de Maja.

Al final de la cena Maja le hizo una seña, y un instante después ambos se encontraban fuera del parque, en el bosque.

La luna brillaba. El agua espejeaba entre los juncos. La niebla ahogaba la base del castillo.

En varias ocasiones él trató de conversar, pero la joven respondía con monosílabos, sumergiéndose inmediatamente en un silencio misterioso. Al profesor le parecía cada vez más extraño verse guiado por esa sombría jovencita, conducido por ella al castillo, que surgía agrandado por las sombras. Pero su pasión de investigador fue creciendo a medida que se aproximaban.

Avanzaron por el subterráneo. Por fin llegaron al lugar, y el profesor subía ahora los peldaños de la estrecha escalera que llevaba a las salas del primer piso. Maja lo hizo pasar, según el itinerario convenido con Cholawicki, por las alas este y norte, apartadas de los cuartos habitados por el príncipe y su secretario. Avanzaban sin ruido.

El profesor se habituó muy pronto a la oscuridad, disipada vagamente por la claridad que filtraban las ventanas. Los cuartos que atravesaban estaban vacíos, ruinosos...

Aquí, los restos de un friso renacimiento por encima de una puerta; allá una cúpula, o una chimenea en ruinas. Eran los últimos vestigios de un esplendor pasado.

Se aproximó a una ventana y se detuvo algunos minutos para examinar el ático del patio y las proporciones del pórtico. Maja lo observaba con curiosidad; aunque tuviera otra cosa en la cabeza, estaba conquistada por la pasión del entendido.

El profesor, transformado, tenía una expresión atenta y grave. A veces descuidaba la más elemental prudencia y luego se volvía bruscamente, presa de un vivo temor. Mostró algún interés por detalles de arquitectura aparentemente insignificantes, sin desbordar de entusiasmo.

Pero cuando llegó a la parte del castillo más antigua, con sus habitaciones exiguas, sus muros temibles y sus altas cúpulas, hizo por fin una mueca de aprobación.

Maja dio vuelta a la llave de la puerta que cerraba la serie de ocho salas renacimiento y barrocas en las cuales estaban almacenados los muebles, y encendió una lámpara a petróleo colocada sobre una mesita.

—Es aquí —dijo.

Una rata se puso a hurgar en un rincón.

El profesor lanzó un profundo suspiro; desfallecía casi de emoción. Envolvió toda la sala en una mirada, como si quisiera beber de un trago su contenido. La cúpula, regularmente ennegrecida y sostenida en el centro por una columna bastante tosca, se componía de dos partes correspondientes sin duda a dos habitaciones inicialmente distintas.

Se acercó a la mesita donde estaba la lámpara.

—Es un Boulle —murmuró examinando las incrustaciones.

—¿Un Boulle?

—Sí. Un maestro francés del siglo XVII. Y ese sillón es lo que se llama una *sedia* Savonarola, del siglo XV, uno de los primeros sillones del mundo. Debe usted saber que en aquella época ni siquiera se hacía uso de las sillas. Las personas se sentaban en cofres —ahí tiene usted un magnífico ejemplar Francisco I— o en bancos colocados junto a la pared y ante los cuales se acercaban las mesas. Ese cofre que ve allí es todavía gótico. ¿Cómo han venido a parar aquí todos estos muebles?

Palpó las esculturas del cofre y silbó entre dientes

como si se hubiera quemado; el fondo estaba roído por las ratas.

Pasó lentamente ante los antiguos *secrétaires* flamencos e italianos, los armarios de Gdańsk apoyados contra la pared, y después dirigió la mirada hacia la bóveda.

—¡No es gran cosa! —dijo—. Una mala pintura barroca. ¿Dónde están los cuadros?

—En las otras habitaciones.

Maja tomó la lámpara, en tanto que él se ayudaba con una linterna. Pasaron por una amplia sala de seis ventanas.

—¿No corremos el riesgo de que descubran la luz?

—No, esas ventanas no pueden ser vistas desde los departamentos habitados. Además he recubierto la lámpara con un papel por ese lado.

Se acercó a las telas que Cholawicki había juzgado desprovistas de valor para ser descolgadas. Eran efectivamente verdaderos bodrios, tan alejadas de todo talento que Maja se asombró del cuidado con que el profesor las examinaba. En su rostro se pintaba una creciente decepción.

—Bueno, es inútil detenerse aquí. Sigamos.

Paseó su mirada por las paredes. Maja temió que advirtiera los leves rastros que marcaban el emplazamiento de los cuadros descolgados, pero el profesor no parecía observar nada. De pronto se detuvo ante una vieja tela de dimensiones bastante grandes, casi enteramente oscurecida, que representaba algunos personajes bíblicos cuyo rostro no se veía, y fijó en ella una mirada deslumbrada. Acercó la lámpara. Del cuadro surgieron rasgos torpes, manos ingenuamente pintadas y pliegues rígidos.

Ella sonrió:

—¡Qué mamarracho!

El profesor se había inclinado ahora y paseaba delicadamente los dedos por la tela. Sacó una lupa y observó la superficie rugosa.

—Hum, hum —gruñó.

—¿Qué hay? —preguntó ella.

—Es una obra admirable. O mucho me equivoco, o... Hum, un instante...

—¿Admirable?

—¿Cómo explicarle?... Una obra sin igual, única en Polonia.

—¡Pero es imposible!

Maja no salía de su asombro. Qué error, haber dejado ese cuadro. Pero quién hubiera podido suponer tanta calidad en un horror semejante.

Sin embargo, ahora el profesor examinaba febrilmente los pequeños cuadros que un momento antes había descuidado. Se detuvo ante un cuadro con un insignificante marco dorado.

—¡Esto me parece un Tiziano!

—¿Cómo?

—No hay duda. ¡Este castillo encierra tesoros!

—Espéreme. Vengo en seguida.

Maja corrió al encuentro de Cholawicki.

—Tenemos que empezar todo de nuevo —exclamó desde el umbral.

—¿Qué ha pasado?

—Los cuadros que dejaste no le han parecido tan malos. ¡Incluso ha descubierto un Tiziano y no sé qué más!

—¡Imposible! —exclamó Cholawicki con la voz alterada por la emoción.

Por un lado, todas sus esperanzas se encontraban

confirmadas. ¡Los tesoros existían! Por otro lado, el descubrimiento del profesor significaba la amenaza de complicaciones que podían ser fatales.

—¿Y ahora qué haremos?

—Tenemos que volverlo inofensivo. A partir de ahora ese hombre es peligroso.

Reflexionó.

—Quizá... —gruñó, paseando por el cuarto una mirada prudente.

—¿Qué? —indagó Maja, interesada.

Pero él se contentó con reír como divertido por su propio pensamiento.

—Nada —dijo por último—. Tenemos que entendernos con él. Es inútil ocultarle la verdad. Que venga al castillo, puesto que ya lo sabe todo. Podrá catalogar y evaluar los cuadros. Siempre será tiempo ganado, y ya encontraré el medio de hacerlo callar.

El profesor quedó muy asombrado al ver aparecer a Maja en compañía de Cholawicki. El secretario fue derecho al grano:

—De modo que ya sabe usted, profesor, que este castillo encierra tesoros.

—En efecto...

El sabio no dejaba de lanzar rápidas miradas por encima de sus gafas...

—¿Comprende ahora por qué trato de guardar el secreto?

—Lo suponía.

Cholawicki se echó a reír.

—Temo que usted se equivoque —dijo irónicamente—. No hay nada reprochable en mis intenciones. El príncipe me ha legado todos sus bienes muebles e inmuebles de Mysłocz, y yo trato de evitar los problemas inevitables que podrían surgir con sus parientes lejanos, si llegaran a saber que el legado es más importante de lo que se cree. Como usted ve, mis razones son perfectamente honestas, y al actuar así no me aparto de la voluntad del príncipe. Es una simple precaución que tomo para evitar problemas. Ahora bien, usted, profesor, podría serme de gran auxilio. Nada entiendo de todas las antigüedades que hay que catalogar. Se necesita un experto para llevar a cabo esta tarea y me alegra que Maja lo haya traído hasta aquí. Tengo una proposición interesante que hacerle.

—¿Cuál?

—Si usted se compromete a guardar el secreto, podría ser mi huésped en el castillo por algunos días y examinarlo todo tranquilamente. Pero exijo dos condiciones. Primera, discreción. Y segunda, que usted se aloje aquí. Comprenda, el príncipe anda muy mal de los nervios y no permite que ningún extraño entre en el castillo. Podría verlo en una de sus idas y venidas que, por lo demás, no dejarían de ser observadas en la pensión. Usted deberá anunciar en Połyka su partida a Varsovia y le daremos aquí un cuarto aparte. El castillo es muy grande y podremos organizarnos sin despertar sospechas. Usted podrá instalarse aquí a partir de mañana por la noche. Entonces le mostraré otros cuadros.

El profesor vaciló. La propuesta lo pillaba de improviso. No le seducía la idea de pasar algunos días en el castillo sin que lo supiera el príncipe y a la merced de su secretario. Aunque las explicaciones de Cholawicki parecían muy tranquilizadoras y era muy natural su interés en prevenir inútiles complicaciones con la familia, el profesor no confiaba del todo en él. Y ese castillo desierto, esas salas innumerables, ese silencio…

El profesor tampoco ignoraba que habían tratado de engañarlo. El Tiziano y el segundo cuadro por él descubierto no eran sino los productos inhábiles de algún anónimo pintarrajeador del siglo pasado. Se había dado cuenta, desde la primera ojeada, por los rastros dejados en la pared, de que habían descolgado una parte de los cuadros, y había sacado partido de la ignorancia de Maja y de Cholawicki para hacer fracasar su estratagema. Sin embargo, la promesa de que el secretario le mostraría otros cuadros colmó sus esperanzas e influyó en su decisión.

—Me quedaré —dijo.

6

—¡Aquí pasa algo!

—¿Qué quiere usted que pase? Usted tiene los nervios de punta, príncipe, eso es todo.

—¡Aquí pasa algo! ¿Has oído, Henryk? ¡Aquí pasa algo!

—¿Dónde?

—Aquí. En el castillo. No sé dónde, pero el equilibrio está roto... Sin duda hay algo, en alguna parte, o alguien, no sé quién, quizá en la planta baja, o en el viejo castillo... ¡No sé lo que es, pero hay algo!

Cholawicki trató durante una hora de razonar con el viejo príncipe Holszański, que se agitaba en la cama presa de una ansiedad inexplicable. Sus oídos, habituados durante años a la uniforme sinfonía del castillo, quizá habrían percibido un imperceptible cambio, porque el secretario no lo había visto nunca en semejante estado.

—¿Acaso ha oído usted ruidos sospechosos?

—No he oído nada, pero hay algo nuevo, algo se ha agregado a lo que había.

—¿A qué?

—Vamos, Henryk, tú no comprendes nada de nada. ¡Oh, Dios mío, Dios mío, Dios mío!...

Se cubrió la cara con las manos, pero a través de los dedos Cholawicki distinguió un ojo que lo miraba. El príncipe se volvía cada vez más receloso. El secretario no ignoraba, por otra parte, que el príncipe sentía hacia él una inconcebible mezcla de confianza ciega y de extremada desconfianza.

El príncipe, extenuado, consintió por fin en tomar una doble dosis de bromuro y Cholawicki emprendió el camino del «museo», como llamaba irónicamente a las salas llenas de muebles.

Tras asegurarse de que Grzegorz estaba abajo, en su cuarto, abrió la pesada puerta de la vieja cocina y permaneció algún tiempo en el umbral, contemplando la servilleta que, a la luz de la linterna, se estremecía y vibraba con un movimiento a la vez monótono y convulso. Después paseó el haz de luz a través del cuarto. No podía librarse de una sensación de insidiosa repulsión que se transformó súbitamente en espanto cuando tuvo conciencia de estar allí, plantado, escuchando no sabía qué.

«La locura me amenaza», se dijo.

Atravesó las salas que separaban la vieja cocina del cuarto que Grzegorz había preparado para el profesor. Encontró una cama preparada para la noche, una mesita, una mesa de tocador, una lámpara y una jarra.

Cholawicki tomó la lámpara y volvió a la vieja cocina. Dejó la lámpara y permaneció un momento al acecho.

Después se alejó de nuevo y reapareció con la ropa de cama.

Tuvo que violentarse para quitar de la cama de hierro la vieja manta enmohecida y recubrir el colchón con la sábana que había traído, pues le parecía imprudente tocar cualquier cosa de esa habitación, incluso cogiéndola con la punta de los dedos.

Pero terminó de preparar la cama, transportó lo que quedaba y puso la linterna a modo de lámpara.

De nuevo quedó pasmado ante la servilleta que temblaba; después abandonó el cuarto de puntillas. Por un instante sentía ganas de echarse a reír como un colegial; después lo embargaban sordos accesos de terror que lo dejaban más perturbado que si se hubiese propuesto fríamente matar al profesor. Medía toda la necedad y al mismo tiempo todo el horror del acto que acababa de cometer.

Había que ser tonto e ingenuo para intentar librarse del profesor alojándolo en el cuarto «hechizado». Pero Cholawicki no tenía el coraje de vérselas con el intruso.

En su rabia impotente, había concebido ese plan pueril y había decidido, a falta de mejor solución, hacer dormir a Skoliński en la vieja cocina. Después de todo, algo podía ocurrir y aunque el viejo profesor no perdiera la razón como los otros, quizá llegara a atemorizarse y se le pasaran las ganas de mezclarse en los asuntos del castillo.

Fuera como fuese, esta experiencia no podía perjudicar sus intereses. El movimiento de la servilleta no resultaba nada tranquilizador... Aunque no sucediera nada, el profesor quedaría en el castillo a su merced y siempre habría tiempo de probar otros medios de persuasión.

Bajó a esperar al profesor y a Maja a la entrada del subterráneo. Llegaron más tarde de lo previsto. Para no despertar sospechas en Połyka, el profesor tuvo que dejarse conducir a la estación, y después tomar desde allí, en un coche alquilado, el camino del castillo hasta el lugar en que lo esperaba Maja, quien lo ayudó a transportar sus efectos personales.

—No hagan ruido —les dijo Cholawicki mientras los conducía a través de las salas—. El príncipe está otra vez mal. Ya hemos llegado, profesor. Éste es su cuarto.

—Gracias. Me parece muy agradable.

—Por desgracia, no puedo hacerle compañía, porque debo atender al príncipe. Usted puede ponerse a trabajar sin demora. Debe evitar hacer ruido. Y preste atención a la luz. Le he hecho preparar una cena, pero tendrá que arreglárselas solo.

—Podría pasar aquí un año entero a pan y agua —dijo con entusiasmo Skoliński abriendo la puerta del «museo».

El secretario se despidió de Maja y fue a la cabecera del príncipe, que dormía.

Cholawicki pasó la mayor parte de la noche en idas y venidas entre el cuarto del príncipe y las salas donde el profesor trabajaba en silencio.

Lo urgía con preguntas, quería saber a toda costa la importancia de la herencia, exigía cifras precisas, aunque el profesor no se cansaba de decirle que el valor de las obras de arte dependía mucho de la coyuntura y del comprador. Colgó de nuevo los cuadros que había retirado, y el sabio los sometió a un examen tan minucioso como se lo permitían los medios de que disponía.

Al ver esas telas, Skoliński se felicitó en secreto de su astucia.

Lo que tenía ante los ojos superaba sus expectativas. Ya había identificado con certeza dos Jordaens de asombroso vigor y frescura de colorido, así como un pequeño paisaje de Masaccio. ¿Cómo habían ido a parar allí todas esas obras? ¿Por la voluntad de un Holszański-Dubrowicki, aficionado al arte, o por algún sorprendente azar? ¿Desde cuándo se encontraban en el castillo?

Pero en un momento dado empezaron el tedio y el cansancio ante tal profusión de riquezas. El profesor conocía muy bien esa sensación de saciedad que se apoderaba a veces de él en los museos, y sabía que de nada sirve luchar contra ella.

Tenía los ojos fatigados y un comienzo de jaqueca. Era el momento de descansar. Cerró la sala con llave y se fue a su cuarto. Sentado en la cama, se pasó la mano por la frente y los ojos.

Bostezó.

Se caía de fatiga y no reparó en el profundo silencio que reinaba en el castillo.

Se aproximó a la lámpara, alzó la mecha, volvió a sentarse en la cama y empezó a quitarse los zapatos.

Se detuvo bruscamente. Algo pasaba, no sabía qué, pero no había duda. Era una sensación extraña. Paseó una mirada circular por el cuarto.

Nada —paredes blancas, losas de piedra, un hogar coronado por una vasta campana—, y sin embargo... La amenaza no venía del exterior; estaba en el cuarto. Al profesor se le hizo un nudo en la garganta, como si adivinara agazapado junto a él un animal repugnante.

Pero el cuarto estaba vacío, a excepción de un montón de papeles en un rincón. Sin embargo, tenía la nítida impresión de una actividad que proseguía sin cansancio.

Cogió un periódico caído en el suelo. Era un viejo número del *Correo de Varsovia*, del año 1923. Había dos números más, de la misma fecha.

Se había arrodillado para hojearlos, y súbitamente se detuvo. Creía sentir una presencia a sus espaldas. Se echó en la cama. Nada hubiera podido hacerlo levantar de ella.

No se atrevía a hacer ningún ademán. Gotas de sudor le perlaban la frente.

«¿Qué temo?», se repetía alelado, y aún sentía más miedo de tener miedo sin razón.

Su mirada escudriñaba el cuarto, sondeando cada objeto. Le llamó la atención el rincón donde se apilaban en montón viejos libros de cuentas. Era el único lugar en parte inaccesible a su mirada. Algo podía esconderse allí. No se atrevía a acercarse, pero no por ello dejaba de explorarlo febrilmente con los ojos.

Descubrió una porción de cuaderno entre las tapas rígidas de los libros de cuentas. Era un cuaderno escolar, de hojas cuadriculadas, escrito a lápiz. El profesor, que tenía la vista cansada, pudo descifrar sin trabajo estas palabras:

«... hasta ahora, no ha sucedido nada...»

El resto de la frase desaparecía bajo los libros. Todavía pudo leer la línea siguiente:

«0.45. Nada aún...»

Inmediatamente tuvo la certidumbre de que había alguna relación entre lo que leía y su actual situación. Con paso decidido se aproximó, tomó el cuaderno y volvió en seguida a la cama.

En la primera página se leía en letras grandes:

MEMORIA

Aquí se encontrarán las observaciones hechas por Kazimierz Rudziański en la vieja cocina del castillo de Mysłocz en la presente noche del 14 de diciembre de 1923.

Y más abajo:

> Yo, Kazimierz Rudziański, ingeniero ayudante en la granja de Promcz, en las tierras de Mysłocz, habiendo oído decir que la vieja cocina del castillo de Mysłocz está hechizada, y no prestando fe a esos rumores, he resuelto someter a examen esos misteriosos fenómenos, si existen, y elucidarlos.
>
> Consigno mis observaciones *ad perpetuam rei memoriam*, pero también para hacer algo. No puedo dormir, los espíritus no aparecen y he leído todos los diarios. Ya han dado las doce, la hora de los fantasmas ha sonado y, hasta ahora, nada ha sucedido.

Seguían varias páginas en las que Rudziański no abandonaba ese tono ligeramente bromista. El profesor leía ávidamente, impaciente por saber si, quince años antes, aquel hombre había conocido la misma ansiedad sin fundamento. Por último, después de una larga disertación sobre el tema «no existen fenómenos sobrenaturales», dio con el siguiente pasaje:

> Por lo demás, mentiría si afirmara que soy totalmente insensible al ambiente. Estoy, desde luego, constantemente al acecho y, a pesar de mis esfuerzos, no puedo concentrarme del todo en lo que escribo. Una parte de mí mismo espera siempre que se manifiesten los espíritus. Además de la lámpara, he encendido dos candeleros, cada uno en un extremo del cuarto, de modo que nadie pueda privarme bruscamente de luz.
>
> Tengo además un revólver al alcance de la mano, y si alguien apareciera para jugarme una mala pasada, no vacilaría en disparar. Pero ¿cómo se las arreglaría? Porque he cerrado la puerta y la he atrancado con la mesa. La ventana es demasiado estrecha y está demasiado alta para que alguien pueda pasar a través de ella.

Allí terminaba el texto. Habían arrancado las últimas hojas del cuaderno.

—¿Acaso estará hechizado este lugar? —gruñó el profesor.

Siguió registrando el rincón y terminó por descubrir unos pedazos de papel escritos con la misma letra. Pero eran tan pequeños que apenas si se podían leer palabras aisladas. ¿Quién había roto esos papeles y por qué? Uno de los pedazos que Skoliński descifró lo intrigó mucho.

Se leía la palabra «toalla». «La toalla se mo.» No pudo encontrar la continuación.

¿Qué relación había entre esa servilleta y la memoria? Paseó una mirada circular por la cocina y no tardó en ver en un rincón, suspendida de un gancho, una sucia servilleta amarilla a franjas. Un brusco presentimiento lo disuadió de acercarse a ella.

¿Era una ilusión, o la servilleta se movía? Se puso los papeles sobre las rodillas y permaneció un buen rato observando las contracciones cadenciosas, semejantes a las de una lombriz. Era eso, pues, lo que había sentido apenas entró en el cuarto: aquella servilleta. Odioso espectáculo. Parecía agitada por náuseas. Pero su movimiento era casi imperceptible, y sin el pedazo de papel no habría percibido nada.

Se estremeció. A no ser el horror real que emanaba de la escena, el profesor habría podido creerse víctima de una ilusión. Pero la naturaleza de los sentimientos que lo embargaban le hizo tomar de entrada la situación en serio.

¿Salir? Sin duda... Pero había que moverse y el profesor no podía resolverse a ello. Permaneció allí clavado, inmóvil, tendido en la cama, procurando ocupar el menor lugar posible, y reflexionando. La lámpara esparcía por el cuarto una luz escasa. Todo parecía inmerso en una muda inmovilidad. ¿Era una impresión, o el movimiento de la servilleta se aceleraba?

Sí, se movía, una fuerza la animaba, una fuerza maligna.

El profesor era un hombre profundamente creyente, pero poco inclinado a ver por doquier la obra del maligno. Más de una vez había participado en sesiones de espiritismo y atestiguado sorprendentes fenómenos aunque sin atribuirlos a una intervención sobrenatural. Pero lo que lenta e insensiblemente tomaba forma en ese cuarto era de naturaleza diferente.

En el curso de aquellas sesiones se adivinaba una fuerza extraña, pero puramente mecánica. Lo que ocurría no era ni bueno ni malo... En cambio el profesor sentía aquí, emboscada en alguna parte a lo largo de las paredes, una maldad concreta y furiosa.

Esa maldad, ese horror, esa nítida e implacable amenaza que planeaba en el cuarto, no podía sino atribuirse a fuerzas dia...

Skoliński percibió con espanto que temía la palabra. No podía vencer la repulsión que le inspiraba... ¿Había perdido todo dominio de sí mismo hasta el punto de caer en la más burda superstición?

—Diabólicas —murmuró con un esfuerzo de voluntad—. Diabólicas.

Y repitió varias veces, como queriendo romper el círculo del temor: «Diablo, diablo, diabólico, diabólico.»

Pero cuando se vio sentado en el borde de la cama pronunciando con labios temblorosos esa palabra que sonaba como una provocación, sintió cien veces más temor. ¿No se la habían soplado al oído? ¿Acaso no era eso de lo que se trataba? Aún sintió más estremecimiento al comprobar que se dejaba ganar por un pánico incomprensible.

—Vamos —murmuró—, hay que tener sangre fría.

Paseó de nuevo con cautela su mirada alelada por el cuarto.

Todo estaba quieto y silencioso como antes. Sólo la servilleta, siempre tensa, temblaba, incansablemente recorrida por repugnantes contracciones, ahora tan manifiestas como inexplicables. Daba la impresión de haberse desenmascarado, de haber perdido todo recato, de ofrecerse inclusive como espectáculo. Sus movimientos recordaban extrañamente los de un médium en el curso de una sesión espiritista, o el de una mujer dando a luz. Parecía querer expulsar algo de sí en los dolores del parto.

Pero había algo peor. La luz parecía disminuir.

La lámpara ardía normalmente, pero el profesor tuvo de pronto la certidumbre de que trataban de apagarla. Alguien. Sentía una presencia. Quizá era autosugestión, pero habría jurado que no era el único en el cuarto y hasta hubiera podido indicar, en un momento dado, dónde se encontraba ese alguien.

¿No era preferible hacer desaparecer la servilleta? ¿Cogerla y arrojarla fuera?

Pensándolo bien, no.

¿Salir de allí? ¿Levantarse y salir?

Sí, pero pensándolo bien, no.

Permanecía sentado en la cama como si hubiese querido que se olvidaran de él. Cada vez le era más difícil moverse. Cada movimiento podía atraer la atención. Con la punta de los dedos escogió febrilmente los pequeños trozos de la memoria de Rudziański. ¡Qué no hubiera dado por saber cuál había sido el destino de aquel hombre que, quince años antes, se había encontrado sentado en la misma cama y esperando como él!

Pero entre esos pedazos de papel, eran pocos los que podía descifrar:

1 horas 40 minutos...

animal...

paralíti...

sopló...

nuestros pa...

miedo...

negro, lívido y...

me muevo, estrem...

La imaginación de Skoliński galopaba. Trataba de leer esa especie de rompecabezas. ¿Me muevo? ¿Un animal? ¿Negro? Quizá no hubiera ninguna relación entre esas palabras. ¡Salir, huir! Pero se quedó helado de horror: ya no podía hacer ningún movimiento.

Sólo era capaz de permanecer sentado, petrificado, y de esperar, como un pájaro hipnotizado.

Los dos o tres minutos que vivió entonces fueron sin duda los más largos de su vida: sensación de horrible impotencia, nudo en la garganta, encogimiento del cuerpo, rigidez de los músculos, con la conciencia de estar abandonado a su suerte sin esperanza de socorro.

Haciendo un último esfuerzo, se apartó de la cama y se lanzó hacia la salida. Creyó sentir que algo saltaba desde un rincón y se precipitaba sobre él, pero no se volvió y dio un portazo.

Tan pronto estuvo afuera, sus nervios demasiado tensos lo impulsaron en una fuga desesperada a través del sombrío vestíbulo y de las salas. Terminó por dejarse caer en el suelo, contra un muro, agotadas sus fuerzas.

El castillo entero le parecía haber caído en poder de fuerzas impuras. Un viento de espanto soplaba en las tinieblas. Pasaron tres interminables cuartos de hora antes de que pudiera recuperar el ánimo.

Se sentía terriblemente cansado. La cabeza apoyada en la mano, desplomado sobre las losas heladas, meditaba sobre la forma de dejar cuanto antes el castillo, cuando oyó un paso furtivo en la galería vecina. Lanzó una mirada por la puerta. En el fondo de la galería, al pie de la escalerita de caracol que conducía al vestíbulo, advirtió la silueta inclinada de Cholawicki. En pantalón y camisa, descalzo, el secretario pasó y volvió a pasar varias veces. Después se detuvo y apoyó el codo en la muralla.

Parecía aguzar el oído. El profesor comprendió entonces por qué Cholawicki lo había retenido en el castillo y alojado en ese cuarto.

Skoliński sintió ganas de reír. Aprovechó un momento en que el secretario había desaparecido para alejarse lo más rápidamente posible en sentido opuesto. Le costaba un trabajo inmenso orientarse en ese dédalo inextricable. Aspiraba a encontrar un lugar seguro donde pasar el resto de la noche y acostarse. Al amanecer podría salir silenciosamente del castillo.

Avanzó por un corredor estrecho y muy sombrío. Después de pasar ante un entrante de la pared, tuvo de pronto la certidumbre de que lo seguían.

Se detuvo. No, no podía ser Cholawicki. Entonces, ¿quién? El profesor retuvo el aliento y esperó...

El desconocido también esperaba...

El profesor avanzó; el otro avanzó. Skoliński apuró el paso; el otro también. Oía distintamente su respiración. Cuando el profesor se volvió de repente para entrar en una sala, el otro también se volvió.

Pero había en todo eso algo incoherente, insensato, ebrio. Los movimientos del desconocido eran indecisos, mal coordinados, a la vez bruscos y vacilantes, como los de un niño muy pequeño.

¿Era un ser humano? El profesor se sintió invadido de nuevo por la repulsión y el espanto. De pronto, una mano menuda y viscosa lo cogió por la muñeca.

En ese mismo momento, el misterioso personaje se sacudió en un violento acceso de tos.

Al profesor no le resultaba desconocida esa tos seca y senil. La había oído en el tren. Adivinó que era el príncipe.

El príncipe, entre tanto, se aferraba convulsivamente a su brazo, esforzándose por reprimir la tos y apoyando la cabeza contra la chaqueta del profesor. Por fin pudo hablar:

—¿Quién eres? —le preguntó con un tono apremiante, aferrado siempre a su brazo—. ¿Quién eres?

Temblaba de pies a cabeza. A la pálida luz de la ventana se distinguían sus rasgos y el profesor comprendió que estaba ante un loco. El príncipe lo miraba temeroso, mientras agitaba con fuerza un dedo amenazador bajo su nariz.

—No tema, príncipe —dijo Skoliński suavemente—. Cálmese, se lo ruego.

—¿Quién te manda?

—Nadie.

—¡Dime la verdad! Es él quien te manda, ¿no es cierto? Vamos, ¡la señal, la señal! ¡Hazte reconocer!

—¿Qué señal?

—¡Yo cumpliré con todo! ¡Con todo! —murmuró el príncipe fogosamente—, pero haz la señal, que yo sepa que vienes de su parte. ¡Hace tantos años que espero!

—No conozco ninguna señal.

—¡Mientes! Lo he visto la noche pasada. Se me apareció. Sé que tuvo piedad de mí. Haz la señal y dime que me ha perdonado, que se terminó, que me deja libre, que ya no me atormentará más...

—Cálmese, príncipe —dijo el profesor, procurando hablar con voz suave y persuasiva—. Tiene usted que calmarse. Soy un hombre corriente. El señor Cholawicki es quien me ha invitado a pasar la tarde aquí. Me he demorado, pero ya me iba. Me voy en seguida.

—¿Te ha invitado Cholawicki? ¿Mi secretario? ¡Ah, quieres matarme! ¡Reconoce que quieres matarme! Tienes mucho interés en mi vida, ¿eh? Mi secretario te invita y pretendes que no quieres acabar con mi vida.

Mientras hablaba, lo rechazaba y atraía alternativamente, con los dedos convulsivamente cerrados en torno a las muñecas del profesor.

—Vamos, príncipe, cálmese. Apenas conozco al señor Cholawicki.

—Es el peor de los crápulas —dijo de pronto el loco en otro tono y atrajo bruscamente hacia sí al profesor con ademán casi paternal—. Si no lo conoces, ¡cuídate!

—¿Y por qué puede querer su muerte?

—¿Por qué? ¿Te burlas? Es muy sencillo. Porque yo no quiero morir. Él se aburre aquí y tiene prisa... Prisa de... ¡Vamos, no importa! —Guiñó el ojo burlonamente—. Pero yo no puedo morir. Este lugar es sin duda triste, lúgubre, oscuro e incluso atroz, y uno no puede menos que asombrarse de que un joven elegante, apuesto, de maneras atrayentes... Pero yo no puedo abandonar el castillo.

—¿Por qué?

—No puedo. Hasta que llegue el momento. Hay

aquí... Debo quedarme. Sucede algo, algo, allí, allí... —Señaló en dirección a la vieja cocina—. Debo estar presente hasta el fin... hasta que exhale el último suspiro... hasta que me devuelvan mi libertad... ¡Pero tú lo sabes mejor que yo! ¿Por qué simulas ignorarlo? Reconoce que él te manda. ¡Haz la señal! ¿Por qué me atormentas? —exclamó con desesperación—. ¿No comprendes que si espero más Henryk me matará, porque se aburre? ¿No tiene piedad de mí? ¡Díselo, díselo de mi parte!

Lo rechazó y desapareció hacia las salas oscuras gimoteando estas palabras.

El alba se alzaba macilenta ahuyentando las capas de sombra de sus últimos atrincheramientos. El profesor volvió a la vieja cocina sin haber encontrado en ninguna parte a Cholawicki. A la luz del día, el cuarto era agradable y claro. Los acontecimientos de la noche le parecían irreales. Apagó la lámpara, cogió el colchón, lo trasladó a un cuarto apartado, y enteramente vestido se quedó dormido al instante.

Estaba tan agotado que ya no le inquietaban las complicaciones que podían surgir si el secretario llegaba a descubrir su cama improvisada. Por fortuna, no durmió mucho tiempo. Se despertó pocas horas después. Miró su reloj. Eran las ocho.

Volvió de prisa a la vieja cocina. Dominando su repugnancia, se acostó en la cama y esperó la llegada de Cholawicki. Debía hacer creer al secretario que no se había movido de allí en toda la noche.

7

Durante una buena parte de la noche, Cholawicki no había dejado de rondar la vieja cocina, esperando tras la puerta el horrible acontecimiento que debía producirse. Pasaba a cada instante de la incredulidad más absoluta a la extraña certidumbre de que no esperaría en vano.

A una hora avanzada aún no había sucedido nada. Perdiendo toda esperanza, furioso por haberse dejado engañar por ideas tan pueriles, se desvistió y se durmió, no sin antes haber apurado algunos vasos de vodka.

Hacia las nueve, Grzegorz fue a despertarlo.

—Grzegorz —preguntó el secretario—, ¿el profesor ya está en pie?

—Todavía duerme... En la vieja cocina.

El criado fijó en Cholawicki una mirada extraña.

—Vamos, Grzegorz, ¿no va usted a creer en esos cuentos? Lo he instalado en ese cuarto porque es el más agradable y no hay ratas en él.

—No es asunto mío, así que no me meto.

El secretario se vistió y fue en busca del profesor. Llamó a la puerta, impaciente por saber qué había sucedido.

—Entre —contestó el profesor.

Estaba sentado en la cama, con el traje arrugado y el pelo en desorden. Parecía extenuado. Entrecerró los ojos y se pasó la mano por la cara.

—¿Ha dormido bien? —preguntó el secretario, refrenando su curiosidad.

—¿Ya es de mañana?

—¡Cómo! Pero si son casi las nueve y media...

—¡Ah!, las nueve y media. No he pegado ojo en toda la noche. Así que es ya de mañana...

—¿Se siente usted mal?

Cholawicki observó con más atención al viejo sabio. Estaba desconocido. Toda vivacidad, toda bondad habían desaparecido de sus rasgos para dar paso a una máscara cansada, apática, totalmente inexpresiva.

—Le servirán el desayuno.

—¡Ah! El desayuno. Puedo prescindir de él.

El secretario ya no pudo contenerse.

—¿Qué tiene usted, profesor? ¿Le ha sucedido... algo, esta noche?

—No, nada. O más bien... por lo demás, poco importa.

—¿Pero qué?

—Nada.

—¿Piensa examinar los cuadros ahora?

—¡Ah, los cuadros! Los había olvidado. Esta tarde, más bien...

Era verdaderamente sorprendente. ¡Los cuadros ya no le interesaban al profesor! Estaba con vida, no había perdido la razón, pero parecía abrumado, ausente, como si hubiera sufrido un terrible choque.

El secretario observaba la servilleta con el rabillo del ojo. Se estremecía imperceptiblemente, recorrida por las

incesantes pulsaciones como el alma agitada de Cholawicki.

«Ha visto algo», se dijo.

Pero no se atrevía a preguntárselo. Por lo demás era
evidente que el profesor no diría nada, que no confiaría
su secreto.

—Si no ha dormido usted bien, profesor, le daremos otro cuarto —propuso insidiosamente.

—No, prefiero quedarme aquí —respondió Skoliński con voz apagada.

Cholawicki quedó atónito ante ese enigma. Después
de una noche de espanto, el profesor tendría que haber
aceptado inmediatamente la propuesta de mudarse de
cuarto. Quizá la curiosidad lo retuviera en la vieja cocina, como había atraído a sus predecesores. O quizá ya había llegado al punto en que todo le daba lo mismo.

En todo caso, su idea no había sido tan mala. Después de unas cuantas noches, el profesor conocería sin
duda la suerte de los otros dos curiosos y sucumbiría a
la locura.

Cholawicki salió, presa de un extraordinario agotamiento. Sin duda alguna, la vieja cocina estaba «hechizada». ¿No habría advertido nada el viejo Holszański?
Lo comprobaría.

El príncipe, de excelente humor, tomaba su café.

—Ah, Henryk, ¿cómo estás? Hoy mismo empezaré
a ordenar. ¡Ya es hora! ¿Por dónde crees que debo empezar?

Lo dijo con un tono tan burlón que Cholawicki sospechó que el príncipe estaba menos loco de lo que parecía. Después de cambiar algunas frases, se alejó con la
certidumbre de que no había advertido la presencia del
profesor.

Entre tanto, en la vieja cocina, Skoliński se había metamorfoseado después de la partida del secretario. Había desaparecido de su rostro todo rastro de embrutecimiento. Silbaba entre dientes. Se sentía contento. La comedia que representaba daba sus frutos. Cholawicki estaba completamente desorientado.

El profesor temía que lo echaran del castillo si el secretario lo encontraba sano y salvo. Por eso había fingido que las fuerzas maléficas ya habían comenzado su obra y alterado su estado psíquico. Mediante esa inocente estratagema, se proponía quedarse algunos días más en el castillo.

Skoliński no pensaba sino en los cuadros. Sospechaba que el príncipe debía de temer lo peor de su secretario, o más bien tenía la certeza. El pobre viejo loco necesitaba ayuda urgente. ¿Cuál era el secreto que lo atormentaba? ¿Qué sucedía en aquel cuarto? Otros tantos puntos que esclarecer. Era imprescindible una intervención directa. Sin contar con que Maja estaba también bajo la férula de Cholawicki. Era su novia, y debía unir su destino al de ese hombre sin escrúpulos.

El secretario no sospechaba que el buen historiador, que en situación normal no hubiera matado una mosca, se había convertido en su enemigo encarnizado. Súbitamente el profesor volvió a adquirir su expresión ausente: sus ojos se apagaron y sus labios se crisparon en una mueca dolorosa. Se oyeron pasos. Pronto apareció Grzegorz en la puerta.

El criado se detuvo en el umbral.

—El desayuno está servido —anunció con la mirada obstinadamente fija en sus pies calzados con viejas sandalias.

—¿Dónde? —murmuró el profesor con voz neutra.

—Lo he servido en el otro cuarto.

Grzegorz, plantado detrás de la silla del profesor, lo miraba comer con estupefacción, como si estuviera en presencia de un aparecido. Había pasado la noche en la vieja cocina y no le había sucedido nada. ¡Pero no tan rápido! ¡No era seguro! Lo probaban sus movimientos pesados, el que apenas probara la comida y se pasara la mano por la frente. ¿Habría visto algo? ¿No lo tendría ya el diablo entre sus garras?

Se persignó a hurtadillas, sin poder resistir la curiosidad.

—¿El señor ha dormido bien? —inquirió amablemente.

Al no obtener respuesta, tosió y preguntó al cabo de un momento:

—¿El señor secretario no le ha hablado al señor de la vieja cocina?

Skoliński creyó percibir en la pregunta de Grzegorz cierto recelo hacia Cholawicki, e incluso hostilidad. ¿Tendría en él un aliado para defender al príncipe?

El profesor alzó lentamente los ojos.

—¡No, nada! ¡Ni una palabra! —murmuró.

—Es todo un mundo —tartamudeó Grzegorz y se enjugó la frente con un inmenso pañuelo—. Allí pasan cosas extrañas. Sobre todo, no hay que quedarse.

—Si usted supiera en verdad lo que pasa se le pondría el pelo blanco.

El comentario no era muy feliz, porque Grzegorz exhibía ya una cabeza blanca como la nieve. Pero la voz sorda de Skoliński le producía un considerable efecto.

—Bueno —jadeó—. ¿Qué ha visto el señor?

El deseo de saber luchaba con el miedo. Se persignó, con los ojos agrandados por la curiosidad.

—Lo que he visto —dijo solemnemente Skoliński—, no lo revelaré a nadie. Llevaré mi secreto a la tumba.

—Y ha tenido suerte de que eso no haya terminado peor —gruñó Grzegorz—. Pero yo quiero que el señor sepa que fue el secretario quien tomó esas disposiciones. Yo había preparado otro cuarto, y fue él quien transportó todo a esa maldita cocina. Que el señor esté sobre aviso; yo no quisiera tener una desgracia sobre la conciencia. El señor secretario debe de tener sus razones para obrar de ese modo. Eso sí, no le diga lo que le he comentado, porque me echarían de aquí en seguida.

Sin duda Grzegorz estaba bajo la presión de dos temores. Por una parte temía a Cholawicki, y por otra a los espíritus. Skoliński decidió enseñar el juego.

—Grzegorz —dijo—, preste mucha atención a lo que voy a decir. Lo que he visto anoche no lo revelaré porque... es imposible. Pero ahora sé que el secretario abriga proyectos funestos respecto al príncipe. ¡Tenemos que salvarlo! Hay que impedir a toda costa que ese canalla pueda perjudicarlo, hay que obligarlo a abandonar el castillo.

—No son asuntos míos y no quiero mezclarme en ellos.

—Yo le aconsejo que intervenga, Grzegorz. Todo esto podría terminar mal para usted. No se puede jugar con fuego cerca de un barril de pólvora.

—¿Tan terrible es?

El profesor comprendió que la noche pasada en la vieja cocina le confería un poder casi absoluto sobre el alma del criado.

—Contenga la curiosidad, Grzegorz. Sólo le diré una cosa: por el momento, el «mal» está encerrado en ese cuarto, pero puede esparcirse por todo el castillo.

—¡Jesús, María y José!

El viejo sirviente se llenó de espanto ante la idea de que los espíritus fueran a rondar su reducto de la planta baja. Skoliński era ante sus ojos un embajador del otro mundo encargado de una importante y delicada misión.

—¡Yo sólo pido ayuda! —aseguró con convicción—. ¡No hay que titubear ante el mal! Que se vaya al diablo... Vivíamos en paz desde hacía muchos años, y ahora todo vuelve a empezar.

—Precisamente. Cholawicki es un malvado. Está en connivencia con las fuerzas del mal, las agita, las excita. Si no logramos, con la ayuda de Dios, ponerle obstáculos, las desencadenará, ¡y verá usted entonces lo que sucederá en esta casa!

—Yo lo haré todo. ¡Todo lo que usted quiera!

Skoliński reflexionaba.

—¿Hace mucho que vive en el castillo, Grzegorz?

—¡Pronto hará cincuenta años! Yo era de este tamaño cuando el difunto príncipe me tomó a su servicio.

—Usted debe de saber muchas cosas. Dígame, Grzegorz, ¿desde cuándo está hechizado este cuarto? ¿Y desde cuándo el príncipe está mal de la cabeza? Porque las dos cosas están ligadas, ¿no?

El criado se puso pálido como un papel:

—Muy bien. Se lo diré todo —respondió en tono lúgubre—. Todo, como en la santa confesión, ¡por la gracia de Dios! Pero no en seguida, porque el señor secretario podría sorprendernos. Le indicaré al señor el momento oportuno. Ahora tengo que volver al trabajo.

Tomó la bandeja con los restos del desayuno y desapareció tras la puerta. A Skoliński, como antes a Cholawicki, lo agitaban sentimientos contradictorios, y pasaba de la risa al espanto. Toda esta aventura hubiera sido extraordinariamente cómica si no fuera por el hecho tangible y verificable a cada instante de las contracciones y el temblor de la servilleta... de la espantosa realidad de las fuerzas sobrenaturales. Pensaba no sin angustia que jugaba muy a la ligera con esas fuerzas para asustar a Grzegorz y tratar de descifrar su secreto. Sólo la conciencia de hacerlo con una intención pura le permitía soportar su opresiva amenaza, en tanto que nada protegía a Cholawicki de los demonios que había despertado.

Mientras esperaba a Grzegorz, el profesor pasó revista a los cuadros, dispuesto en todo instante a poner cara de circunstancias en el caso de que llegara Cholawicki.

La pasión del experto en arte se había desvanecido sin posibilidad de que volviera. El descubrimiento más interesante no hubiera sido capaz de resucitarla. Al fin, Skoliński se adormeció en un amplio sillón holandés. Pronto sus ronquidos llenaron la sala estilo renacimiento, atestada de *secrétaires*, de mesas y armarios, de alfombras, brocados y cuadros.

8

Cholawicki iba de cuando en cuando a echar una mirada a la sala, pero, como el profesor dormía con un sueño profundo, cada vez se retiraba discretamente, no sin echar miradas impacientes a su reloj. Maja debía encontrarse con él a las cinco. Eran cerca de las seis y la joven no aparecía.

¿Qué haría?

Los celos, desterrados un momento por el rápido curso de los acontecimientos, lo atormentaban de nuevo. Lo enfurecía estar encerrado allí como en una prisión, en tanto que ella podía divertirse a su antojo... ¿y por qué no en compañía de Leszczuk? Entrecerrando los ojos, los veía al uno junto al otro, tan «parecidos» y tan armoniosamente unidos en ese parecido que no pudo retener una exclamación de despecho. No era el momento apropiado para alejarse del castillo, con el profesor, el príncipe y ese maldito cuarto... Pese a todo podía acercarse un momento hasta Połyka. En media hora, no podía ocurrir nada. El príncipe también dormía.

Hizo ensillar su caballo. Veinte minutos después llegaba al lindero del bosque y podía ver perfilarse, en el extremo de un vasto claro, la masa sombría del parque de Połyka. Moderó la marcha y bordeó un momento la muralla de verdor para no aparecer sobre un animal echando espumarajos.

De pronto vio a Leszczuk que salía del parque y avanzaba en diagonal a través de la pradera.

Cholawicki detuvo su caballo; después lo espoleó bruscamente y se internó en el bosque, indiferente a las ramas que le azotaban la cara. Estaba ansioso por observar de nuevo a ese muchacho, controlar sus impresiones, y asegurarse de que el parecido era real.

Se detuvo al abrigo de la espesura y acechó la llegada de Leszczuk, que apareció muy pronto.

Pensativo, la cabeza inclinada, las manos en los bolsillos, avanzaba silbando. El parecido saltaba a la vista, estallaba en cada actitud, en cada mirada que, sin ser rigurosamente idéntica, recordaba a Maja, lo acercaba a Maja... Era intolerable... El secretario permaneció contemplando a su joven rival hasta que los árboles lo ocultaron de su vista.

Iba a dar la vuelta cuando advirtió en medio del bosque la silueta de Maja, que se deslizaba entre los árboles. La joven avanzaba con un paso prudente y rápido.

Cholawicki saltó a tierra, ató las riendas a un árbol y se escurrió por la espesura tras la pareja. Por eso Maja no había acudido al castillo, para encontrarse con Leszczuk.

Maja, redoblando el paso, se adelantó a Leszczuk desde lejos y luego dio media vuelta. Su intención estaba clara. Trataba de dar con él como por casualidad. El secretario asistió a la escena mudo y desesperado. En un recodo del camino, Maja y Leszczuk se encontraron frente a frente. Se detuvieron. Cholawicki no podía oír lo que decían. Estuvieron conversando algunos minutos mientras la muchacha, con la punta del pie, dibujaba figuras en la arena. Después, lentamente, emprendieron juntos el camino hacia la casa.

El secretario los seguía con el corazón torturado.

Sus últimas dudas se habían disipado. Nunca había creído que Maja pudiera interesarse realmente por Leszczuk. Contaba con que habría de impedirlo su amor propio, inclusive la dificultad elemental que supondría la relación con un muchacho con quien en última instancia podía intercambiar pelotazos, pero no pensamientos o sentimientos. No suponía que fuera posible. Y sin embargo, ahora los veía con sus propios ojos.

Avanzaban uno junto al otro como si se conocieran desde siempre. El secretario había sentido el perturbador parentesco de sus naturalezas —esa secreta correspondencia en los ademanes, esa manera exclusiva en ellos de volver la cabeza—, como si sus movimientos obedecieran a las mismas leyes misteriosas. Era evidente que esa coincidencia la hacía feliz, cien veces más feliz de lo que había sido con él.

Con gran sorpresa, Cholawicki pudo comprobar que Maja dominaba el juego, que era ella quien trataba de seducir a Leszczuk. ¡Nada la detenía! Ella le explicaba algo mientras caminaba distraídamente a su lado, y su risa enardecía la imaginación del muchacho.

Cholawicki sufría. Podía darse por contento si admiraba el comportamiento moderno de Maja, la audacia de sus caprichos, su comprensión «lúcida» del mundo. Haberle enseñado a desdeñar la moral, a buscar la felicidad por el camino más corto, para llegar a eso... ¡y acabar en rival de un tipo como Leszczuk! Cholawicki era muy puntilloso en cuanto a conveniencias. ¡Era capaz de perdonar un devaneo de Maja, pero no con un entrenador de tenis!

Habría quedado todavía más perplejo si hubiera podido oír su conversación.

—También hay muchas miniaturas —decía Maja serenamente, mirándose los pies—. Un armario lleno.

—¿Son cuadros pequeños?

—Así es. Sin hablar de la platería. Hay cuchillos con mango de nácar, vasos de plata y de *vermeil*. Gran cantidad de chucherías de valor.

Se detuvo.

—Tendré que decirle a mi novio que contrate un vigilante. En ese castillo se entra como Pedro por su casa. La prueba es que usted ha llegado sin obstáculos hasta el príncipe. Pero el príncipe no quiere ni oír hablar de un guardián. Es la típica situación sin salida.

Leszczuk callaba. ¿Adónde quería ir a parar Maja? ¿Lo impulsaba a volver al castillo? La miró de reojo. Ella sonreía con aire extraño...

Sus relaciones habían tomado un cariz tan confuso y tormentoso que no comprendía nada. Comenzaba a sospechar en la joven oscuras maquinaciones.

Unas veces le parecía que se burlaba de él, y otras veces no. Todo lo contrario...

A pesar del parecido que los unía, las conversaciones entre ambos lo ponían horriblemente incómodo. En la pista, o cuando caminaban uno junto al otro en silencio, todo andaba bien y el entendimiento era perfecto. Pero cuando había que hablar, inmediatamente surgían dificultades y reticencias.

—Más de una vez, yo misma, me sorprendo acariciando la idea... de sacar de allí algunas bagatelas —dijo Maja de pronto a media voz, en tono febril—. Una vez, sólo una vez. ¡Tendría dinero para vivir independiente el resto de mi vida!

—Yo prefiero vivir honestamente —dijo Leszczuk con precipitación y a la defensiva.

Maja acogió estas palabras con una sonrisa. No podía explicarle que se confundía, que se equivocaba al tomarlo por un ladrón. Si había querido desvalijarla, no era por el dinero, sino para vengarse. ¿Cómo decírselo?

—Yo no soy lo que usted cree —empezó.

—¡Sé muy bien lo que es!

—¿Qué sabe usted?

—Olvida que... somos parecidos. Todo el mundo lo dice. Sé lo que es usted... porque sé lo que soy yo.

Leszczuk miró el rostro de Maja, tostado por el sol. ¿Y si en verdad?... Quizá ella tuviera razón. ¿Podía una persona tan elegante lanzarse a empresas dudosas? ¿Por qué no? Después de todo, ella se le parecía. Sin contar con que se comportaba de manera extraña. En todo caso, su comportamiento no era como el de una verdadera joven de buena familia. Se le parecía, ¿y qué? ¡Al fin y al cabo él no era un criminal! Pero, ¿acaso no se le parecía? Si ella no era de fiar, tampoco lo era él. Y si él lo era, Maja también debía serlo... Leszczuk se perdía en ese laberinto.

Recelaba sin cesar de que ella se burlara de él, de que procurara despistarlo; y a veces la odiaba en el fondo de su corazón. Sorprendía en sus ojos destellos de altivez y de odio. Manifestaba contra él el mismo encarnizamiento salvaje que desplegaba en los partidos de tenis.

Mientras tanto, Maja observaba sus reacciones:

«Decididamente, no hará falta mucho esfuerzo para impulsarlo a hacer lo que sea», se dijo.

Quería sondearlo, conocer por fin su verdadera naturaleza. Leszczuk nunca se mostraba tal como era. Por eso había tomado la iniciativa de hacerle propuestas para probarlo.

Pero al tentarlo, al incitarlo, se tentaba y se incitaba a sí misma. Su imaginación aventurera entraba en el juego y, aunque Maja nunca se hubiera decidido a desvalijar el castillo, se complacía en la idea... Observaba a Leszczuk con el rabillo del ojo.

Súbitamente se estremeció.

Él no tenía su expresión habitual.

No podía descubrir en qué consistía el cambio. Pero al cabo de un momento percibió que tenía la boca morada, casi negra.

No. No soñaba. No eran labios abrasados por la fiebre, sino como pintados, con un atroz tinte plomizo. Nunca había visto nada semejante.

—¿Está usted enfermo? —le preguntó.

—¿Por qué?

—Mírese.

Tomó un espejito. Leszczuk se examinó con curiosidad y desagrado. También Maja sintió una invencible repugnancia.

—Es la segunda vez que me ocurre —dijo él.

—¿Cómo, la segunda?

—Me sucedió ayer por la mañana, mientras me afeitaba. Debo de estar enfermo.

—¿Se siente usted mal?

—No, no lo sé... Cuando camino, necesito mordisquear algo.

Quizá ésa sea la razón...

Guardó un silencio confuso. Apresuraron el paso, presos de una vaga inquietud. Maja advirtió con alivio que la horrible lividez desaparecía y que Leszczuk recobraba su apariencia normal.

Se aproximaban al parque cuando aparecieron en el pórtico el consejero Szymczyk seguido por las damas. La señora Ochołowska tenía una expresión muy desgraciada, obligada como estaba a escuchar el día entero reflexiones o alusiones más o menos directas. De buena gana se habría excusado de tomar parte en esos paseos, pero su ausencia se habría tomado por una muestra de desprecio o desdén. Por eso, a despecho de sus muchas tareas y múltiples preocupaciones, todas las tardes se creía en el deber de acompañar a sus huéspedes.

Todas esas personas, reunidas por azar en la casa solariega, se aburrían a morir. Privadas de su trabajo cotidiano y condenadas al ocio, se mostraban irritables. Incapaces de divertirse, no sabían qué hacer, y no había entre ellas sino fricciones y enojos.

La funcionaria estaba demasiado delgada, según la opinión de su compañera, que se lo advirtió con la franqueza que era habitual en ella.

—Usted debería comer más, querida amiga. Está delgada como un pajarito.

La otra se sintió herida en lo más vivo. A su interlocutora le faltaba delicadeza, y no dejó de insinuárselo.

—No querría engordar demasiado, porque la gordura la vuelve a una muy pesada...

—Se lo digo con la mayor buena fe —exclamó la primera—, por pura caridad. ¡Y eso es todo lo que se le ocurre contestarme! No se miente cuando se dice que delgadez es signo de acritud. Permítame que por lo menos me sorprenda.

—¡Y usted permítame que no me sorprenda! —replicó la funcionaria, fijando irónicamente la mirada en las amplias redondeces de su compañera—. Comprendo que sea difícil dominarse cuando uno desborda por todos lados. ¿No es verdad? —dijo tomando por testigo a la señora Ochołowska.

—Discúlpeme —contestó la dueña de la casa, molesta al verse mezclada en la disputa—, no he oído lo que decían.

—Usted siempre piensa en otra cosa cuando está con sus huéspedes —susurró la funcionaria en tono súbitamente suave.

—¡Qué dice usted! Podemos considerarnos muy felices si la señora Ochołowska soporta nuestra compañía —exclamó la otra con su franqueza habitual—. Qué pretende usted. ¿Acaso somos sus parientas o invitadas?

—Ustedes, señoras mías, no saben vivir en sociedad —las interrumpió severamente el consejero Szymczyk.

Bajo el efecto de esta perentoria sentencia, todos callaron. Las damas guardaban rencor a la señora Ochołowska por no haber salido en su defensa. La primera, profundamente herida, tramó ya su venganza. Desde hacía mucho tiempo había notado que la blusa apenas transparente de la funcionaria dejaba vislumbrar un lamentable cutis granujiento. Varias veces estuvo a punto de advertirlo «en su propio interés», pero se contuvo. Decidió no reprimir por más tiempo su franqueza habitual.

—Sabe usted, querida señora, que se le ven los gra… —comenzó melodiosamente, cuando advirtieron en el sendero la presencia de Maja y Leszczuk.

Los dos jóvenes intercambiaban miradas cómplices. Eso tomaba un sesgo escandaloso. ¡Pobre señora Ochołowska! ¿Acaso estaba ciega?

—¿Otra vez de paseo?

La funcionaria subrayó sus palabras mirando de soslayo a la señora Ochołowska.

Maja se aproximaba lentamente, jugando con un cortaplumas. Leszczuk se detuvo a cierta distancia.

—¿Otra vez hace notar que estamos otra vez de paseo? —contestó con arrogancia, con las mandíbulas apretadas.

Su voz mostraba tanta altivez y seguridad al no tomar en cuenta la opinión de la dama, que la funcionaria palideció y enrojeció al mismo tiempo.

—¡Cada uno es libre de alternar con quien le parezca! —replicó.

—Pienso lo mismo. Sería demasiado cruel tener que poner en su sitio a personas que ambicionan frecuentar la buena sociedad.

Maja miró a la funcionaria con una insistencia que no permitía dudas acerca del sentido de sus palabras; después se dirigió a su madre.

—¿No tienes frío, mamá?

—Mi pequeña Maja, vuelve a casa y espérame en tu cuarto. En seguida estaré contigo.

Dijo estas palabras en un tono tan grave y doloroso que la joven se inquietó.

—Muy bien, mamá —respondió en voz baja.

Cuando se marchó, la funcionaria se dirigió a la señora Ochołowska.

—Le ruego que tenga preparada mi cuenta para esta noche. Me iré mañana.

—Se la entregarán después de la cena.

La señora Ochołowska se despidió con un movimiento de cabeza y entró. Trataba de no pensar en lo que dirían esas dos señoras tan sueltas de lengua. ¡Qué invectivas, qué océano de hiel, qué innobles sospechas arrojarían sin duda sobre ella y sobre Maja! Todo eso contaba poco, comparado con la imprescindible conversación a solas con Maja. ¡Había que alejar a ese muchacho lo más pronto posible, antes de que fuera demasiado tarde! ¿Debería hablar claro o a medias palabras? ¿Podía correr el riesgo de impresionar la joven imaginación de Maja con una exposición demasiado viva de sus temores, descubriéndole quizá horizontes insospechados y apartándola así del camino recto? Quizá Maja no viera en sus relaciones con Leszczuk sino una inocente camaradería deportiva sin consecuencias.

—¿Por qué te has conducido así? —preguntó a su hija cuando se encontraron a solas en su cuarto—. He perdido una pensionista. La señorita Wycisk ha pedido su cuenta y se marcha mañana.

—Lo lamento. Pero tiene demasiadas ínfulas.

—Maja, me temo que ese orgullo no tenga sentido, y que en nuestra situación sea ridículo.

—Aunque estuviera forrada de oro, no haría nada por retenerla. No puedo tolerar que una cualquiera se permita ese género de comentarios.

—Pero tú te paseas con un cualquiera por el bosque...

—¿También tú compartes la opinión de la señorita Wycisk? En primer lugar, Leszczuk no es un cualquiera, y es mejor que yo —dijo en tono infantil.

—¿Mejor? ¿Qué quieres decir?

—Mejor. Me gana al tenis. Además, es un buen muchacho, pero nada más que un servidor. Espero que no creas que coqueteo con él.

Su voz se estremecía de desagrado. La señora Ochołowska, conociendo el desmesurado amor propio de su hija, no tuvo el valor de hablar del parecido...

—Maja, querida —dijo, cogiéndole la mano con ternura—, no sé..., quizá tengas razón. Pero la gente tiene otra manera de ver las cosas. Me bastan para saberlo las observaciones de la señorita Wycisk... Hazlo por mí. Dile a ese muchacho, con cualquier pretexto, que se vaya.

—No —articuló Maja entre dientes. Estaba muy pálida y desvió la mirada—. ¡Es insultante! Me niego a tomar en cuenta esas increíbles... ¡Qué ofensa! Me asombra que no comprendas hasta qué punto esas sospechas pueden ser ofensivas. Te aconsejo que nunca más... ¡Leszczuk se quedará! ¡Eso es todo!

Se fue corriendo a su cuarto. La señora Ochołowska se retorcía las manos con desesperación. ¡Nunca sabría cómo hablar con su hija!

Sin embargo, la violenta reacción de desprecio de Maja la tranquilizó un poco. Al menos, no se trataba de un idilio. Su suficiencia le preservaba con más seguridad del peligro que los... mejores consejos maternos.

«¿De dónde le viene ese exceso de desprecio? —se decía—. ¿Por qué yo, que he sido educada en tiempos menos democráticos, no he tenido nunca tal complejo de superioridad?»

La señora se puso a hacer la cuenta de la señorita Wycisk, cosa inútil por otra parte pues la funcionaria fue a verla inmediatamente después de la partida de Maja.

En tono glacial dijo que atribuía la incalificable conducta de Maja a su juventud, y que no deseaba herirla con una brusca partida.

Por otra parte, la estima que sentía por la señora Ochołowska le impedía dar ese paso demasiado radical y causar otras deserciones que sin duda seguirían a la suya, dada la expectación que el alboroto había suscitado. Por esa vez quería cerrar los ojos, a condición, desde luego, de que la señora Ochołowska fuera más firme con su hija. No tenía la intención de mezclarse en los paseos y los pasatiempos de la señorita Ochołowska. Dejaba de buena gana esa tarea a la madre.

La señora Ochołowska le agradeció con bastante frialdad sus palabras, sin demostrar el alivio que sentía en el fondo de su alma. Porque la partida de la funcionaria hubiera podido ser catastrófica para el futuro de la pensión recién inaugurada.

Ignoraba que ese feliz desenlace se debía a la otra dama, que temía ver partir a la señorita Wycisk sin haberla podido prevenir, con toda benevolencia, de lo que dejaba transparentar su blusa. Por eso la había persuadido de que renunciara a esa partida precipitada.

El enojoso incidente se olvidó más pronto cuando, poco antes de la cena, se presentaron en la casa dos visitantes: Krysia Leniecka, amiga de infancia de Maja, y Gustaw Żałowski, un primo lejano, estudiante de derecho. La llegada de los jóvenes creó un ambiente agradable y distendido.

Las dos muchachas estaban encantadas de volver a verse. La señora Ochołowska aprovechó la ocasión para hacer llevar a la mesa una botella de buen vino. La cena adquirió un aire de fiesta. Las dos damas, olvidando sus recientes disputas, se vistieron de manera especial para la ocasión, y la primera pudo comprobar que el nuevo vestido de la señorita Wycisk no ocultaba su desgracia, de la cual la infeliz no se daba cuenta.

Pero en el curso de la cena surgió una nueva preocupación. Se oyó de pronto el galope de un caballo y un instante después apareció Cholawicki. Su visita fue acogida de manera diversa. La señora Ochołowska sorprendió con disgusto las miradas de entendimiento que intercambiaron las dos damas y que parecían decir: «¡Ha llegado en buen momento!»

Pero la inquietaron infinitamente más los peligrosos fulgores que iluminaron los ojos de Maja, temerosa como estaba ante su excelente humor. La llegada de su amiga parecía llenarla de alegría. Reía sin cesar.

Después de la cena, Cholawicki la llevó aparte.

—Quería verte —murmuró.

—¿Por qué no estás en el castillo?

—Tengo que hablarte.

—Bueno, pero no ahora. Más tarde. ¿Y si fuéramos a pasear? ¡La noche es tan hermosa!

Los jóvenes aplaudieron la idea. Cholawicki no podía hacer otra cosa que contener su impaciencia.

Maja se dirigió a Leszczuk.

—¡Usted vendrá con nosotros!

—¿Yo?...

Se detuvo en la mitad de la escalera. No tenía ningún deseo de acompañarlos. Maja le inspiraba miedo, pero ¿cómo excusarse?

—Tengo sueño —dijo.

—Más tarde podrá dormir todo el tiempo que quiera. Por lo demás, puede sernos útil, aunque sólo sea llevando nuestros abrigos. Todavía no es momento de ponérselos, pero puede hacer más frío en el bosque. Krysia, Gustaw, dad vuestros abrigos al señor Leszczuk.

—No —respondió cortésmente Żałowski, advirtiendo que el muchacho llevaba ya el de Maja—. Yo llevaré el mío y el de Krysia.

—¡El señor Leszczuk puede llevarlos todos! —dijo Maja caprichosamente, golpeando con el pie.

Leszczuk se ruborizó. Cholawicki palideció.

—Nos privas del honor y del placer de ofrecer nuestros servicios —dijo bromeando Żałowski, que trataba de borrar la desagradable impresión.

Se internaron en el parque bajo la luz plateada de la luna. Los perros acudían alegremente en torno a Maja.

Cholawicki marchaba a la cabeza, esforzándose por dominarse y recobrar la sangre fría. A cierta distancia lo seguían las dos muchachas y el estudiante. Leszczuk cerraba la fila. Żałowski, como hombre de mundo, aminoró el paso para cambiar algunas palabras con él. La señorita Leniecka se dirigió a Maja.

—Maja, ¿por qué tratas a ese muchacho de esa manera? Podrías ofenderlo.

—Es duro de piel y no teme nada.

—¿Qué quieres decir?

—Que no tiene la epidermis sensible.

—Maja, algo no marcha —replicó su amiga—. ¿Qué ha pasado? Te noto cambiada.

—¡Yo qué sé!

El aire era puro y embriagador. Los árboles horadaban con manchas sombrías el cielo estrellado. El bosque, el parque, el claro, respiraban a pleno pulmón. Todo estaba inmerso en la inmensa dulzura de la noche.

—¿Lo amas? —preguntó Maja con un leve movimiento de cabeza hacia atrás.

Krysia Leniecka se apretó contra ella.

—¡Al fin!

—¿Al fin qué?

—Al fin estoy enamorada. ¡Ah, Maja, Maja, Maja!

—¿Y él?

—Él también.

Krysia suspiró de felicidad.

—En cuanto termine sus estudios nos casaremos.

Sus padres son amigos de mis padres. Será como una familia que se agranda. Cada día me parece como un sueño, porque es demasiado... demasiado... ¿Pero estás llorando? ¿Llorando de verdad?

—¡Qué tonta eres!

—He sentido una lágrima en mi brazo.

—No era una lágrima, sino el rocío que cae de una rama.

¡Ah! ¿Por qué no podía ella amar así, simplemente, apaciblemente, dichosamente? ¿Por qué en vez de construir una felicidad segura y durable con un encantador y honesto muchacho, del que no tendría que avergonzarse, estaba dividida entre dos hombres que la atormentaban y la llevaban a su perdición?

—No te quedes conmigo, aprovecha de esta hermosa noche. No son tan frecuentes. Gustaw —llamó—, Krysia está furiosa porque la abandonas.

Los dejó para permanecer sola, a un lado, entre Cholawicki, que caminaba delante, y Leszczuk, que la seguía. ¿De quién era la culpa si a pesar de sus dieciocho años y de su belleza, la noche la dejaba inquieta e indiferente, en tanto que el amor llenaba de alegría a otra menos bonita? ¿Era culpa del azar? ¿De la educación que había recibido? ¿De alguna turbia predisposición? Aminoró el paso y se dejó adelantar por la feliz pareja.

El estudiante abandonó un instante a la señorita Leniecka para coger una luciérnaga. Mientras se inclinaba para observarla, Maja sorprendió la mirada desbordante de ternura con que Krysia envolvió a Gustaw antes de unirse a él bajo el follaje.

«¿Sabré mirar con ojos tiernos, amantes y fieles?», pensó Maja con celos. Pero ¿a quién debía mirar así? ¿A Cholawicki, que la precedía, o a Leszczuk, que la seguía?

¿Qué sucedería si se arriesgaba a mirar a Leszczuk de esa manera? ¡Oh!, sólo para intentar la experiencia... Nadie la vería, estaba demasiado oscuro... Probaría si era posible.

Aminoró aún más el paso, y cuando se encontró detrás envolvió la silueta del muchacho con una mirada extraña... aparentemente sin objeto, y demasiado tierna, por tratarse de ella. Al instante se entregó a esa mirada, dejándose ir, ahogada, sumergida en su propia visión. Una ola ardiente rompió contra su corazón, que ella apretaba con la mano.

Apuró el paso y pronto estuvo junto a Leszczuk. Esbelta en su vestido de verano, parecía más etérea en la noche. Se había aproximado con un paso tan flexible y leve que el joven se estremeció. Maja guardó silencio y dio algunos pasos junto a él. Sus grandes ojos negros lo miraban con expresión tierna y lánguida. Pero súbitamente se llenaron de repulsión.

La boca de Leszczuk era negra como la pez. O más bien parecía negra en la oscuridad de la noche, pero era azul, lívida.

¡La horrible, la repugnante enfermedad! ¿Dónde la habría cogido? ¡Era monstruoso!

Se alejó corriendo para alcanzar a su novio. Cholawicki no advirtió su presencia hasta el instante en que ella deslizó el brazo bajo el suyo. El simple hecho de que se hubiera aproximado a él lo llenó de alegría.

Su furor se disipó sin dejar rastros. Qué dicha cuando súbitamente la sintió apretarse con ardor contra su hombro.

Sospechó una maniobra y pensó que trataba de distraer su vigilancia respecto de Leszczuk. Pero era demasiado feliz. Había sufrido demasiado mientras los había seguido, cuando se acercaban a la casa. La cogió del brazo y la atrajo contra sí, sin tratar de saber ni de preguntarse nada. Maja apoyó levemente la cabeza contra su hombro y la dejó así un largo rato.

Era un intento. Procuraba andar de este modo con su novio, ver si era posible. ¿Lo sería? Se esforzaba, en dar calor a su corazón, en hacer nacer el sentimiento que manifestaba. Cholawicki pertenecía a su mismo mundo. No era un ladrón ni un salvaje. No era víctima de una repugnante enfermedad. Pero su corazón permanecía de mármol. El que había mirado un instante antes estaba allí, detrás de ellos, comprometiéndola...

Se apartó de su novio tan bruscamente como se había acercado a él. Antes de que Cholawicki se diera cuenta, Maja ya no estaba a su lado. Caminaba de nuevo a solas, un poco aparte en el sendero. Se había dejado adelantar por todos los caminantes y cerraba la fila, entregada a su tristeza.

La noche dulce y perfumada cubría con el mismo velo alegrías y penas, disimulaba el rostro extasiado de los dos felices amantes como el lívido y atormentado de Cholawicki, o el perfil desesperado y todavía infantil de Maja, así como el incierto de Leszczuk.

Krysia Leniecka se reunió con ella y le pasó el brazo por la cintura. Caminaron así un rato, sin hablar. En otro tiempo habían estado muy cerca la una de la otra, tan cerca como lo permitía la naturaleza altiva y reservada de Maja.

—¿Quién es ese Leszczuk? —preguntó Krysia en voz baja.

—Mi entrenador.

—¿Pero aparte de eso?

—No sé más que tú. Vete a saber dónde ha sido

educado, qué hacía, qué amistades frecuentaba. Es una persona rústica, una naturaleza salvaje y sin cultivar. ¡Como eso! —Y le indicó, al borde del agua, una mata de zarzas tupidas y salvajes—. Es lo mismo que indagar lo que esconde esa maleza. ¿Flores? ¿Ranas?

—Estoy segura de que exageras. —Krysia le lanzó una mirada penetrante—. Maja, me parece que hablas muy mal de ese muchacho.

—Crees que... que... ¿Por qué habría de exagerar?

—¡Yo qué sé!

—¡Vamos, dime lo que piensas!

De pronto Żałowski exclamó:

—¡Una ardilla!

El animalito corrió entre las piernas y trepó a un pino. A media altura, se detuvo; acurrucado contra el tronco, lanzó una mirada por encima del enorme penacho oscuro de su cola, y de nuevo emprendió la subida. Su silueta se recortaba a la luz de la luna.

Rodearon el árbol.

—No puede huir —observó Żałowski.

En efecto, el pino que la ardilla había elegido para refugiarse estaba demasiado alejado de los otros árboles para que pudiera escapar de un salto. Cholawicki llevó la mano a su pistola y apuntó.

—¡No dispare! —exclamó la señorita Leniecka.

Pero el tiro ya había salido. La ardilla saltaba de rama en rama. El secretario hizo fuego por segunda vez. ¡Qué alivio poder descargar su rabia contra algo!

—¿Por qué quiere matarla? —preguntó secamente el estudiante.

Maja callaba.

—No hay dos sin tres. ¡Un tiro más! —dijo irritado Cholawicki—. Esta vez no fallaré.

Pero cuando falló por tercera vez se puso furioso ante el nuevo fracaso y alzó de nuevo el arma. La mano le temblaba, impaciente por matar.

—La atraparé viva —exclamó Leszczuk y, antes de que el tiro hubiera salido, ya estaba subido al árbol y lo escalaba con agilidad.

El secretario apuntó, pero Maja lo cogió de la manga.

—¡Basta! —exclamó.

—No tengas miedo —gruñó Cholawicki.

Mientras tanto Leszczuk pasaba de rama en rama. No podía soportar que maltrataran a los animales y había trepado para impedir que Cholawicki disparara. Pero puesto que había dicho que capturaría a la ardilla, tenía que hacerlo. El indefenso animal se había refugiado en las ramas más altas.

Leszczuk subía. El tronco se iba adelgazando y oscilaba peligrosamente bajo su peso.

—¡Baje, por favor! —le gritó la señorita Leniecka.

Pero él siguió subiendo. El tronco se encorvó; los hombros de Leszczuk se encontraron casi paralelos al suelo. De pronto la ardilla se enloqueció, ganó la cima en algunos saltos desesperados y después, viéndose acosada, se lanzó al vacío. El muchacho la atrapó al vuelo, y en el mismo instante el tronco cedió con un gran crujido acompañado de los gritos de los espectadores.

Por suerte se rompió con bastante lentitud y una rama baja contuvo la caída. Leszczuk pudo asirse a ella sin soltar la ardilla y se dejó resbalar hasta el suelo.

—¿No se ha hecho daño? —le preguntó la señorita Leniecka.

—¡Estuve a punto de ahogarla!

La ardilla temblaba en sus manos.

—¡Adorable animalito!

Tocaron su piel con cautela.

—¡La suelto!

—¡No, no, espere un momento!

Hacía mucho tiempo que la señorita Leniecka no iba al campo, debido a sus estudios. No se cansaba de esa fresca y olorosa bola de piel.

—Llevémosla. La dejaremos en la casa para ver qué hace.

—Yo preferiría dejarla en libertad —dijo Leszczuk, que sentía en sus manos los latidos del corazón enloquecido.

La señorita Leniecka lanzó a Maja una mirada intencionada y cuando reanudaron la marcha para llegar al lindero del bosque y avistar el castillo, le dijo:

—Estoy segura de que es un buen muchacho.

Maja no respondió.

—Mira cómo la acaricia. Cuando se ama así a los animales, no se puede ser del todo malo.

—¿Lo crees de verdad? ¡Mira qué miedo le tiene el animal!

—¡El castillo! —exclamó el estudiante cuando llegaron al lindero del bosque.

Ante ellos se dibujaban, sutiles y majestuosos, los contornos de la torre y de las murallas. El aire era de una transparencia excepcional y el castillo parecía muy próximo. Cholawicki apretó los puños. ¿Por qué perdía su tiempo allí? ¡Oh, qué locura no poder apartarse de esa muchacha! En ese momento, con el pretexto de acariciar al animal, Maja se había acercado a Leszczuk.

Tenía la boca menos negra, aunque no había recuperado su color normal. Por lo demás, apenas se la distinguía en la noche. Maja tocó la ardilla. El animalito estaba inmóvil de miedo en las manos del muchacho. Parecía petrificado. Mientras le acariciaba el pelaje, se dio cuenta de que el cuerpo del animal ondulaba. O más bien, palpitaba. Como si se moviera sobre sí mismo, o se inflara. Como si el muchacho lo comprimiera cadenciosamente. Maja no le prestó demasiada atención, pero de nuevo tuvo la impresión de algo extraño y monstruoso.

«¿Podría matar a esa ardilla? —se preguntó de pronto—. Con semejante boca...»

Leszczuk quería irse, dejar libre la ardilla y huir. Pero se sentía irresistiblemente atraído por Maja, por ese gracioso rostro nimbado de una pálida luz, por esos cabellos castaños, por esas manos finas. Y al mismo tiempo, sentía la poderosa tentación de huir. ¿Qué querían de él?

—¿Sería usted capaz de matar a ese animal?

—¿Sin motivo?

—¿Si yo se lo pidiera?

—¿Por qué?

—He apostado con mi amiga que si se lo pidiera usted lo mataría.

Lo miraba a los ojos y él oyó su risa —irritante, impaciente, insaciable, cruel— que descubrió por un segundo sus dientes brillantes.

—¿Entonces? —murmuró ella, como si todo hubiese quedado arreglado, casi sin necesidad de palabras.

Leszczuk rió como ella y sin pensarlo arrojó con todas sus fuerzas al animal contra un árbol. La ardilla lanzó un grito agudo y se enrolló sobre sí misma.

Los demás acudieron. Maja se mantenía inmóvil, anhelante.

—¡Es un acto de pura barbarie! —le gritó la señorita Leniecka—. ¿Qué le había hecho ese pobre animal?

—Me mordió —respondió vagamente Leszczuk.

La mirada de la ardilla se nubló. Era el fin.

Todos la miraban. Sólo Maja no podía apartar los ojos de Leszczuk.

—¡Qué bestia! —dijo brevemente Cholawicki, empujando el cadáver con el pie.

Maja estalló en sollozos. Y antes de que nadie pudiera comprenderlo, se precipitó en el bosque. De pronto Leszczuk, que hasta entonces había permanecido inmóvil, con los brazos colgantes, saltó tras ella y desapareció en las tinieblas. Cholawicki también se dirigió hacia el bosque, pero tropezó con una raíz y cayó. Se levantó y, sin pérdida de tiempo, reanudó su carrera a grandes zancadas.

—¡Deténganse! —gritaba.

Leszczuk alcanzó a Maja después de una persecución bastante larga. La tomó por los hombros y la empujó violentamente contra un árbol. Después se lanzó sobre ella y la arrojó al suelo.

Maja se incorporó sobre una rodilla y lo miró con ojos desmesurados. Él la observó como si la viera por primera vez; le enderezó la cabeza.

—¡Así que era usted!...

Maja estaba persuadida de que iba a matarla, como a la ardilla. Presentía que iba a ser víctima de la crueldad de Leszczuk. Los dedos del joven oprimieron su cuello y sus pupilas se empequeñecieron.

—¡Eso es lo que era usted! —murmuró Maja como si no creyera en sus ojos.

Leszczuk la golpeó violentamente. Maja se debatía, pero no podía desasirse. Lo mordió. Entonces, fuera de sí, la empujó brutalmente y ambos rodaron por el suelo. Los golpes comenzaron a llover. Luchaban sobre el musgo como dos animales salvajes.

Cada uno parecía querer destruir al otro, matarlo, suprimirlo, aniquilarlo y dar así libre curso al feroz encarnizamiento que habían demostrado el uno contra el otro en el juego.

¡A Leszczuk le espantó el furor de Maja! Pero sólo hacía que redoblara el suyo. Y Maja sabía que había llegado su última hora, pero no pensaba en ello. Sólo veía sus propias manos agarradas al pelo de Leszczuk, arañándolo, pegándole, tratando de destruirlo mientras su fuerza sombría y ciega de asesino no hubiera terminado con ella.

¡Los dos eran asesinos! ¡Sólo vivían para saciar su implacable odio!

Él fue el primero en tener miedo —de ella, o de él mismo— y huyó.

Maja permaneció en el suelo, jadeante y sin fuerza. Del labio lastimado le chorreaba sangre sobre los dedos. Le dolían los huesos. En la mente vacía, sólo tenía un pensamiento: «¿Era eso?»

«Ah, eso es lo que él es, lo que soy, eso es. ¿Eso es?»

Cholawicki llamaba a lo lejos en el bosque:

—¡Maja! ¡Maja!

La joven se puso en pie rápidamente y, reteniendo con ambas manos su blusa desgarrada, volvió por un atajo a la casa. Por suerte pudo llegar a su cuarto sin que la vieran. No lloraba.

Estaba desesperada, humillada, espantada. Se miró en un espejo. La boca ensangrentada se destacaba en el rostro pálido y lleno de magulladuras. Tenía un ojo hinchado y las rodillas despellejadas. Sus vestidos estaban hechos jirones.

Recordó que una vez, volviendo del teatro con su madre, habían encontrado una aglomeración en la calle. Un policía acababa de separar a dos prostitutas que se pegaban. Estaban en la misma condición que ella y, como ella, no lloraban. Sólo jadeaban, sin aliento, y miraban ante sí con aire impotente y obtuso.

Entró en el cuarto de baño y abrió el grifo. Estaba cubierta de tierra.

¿Era posible esa rabia, ese encarnizamiento enloquecido, ese desencadenamiento de los instintos? Se habían mordido, tirado del pelo, desgarrado con una ferocidad y un furor de destrucción del que los mismos animales eran incapaces.

«¿Eso es lo que soy? Eso es lo que hay en mí... Y eso es lo que es él...»

Llamaron a la puerta.

—¿Maja?

Era Cholawicki. Maja corrió a la puerta y la cerró con llave. ¿Sabría él lo que había pasado?

—Quisiera hablarte.

Silencio.

—Maja, debemos hablar. Tengo que volver al castillo. Permíteme hablarte.

Su voz era grave. Maja no respondió. Cuando los pasos del joven se alejaron, volvió a su cuarto, se encerró con llave, apagó la luz, se acostó y permaneció mucho tiempo inmóvil en la oscuridad, las manos bajo la cabeza, la mirada fija, incapaz de coordinar sus pensamientos. Sólo fragmentos sin continuidad. Y una horrible angustia, una agobiante tristeza, como después de una pérdida irreparable: la pérdida de cierta delicadeza que había muerto en ella, reducida a la nada por una odiosa vulgaridad, un furor bestial, una innoble bestialidad.

Y la ardilla, la ardilla que los dos habían estrellado contra un tronco, inocente animalito aplastado al pie de un árbol.

No le haría ningún reproche a Leszczuk. No se rebelaba contra él. Sólo le asombraba que él fuera así, que ella fuera así, que así fuera la verdadera naturaleza de ambos.

Alguien trataba de abrir la puerta.

Maja no podía comprender si había dormido y si el ruido la había despertado, o si sólo estaba hundida en una ensoñación y había perdido la noción del tiempo. El alba despuntaba. Alguien había introducido la hoja de un cuchillo entre el marco y la puerta y trataba de forzar la cerradura. Tuvo la inmediata certeza de que era Leszczuk, pero no hizo un solo movimiento. ¡No tenía ningún derecho de prohibírselo, puesto que era como él! ¡Parecidos!

Como en una pesadilla, sin pestañear, tranquilamente, vio que la puerta cedía y el muchacho se deslizaba en el cuarto, cerraba suavemente la puerta tras sí, y aguzaba el oído para comprobar si alguien se había despertado en las habitaciones vecinas. Su perfil, atento y vigilante, se dibujaba claramente en la penumbra.

Se acercó al armario, cogió la llave de la cerradura de arriba y abrió el cajón que contenía el dinero.

No prestó a Maja la menor atención. Ni tuvo una mirada para ella. También él sabía que nada debía temer de ella... porque los dos se parecían.

Se apoderó de los billetes y salió. Maja, como si hubiera sido su cómplice, se levantó, cerró el cajón y recogió del suelo un billete de cien zlotys que Leszczuk había dejado caer al suelo.

9

¿Pero qué sucedía en el castillo, coloso milenario que al caer la noche levantaba en medio de las aguas su temible escalonamiento de piedra, masa enorme de muros solitarios y orgullosos, ruinas de un esplendor pasado y vestigios de fastos caducos, entre los cuales la pasión, el miedo y la locura dirigían el baile?

Grzegorz, aprovechando la ausencia del secretario, revelaba a Skoliński los secretos de Mysłocz. El profesor escuchaba el relato con atención. El viejo servidor lanzaba sin cesar miradas inquietas a sus espaldas. Parecía hablar contra su voluntad y Skoliński debía arrancarle las palabras, urgirlo constantemente con preguntas.

—No sé gran cosa —se excusó con cautela el criado—, pero le diré todo lo que sé, como en la santa confesión... Era muy pequeño cuando entré en el castillo. Ayudaba en la cocina en tiempos del difunto príncipe. El príncipe Aleksander, el actual señor de Mysłocz, creció conmigo, porque éramos casi de la misma edad. Aún no había aparecidos. El hechizo empezó después, mucho después... Creo que debemos remontarnos a la época en que llegó Franio, lacayo e hijo del señor. Pero lo que digo...

—¿El príncipe estuvo casado? —preguntó Skoliński.

—Sí, pero su mujer murió sin darle hijos. Ese hijo era de otra. Pero vayamos por orden... Hace cuarenta años de esto. Un niño se presentó en el castillo con una carta para el príncipe. No quiso decir quién lo mandaba. El príncipe partió esa misma noche para no volver sino al cabo de dos días. Pasados quince días, me hizo subir a su gabinete. El niño que había traído la carta estaba allí. «Grzegorz —me dijo el príncipe—, este muchacho me gusta. Hazlo trabajar en la cocina. Es un huérfano —agregó—, no tiene padre, ni madre. Lo tomo bajo mi protección.» Y el muchacho se quedó en el castillo. Andaría entonces por los doce años, un chico nada tonto. Cuando le pregunté quiénes eran sus padres, me contestó que su padre trabajaba como deshollinador y que su madre acababa de morir. Se llamaba Sikorski, pero algunos aseguraban que era hijo del príncipe. Sin embargo, el señor no se ocupaba de él... Cuando creció, le fijaron un sueldo y el señor me lo asignó como ayudante. A mi juicio, Sikorski se había dado cuenta de que el señor tenía razones particulares para retenerlo en el castillo. Sin duda alguien le habría dicho que era su hijo. Por lo demás, se le parecía. Y con los años se le fue pareciendo cada vez más. La misma nariz, los mismos ojos, las voces tan parecidas que se confundían. Y bien plantado. El príncipe veía todo eso, pero se avergonzaba de ese servidor tan parecido a él. Lleno de escrúpulos, pudibundo como era (él, que huía de la gente y estaba siempre a la defensiva), le mortificaba ver su culpa expuesta a plena luz... Por lo demás, cuando Sikorski advirtió este parecido, adquirió seguridad. Sin atreverse todavía a enfrentarse al príncipe, se le metió en la cabeza la idea de hacerse reconocer como hijo. Cuántas veces fue a la cocina para decirme que esa situación humillante debía terminar cuanto antes y que el príncipe tenía la obligación de reconocerlo. Un día fue a increparlo. ¡Santo Dios! El príncipe se puso colérico y lo llenó de insultos. Desde abajo lo oíamos gritar. «¡Insolente! —clamaba a voz en cuello—, ¡sal de aquí inmediatamente! ¡Fuera de mi vista! ¡Y que no vuelva a verte más! ¡Qué infame impostura!» Franio pidió perdón, juró por Dios que no volvería a mencionar el asunto. Entonces el señor le permitió quedarse en el castillo. Franio parecía haber renunciado a sus proyectos. Tenía miedo del príncipe y por algún tiempo se mostró sumiso. Tres meses después, me acuerdo como si fuera ayer, Franio llegó a la cocina. No era el mismo. Sonreía con un aire a la vez meloso y maligno que me dejó estupefacto.

Grzegorz bajó la voz y se persignó furtivamente.

—Fue entonces cuando comenzó todo —declaró solemnemente— y el diablo se mezcló en la historia. Franio llega a la cocina y me dice: «¡Ha llegado el momento de ajustar cuentas!» Le pregunto: «¿De ajustar cuentas con quién?» Me contesta: «Con el príncipe, mi padre.» Yo: «Ten cuidado, no sea que esta vez te eche a patadas.» Es verdad, terminaba por irritarme con sus charlatanerías. Se contentó con sonreír y me dijo: «No me echará, aunque quiera...» «¿Y por qué no?» «Porque me quiere.» «Muy bien —le digo—, ¡sólo te hace falta una buena zurra para estar seguro!» «No tienes más que venir esta noche a mi cuarto, Grzegorz, y verás con tus propios ojos cómo me quiere.» Me intrigó, por supuesto, y por la noche me aposté detrás de la puerta, como él me había dicho. De pronto veo llegar al príncipe, descalzo y sin hacer ruido. Se aproxima a la cama, con un candelero en la mano. Se detiene junto a la cama donde duerme Franio y lo mira largamente, suspira, dice algo para sí y después le pasa suavemente los dedos por el pelo. Las lágrimas le inundan la cara, solloza, alternando lágrimas y caricias... Después se aleja, vuelve de nuevo junto a él, reiterando sus caricias con tanto ímpetu de ternura paternal, con tanto amor, como jamás he visto en mi vida. Y el otro canalla permanecía acostado fingiendo dormir, y a veces roncaba. Cuando se cansó, hizo un movimiento como agitándose en sueños, y el príncipe huyó inmediatamente. Entonces Franio se sentó en la cama y me dijo: «¿Has visto? ¿No es así? ¡Me quiere! Bueno, pagará por todos los años que me ha ignorado. Me quiere por la noche, cuando no hay nadie, pero de día se avergüenza de mí. ¡Perfecto! ¡Se arrepentirá, mi querido papá!» Fue entonces cuando todo comenzó. Porque Franio —Grzegorz se persignó— se empeñó en destruirse por despecho contra el príncipe. Destruirse a sí mismo. Es así como el diablo entró en el castillo, no hay que buscar más lejos.

—¿Destruirse a sí mismo? ¿Qué quiere usted decir? —preguntó el profesor, profundamente emocionado por el relato del viejo criado, cuyos ojos húmedos parecían revivir escenas perdidas en un pasado lejano.

—Hacía todo lo posible para envilecerse —respondió brevemente Grzegorz—, y adrede. ¡Y con qué encarnizamiento! Para mostrar al príncipe el destino al que lo había condenado. ¡Nunca en mi vida he visto semejante maldad! Se puso a beber, a frecuentar prostitutas, haciendo escándalos sin cesar, arruinándose la salud y no retrocediendo ante nada. ¡Y eso no era todo! Más de uno se conduce mal por tontería, o por juego. Franio hacía el mal por el mal, para mostrar al príncipe hasta qué punto era malo. No hay bajeza que no haya cometido y de la que no se haya jactado. «Si soy así —decía— es porque mi padre se avergüenza de mí y no me ha dado la debida educación.» Para colmo —Grzegorz lanzó a su alrededor miradas inquietas—, tomaba veneno. No sé cuál, ni cómo se lo había procurado, pero de mes en mes se lo veía desmejorar: la piel se le ponía amarilla, apenas comía, y tenía siempre fiebre. Todo eso por el placer de oír al príncipe acercarse a él por la noche y derramar lágrimas amargas. ¡Qué tonto fui al no atreverme a decir al príncipe lo que ocurría! Pensaba que todo se arreglaría. ¿Cómo admitir que un hombre busque su propia destrucción? «Son arrebatos —pensaba—, pero todo se le pasará tal como le ha venido; más vale no decirle nada al señor.» Por fin, un día durante la cena, el príncipe me preguntó discretamente si sabía por qué Franio tenía tan mala cara. Para no seguir con ese peso sobre mi conciencia, se lo dije. Le guardaba rencor al señor porque disimulaba su paternidad, se destruía por despecho, hasta llegaba a beber no sé qué poción... ¡Dios mío! El príncipe enrojeció al principio, después se puso pálido como un papel. Le dije que no debía inquietarse, que era un arrebato y que todo se le pasaría tal como le había venido. ¡Cosas de pilluelo y nada más! No contestó nada y se limitó a ordenarme que lo hiciera comparecer ante él. Tenía que hablarle. «Y sobre todo, Grzegorz —agregó—, ni una palabra a nadie!»

Grzegorz tartamudeó y calló.

—¿Y qué pasó en la entrevista? —preguntó Skoliński.

—No lo sé.

—¡Vamos, vamos! Usted lo oyó todo, Grzegorz. Será mejor que hable sin rodeos.

—Bueno, el príncipe lo tomó en sus brazos llamándolo su hijo y pidiéndole perdón. «Sí, eres mi hijo —le decía— y se lo diré a todos. Llevarás mi nombre y heredarás mis bienes. ¡Perdóname! Recibirás una educación digna de ti y te abriré mi corazón. ¡Perdóname!» Yo no podía ver a un príncipe arrastrarse en el polvo delante de su propio lacayo. ¡Pero Franio no quería saber nada! Lo miraba, con las manos en los bolsillos, sin hacer un gesto. «No, no —dijo—, es inútil. Debió reconocerme en seguida. Ahora es demasiado tarde. No necesito ese amor. ¡Amor! —gritó—. ¡No tengo más que odio! ¡Y me vengaré, me destruiré, me mataré! ¡Jamás perdonaré a mi propio padre que se haya avergonzado de mí!» Se fue del gabinete, porque entonces había en el castillo un gabinete que ya no existe. El señor me llamó y me ordenó que lo vigilara. «Quédate junto a él, Grzegorz, y no le dejes un minuto a solas. ¡Es capaz de matarse!» Me lancé en su persecución. ¡Justo a tiempo! Lo encontré en la leñera, ajustando una cuerda a una viga. Al verme, se fue. «Si no es hoy, será mañana», dijo irónicamente. Y se echó a reír, con una risa que helaba la sangre. Se lo dije al señor. «Santo cielo», exclamó al principio. Después, al cabo de un momento, agregó que había que vigilarlo. «Grzegorz —dijo—, sólo tengo confianza en ti. Debemos vigilarlo noche y día hasta que esas ideas se le pasen.» ¡Dios nos libre de revivir esos días y esas noches! Estábamos siempre corriendo tras Franio, sin poder dejarlo solo un segundo, temblando ante la idea de que aprovechase un momento de distracción para matarse.

Grzegorz permaneció un momento en silencio, con los ojos semicerrados.

—He hablado demasiado —dijo al fin—. ¿A qué remover viejos recuerdos? El pasado es el pasado y hay que dejarlo descansar en paz.

—Usted lo sabe muy bien, Grzegorz. No duerme... El mal no duerme nunca. —El profesor hizo una seña imperceptible en dirección a la vieja cocina—. El mejor consejo que puedo darle, es que lo diga todo.

—Con todo el respeto que le debo al señor, no vale la pena echar leña al fuego.

—¡Y yo le digo que es preferible hablar!

El criado cedió, pero bajando la voz hasta que sólo se oía un murmullo.

—Nos turnábamos para montar guardia sin un momento de descanso. Cuando el príncipe dormía, yo velaba, y a la inversa. Nos turnábamos constantemente para cuidar a Franio, por temor a que le diera una nueva manía. Él parecía no intentar nada. Sin embargo, sabíamos que sólo buscaba el medio de destruirse. Tuvimos algunos días de descanso, pero después ya no supo qué inventar. ¡Virgen santa! ¡Quiso clavarse un cuchillo de cocina, arrojarse por una ventana de la torre, estrellarse la cabeza contra esta pared, cerca de la puerta! Un loco rabioso. El señor y yo no hacíamos otra cosa que espiar sus gestos, tratar de adivinar qué maquinaba en ese cerebro perturbado. El príncipe decidió por fin encerrarlo. Elegimos la vieja cocina porque tenía una pesada puerta guarnecida de hierro y no se podía arrojar por la estrecha ventana.

Grzegorz interrumpió bruscamente su relato para decir con un extraño tono:

—Que el señor me disculpe, pero la boca se le mueve...

—¿Mi boca? —preguntó el profesor, asombrado.

Y se llevó la mano a la boca. Tenía los labios agrietados. Y palpitaban.

No se podía decir que eso fuera un movimiento. Y sin embargo, al tocarlos, sentía los labios dilatados y como recorridos por ondulaciones.

Era horrible. El profesor pensó inmediatamente en la servilleta de la cocina. ¡Monstruoso! ¡Descubrir ese innoble movimiento en sus propios labios! Tenía la sensación de no ser ya el dueño de su boca, metamorfoseada en un innoble animal que se movía sobre él, independientemente de su voluntad.

Grzegorz observaba el fenómeno sin decir palabra. Los ojos de ambos se encontraron.

—No es nada —explicó el profesor para evitar el pánico—. Una simple contracción nerviosa de los músculos. Un tic que tengo a veces. Siga, Grzegorz.

Las pulsaciones cesaron poco a poco.

—Bueno —gruñó Grzegorz sin convicción—. Decía que el príncipe había ordenado encerrar a Franio en la vieja cocina. Yo lo conduje hasta ella y cuando entró le hicimos saber que permanecería allí hasta nueva orden, y que debía entregarnos todo lo que llevaba encima y que fuera peligroso. Se enfureció, se lanzó contra nosotros, golpeando, mordiendo, aullando como un perro, echando espuma como un perro rabioso. Tenía dieciocho años y debía estar poseído por una fuerza impura para hacer frente a dos hombres muy fuertes. ¡Un animal no hubiera mordido ni aullado como él! Por fin conseguimos reducirlo. Le quitamos el cinturón e incluso los zapatos, cerramos la puerta y montamos guardia. Durante el día, yo; por la noche, el príncipe. Quise llamar a un sacerdote o a un médico, pero el señor me dijo: «Es inútil, me escuchará. Lo haré entrar en razón yo mismo; ninguna otra persona lo conseguirá. Sólo yo puedo hacerlo. Sólo yo.» El espanto reinó de nuevo en el castillo. Franio iba y venía por la cocina como un oso en su jaula, mientras el príncipe permanecía de plantón ante la puerta y trataba de hacerlo entrar en razón. Sin duda el príncipe no andaba ya del todo bien de la cabeza. Los dos discutían durante horas a través de la puerta. El príncipe lloraba, suplicaba, gritaba, amenazaba, y Franio, detrás de la puerta, lo excitaba y exasperaba, riendo sarcásticamente, chillando y blasfemando hasta perder el aliento. Yo era el único que sabía lo que pasaba. No había otros criados en el castillo, salvo la gobernanta, o sea, cocinera, la señora Ziółkowska. Le dije que Franio estaba gravemente enfermo y que el señor prohibía que fueran a verlo. Un día el príncipe me dijo que interrumpiera mi vigilancia. Él se quedaría solo día y noche, vigilando la puerta; y él mismo se prepararía la cama. Yo sólo tenía que llevarle la comida al cuarto contiguo. Me dijo que no fuera a verlo bajo ningún pretexto. Se quedaría con su hijo y le haría recobrar la razón. ¿Qué hacer? Ahora me doy cuenta de mi tontería; debí avisar a alguien, pedir ayuda... pero quién hubiera podido suponer... Pensaba que el señor tenía más cordura que yo. Daba miedo verlo: hacía una semana que no se afeitaba ni se lavaba. Dormía vestido, los ojos se le salían de las órbitas, tenía un aspecto huraño y tartamudeaba, pero no se me ocurrió que pudiera haber perdido la cabeza. ¿Acaso no era natural que un padre acabara entendiéndose con su hijo? Por eso los dejaba solos en ese piso y sólo veía al príncipe ciertos días, a la hora de la comida. Parecía más tranquilo, y hasta sonreía. Cuando le preguntaba por Franio, respondía invariablemente que todo iba por buen camino. «Todo marcha bien, Grzegorz —me decía—. Cada día se vuelve más razonable. Se acerca la hora de la reconciliación. Una cabeza loca, ese muchacho, pero un corazón de oro. Yo he sido muy culpable, sí, muy culpable. Ahora todo marcha bien, pero silencio, ni una palabra a nadie.» Y yo le obedecía. Sólo al cabo de cierto tiempo empecé a tener dudas. Habían pasado muchas semanas y el príncipe repetía que todo marchaba bien. Pero yo quería tranquilizarme. Me confeccioné una ganzúa —el príncipe cerraba la puerta con llave para impedirme entrar— y me deslicé una noche en el cuarto de Franio mientras el príncipe dormía. La puerta de la vieja cocina estaba entreabierta... Ni rastros de Franio. Corro a advertir al príncipe, lo despierto: «¿Dónde está Franio? ¿Qué ha sido de él?» Sonríe. «Ha partido —me dice—, ha partido, Grzegorz. Lo he mandado de viaje para calmarlo. Debe encontrarse bien. Es inútil inquietarse, Grzegorz, y ¡punto en boca! ¡No digas nada a nadie!» Entonces comprendí que no estaba bien de la cabeza. Resultaba imposible saber qué había pasado entre ellos y encontrar el cuerpo de Franio, aunque registré el castillo de arriba abajo... Desde entonces, el príncipe ha quedado tal como está ahora. Se niega a hablar de esa historia, y si uno le pregunta hace como que la ha olvidado, y mejor es no arriesgarse, porque se pone fuera de sí. Ahora sabe usted toda la verdad.

—¿Y nadie más está al corriente, Grzegorz?

—Ni un alma. Yo no quiero tener problemas. ¡Sólo faltaría que la gente se pusiera a murmurar!

Al profesor le costaba contener su imaginación. ¡Dos dementes, dos hechizados! ¡Qué escenas horribles debieron de suceder durante esos días y esas noches aterrorizadoras, pasadas a solas! No era de asombrar que hubieran dejado rastros y marcado la vieja cocina con una huella infernal.

¿Qué vínculo había entre esa sombría historia y las misteriosas contracciones de la servilleta? A esta pregunta, Grzegorz no supo qué contestar. Era un enigma que nadie podía resolver, salvo el príncipe. Y quizá él mismo no tenía la clave.

—¿Cuándo advirtió usted, Grzegorz, que la cocina estaba hechizada?

El criado abrió los brazos.

—No supe nada durante mucho tiempo. El príncipe había cerrado la puerta y prohibido la entrada, con el pretexto de que Franio volvería al poco tiempo. Durante un año, ni siquiera le eché una mirada a la puerta. Algo me impedía acercarme. Necesité cierto tiempo para advertir que el príncipe tenía miedo. Por la noche no podía dormir y rondaba alrededor de la cocina, sin entrar nunca en ella. A veces daba a entender que sucedía algo, pero yo pensaba que divagaba. Hasta que un día fue en mi busca: «Grzegorz —me dijo—, quiero mostrarte algo, pero no lo digas a nadie.» Me condujo a la cocina, abrió la puerta, pero se quedó en el umbral señalándome la servilleta: «¡Qué corriente de aire hay aquí! ¿Ves cómo se agita esa servilleta?... porque se mueve, ¿no es así?» Debía de dudar de sus sentidos y quería asegurarse de que la servilleta se movía de verdad. Al principio yo no comprendía lo que pasaba y quise retirar la servilleta de la percha, pero el príncipe se puso a gritar: «¡No la toques!» De pronto sentí náuseas. Un horrible desasosiego, repugnancia, asco... El príncipe huyó lanzando un grito. Yo golpeé la puerta sin pedir explicaciones. He estado muchos años sin volver. Pero comenzó a correr el rumor de que el castillo estaba embrujado. ¿De dónde sacaba eso la gente? Dios sabe. En todo caso, no he sido yo quien ha hablado... Después vino ese ayudante de ingeniería, el señor Rudziański. Un día me dijo: «Parece que el castillo está hechizado. Permítame, Grzegorz, que pase en él una noche. Yo entiendo de espíritus y no tengo miedo.» Habían pasado cinco años desde los acontecimientos que acabo de contar. Yo ya había encontrado la tranquilidad. Cuando uno trabaja, tiene otras cosas en qué pensar y con el tiempo se olvida todo. Así que permití al ingeniero que durmiera en la cocina. Por la mañana fui a verlo, y no estaba allí. Lo anduve buscando pero no lo encontraba por ninguna parte. Ya pensaba que había corrido la misma suerte que Franio. Pero no era así. Lo descubrí agazapado en el rellano de una escalera. No me reconoció. Tenía la cara oculta entre las manos y decía palabras incoherentes. Su familia vino en su busca y los médicos declararon que una enfermedad le había atacado el cerebro. ¡Pamplinas! La enfermedad es que él debió de ver algo que no pudo soportar... Lo mismo volvió a suceder unos años después, con el hijo del cocinero. Lo encontraron en el bosque. Se había vuelto completamente idiota. El día antes desbordaba de salud y de alegría; era un placer verlo. Nadie tenía la menor idea de lo que le había pasado. Sólo cuando vi la cama de la vieja cocina deshecha adiviné que debió de deslizarse allí y que lo había pagado perdiendo la razón. Tampoco esta vez dije nada a nadie. ¿Para qué fomentar chismes? Pero es extraordinario que el señor se haya salvado. Tengo un ruego que hacerle al señor. Yo lo diré todo. Pero si le pregunto al señor qué ha visto allí, le ruego que no me conteste. ¡Aunque se lo suplique! No es asunto mío y no quiero mezclarme en él.

—¿Y el secretario? ¿Cómo se ganó la confianza del príncipe?

Grzegorz hizo una mueca.

—¡Bah! No es santo de la devoción del príncipe. Pero le tiene miedo.

—¿Por qué?

—El señor secretario tiene siempre una salida para todo. Hace algunos años la salud del príncipe había mejorado. Quiso poner orden en sus asuntos y recurrió al señor Cholawicki, al que conocía desde hacía mucho tiempo. Es un primo lejano, o algo así. La mejoría del príncipe duró poco, pero el secretario supo arreglárselas con el príncipe y se instaló definitivamente en el castillo. Todo porque el señor no quiere dejar el castillo por ningún motivo, y al mismo tiempo teme la soledad. El secretario se ha dado cuenta de ello y hace del príncipe lo que quiere.

—Pero también usted goza de la confianza del príncipe.

—Me rechaza —gruñó el buen hombre— porque se avergüenza. Me guarda rencor porque le recuerdo aquellos tiempos. Y como gran concesión me conserva a su lado. Hasta que me eche, cuando sea demasiado viejo.

—Pero quizá el príncipe haya puesto al señor Cholawicki al tanto de estos acontecimientos...

—No... El secretario no sabe nada, salvo de oídas. Por supuesto ha comprobado que el príncipe no tiene la conciencia tranquila, que pasa las noches en vela y que tiene miedo, pero no sabe nada más. Yo cometí la indiscreción de decirle que la cocina está hechizada. El miedo me hizo perder la cabeza. ¡Haber pasado tantos años sin abrir el pico para ponerme a hablar ahora! ¡Es el colmo! ¡Cualquiera sabe qué ocurrirá!

Se golpeó la frente:

—¡Ahora que pienso! Tengo abajo una fotografía de Franio. Me la dio una vez que había ido a la ciudad. En su opinión, no estaba bien.

Un instante después regresó con una pequeña fotografía amarillenta. El profesor la examinó con atención y se estremeció.

El rostro era el de un muchacho de unos dieciocho años, agradable y sin asomo de tristeza. Mostraba una sonrisa increíblemente intensa. Pero la boca y los ojos dejaban traslucir un encarnizamiento feroz. El parecido con el príncipe era notable, aunque no se advertía la distinción aristocrática y un poco degenerada de sus rasgos, que en la foto aparecían mezclados con facciones populares.

Pero ante la viva sorpresa de Skoliński, esa cara le recordó a alguien más. No solamente al príncipe. La mirada del historiador de arte, ejercitada en la búsqueda de influencias y parecidos en los retratos, apreciaba una afinidad... un parecido... un parentesco...

De pronto comprendió. Franio recordaba vagamente a Leszczuk.

No, era una ilusión. Tan sólo su juventud los aproximaba. Debían de tener la misma edad. El profesor era sólo víctima de un juego de analogías, la de Maja con Leszczuk, la de Franio con el príncipe, la de Franio con Leszczuk... ¡Cuántos posibles parecidos!

—Grzegorz —preguntó—, ¿no ha oído hablar de una señal? ¿Cuál es la señal que espera el príncipe? Parece esperar un mensaje de Franio, que lo perdonaría y que se haría reconocer por esa señal.

—No, no lo sé.

—Es muy importante. Si conociéramos esa señal

podríamos curar al príncipe —dijo Skoliński, pensativo— y sacarlo de aquí.

—Sólo una vez... en tiempos de la señora Ziółkowska...

—¿Qué quiere decir? Hable.

—Hubo en el castillo una gobernanta, la señora Ziółkowska. El señor y yo enfermamos al mismo tiempo. Era un año de grandes fríos y habíamos atrapado la gripe. La señora Ziółkowska cuidaba del príncipe. También ella hablaba de una señal... Ah, sí, había traído una medicina al príncipe y... no puedo acordarme... ¿Levantó la mano al estornudar? ¿O quizá hizo otro gesto? El caso es que el príncipe al verla se puso a gritar: «¡La señal! ¡La señal!», y la tomó por una aparición. La señora Ziółkowska huyó en seguida.

—¡Haga un esfuerzo, Grzegorz! Si conociéramos esa señal, podríamos actuar sobre el príncipe como si fuera un niño.

El criado arrugaba el entrecejo, se rascaba la cabeza y se frotaba la frente.

—No puedo acordarme.

—Inténtelo, Grzegorz. ¿Y qué se ha hecho de esa señora Ziółkowska?

—Se fue a Grodno. Hace ya doce años. ¿Dónde encontrarla ahora? A fe mía que no lo sé.

El profesor reflexionaba sobre la mejor manera de proceder.

¿Buscar a la señora Ziółkowska? Era el primer paso. Esa señal le daría poder sobre el alma del demente y le permitiría desbaratar los planes de Cholawicki, lograr la marcha del secretario y liberar al príncipe del peso que lo paralizaba.

Por el momento había que sacar provecho de la ausencia prolongada de Cholawicki.

—Voy a ver al príncipe —dijo.

—El señor debe tener cuidado. El secretario puede volver de un momento a otro —le previno Grzegorz, mirando temerosamente por la ventana el vasto paisaje cerrado al horizonte por la línea sombría de los bosques—. Por lo demás, no comprendo por qué se queda tanto tiempo afuera. El príncipe no conoce al señor. Podría echarse a gritar o tener un ataque.

Pero el profesor contaba con que no habría olvidado su encuentro nocturno.

¿Qué decirle? ¿Cómo conmover a ese hombre confinado en su demencia?

Empujó prudentemente la puerta. El príncipe estaba sentado en la cama y tenía entre las manos un frasco vacío. Se estremeció, pero contestó al saludo de Skoliński con una cortés inclinación de cabeza.

—¿No lo molesto? —preguntó el profesor con la mejor de sus maneras.

Se le encogió el corazón al contemplar al mísero anciano.

—¡Al contrario! —dijo el príncipe—. Iba a poner orden. Tengo que arreglar todo este revoltijo. Usted no me molesta para nada. Continuaré, si me lo permite.

La amabilidad del príncipe apenas ocultaba su miedo. Temblaba de pies a cabeza. Había conservado toda su educación de otros tiempos, pero la aparición de Skoliński lo aterrorizaba.

—No será una tarea fácil, príncipe. ¡Qué desbarajuste! —dijo amablemente el profesor.

—Cierto, cierto. ¿No está allí el señor Cholawicki? —dijo el príncipe mirando temerosamente al profesor.

El profesor lo tranquilizó. Cholawicki había bajado un momento a ver a Grzegorz. De pronto, el frasco que tenía el príncipe cayó al suelo.

—¿Lo recojo?

—No, no. Gracias.

—¿Y si yo lo ayudara a ordenar un poco?

—Oh no, muchas gracias. Pensaba cómo proceder —dijo el príncipe febrilmente—, pero no sé por dónde empezar. Henryk, es decir el señor Cholawicki, se niega a darme consejos, y yo mismo no sé, no sé... Lamento mucho aburrirlo con mis...

Se ensombreció de repente, hundió la cabeza entre los hombros y lo observó con una mirada de pájaro asustado.

Skoliński comprendió que el anciano se había lanzado en esas explicaciones para evitar que hablaran del encuentro nocturno. Hasta es posible que dudara si había ocurrido en verdad: realidad y ficción debían de mezclarse en su cerebro perturbado.

El profesor se adelantó unos pasos y se puso a hablarle como a un niño.

—Vamos, no es tan difícil poner orden. Yo le aconsejaría comenzar por ese rincón, y después seguir poco a poco hacia la derecha, a lo largo de las paredes.

El príncipe lo miró.

—¿Comenzar por ese rincón? ¡Tiene razón! ¡Sí, sin duda! ¿Pero por qué ese rincón y no otro?

—Porque es el que está más cerca de la cama.

El príncipe levantó el brazo en un ademán de asombro.

—Es verdad —murmuró.

—Si usted me lo permite, príncipe, empezaremos en seguida.

El profesor se inclinó sobre el revoltijo.

—¡En seguida! ¡En seguida! —dijo el príncipe, asustado—. Pero, ¿cómo saber lo que puede servir? Más vale no tocar nada. No tirar nada. ¡No es tan fácil!

—Pienso que todo puede servir. Nunca se sabe.

—Ya lo ve usted...

—Pero no es una razón para conservar en su cuarto semejante revoltijo. ¿De qué utilidad puede serle, príncipe, si no puede encontrar nada? Yo sería de la opinión de clasificar esos objetos según su naturaleza y depositarlos en el cuarto contiguo. De esa manera no se tirará nada y todo quedará en orden.

—¡Sabe usted que es una buena idea!

El príncipe lo miró como si acabara de salvarle la vida. Skoliński comprendió que andaba por el buen camino.

Le expuso el método que había que seguir, determinó cinco categorías de objetos, y propuso establecer un registro completado con un índice. Todo se volvió tan fácil que el príncipe se sintió de golpe liberado de ese amontonamiento de antigüedades que le envenenaba la existencia. Olvidó toda desconfianza, bajó de la cama de un salto y ambos se pusieron a la tarea.

Skoliński se encontraba en una situación molesta. Cholawicki podía aparecer en cualquier momento y la ordenación se anunciaba bastante larga. Trató de marchar con diversos pretextos, pero el príncipe se aferraba a él y no lo dejaba irse. Temía mucho más a la soledad que a Skoliński.

—¡No, no, no! ¡Sigamos con ese montón!

De pronto se abrió la puerta. Era Cholawicki.

—¿Qué pasa aquí? —preguntó duramente.

El príncipe se incorporó bruscamente.

—¡Ah, Henryk! No es nada. No hay por qué gritar, Henryk. ¡Estamos ordenando! ¿Por qué excitarse? Ese señor ha sido muy amable... ¡Pero no es nada, es sólo eso!

Empezó a temblar. Pero el secretario, sin prestarle atención, se acercó al profesor.

—¡Salga! —le gritó furioso.

—Vamos, Henryk, ¿por qué encolerizarse? —suplicó el príncipe—. ¡Quédese! —agregó temeroso dirigiéndose al profesor.

Skoliński vacilaba, pero Cholawicki, iracundo, lo tomó del brazo y lo empujó brutalmente afuera. En seguida, se acercó al príncipe.

—¿Ve usted esto, príncipe? —le dijo en voz baja, mostrándole la fusta que aún tenía en la mano—. ¡Le aconsejo que termine con sus caprichos! Si no... ¡mi paciencia tiene límites!

—Cómo, Henryk... ¡Dios mío!

Se echó en la cama y ocultó la cabeza en las almohadas. El secretario nunca lo había amenazado con pegarle. Un sollozo agudo, infantil, le recorrió el cuerpo.

El secretario no estaba para bromas. Había vuelto a rienda suelta de Połyka, y tenía la cara lacerada por las ramas. Aunque no tuviera demasiado sentido, quería intentar una última explicación con Maja y contaba con irse en seguida de haberse asegurado que todo estaba en orden en el castillo. Sólo podía comprobar las fatales consecuencias de su ausencia.

¡El profesor había logrado aproximarse al príncipe!

Dejó al viejo lloriqueando en su cama, dio un portazo y fue en busca del profesor.

—Le he pedido que no aparezca delante del príncipe. ¡Los extraños le alteran los nervios!

—¿Me pidió eso? —dijo Skoliński en tono indiferente—. Ah, sí, ahora me acuerdo...

Pero Cholawicki no creía en esa apatía. ¡Ni en los aparecidos! ¡Cómo había podido ser tan ingenuo!

—¡Salga usted del castillo inmediatamente! Desde ahora su presencia es indeseable, ¿comprende? Y ahora escuche bien lo que voy a decirle. Usted no puede perjudicarme en forma directa, porque actúo con la mayor legalidad. Pero quiero evitar complicaciones. Si usted no divulga el asunto, lo recompensaré por su silencio. Usted comprenderá que en este caso las cuestiones de dinero no cuentan para mí, y estoy dispuesto a mostrarme generoso. Pero si trata de perjudicarme, conozco medios... radicales... ¡A buen entendedor!...

El profesor, que lo observaba por encima de sus gafas, comprendió que era inútil toda resistencia.

—Me voy —le dijo—. Pero ahora le toca a usted oírme. Usted se detiene en peligros quiméricos sin ver los reales. Yo en su lugar renunciaría a todos esos proyectos y me iría lo más lejos posible de aquí.

—Me gustaría saber por qué.

—¡Por eso!

Y apuntó con el dedo en dirección a la vieja cocina.

—¡Qué tonterías!

—¡Le aseguro que no son tonterías y que el peligro es demasiado real! ¡Se lo he advertido! Mirándolo bien, preferiría cometer un crimen lejos de este lugar maldito que una travesura en su vecindad. ¡El mal tiene aquí una gravitación tremenda!

A pesar de su furor, el secretario vaciló ante el tono solemne con que lo pusieron en guardia.

—¿Qué ha visto?

—¡Eso es asunto mío!

—¡Lárguese de aquí! ¡Tiene cinco minutos para desaparecer de mi vista! ¡Basta de sandeces! ¡Y acuérdese bien de que debe elegir!

—¡Y yo le aconsejo que no se deje arrastrar a cualquier extremo enojoso! ¡Recuerde que no sabe lo que sucede en el castillo! ¡No lo sabe!

En ese preciso instante, oyeron la voz del príncipe.

—¿Me permiten?

En la penumbra del cuarto, envuelto en una bata inverosímil, se mantenía en el vano de la puerta como una aparición del otro mundo. Cholawicki se precipitó hacia él.

—¿Qué hace usted aquí, en vez de quedarse en su cuarto? —exclamó, pero calló inmediatamente.

El príncipe estaba desconocido. Apartó al secretario con un ademán.

—He creído oír que alguien debía largarse de este castillo... —dijo.

Skoliński, turbado, inclinó involuntariamente la cabeza ante la imperiosa altivez y dignidad que emanaban del loco.

—Tendré que irme —dijo conmovido, el corazón lleno de piedad por el desgraciado.

—¿Puedo saber por qué?

—¡Porque yo lo quiero! —exclamó Cholawicki.

El príncipe alzó las cejas.

—¿Desde cuándo mis empleados disponen de mi castillo? Me temo que si usted persiste en esas exigencias, será el primero... en abandonar este lugar.

Cholawicki se puso blanco como el papel. Hasta entonces nunca había oído palabras semejantes en boca del príncipe. Ese cambio lo dejaba atónito. ¡Y el príncipe parecía totalmente lúcido!

—Discúlpeme, príncipe —balbuceó.

—Es usted mi huésped —prosiguió Holszański dirigiéndose al profesor en el mismo tono de gran señor—. Le pido que se quede y le suplico que no preste atención a la incorrección de mis empleados. Ya los pondré en regla. Usted no puede irse. ¡Su ayuda me es absolutamente indispensable! El castillo está lleno de antiguallas; sólo en esta sala... ¡Me sofoco en este revoltijo! ¡Me ahogo! ¡Mi salud no resiste! ¡Usted debe acudir en mi ayuda! ¡Socórrame! ¡Caeré enfermo! Sálveme, sálveme, sálveme...

Pronunció esas palabras cada vez con más velocidad, hasta que ya no fueron más que un solo grito. Después, el demente cayó desvanecido.

—¡Fuera de aquí! —rugió Cholawicki al ver que el profesor se precipitaba en su ayuda.

Alzó el frágil cuerpo del príncipe y lo transportó a su cuarto.

Acababa de comprender plenamente la gravedad de su situación. ¡Se había desmoronado el muro de soledad levantado en torno al príncipe! El secretario perdía así un triunfo capital en su juego: ya no era el único hombre de quien el príncipe no podía prescindir. El príncipe quería que Skoliński estuviera junto a él. ¡Y en qué tono había hablado!

¿Qué hacer? Tendió al príncipe en su cama y corrió junto al profesor.

—¡Le doy cinco minutos para que se vaya!

Pero el profesor movió la cabeza con resolución.

—¡No me iré!

—¿Cómo?

—Acaba usted de oír que soy huésped del príncipe.

—¡El príncipe está totalmente loco!

—Si lo está, hay que ponerlo bajo tutela. Por el momento aquí estoy y aquí me quedo. No abandonaré el castillo hasta que el príncipe me lo pida expresamente.

—¿Piensa tomarlo bajo su protección?

—Quizá.

La decisión del profesor era irrevocable.

Peor aún, también lo era la del príncipe. En vano Cholawicki trató de doblegar la obstinación enfermiza del loco. El príncipe, después de haber vuelto en sí, se sumió en una gran debilidad. La exaltación heroica que lo había llevado a oponerse a su secretario había sido superior a sus fuerzas; ahora asumía frente a él una actitud temerosa, y escuchaba con humildad sus reproches y reprimendas. No obstante se plantó en sus trece, y Cholawicki comprendió que habría preferido prescindir de él antes que de Skoliński. El profesor había logrado introducirse en el castillo. Había que resignarse a ese hecho.

La noche siguiente no fue para Cholawicki mejor que la precedente, sino cien veces peor. Los dos fracasos que había tenido que sobrellevar, en Połyka y en el castillo, le impedían dormir. Hacía cuarenta y ocho horas que no descansaba. ¡Maja! ¿Qué le había sucedido a Maja? ¿Por qué se había escapado al bosque? ¿Por qué Leszczuk la había perseguido? ¿Por qué se había encerrado en su cuarto y se había negado a verlo? ¿Qué había pasado entre ella y Leszczuk? ¡Tenía que volver a Połyka por la mañana temprano! Pero eso significaba no poder vigilar a Skoliński y al príncipe. ¿Sería mejor no ir?

A estas inquietudes se agregaba el sordo temor que hacían nacer en él las enigmáticas palabras del profesor: «Preferiría cometer un crimen lejos de este lugar maldito que una travesura en su vecindad. El mal tiene aquí una gravitación tremenda.» Y esa servilleta —el incesante movimiento de esa servilleta en el fondo del castillo, en la vieja cocina—, el pensamiento de que esa servilleta se movía sin cesar, se hinchaba, se contraía... y de que su enemigo Skoliński sabía más de ello que él...

De madrugada cayó por fin en un sueño profundo. Pero a las diez Grzegorz lo despertó. Acababan de entregarle una misiva de parte de la señora Ochołowska.

Frotándose los ojos, todavía en las brumas del sueño, rompió el sobre y de golpe se situó en la realidad. En el papel había unas pocas palabras garabateadas con prisa a lápiz: «Venga en seguida. Maja ha desaparecido. Estoy muy inquieta.»

10

Cuando llegó a la estación, Maja ordenó al mozo de cuerda que esperara varias horas antes de volver a Połyka. Subió al tren de Lwów, a punto de partir. Era mejor que ir a Varsovia directamente.

Desayunó en Lwów y después de una larga espera tomó el expreso de Varsovia.

Estaba segura de que era allí donde se había fugado Leszczuk. Después de su robo, no podía volver a Lublin, a su club. Sin duda había ido a Varsovia, tal como era su intención, para realizar sus proyectos y hacer su entrada en el mundo del tenis.

Si alguien hubiera preguntado a Maja por qué había huido y se había lanzado de ese modo, sin pensarlo, en persecución de Leszczuk, no hubiera podido dar una respuesta precisa. Sabía solamente que no podía quedarse en Połyka.

En la pensión todos habrían advertido la coincidencia de su partida y la de Leszczuk.

Maja se avergonzaba —pensando en su madre, en Krysia, en Żałowski, en Cholawicki, en los sirvientes. Se avergonzaba ante todos.

¡Imposible quedarse en Połyka! ¡Había tomado la decisión!

No quería admitir que entre ella y Leszczuk todo pudiera quedar allí y terminar para siempre.

Verlo una vez más. Verlo bajo otra luz. Asegurarse una vez más de cómo era él y de cómo era ella.

Se había lanzado tras él sin reflexionar, presa de un impulso irresistible.

Por suerte, el compartimiento estaba vacío. Se dejó caer en la banqueta y se adormeció, abrumada por la marejada de los acontecimientos.

Se despertó muy pronto y, como a través de una niebla, advirtió en la banqueta opuesta a un hombre que la observaba.

Maja cerró los ojos para seguir durmiendo, pero al cabo de un momento le lanzó una mirada a través de sus ojos semicerrados. El hombre seguía observándola con aire tranquilo y severo. Era insoportable.

—Le ruego que me disculpe —comenzó el viajero, advirtiendo que Maja abría los ojos—. Si la molesto, puedo cambiar de compartimiento. El mozo de cuerda ha dejado mis maletas aquí, sin consultarme.

Tenía una voz grave muy agradable, y todo en él denotaba una perfecta cortesía, sin rastros de segunda intención. Maja se volvió de pronto una mujer de mundo, no sin sentir un enorme placer.

—Gracias —contestó—. Ya no tengo sueño.

Era evidente que el desconocido trataba de decir algo sin conseguirlo. Maja se dio cuenta de su vacilación y sintió de nuevo una honda satisfacción próxima al reconocimiento. En los últimos tiempos había pasado por tantas humillaciones que le resultaba muy agradable el placer espiritual que encontraba en su compañero de viaje. Miraba desfilar el paisaje.

—Perdóneme —le dijo el desconocido no sin confusión—, pero está usted herida. Esa sangre...

Maja se llevó rápidamente la mano a la boca. Una pequeña herida de la víspera había vuelto a abrirse. Cómo había podido olvidar que su cara estaba cubierta de moretones y lastimaduras...

—Ah, es verdad. Me caí del caballo.

—¿Puedo ofrecerle agua de colonia? No es nada serio, pero en los viajes hay que ser prudente. —El viajero se esforzaba por no demostrar su curiosidad. ¿Quién podía ser esta hermosa joven en quien se unían tan singularmente una frescura casi infantil, una distinción totalmente femenina y una particular aspereza que surgía de las lastimaduras y de su comportamiento? Sin saber por qué, sintió por ella una inmensa compasión y, para evitarle toda molestia, agregó precipitadamente—: ¡Ha debido de darse usted un buen golpe! No hace mucho, caí del caballo sobre unas piedras. Tenía la cara en el mismo estado que usted.

Maja volvió a mirar por la ventana. ¡Con qué velocidad huían los árboles! El día era triste, lluvioso, y el mosaico brillante de los campos persistía sin fin en su curso ritmado por el balanceo monótono de los vagones. ¡Qué la aguardaría en Varsovia! ¿Y qué diría su madre?

Tomó un lápiz y escribió en las hojas de un bloc:

> Mamá:
> No me guardes rencor. Me llevo el dinero y pasará tiempo antes de que vuelva. Mi decisión está tomada y te pido que no partas en mi busca.
> He huido sola. Te doy mi palabra de honor.
> Quiero ser independiente y vivir otra vida. No de-

seo que nadie —y sobre todo tú, mamá— me observe en este momento y se preocupe por mí. Debo vivir algún tiempo aislada, entre extraños.

Haz saber a Cholawicki que he roto nuestro noviazgo.

Inventa alguna historia para explicar mi partida a los demás.

Mamá querida, me doy cuenta de lo que significa mi partida para ti. Pero era necesaria. No sabes lo que me ha sucedido. Te lo contaré todo a mi vuelta y entonces viviremos de una manera muy distinta a la que hemos vivido hasta ahora. No soy la única culpable.

Maja

Después de releer esta carta bastante confusa, reflexionó y agregó:

Debo descubrir quién soy realmente, saber por fin cuál es mi naturaleza.

Y después, estas palabras poco claras:

Temo ser peor de lo que pensaba. Mucho peor. Sea como fuere, te beso mil veces y quiero que sepas que te he amado siempre más de lo que imaginas. Sólo que no he sabido demostrarlo.

Introdujo las hojas en un sobre.

De este modo se culpaba del robo cometido por Leszczuk. Pero ¿no eran cómplices, acaso? ¿No era ella quien lo había impulsado a cometerlo?

Ya habían llegado a Varsovia. El desconocido siguió largamente con la mirada, tranquila y severa, a Maja, que bajaba la escalera de la estación, hasta que se perdió entre la multitud. El hombre suspiró. Un dolor insoportable le oprimía el corazón.

Maja decidió instalarse en casa de una amiga, Róża Włocka. No podía alojarse en el hotel con lo que le quedaba de los cien zlotys que se le habían caído a Leszczuk. También contaba con Róża para que le encontrase un trabajo que le permitiera vivir.

Habían sido bastante amigas en el internado, aunque Róża fuera tres años mayor. Maja no había vuelto a verla desde hacía un año, pero se escribían, no muy a menudo, en verdad.

Sabía también que Róża continuaba sus estudios en la Universidad de Varsovia y que tenía alquilado un cuartito en la calle Krucza Tarnów. Al principio Róża se quejaba de la soledad y del aburrimiento. Quería a toda costa volver a la propiedad que sus padres tenían en los alrededores de Tarnów: un molino y un aserradero. De pronto, sus cartas cambiaron de tono. Se había mudado a la calle Czerniakowska y había trabado interesantes relaciones que mencionaba con frecuencia en sus cartas, con términos sibilinos, acompañados de comentarios como «en la vida hay que saber arreglárselas», o «de nada sirve complicarme la existencia», etcétera.

Maja, conociendo los pocos recursos de Róża, pensaba encontrarla modestamente alojada en la calle Czerniakowska, sin mucha comodidad, y temía causarle serias molestias. Pero Róża la acogió con los brazos abiertos. El cuarto que ocupaba era magnífico. Se trataba de un apartamento independiente en uno de los inmuebles nuevos del barrio, con una entrada minúscula y un cuarto de baño. Estaba lleno de sol, bien aireado, con un inmenso balcón desde el cual se perdía la vista.

—¡Aquí hay espacio suficiente para dos! —exclamó Róża—. No te andes con rodeos. Puedes vivir aquí todo el tiempo que quieras. ¿Qué te trae a Varsovia?

—He huido de casa.

—¿Has huido? ¡Qué me dices!

—Me enfadé con mi madre y rompí con Henryk.

—¿Por qué, Maja? ¡Estás loca! ¿Es él quien te ha puesto en ese estado? ¡Estás cubierta de moretones!

—Una escena de celos.

—Ah, no me asombra que hayas roto. ¿Tienes otro a la vista?

—Sí, un hombre casado —mintió Maja—. Pero el divorcio tardará tiempo. Entretanto, debo encontrar el medio de mantenerme, ¿comprendes? No puedo aceptar dinero de casa, ni de él.

—¡Bah!, eso no será difícil.

Las dos jóvenes se examinaron atentamente.

—Has cambiado —exclamó Róża.

—Tú también has cambiado —respondió Maja como un eco.

La joven tímida, bonita y bastante trivial que Maja había conocido se había transformado en una mujer encantadora, muy elegante, de maneras fáciles y segura de sí.

Reía. Los ojos le brillaban. Hablaba mucho y con rapidez.

Pero, cosa extraña, su alegría era triste y daba la sensación de que el menor detalle podía disiparla.

Quizá Róża, observando a Maja, sacara conclusiones análogas, porque ambas perdieron de repente su buen humor, sintiendo que había en el aire cosas que no se decían. Aún charlaron un buen rato, pero sin descubrirse, tratando más bien de saber hasta qué punto podían hablar con franqueza.

Al día siguiente, hacia el mediodía, Maja anduvo bastante rato por las calles sin pensar en nada. Sus contusiones habían mejorado durante la noche y su rostro había vuelto a adquirir una apariencia más normal.

Por fin fue a su club de tenis. La recibieron con una verdadera ovación. La joven campeona ocupaba un lugar muy destacado en el mundo del deporte.

—¡Qué veo! —exclamó Wróbel dejando la pista—. ¡No doy crédito a mis ojos! ¡Maja aquí! ¿Has venido para el campeonato?

—¿Qué campeonato?

—¿Cómo? ¿No sabes? Debemos enfrentarnos con los holandeses para la copa Davis. ¡Te apuesto que ganaremos por 3 a 2! Pero ¿de dónde sales, muchacha, que no sabes nada?

Tuvo que dejarla porque lo llamaban a la pista.

Maja saludó al administrador, el señor Brzdąc, que vigilaba a los muchachos que estaban a punto de regar las pistas. Le dijo que, en efecto, Leszczuk se había presentado al club la víspera, al anochecer, y que había pedido hablar con el director, el señor Ratfiński. Como el señor Ratfiński estaba ausente, le dijeron que volviera a pasar dentro de dos días. ¿No había dejado dirección? No, nada.

—Quería inscribirse —dijo Maja con indiferencia—, y me ha pedido que apoye su solicitud, pero no puedo recomendarlo. ¿Está Klonowicz?

—Justamente ahora sale del vestuario.

A Klonowicz se lo consideraba como cuarta raqueta contra los holandeses, pero hasta ese momento su participación en el campeonato era incierta.

—¡Figúrese que todavía no sé a qué atenerme! Entre nosotros, dicho sea de paso, son un hatajo de torpes. No se sabe cuál es peor. Puede creerme. Me han dicho que Dymczyk no aconsejó a Wróbel que me seleccionara. Y Wróbel hace la ley.

—¡Bah! Es lo mismo en todas partes, no hay que hacerse mala sangre. En cambio, surgen nuevas figuras.

—¿Nuevas figuras? —dijo agriamente Klonowicz—. No he oído hablar de ellas. Están Wróbel, Gawlik, Lipski y yo, y no veo a nadie más, porque Wodziński no está a nuestra altura.

—El jueves debo presentar a un nuevo jugador. Se llama Leszczuk y pica muy alto. Según parece es una figura de primer orden, aunque le falta oficio. Lo sé por Brzdąc. Quizá sea un buen triunfo contra los holandeses...

—¿Está usted segura? ¿De dónde ha salido ése? ¿El jueves? ¿A qué hora?

—A las seis.

Klonowicz se despidió entre bromas. Maja podía tener la certeza de que «se ocuparía» de Leszczuk. Ahora bien, lo que quería era impedir que éste entrara en el club.

Porque si era admitido y hacía carrera perdería sus maneras toscas y quizá se volviera como los jóvenes elegantes que ella frecuentaba en sociedad. Y entonces tal vez no pudiera defenderse contra ese parecido que la impulsaba hacia él.

«Sí, es lo mejor que puedo hacer.»

En el apartamento, tendida en un diván, los pies sobre la mesilla baja, encontró a una joven rubia, Izabella Krzyska, que Róża le presentó como una amiga de la universidad. De entrada, Maja quedó impresionada por su belleza. Tenía inmensos ojos celestes y una tez resplandeciente. Dientes, orejas, brazos, piernas, todo evocaba la perfección.

—Llamémonos por el nombre —propuso en seguida la señorita Krzyska—, detesto los formalismos.

Entretanto, Róża volvía con una botella de licor que ofrecía a sus amigas. A Maja, que ya había conocido a dos amigas de Róża, le sorprendía que todas fueran tan bonitas, pero no dijo una palabra.

Desconfiaba un poco de Róża, que parecía volver siempre al mismo tema, aunque sin abordarlo de frente. Se mantenían así, en una prudente reserva, porque Maja también tenía sus secretos. Antes no se ocultaban nada. Pero habían cambiado mucho e ignoraban en qué medida podían confiarse la una a la otra. No sabían sobre qué base reanudar sus relaciones.

Maja veía bien que Róża pareciera molesta por la conducta un poco desenvuelta de la joven rubia, quien contaba la noche que había pasado la víspera en Wilanów, en compañía de industriales silesianos. Por lo demás, la señorita Krzyska no dejaba de escudriñar a Maja, muy intrigada por las huellas de golpes que tenía en la cara, por sus inesperadas inflexiones de voz —su manera de arrastrar el «no», por ejemplo—, o por el brillo maligno que a veces adquiría su mirada, traicionando un secreto celosamente guardado.

Así, cada una espiaba las reacciones de las otras para saber hasta dónde podía concederles su confianza y guardaba para sí su secreto y su vergüenza.

—Ven a bailar con nosotras —dijo Róża a Maja—. Saldremos con los nuevos amigos de Iza. Son industriales de Katowice. Han venido por poco tiempo y quieren distraerse. Por lo demás, la presidenta Halimska estará con nosotras. Son amigos de ella.

—¿Quién es la señora Halimska? —preguntó Maja.

—Una persona muy agradable y una gran amiga mía. Te gustará sin duda. Bueno, ¿aceptas? Será interesante que la conozcas; puede ayudarte en tus proyectos. Tiene muchas relaciones.

A las diez y media, las tres jóvenes, en compañía de dos elegantes señores de cierta edad y de la muy majestuosa señora Halimska, entraban en la sala de fiestas de moda en Varsovia.

Maja esperaba encontrar a dos fuertes silesianos, pero los representantes de la industria pesada de Silesia llevaban muy bien el esmoquin y uno de ellos, sueco o danés, apenas hablaba polaco. La señora Halimska, rusa de origen, unía una propensión oriental a las efusiones a una distinción completamente occidental.

El vino hizo su aparición mientras la conversación proseguía en un tono ligero y mundano. Maja estaba un poco aturdida por el juego de los sonidos y las luces y por los movimientos de las parejas en la pista.

Pronto fueron a reunirse con ellos otros dos personajes. El primero era secretario de embajada. El otro, rubicundo y casi calvo, se llamaba Szulk, y parecía conocer muy bien a la señora Halimska.

Después de media noche, el círculo se agrandó con la llegada de un conde acompañado por dos damas que de nuevo asombraron a Maja por su excepcional belleza y por sus vestidos refinados, aunque modestos.

En torno a las dos mesas que ocupaban no había una sola mujer —a excepción de la señora Halimska— que no se distinguiera por un encanto notable. De manera extraña, ese grupo elegante le pareció a Maja sospechoso y de mala ley, por irreprochable que pudiera ser.

Maja fue acaparada por el secretario de embajada,

que apreciaba su excelente francés; bailó mucho y bebió bastante, hasta el punto de que la señora Halimska terminó por inclinarse hacia ella.

—No exageremos, hija mía...

—Noooo —dijo Maja, sintiendo que la cabeza comenzaba a darle vueltas.

Hizo su aparición un nuevo extranjero. Era un inglés alto, grave y delgado, que se acercó mientras la señora Halimska tenía con Maja una larga conversación sobre temas generales. Se mostraba amable y benévola. Pero cuando bajo el efecto del alcohol la señorita Krzyska lanzó una carcajada demasiado ruidosa, la presidenta le dijo insistiendo ligeramente:

—Vamos, hija mía, ten cuidado.

Iza guardó inmediatamente la compostura.

Y de nuevo el baile, en medio de la multitud que sólo formaba un gran cuerpo que giraba pesada y convulsivamente... las luces, los sonidos, los vapores del alcohol, la atmósfera nerviosa y sobreexcitada en la que Maja perdía hasta el recuerdo de qué la había conducido allí.

De pronto, adquirió conciencia. El desconocido que había conocido en el tren estaba en la entrada del bar, apoyado en una columna. Su mirada le devolvió al instante la lucidez. Advirtió que el diplomático la apretaba demasiado y se apartó. Él tomó un aire indignado y dejó inmediatamente de bailar.

—La llevo a su sitio —dijo en tono seco.

Se despertó en ella la antigua señorita Ochołowska. ¿Qué se había imaginado ese individuo?

—Vuélvase usted a su sitio y mantenga entre nosotros la distancia que deseo conservar.

Lo plantó y se acercó al desconocido.

—Buenas noches. De modo que nuestros caminos se cruzan otra vez...

—¿Está usted con las personas que ocupan esas dos mesas?

—¿Por qué me lo pregunta?

—Porque no me gustan.

—¿Y por qué razón?

—Demasiados extranjeros. Demasiadas personalidades. Y demasiadas mujeres hermosas que se parecen a usted.

—¿Que se parecen a mí? ¿Qué quiere usted decir?

—No depravadas, pero en el mal camino.

—¿Cómo se atreve?...

Él la miró a los ojos.

—No se precipite en su...

—Nooo, no me precipito en nada; me contento con bailar.

—¿Quiere usted saber qué hago en este momento?

—Charla conmigo.

—Oh, no sólo eso.

—¿Qué otra cosa hace?

—La respeto —dijo, acentuando esas palabras—. Sepa que tengo por usted una estima verdadera y sincera. Y por lo demás, usted es digna de ella.

Maja sintió que la sangre afluía a sus mejillas.

—¡No necesito la estima de nadie!

—Eso es falso, usted la necesita mucho. Por lo demás, poco importa. Siento respeto por usted, y lo sentiré siempre, lo quiera usted o no.

Maja lo observó. ¿Había en sus palabras una segunda intención? La mirada recta, resuelta, de ese hombre, su cara, todo en su persona inspiraba confianza. Respiraba distinción moral.

—¿Ya se va usted? —dijo con pesar, porque él se inclinaba en silencio.

—No tengo nada que hacer aquí.

—Espere —murmuró, mirando temerosamente a su alrededor—. Quisiera hablar con usted. Venga aquí mañana, al café que está en este piso. A las cinco.

—De acuerdo.

Cuando volvió a la mesa, la presidenta la interrogó.

—¿Se ha encontrado usted con algún conocido?

—Sí.

—Debió presentármelo. No me guarde rencor, querida, pero en este grupo soy la única persona de edad y ustedes están todas, por así decirlo, bajo mi protección. Admito muy bien que pueda una distraerse, pero hay que guardar las formas. En cuanto a ese extranjero —sonrió—, ¡no está mal que usted lo haya puesto en su lugar! Lo he visto todo. Hay que sujetar a esos señores por la rienda. En usted se adivina en seguida raza, tradiciones y educación.

Hacia las cuatro de la mañana, uno de los industriales pagó la cuenta y el grupo se dispersó. Maja aspiró con voluptuosidad el aire vivificante del amanecer. Los trabajadores —las porteras, los obreros inclinados sobre los rieles de los tranvías, los raros transeúntes que iban de prisa a su trabajo—, habituados a ese espectáculo, no levantaban siquiera los ojos hacia esos hombres vestidos de etiqueta, esas caras de noctámbulos que regresaban a sus automóviles.

—¿Cómo lo has pasado? —preguntó Róża.

—¿Quieres que te diga la verdad?

—Dime.

—Todo esto me parece poco claro.

Róża se echó a reír.

—¡Poco claro, eso es! Maja, dame tu palabra de honor de que guardarás el secreto y te lo explicaré todo. ¿Me lo prometes?

—Sí.

Le arrojó una naranja, tomó otra para sí y comenzó con la boca llena:

—Mira, la presidenta ha fundado una asociación de ayuda mutua. ¡Dios sabe lo que imaginas! Pero no hay nada malo. Nada más que una excelente idea de la señora Halimska.

De hecho, la idea era a la vez excelente e inocente. Se trataba, en términos de la señora Halimska, de un simple intercambio de servicios que unía lo útil a lo agradable.

Los ricos industriales, negociantes y demás trotamundos que pasaban por Varsovia, buscaban de buena gana las diversiones de la ciudad, pero la mayoría no tenían las relaciones necesarias para disfrutar de ellas. A lo sumo estaban condenados a las celestinas u otras mujeres de costumbres dudosas, cuando lo cierto era que las diversiones de calidad sólo se encontraban entre la gente de mundo. Una atmósfera muy diferente.

—Ellos aprecian nuestra compañía y nos ofrecen distracciones. Nada sería posible sin la señora Halimska. La excelente reputación de que goza la presidenta nos protege de todo compromiso. Ella tiene un tacto excepcional, un sentido perfecto de la medida justa. Debes reconocer que en ese aspecto es irreprochable. Tiene un gran don de gentes, juicio infalible y exige una perfecta educación. Ha logrado formar un equipo deslumbrante de jovencitas o de jóvenes divorciadas de buena familia. Ahora bien, una reunión de mujeres bonitas posee una gran fuerza de atracción. La prueba es que hasta ese ministro, ex ministro para ser exactos, ha ido a sentarse a nuestra mesa. La señora Halimska puede de este modo conseguir nuevas relaciones en las esferas influyentes, y llegado el momento servir de intermediaria entre personas que desean tratarse. Saca grandes beneficios dentro de los límites permitidos, desde luego, por el decoro, porque es una mujer decente en todos los sentidos. Allí nosotras desempeñamos un poco el papel de cebo. Créeme —explicó Róża con ímpetu—, seis o siete muchachas llenas de encanto y distinción constituyen una fuerza irresistible. Jóvenes y viejos quieren ser admitidos en nuestros círculos. La presidenta ha organizado una asociación que le significa ingresos, pero a su vez nos ayuda a subvenir a nuestros fondos indispensables. Porque salimos a menudo y debemos vestir con elegancia.

—¿Recibís dinero?

—En realidad no. Pero algunas veces, sí. Si ella nos lo da es porque le prestamos servicio. No hay en ello nada malo. Todos salimos ganando. Si yo no aceptara su dinero, dependería enteramente de mis padres.

—Si me permites un consejo, abandona esa asociación.

—¡Qué tonta eres! Ante todo, no es una asociación. La llamamos así entre nosotras, en broma. Además no hay nada malo en ello. Por otra parte, no tengo en modo alguno la intención de frecuentar lamentables cafés de estudiantes. Debo decirte, Maja, que le has gustado mucho a la presidenta. Ella podría encontrarte un trabajo y acudir en tu ayuda. Si has roto con Połyka, es una ocasión única.

Le lanzó una mirada penetrante y algo inquieta.

—Bien —dijo inopinadamente Maja.

A Róża le costó ocultar su asombro. Esta Maja era

en verdad imprevisible. No hacía un segundo le ponía mala cara, y ahora estaba de acuerdo. Maja conservaba el rostro impasible, casi sin expresión, salvo la boca, torcida en una mueca dolorosa. De pronto bostezó.

—Vamos a dormir.

—De buena gana. Mañana iremos a visitar a la señora Halimska.

La presidenta vivía en la calle Kredytowa, en un apartamento pequeño pero primorosamente decorado. El objetivo oficial de la visita era rogarle que encontrara un empleo para Maja, a quien circunstancias imprevistas habían puesto en una situación difícil.

—Con mucho gusto, hija mía, eso se da por sentado. Ven mañana por la tarde al Europa, allí te presentaré a un financiero muy influyente, un amigo mío, que te facilitará mucho las cosas. Es muy natural ayudarse entre sí.

Por la noche, Róża volvió de excelente humor.

—La has conquistado —anunció—. La señora Halimska se interesa mucho por ti. Figúrate que ha acudido a Maliniak, el financiero con quien debes encontrarte mañana. Es ese norteamericano riquísimo que ha vuelto a Polonia para invertir en la producción de automóviles y para organizarla. He pasado por su casa hace una hora para informarme. La señora ha dicho que eres excepcional y... ¿cómo ha dicho?... que eres la mejor de todas nosotras, que tienes un encanto que lo abarca todo: la niña, la gran dama, la vampiresa, la joven de buena familia, y hasta la muchacha de pueblo, lo cual te hace locamente interesante. Ella entiende de esas cosas, y no es frecuente oírle semejantes cumplidos. —Besó a Maja para ocultar su despecho—. Ah, algo más. Vístete del modo más sencillo posible. Tu vestido también le ha gustado mucho.

—No sé cómo darte las gracias —dijo Maja—. ¿Qué sería de mí sin ti?

Se besaron, convencidas por fin de que su antigua intimidad había terminado para siempre.

El interés se había interpuesto entre ellas y nada subsistía de su confianza de antes. Róża apenas comprendía que Maja hubiera aceptado tan fácilmente la ayuda de la presidenta, y Maja sospechaba que Róża estaba más comprometida de lo que afirmaba en esa pendiente peligrosa. Se asombraban y hasta se despreciaban en secreto, pero cada una se adaptaba perfectamente a aquello en que la otra se había convertido.

Maja dudaba en ir a la cita que había fijado con Mołowicz, su mentor del café Club. ¿Para qué? ¿Para confesarle que se había enredado con esas personas que le disgustaban tanto? Le había dado a Róża su palabra de no decir nada.

Ahora bien, no quería engañarlo por nada en el mundo. Su honestidad la forzaba a la honestidad.

Temía por encima de todo que se enamorara de ella. Conocía el poder de su encanto, que incluso le parecía mayor desde que se había aventurado por esos caminos inciertos. No quería suscitar un interés al que ella no pudiera corresponder.

A pesar de todo, acudió a la cita. ¡Ah, qué agradable pasar siquiera una hora en una compañía que no resultaba sospechosa, ni dudosa, ni comprometedora, y olvidar a Leszczuk, a Cholawicki, a la presidenta, a Róża, a ella misma!

—¡Buenas tardes! Pensaba que no vendría.

—Me he retrasado un poco. He esperado media hora a la vuelta de la esquina.

—¿Por qué?

—Me preguntaba si haría bien en acudir a esta cita.

—Más vale que haya venido.

—Para mí, quizá. Pero tanto peor para usted.

Sentía contra él una brusca animosidad. Le parecía demasiado seguro de sí, como si la tratara desde arriba, desde las alturas de su firmeza moral. ¿Con qué derecho le hablaba así? En el fondo de sí misma, le reconocía esa prerrogativa, cosa que aún la ponía más furiosa.

—¿Tanto peor para mí? ¿Qué quiere decir?

—No sé si conseguiré superarme en su compañía, y la mía podría serle nefasta.

—¿No cree usted que lo contrario también es posible?

—Noooo...

Lanzó una carcajada despreocupada, ávida, insaciable. Leszczuk tomaba posesión de ella. De nuevo se volvía «parecida» y sentía por ello una dolorosa voluptuosidad.

Se habían instalado en la galería. El día era brumoso. Llovía suavemente. Los árboles goteaban, como replegados en sí mismos. El viento empujaba a veces la masa monótona de las nubes y un desgarrón blanco aparecía contra un fondo triste y plomizo.

—¿Sabe usted lo que pienso? —dijo él.

—Diga.

—Pienso que usted está... hechizada... poseída.

—¿Por un demonio?

—Por un poder maligno que también podría ser humano.

—¡Bah, bah!, usted habla en broma.

Él se estremeció. Una muchacha de la clase baja hubiera podido expresarse así, pero no Maja. ¿De dónde provenía esa vulgaridad afectada? Advirtió su aire sombrío e irritado y renunció a hacerle preguntas.

Hábilmente dio a la conversación un sesgo general, y se puso a hablar con emoción de arte, poesía, política y cuestiones sociales, de las mil tareas que los tiempos actuales asignan a la joven generación.

Su voz era sincera y grave. Varias veces, Maja se dejó conquistar por su entusiasmo e hizo algunas observaciones que daban pruebas de inteligencia y sensibilidad.

Él se regocijó. Se avivó el brillo de sus ojos. Se dio cuenta de que ella lo comprendía y siguió hablando aún con más ardor.

Maja reaccionaba menos ante el sentido de sus palabras que ante la manera de decirlas, esa afectuosa inclinación del cuerpo sobre la mesa, las nobles inflexiones de su voz, la confianza que le demostraba y, sobre todo, esa profunda e indefinible corrección que distingue al verdadero caballero. Maja respiraba con más amplitud, con más libertad. Agradecía a su interlocutor que no abordara sino cuestiones de orden general, sin obligarla a decir mentiras que ella no habría podido evitar.

El hombre se puso a hablar de sí mismo. Acababa de obtener su diploma de arquitecto y se proponía iniciar la carrera de urbanista. Explicó entusiasmado a Maja la inmensa extensión de Varsovia, maravilloso testimonio de la vitalidad y de las facultades de crecimiento de una nación cuyo corazón, Varsovia, latía cada vez con más fuerza.

Habló del problema de las ciudades obreras, de las comunicaciones, se felicitó de que Varsovia hubiera encontrado por fin un administrador capaz de canalizar sus fuerzas ciegas, y de que todo el provecho resultara para el bien general.

—Usted no escucha —dijo de pronto.

—Sí, sí —replicó Maja vivamente.

Lo que más le gustaba en él era que la obligase a estar atenta, a no dejarse ir.

—Vayámonos —propuso él—. Ha dejado de llover.

Se dirigieron hacia el río, del lado del puente Poniatowski. Maja multiplicaba las muestras de atención hacia él. Sentíase sostenida por la amplitud de miras a que él la arrastraba y deseaba conservarlo junto a sí... Él lo comprendió, y una luz de satisfacción brilló en su mirada.

De pronto, Maja se mostró inquieta, impaciente:

—¡Debo irme!

—¿Adónde?

—¡Oh!, eso no tiene importancia. Por lo demás —hablaba lentamente, apoyada en el parapeto—, usted me conoce tan poco... No sabe nada de mí... Ni siquiera sabe qué haré dentro de un instante.

Él posó en ella la mirada y le cogió una mano.

—Una cosa es segura, señorita. Usted no hará nada de lo que pueda avergonzarse.

—¿Puedo saber de dónde saca esa conclusión?

—De su apariencia. Cada uno lleva su carácter grabado en el rostro.

En ese preciso instante, el de Mołowicz mostró estupor. Maja no podía comprender qué le había sucedido. La miraba fijamente, boquiabierto.

Maja saltó a un tranvía y sólo tuvo tiempo de gritarle, desde la plataforma:

—Pasado mañana, a las cinco.

Fue al club. Le recordó al encargado que tenía absoluta necesidad de saber la dirección de Leszczuk. Tenía que volverlo a ver, asegurarse de que nada la unía a él, de que había sido el juguete de una ilusión absurda. Aunque Leszczuk no debía presentarse al club hasta el día siguiente, esperó mucho rato en la calle, con la esperanza de verlo aparecer y comprobar con la primera mirada que no había entre ellos nada en común.

Pero Leszczuk no apareció.

Por la noche, Maja fue al café Europa. Buscó con los ojos a la presidenta, que estaba sentada con Maliniak, junto a uno de esos inmensos espejos que parecían prolongar la sala hasta el infinito. Maliniak tenía el pelo blanco. Ese detalle la asombró y la dejó confusa. Era un hombre de sesenta años bien cumplidos, con la tez lívida, esbelto y recto como una «i».

La presidenta la saludó como si se conocieran de toda la vida.

—Mi pequeña Maja —exclamó con su acento ruso—, permíteme que te presente al señor Maliniak. ¿Qué te trae por aquí, hija mía?

Se había convenido en que el encuentro tendría un carácter fortuito.

Maliniak se incorporó con dificultad y le tendió la mano sin decir una palabra. Los sirvientes se afanaban junto al millonario con especial obsequiosidad.

Sin dirigirle una mirada a Maja, Maliniak pidió dos huevos pasados por agua y rabanitos, y preguntó varias veces si los huevos estaban bien frescos. Se puso a comer con toda naturalidad, respondiendo apenas a la presidenta, que procuraba dar a ese diálogo desigual las apariencias de una conversación mundana. Cuando hubo terminado, al cabo de diez minutos, Maliniak se despidió bruscamente.

—Me voy —dijo, y respiró hondo.

Le faltaba aire. La señora Halimska, interrumpida

en medio de un largo relato, quedó un instante desconcertada.

—¿Cómo? —exclamó—. ¿Ya nos deja?

—Mi sobrina está allí.

Señaló con el dedo en el otro extremo de la sala a una dama elegante que examinaba atentamente a Maja. Maliniak se puso de pie. Sin una mirada, les tendió la mano y atravesó la sala apoyado en un lacayo.

No había pagado las consumiciones de la presidenta. Maja no había tenido tiempo de pedir nada. El mayordomo se acercó y, con una familiaridad llena de respeto, dijo a la presidenta a guisa de consuelo:

—El señor Maliniak nunca paga más que sus propias consumiciones. Y el personal no ve jamás ni sombra de propina. Le parece que todo el mundo tiene tanto dinero como él.

A la presidenta le costó ocultar su decepción e irritación.

—Bueno, no has logrado despertar en él gran interés, hija mía —le hizo notar a Maja en un tono algo burlón.

A Maja le dieron ganas de pegarle. ¿Cómo se atrevía esa aventurera a tratarla de tal manera? Recordó la mirada pura y recta de Mołowicz. «¡Voy a plantarle tres o cuatro frescas y me iré! ¡Basta de compromisos!»

De pronto palideció y su rostro se contrajo como si hubiera recibido una bofetada.

De entre la multitud, saliendo de un cine, surgió una espalda, una nuca... que ella conocía... Ese andar, esa risa... Maja se precipitó. ¡No! Era un obrero acompañado de una muchacha vulgar que le sacaba bombones del bolsillo de la chaqueta.

De cerca, no se parecía en nada a Leszczuk. Pero

Maja temblaba como una hoja. Se dio cuenta de que había corrido, de que se había lanzado sin reflexionar hacia ese movimiento y esa risa que le recordaban...

—¡No ande tan de prisa! ¡Yo no tengo sus piernas! —La presidenta estaba ofuscada—. Usted no me escucha. Hija mía, si hemos de entendernos, le aconsejo que preste un poco más de atención a lo que le digo.

—Disculpe —dijo Maja con humildad.

11

Leszczuk había huido de Połyka más muerto que vivo. El dinero robado no lo dejaba en paz. Y más aún el recuerdo de la ardilla. No podía olvidar la mirada agonizante del animalito, ni su último espasmo. Cerraba los puños, prontos a caer de nuevo sobre Maja.

¡Era ella quien lo había impulsado! ¡Era ella la causa de todo, y él deseaba su perdición! ¡Era una criatura depravada, increíblemente perversa! Al recordar su lucha en el bosque, sin que comprendiera por qué, se le helaba la sangre en las venas como si se hubiera tratado de un episodio diabólico. Había estado a punto de matarla. Después había robado ese dinero...

En el supuesto de que lo arrestaran para interrogarlo, no le costaría ningún trabajo comprometerla. Tampoco tenía por qué temer a la señora Ochołowska ni a Cholawicki, que adivinaban muy bien que Maja no estaba exenta de culpa.

Ese dinero le era absolutamente necesario. Sin él no habría podido ir a Varsovia.

Para Leszczuk, el tenis era cuestión de vida o muerte. No había otra cosa que lo protegiera del encanto venenoso de Maja, ni de correr hacia su perdición. Sólo el deporte le había permitido huir de ella.

El día convenido se presentó en el club para asistir a la entrevista que decidiría su suerte, presa de un espantoso nerviosismo.

Llegó por lo menos con una hora de anticipación y se sentó en la tribuna de la pista principal para observar a los jugadores.

Era un encuentro de aficionados sin ninguna categoría. Pero bien pronto cedieron su lugar a los maestros.

Leszczuk reconoció sin esfuerzo a Wróbel y Gawlik, cuyas fotos había visto en las revistas. Siguió el juego con atención apasionada. Cada tiro lo impulsaba a un fulgurante examen de conciencia. ¿Habría sido él capaz de parar ese tiro?, ¿podía hacer lo mismo?

Su juego superaba con mucho al de Maja. Wróbel y Gawlik hubieran podido vencerla. Y sin embargo, era imposible contestar sus tiros y los dos cometían muchas faltas, evidentes hasta para él. Pensó que jugando contra uno de esos maestros, no habría hecho mal papel, y que no habría concedido más de un 6-3 o 6-4.

—El señor Brzdąc pregunta por usted.

Un muchacho de los que recogían las pelotas lo condujo al bar del club, donde el señor Brzdąc lo presentó al anfitrión, el capitán Ratfiński. Leszczuk tartamudeó que venía de la provincia y que deseaba que lo probaran porque sabía que el club necesitaba refuerzos.

Algunos jugadores, con un vaso de limonada en la mano y una toalla en el hombro, escucharon la propuesta de Leszczuk con aire interesado, pero sin tomarlo demasiado en serio.

—Presente usted una solicitud de admisión firmada por dos miembros —dijo Ratfiński—. Su candidatura será examinada en su debido momento y le daremos a conocer nuestra decisión.

—No tengo dinero y no conozco a nadie en el club. Quisiera ser admitido en seguida.

—¿Y por qué hemos de hacer una excepción con usted?

—Porque juego bien.

—¡Qué me dice! —exclamó Klonowicz con ironía.

—Podría ocupar una plaza en el partido contra los holandeses.

Sus palabras provocaron la hilaridad general.

—¿Qué me dicen de esto?

—¿De dónde sale este fenómeno?

—¡Wróbel! ¡Por fin tienes a un compañero para tu partido contra Holanda!

—Vamos, señores —intervino el capitán, a su vez algo divertido—. ¿Ha tomado parte en algún campeonato?

—Nunca.

—¿Pero por lo menos usted ha jugado contra un jugador conocido?

Leszczuk no quiso nombrar a Maja.

—No. Pero juego bien —respondió con obstinación. El capitán hizo un gesto de impaciencia.

—¡Vamos, piense en lo que dice! ¿Cómo puede saber que juega bien si nunca ha medido sus fuerzas con un buen jugador?

—¡Permítame demostrarle lo que soy capaz de hacer!

Una sonrisa se dibujó en los delgados labios de Klonowicz.

—Bueno, ¿por qué no brindarle a este muchacho su oportunidad? —dijo dándole una palmada en el hombro—. Pero con una condición. Haremos tres partidos, y si usted pierde los tres, no se obstinará más. No es por desanimarlo, pero debemos sacarle cuanto antes esas ideas de la cabeza y hacerle poner los pies en la tierra. ¿Está usted de acuerdo, capitán?

—¡De acuerdo! —exclamó el capitán, que temía que Leszczuk fuera a importunarlo al club constantemente.

Leszczuk paseó por todos ellos una mirada confusa.

—Pero no he traído ropa de tenis y no tengo raqueta.

—No importa. Encontrará zapatillas en el vestuario y puede usted usar mi raqueta.

—Podría volver mañana.

—¡No, ahora mismo!

En el vestuario consiguió un atuendo improvisado, pero quedó muy descontento. Sus zapatillas eran demasiado grandes y la raqueta de Klonowicz, demasiado pesada. Pero sobre todo, llevaba camisa y pantalón de ciudad. Estaba de tal manera habituado a su traje de tenis que la ropa que se había puesto lo molestaba hasta en la calle. Sin contar que tendría un aire ridículo en la pista.

Una parte del público permanecía en la tribuna, atraído por ese espectáculo inesperado.

—Comencemos —exclamó Klonowicz—. ¿Quién sale?

—Un minuto —exclamó Wróbel—. Usted tiene mucha prisa. Klon juega desde la mañana, y el otro aún no ha entrado en calor. ¡Unos cuantos pelotazos, primero!

El corazón de Leszczuk le saltaba dentro del pecho. Se frotó los ojos porque veía mal. Miraba enfebrecido y perdía el sentido de las distancias y de las proporciones. Klonowicz lanzó algunos pelotazos tan blandamente que no permitían ninguna devolución verdadera.

A pesar de todo los devolvió tan fuerte como pudo. Para él, lo esencial era encontrar de entrada una adecuada longitud de tiro. Klonowicz no contestó ninguna, contentándose con enviarle nuevos pelotazos con tanta negligencia y tanta torpeza como los anteriores, sin cambiar de posición.

—Se burla de nosotros —murmuró Wróbel entre dientes—. Este Klon es un descarado.

El campeón de Polonia sabía por experiencia cuán difícil era debutar. Sospechaba que Klonowicz tenía prejuicios desfavorables contra su compañero de juego, y que para diversión de la galería quería derrotarlo con ardides de hombre con mucha experiencia.

Comenzaron el partido. A Klonowicz le tocó iniciar el juego.

Leszczuk, detrás de la línea, esperaba tiros vigorosos, violentos. Klonowicz hacía tiros amplios, clásicos, al estilo norteamericano. Leszczuk se precipitó y...

La pelota cayó justo detrás de la red, dio un imprevisible salto de lado y se puso a girar por tierra como loca. Leszczuk, desorientado, se detuvo en mitad de la pista. El público estalló de risa. Klonowicz había «cortado» el tiro según una técnica que sólo él conocía, haciendo girar la raqueta sobre su eje en el último momento. El tiro, violento y regular en apariencia, se había soldado a ese pelotazo blando y sin rebote.

Hizo el segundo saque, de manera inesperada, por abajo. La pelota salió disparada hacia Leszczuk y lo golpeó en plena cara, lo cual provocó un nuevo estallido de risa general.

—¡Así no se juega! —dijo Wróbel en voz alta.

—¿No? ¡De acuerdo! —dijo Klonowicz.

Y asestó uno tras otro dos saques poderosos sobre las líneas.

Esas pelotas no eran en principio muy difíciles de

contestar, pero Leszczuk, sin recursos, dejó pasar la primera y golpeó la otra con el marco de la raqueta.

El primer juego había sido un éxito completo para Klonowicz. Resonaron los aplausos. Hasta el muchacho que alcanzaba las pelotas a Leszczuk participaba de la hilaridad general.

El saque no era el punto fuerte de Leszczuk. Lanzaba con dificultad la primera pelota, y el segundo saque era siempre muy débil. Esta vez sabía de antemano que fallaría el primero, y que no podía ser de otra manera.

Estaba tan nervioso que olvidó por un instante los movimientos que debía hacer y el mecanismo del disparo. Envió cuatro pelotazos a la red y el quinto afuera. El sexto, demasiado débil, fue tan bien contestado por Klonowicz que resultó inútil tratar de alcanzarlo.

Sólo el séptimo permitió un cambio de tiros, pero como si hubiera perdido sus reflejos, desmoralizado, torpe, Leszczuk no superó un nivel mediano. Klonowicz lo venció sin dificultad.

—¡Al diablo! —exclamó Leszczuk.

Ni él mismo supo cómo acertó el saque siguiente. Sólo recordaba que se había concentrado, que había saltado y golpeado en el aire la pelota con un movimiento inhabitual. La pelota salió fulgurante, sin que Klonowicz pudiera esbozar la menor reacción. Apenas tuvo tiempo de verla pasar.

Había sido un tiro excepcional, del que sólo unos pocos jugadores en el mundo hubieran sido capaces.

—¡Pura casualidad! —decretaron en las tribunas.

Sólo Wróbel apreció la estupenda armonía, la naturalidad y plenitud del movimiento...

—¡Excelente! —gruñó entre dientes.

Pero este éxito selló la pérdida del neófito. Trató de

renovar el tiro. El resultado fue caricaturesco. El segundo juego lo ganó Klonowicz. El tercero y el cuarto dieron la impresión de que Leszczuk ignoraba todo sobre el tenis. Los pelotazos volaban por todos lados. El público, harto, empezaba a dispersarse.

Klonowicz también estaba convencido de que Leszczuk no tenía la menor idea del juego. El capitán se aproximó al muchacho y declaró lacónicamente:

—¡Inútil insistir!

Leszczuk se dirigió como un autómata al vestuario, se vistió, devolvió sus zapatillas y su raqueta, y salió del club, con la mente vacía. Tomó lentamente el camino de la calle del Chełm, donde tenía alquilado un modesto cuarto a una familia de empleados modestos.

En la calle Puławska, se detuvo en el lamentable bar regentado por Łopatko, y pidió un vodka, que lo reanimó. Después otro, seguido de media cerveza. Tragó un pedazo de arenque y bebió otros dos vasos de vodka. Se sentía mejor.

Había bebido en el mostrador, apenas unos minutos, para aturdirse, para olvidar.

—¿Cuánto le debo?

—Tres vodkas, una media, un arenque, un zloty veinticinco.

—¿Cómo tres vodkas? He bebido cuatro, lo recuerdo perfectamente.

Łopatko se ofendió.

—¡Sólo le falta llamarme loco!

Leszczuk oyó una risa contenida a su lado, una risa a la vez cordial y discreta. Se volvió.

Era un hombre corpulento y perfumado, untado de cosméticos, con pantalón y chaqueta claros, favorecido por un provocativo bigote y un perfil aguileño.

—¿De qué se ríe?

—¡Hi! ¡hi! ¡hi! ¡hi! ¡hi! Es mi vodka el que se ha tomado.

—Pero... Bueno, pagaré por los cuatro.

—Perdón. Era mío, y yo lo pagaré. ¡No acepto dinero para beber! ¿Con quién cree usted que está tratando? Usted ha vaciado mi vaso, bueno, quedemos en eso, amigo mío. ¡No va usted a ofender a una persona decente!

—Entonces, le invito.

—¡Eso es otra cosa! A propósito, permítame que me presente. Ewaryst Pitulski, rentista.

Pitulski estrechó cordialmente la mano a Leszczuk y pidió otros dos vodkas, a modo de desquite. En seguida se sentaron a una mesa y se hicieron servir dos vasos de cerveza.

Muy pronto fueron los mejores amigos del mundo. Pitulski canturreaba, mientras Leszczuk sonreía vagamente.

—Vamos a dar un paseo —propuso Pitulski—. Es el momento más agradable del día. ¡Ah!, los tonos lila y verdeceledón de la tarde que cae, el concierto de las aves, el canto de la ciudad. Vamos, venga usted. Soy poeta por naturaleza. Era peluquero de señoras. Estúpido oficio, créame. Hay otros mucho mejores. Y usted, ¿en qué se ocupa, si no es indiscreción?

—No tengo trabajo —replicó Leszczuk brevemente.

Y de golpe, se puso a recordar.

—¿De qué vive usted?

—Vivo como puedo. ¿Y usted?

Pitulski hizo un guiño intencionado.

—¡No trate de saberlo todo, señor no-sé-cuántos! ¡Se vive, eso es todo! Oh, ¿qué veo? Un banco, y en el banco una mujer. Alguna doncella, sin duda, o una co-

222

cinera. ¡Exactamente lo que necesitamos! ¡Déjeme hacer, y mire!

Y el señor Pitulski se sentó en el banco y desplegó sus habilidades con tanta convicción que al cabo de un cuarto de hora la gorda cocinera, conquistada, embrujada por su nariz romántica, le dio cita para el domingo siguiente en el cine, y le confió muchos detalles sobre su vida, sus patrones, sus casas, los recursos que tenían.

Pitulski recogía esas informaciones deplorando la suerte de las domésticas en general, y la suya en particular.

La cocinera se fue por fin, intercambiando dulces miradas y después de invitarle en la cocina, entre las seis y las ocho, porque los amos estaban entonces fuera y la dejaban tranquila.

—¡Ya es mía! —dijo con orgullo el ex peluquero de señoras cuando la cocinera se hubo ido—. Pero, ¿qué veo? Una tienda, y delante de esa tienda una mujer. Una costurerita, seguramente. Déjeme hacer y admíreme.

Al cabo de algunas horas de esos interludios sentimentales generosamente regados con alcohol, Leszczuk y Pitulski ya se tuteaban y se habían jurado una amistad eterna.

A Leszczuk todo le daba lo mismo y prefería la compañía de Pitulski a quedarse solo en su casa, presa de sus cavilaciones. De cuando en cuando la imagen viviente de Maja se alzaba ante sus ojos y recordaba sus palabras, con voz dura y maligna: «Todos los entrenadores se hacen Dios sabe qué ideas sobre su juego.»

Volvió en sí.

—¿De qué te sirve abordar a todas esas mujeres? —preguntó a Pitulski que acababa de despedirse de la décima o undécima víctima de su perfil de águila.

—¡Farsante! —exclamó Pitulski, titubeando—. ¡Gran farsante!

—¿Por qué?

—¡Marian, somos amigos! ¡Dame la mano! Cada una de esas pécoras vale por lo menos un zloty. ¡Once cocineras, once zlotys! Si tú quieres, también puedes ganar dinero, ¿por qué no? Tú eres un amigo. Evidentemente, todo el mundo no puede tener mi talento. Ninguna se me resiste. Están todas locas por mi nariz, porque tengo una nariz distinguida, una nariz aguileña, una nariz de novela.

Pitulski reveló brevemente a Leszczuk la naturaleza de sus novelescos comportamientos. Recibía de las cocineras, las criadas, las vendedoras, las modistillas, diversas informaciones que interesaban a cierto «señor», cuyo nombre no podía traicionar y que le pagaba un zloty por cada información.

Pitulski juró ignorar el uso que aquel señor hacía de las informaciones que le suministraba. Le bastaba con sacar una ganancia conveniente de sus trabajos y de sus habilidades, de su físico ventajoso y sobre todo de su nariz, que se perfilaba tan bien en los paseos al claro de luna. ¡No! Pitulski no estaba metido en ningún negocio turbio.

—Pero, ¿qué veo? —exclamó tartamudeando ligeramente—. ¡Un banco, y en el banco una mujer! ¡Una criadita o una cocinera! Humm... y qué veo cerca de ella, sobre el banco: ¡su bolso! Ocúpate de ella mientras yo me intereso por su bolso.

Eran las once pasadas. Se encontraban en las avenidas de Ujazdów, no lejos del Belvedere. A esa hora, las avenidas se hallaban todavía bastante animadas. Las parejas se demoraban en los bancos.

Desembriagado de golpe, Leszczuk comprendió lo

que Pitulski esperaba de él. En ese mismo instante, quedó inmerso en una ola de recuerdos. Maja revivió ante sus ojos.

No reflexionó demasiado. Se sentó junto a la desconocida, una rubia que llevaba un modesto traje azul marino.

Pitulski se internó en la avenida.

—Usted parece tan sola... —comenzó Leszczuk, y se calló. La joven lloraba. Una lágrima resbalaba lentamente por su mejilla.

—Discúlpeme —le dijo—. No quiero importunarla.

—No se vaya. No es nada. Ya se me pasará —murmuró la muchacha a modo de excusa.

—¿Quiere usted que me quede?

—Sí, lo prefiero. Quizá si estoy con alguien, pueda dejar de llorar.

Contuvo un breve sollozo. Su candor era asombroso. ¿Trataba de simular o era en realidad tan ingenua como parecía?

—¿Por qué llora? —le preguntó Leszczuk deslizándose junto a ella.

—Me he peleado.

—¿Con quién?

—Con mi novio.

—¿En serio?

—Para siempre.

—¿Dónde trabaja usted?

—Soy camarera en una pastelería. Él trabaja de linotipista.

—¿Y por qué se han peleado?

—Me... ha dejado por otra. ¡Y ahora no tengo a nadie, estoy sola!

Pitulski apareció a lo lejos. Avanzaba lentamente,

balanceándose con gracia. Cuando llegó a las proximidades del banco, se frotó la nariz, como preparándose para actuar, y se sentó distante, al otro lado de la camarera que lloraba.

—¿Y usted charla conmigo sin saber quién soy? —preguntó Leszczuk, aún bastante bebido.

Pitulski avanzó delicadamente el brazo, sin apenas inclinarse.

Leszczuk tuvo un acceso de decencia:

—¡Váyase! —le gritó.

La muchacha se sobresaltó y cogió su bolso. Pitulski, estupefacto, se apartó inmediatamente y tartamudeó:

—¿Usted ha perdido el juicio o qué?

—¡Largo de aquí!

—Está bien, me voy.

Pitulski se puso de pie, ofendido.

—He comprobado que un hombre decente no debe confiar en cualquiera. ¡Qué me dicen de esto! ¡Un mocoso! ¡Y para colmo arrogante!

Las últimas palabras les llegaron desde lejos. Pitulski se había perdido rápidamente entre la multitud de los paseantes.

—Ya lo ha visto, ¡quería robarle el bolso!

—¡Pero usted estaba aquí!

—¡Sí! —contestó Leszczuk.

Estaba turbado. No podía comprender que se hubiera producido en él ese brusco cambio, y se sentía dispuesto a defender a la camarera contra el mundo entero y contra sí mismo.

La acompañó hasta su casa, en la calle Podchorążych. La muchacha se llamaba Julia Nowak y procedía de un pueblo próximo a Płock, donde sus padres poseían una parcela de tierra.

Con total confianza le contó a Leszczuk lo desdichada que había sido los primeros días de su estancia en Varsovia, hundida en su soledad. Lloraba sin cesar.

—Adelgazaba cada vez más, tanto que mi tía le escribió a mamá para que me llevara de vuelta.

Después había conocido al linotipista y todo se había arreglado. Se habían enamorado y eran novios. Él había estado enamorado de una muchacha que lo había dejado por otro.

—Pero cuando el otro la abandonó a su vez, la muchacha se reconcilió con Władzio. Y Władzio empezó a verse de nuevo con ella. Yo sufría, hasta que un día me enojé de veras. ¡Nunca he tenido suerte!... ¿De qué trabaja usted? —preguntó.

—Por el momento, de nada.

—No es cómodo. ¿Y qué oficio tiene?

—Mozo de café.

No quería hablar del tenis. Prefería mencionar su empleo en el restaurante de Mieczkowski.

—Entonces yo podría encontrarle trabajo. Tengo una amiga que es camarera en un bar. Me ha dicho que necesitan personal. Me quiere mucho. Si el puesto todavía está vacante, lo cogerán.

La muchacha estaba tan contenta, que Leszczuk no quiso empañar su alegría con un rechazo.

—Sería estupendo.

—¡Es una suerte que hayamos hablado! ¡Ya ve usted, de golpe ha encontrado trabajo!

Y se dieron cita para el día siguiente, por la tarde. Julia estaría libre. Trabajaba un día por la mañana y el otro por la tarde, alternativamente. Leszczuk se despidió de ella ante su puerta tan reconocido como si le hubiera prestado un servicio inestimable.

Pero apenas se despidieron, comprendió que no podía verla. ¿Para qué? Ella no era Maja. Y sentía en él un malestar que iba empeorando... y el peligro que corría la candorosa joven por el solo hecho de haberlo conocido.

Le vino a la memoria un recuerdo. Se acercó a un escaparate y se examinó los labios en un espejo. Estaban normales. A fin de cuentas, habían podido ponerse lívidos en el bosque por puro azar. Quizá había comido algo en mal estado, o sólo estaban agrietados. Quizá no hubieran sido tan atrozmente lívidos como le habían parecido. Y sin embargo, no podía olvidarlos. A todas sus preocupaciones se agregaba esta incertidumbre sobre su estado físico.

Leszczuk no había advertido plenamente hasta qué punto amaba a Maja. La violencia de sus reacciones en cuanto se relacionaba con ella lo asombraba y era para él un enigma. No comprendía tampoco el comportamiento de la joven. Sus relaciones estaban tan alejadas de lo normal que se sentía perdido.

La boca lívida, lo desconcertante de sus relaciones, el juego sordo de sus instintos y pasiones, todo se entrelazaba en una cadena inexplicable.

Pasó una noche colmada de sueños penosos y ciertamente agitada; al despertar las sábanas estaban en total desorden. Al día siguiente acudió a la cita, pese a todo. La idea de que Julia sufriría si no acudía le resultó insoportable.

Por lo demás, estaba harto de todo. ¡Más que harto! Iba a romper con el tenis, olvidar a Maja, devolver el dinero. Aceptaría ese puesto de mozo. Sería el mejor remedio. Comenzaba simplemente a tener miedo de lo que le sucedía. Era tiempo de acabar, de abandonarlo todo, de comenzar una vida nueva.

Una hora después, Leszczuk ya era un empleado más del bar y bajaba con Julia por la Krakowskie Przedmieście. Para expresarle su agradecimiento la invitó a comer en un pequeño jardín de un restaurante modesto.

Ejercían el uno sobre el otro una excelente influencia. Él era alegre, ella tenía la risa fácil. Él la divertía como podía y se regocijaba ante sus manifestaciones de alegría. La vida transcurría simple y trivial. Qué lejos se sentía de aquel Leszczuk que luchaba en el bosque...

Su risa era diferente, y diferentes su lenguaje, sus gestos. Ya no era el mismo. Con Julia no sentía complejo de inferioridad. No temía que ella se burlara de él. La comprendía. Era bueno con ella y sabía que ella lo era también con él, y que seguiría siéndolo.

Se mostraba cada vez más atento. A veces, se quedaba espantado al verla habituarse a él, aceptarlo todo de buena fe. Pensaba ponerla en guardia, suplicarle que no se vieran.

Pero no podía: quería que no se sintiera sola ni desgraciada. Cuando veía su rostro iluminarse ante cada una de sus atenciones, no podía negárselas. Julia se alegraba al tener a alguien cerca de sí, ocupándose de ella, y al ver alejarse la pesadilla de los días de soledad.

12

Desde la fuga de Maja, Cholawicki estaba desgarrado entre su ardiente deseo de encontrarla y el de velar por sus tesoros. Se lanzaba como loco de un lado o de otro, con la perpetua impresión de obrar a contratiempo.

Si se quedaba en el castillo para vigilar al príncipe y a Skoliński, sentía que Maja estaba irremediablemente perdida para él, que habría debido dejarlo todo para encontrarla y arrebatársela a Leszczuk. Apenas partía algunos días en su busca, medía la vanidad de esas expediciones improvisadas y su codicia inquieta decidía una vuelta inmediata. Muchas veces, recién llegado a Varsovia o a Lwów, había vuelto a tomar el tren de vuelta para comprobar que en el castillo no había sucedido nada en su ausencia.

Lo cierto era que en Myslocz, las relaciones se habían estabilizado, normalizado, en tanto que esto era posible entre cuatro hombres eternamente en guardia frente a frente, y frente a ese inquietante temblor que nadie se atrevía a hacer desaparecer... El temblor... era sin duda lo esencial de esos días y de esas noches. Cada uno temblaba ante los otros, y en la vieja cocina, una servilleta amarillenta y polvorienta temblaba sin cesar.

Sin embargo, entre Cholawicki y Skoliński se desarrollaba una lucha silenciosa y subterránea cuyo precio era el alma de un demente y el dominio de sus decisiones.

Desde que se había atrevido a «poner en su lugar» al secretario, el príncipe ya no era el mismo. La presencia en el castillo de Skoliński, la posibilidad de su apoyo contra Cholawicki, habían ejercido sobre él una influencia radical. Había encontrado de nuevo altivez y autoridad.

El secretario sabía que el príncipe no le perdonaría nunca haberse atrevido a amenazarlo con una fusta. Había cometido un error fatal. Su ademán había devuelto milagrosamente a Holszański el sentido de su grandeza. Ahora trataba a su secretario con cortesía, pero con altivez. Le daba órdenes, expresaba deseos. Se había vuelto consciente de que allí él era el único amo.

Había organizado su vida cotidiana en el castillo, asignado a Skoliński un gran cuarto no lejos del de Cholawicki, dado órdenes a Grzegorz para amueblarlo y para que velara por la comodidad del profesor. Su presencia de espíritu y su resolución indicaban que había reencontrado el pleno dominio de sí mismo.

Los temores de Cholawicki aumentaron cuando Grzegorz apareció con un solemne frac, aunque un poco marchito, y guantes blancos raídos.

—¿Qué significa este carnaval?

—El almuerzo está servido en la sala de las columnas.

—¿Dónde?

—En la sala de las columnas, según los deseos del príncipe.

Cholawicki siguió al criado. Bajo la bóveda gótica, apoyada sobre cuatro columnas, vio una mesa dispuesta para tres personas, que contrastaba curiosamente con el deterioro de las paredes. El sol caía oblicuo desde las estrechas ventanas y se rompía en múltiples destellos sobre los finos cristales y la platería cuidadosamente lustrada por Grzegorz. En el centro de mesa reinaba una suntuosa jardinera de Sajonia.

—¿Es una recepción en su honor? —preguntó irónicamente Cholawicki a Skoliński, que esperaba en la sala.

Entró el príncipe. No llevaba batín sino un correcto traje oscuro.

—¿Quieren ustedes sentarse, señores? —les dijo—. En adelante comeremos juntos. Estoy convencido de que un descuido excesivo en la ropa y en la comida no es sano. Conviene respetar mínimamente las formas. Observen; nuestro buen Grzegorz ha pensado incluso en las flores. ¡Qué cosa tan maravillosa las flores!

Y una conversación de buen tono acompañó la sopa de patatas y el asado que Grzegorz llevó con gran pompa, resoplando de emoción bajo su bigote. Después de algunas manzanas de postre, el príncipe se despidió de sus convidados con un movimiento de cabeza y volvió a sus habitaciones.

Cholawicki tuvo que armarse de paciencia. Por algunos gestos nerviosos que se le habían escapado al príncipe, adivinaba cuánto temor y cuánto esfuerzo le costaba su nueva actitud. Tenía esperanzas de que el loco estallara tarde o temprano y de que él recuperara su ascendiente sobre él.

Skoliński, por el contrario, acogía con alegría esos índices de mejora en el estado mental del príncipe y trataba en la medida de lo posible de mantenerlo en ese camino. El vínculo que lo ligaba al príncipe era el afán de poner cada cosa en su lugar. El buen historiador se dedicaba a él con todo su celo. Aunque hurgar sin cesar en un montón de antigüedades y desechos no constituyera una ocupación de las más agradables, eso le permitía permanecer a solas con el príncipe y ganar su confianza.

Evitaba cualquier pregunta brutal. Nunca mencionó su encuentro, la noche en que Holszański le había pedido que hiciera la «señal» y lo había tomado por un mensajero del otro mundo. Esperaba que el príncipe volviera por voluntad propia sobre el asunto, contentándose por el momento con conquistarlo mediante la dulzura y la delicadeza. Al mismo tiempo, esperaba encontrar en ese revoltijo algún papel u objeto que aclarara la trágica historia de Franio.

Observaba también cómo reaccionaba el príncipe ante sus ademanes. Levantaba de pronto los brazos, o se tocaba el pecho, o estornudaba. Pero nada de eso producía el menor efecto. ¿Habría olvidado el príncipe cuál era la señal? Todo era posible.

El profesor sentía que sus relaciones no eran tan sencillas como parecían. Más de una vez había sorprendido al príncipe que lo observaba o lo interrogaba con el rabillo del ojo, como si estuviera constantemente al acecho de una revelación.

No había renunciado del todo a ver en Skoliński un emisario de Franio que, por razones desconocidas, se negaba a revelar su misión. Su creciente intimidad fundada en su concurso para pequeñas tareas prácticas, como eran los arreglos, estaba rodeada por una profunda desconfianza, por una constante tensión, por la espera de una revelación sobrenatural.

¡Cuánta firmeza necesitaba el profesor para resistir en semejantes condiciones! Todo sometía sus nervios a una dura prueba: ese castillo laberíntico y desierto atravesado de murmullos que exudaba humedad y melancolía, la convivencia cotidiana con un demente trágico, su guerra solapada con Cholawicki, el temor perpetuo de algún engaño o de una trampa... y esa horrible servilleta. A los peligros reales se mezclaba la locura, el extravío y el terror del más allá, continuamente presentes en el silencio de esos viejos salones.

No había vuelto a la vieja cocina para no sentir de nuevo esa abominable sensación de repulsión. El profesor había pensado más de una vez en entrar y arrojar fuera ese atroz desecho. Pero tenía miedo... Sin creer literalmente en el carácter diabólico del fenómeno, suponía sin embargo que en él intervenían fuerzas ignotas de la naturaleza, con las cuales convenía ser prudente. No ignoraba que en el curso de una sesión de espiritismo, la ruptura de la cadena puede provocar la enfermedad y hasta la muerte del médium. Por lo demás, el lienzo era su aliado. Gracias a él tenía poder sobre Cholawicki y Grzegorz. Pero sobre todo, algo lo disuadía de tocarlo...

En cambio, se lanzó en busca de la señora Ziółkowska, que era la única que podía revelarle la «señal».

Por suerte, Cholawicki no había podido cortar todo vínculo entre el profesor y el mundo exterior. Skoliński no quería alejarse del castillo por temor a que el secretario aprovechara su ausencia para tomar medidas radicales. Así pues, decidió escribir.

Informó a la señora Ochołowska de su estancia en el castillo, sin dar otra precisión. Por otra parte encargó a uno de sus amigos de Varsovia que encontrara a la señora Ziółkowska para preguntarle si recordaba el gesto que tanto había impresionado al príncipe Holszański.

La respuesta llegó pronto. Sin duda habían encontrado a la gobernanta. Pero la mujer no se acordaba de nada. No era de extrañar, después de transcurridos tantos años. El corresponsal del profesor precisaba que la había sometido a un interrogatorio minucioso, pero que la señora Ziółkowska padecía de esclerosis cerebral, y para decirlo sin ambages, no se distinguía por la vivacidad mental.

Recordaba bien que el príncipe había tenido miedo y que se había puesto a gritar: «¡La señal! ¡La señal!», cuando ella había entrado en su cuarto. Ella había hecho un movimiento... pero no recordaba cuál.

—¿Qué hacer ahora, mi buen Grzegorz? —concluyó Skoliński la tarde en que el criado le llevó la carta.

—No habrá medio de averiguarlo.

—Debemos saber cuál es esa señal. Le hablaré yo mismo.

—Si el señor se va, el secretario podrá hacer de las suyas.

Su decisión estaba tomada. Puesto que no podía ir al encuentro de la señora Ziółkowska, la señora Ziółkowska iría a su encuentro. Le escribió a su amigo para pedirle que enviara a la buena mujer a Mysłocz, sin preocuparse por los gastos.

Grzegorz, con el mayor secreto, la instaló en casa del guardabosque, a algunos kilómetros del castillo. Explicó que el príncipe había autorizado a la vieja gobernanta a que pasara allí algunos días de descanso.

Skoliński fue a verla esa misma tarde. Encontró a una vieja gorda muy charlatana, pero chocha.

—Por supuesto, por supuesto. Me acuerdo como si fuera hoy. El príncipe tenía gripe y Grzegorz también.

Yo entré con el café, sí, llevaba el café, o quizá la bandeja, sí, más bien la bandeja que el café, o quizá fuera el café. ¡Y de repente el príncipe se pone frenético y lanza un grito! ¡Me tomaba por un fantasma! ¿Qué señal debí hacer? ¿Moví el brazo? ¿Sacudí la cabeza, tal vez? ¿Rechiné los dientes? Es inútil que me devane los sesos, no consigo acordarme.

El profesor se comprometió a darle una generosa recompensa si se acordaba, pero la promesa tuvo sobre la pobre gobernanta un efecto fatal. Impresionada por los inopinados interrogatorios que sufría desde hacía varios días, se agitó febrilmente, hizo los movimientos más extraños, buscó laboriosamente en su memoria, hasta el punto de confundirlo todo en su cerebro.

—¡Quizá levanté una pierna!

—¿Por qué razón habría levantado una pierna al llevar el café?

—¿O me toqué la rodilla? Quizá tendría algún calambre debido al reumatismo.

El profesor la dejó. Trató de entrar en el castillo sin ser visto, pero Cholawicki había observado su partida.

—¿Ha salido? —le preguntó a la hora de la cena.

—Fui a dar un paseo.

El secretario dudaba de que Skoliński se hubiera alejado del castillo sin una razón importante, aunque fuera por poco tiempo, y que de pronto hubiera dejado de vigilar y de espiar los movimientos del adversario.

Todos pasaban la mayor parte del día dormitando, y permanecían alerta durante la noche. Porque era sobre todo por la noche cuando amenazaba el peligro.

La confección del catálogo de antigüedades era la única ocupación que mantenía al profesor en cierto equilibrio. Le consagraba varias horas por día.

¡Cuántas maravillas descubría! De los cuadros pasaba a las tapicerías, a las porcelanas, a la platería, a las armas antiguas de los siglos XVI y XVII. Iba de hallazgo en hallazgo. Muchos relojes encantadores de péndola de la época de Juan Casimiro. Dos espléndidos gobelinos. Una colección inestimable de antiguas tapicerías polonesas.

Hizo también muchos descubrimientos arquitectónicos. El patio del castillo conservaba rastros de una disposición muy hermosa en su simplicidad. ¡Qué esplendor hubiera adquirido Mysłocz si se hubiera podido devolverlo a su estado primitivo, librándolo de todas las construcciones que lo desfiguraban!

Cholawicki asistía a esas búsquedas con el corazón palpitante. Esa pasión era el único vínculo que existía entre los dos.

El secretario no escatimaba esfuerzos para elaborar una contraofensiva.

La historia de la vieja cocina había caído sobre él como un rayo. Ahora que necesitaba reconquistar su influencia sobre Holszański, se daba cuenta de lo poco que conocía su pasado y de que no sabía cómo desenredar los hilos de su demencia. Presentía que el profesor, en tan sólo algunas horas, lo había captado mejor y se había hecho dueño de algunos secretos que le permitían actuar de acuerdo con un plan bien organizado.

¿Cuáles eran esos secretos?

¿Los había descubierto durante la noche pasada en la vieja cocina? ¿Concernían al pasado del príncipe? ¿Eran el origen de su demencia? ¿Guardaban alguna relación ambas cosas?

Cholawicki daba vueltas alrededor de la vieja cocina como una falena en torno a la llama de una vela; pasaba mucho tiempo en el umbral del cuarto, con la mirada fija en las contracciones de la servilleta. Pero no podía resolverse al acto heroico de pasar allí la noche con tal de saber lo que le interesaba.

Algo lo disuadía de ello.

Atormentaba a Grzegorz con súplicas y amenazas. Desde la llegada del profesor y la vuelta de las manifestaciones sobrenaturales, el criado vivía en estado de trance, se persignaba a cada momento y se negaba a decir nada al secretario.

—¡No sé nada! ¡No tengo la menor idea!

Privado así de toda explicación, Cholawicki se consumía en una rabia impotente. Sentía abrirse el suelo bajo sus pies y se veía suplantado en el favor del príncipe por su feliz rival.

El único recurso que le quedaba era vigilar, espiar sin cesar a Skoliński y al príncipe. Permanecía al acecho día y noche.

Cuando vio que el profesor abandonaba el castillo, pensó en seguida que debía tener una buena razón para hacerlo. Al caer la noche, siguió discretamente los rastros de Skoliński, harto visibles sobre el suelo pantanoso. Éstos lo llevaron sin dificultad a la casa del guardabosque.

Se aproximó sin temor a los perros que ladraban. ¿Qué podía hacer allí Skoliński? Se aproximó a una ventana iluminada y asistió a una escena asombrosa.

Una vieja gorda, sola en la habitación, parecía ejecutar los gestos de un ritual mágico. Con aire atento y recogido, se retorcía las manos, levantaba una pierna, se pellizcaba una oreja.

Se interrumpía a cada momento para proseguir con más ímpetu un instante después.

El temor dejó estupefacto al secretario. Estaba tan obnubilado por todas las fantasmagorías de Mysłocz que no dudaba ni un instante en haber sorprendido a una bruja en pleno hechizo. ¿Existía alguna relación entre ella y el cuarto encantado? ¿Qué significaban esos gestos? Su carácter absurdo y extravagante reforzaba la sensación de una amenaza desconocida.

Los ladridos hicieron salir al guardabosque de su granja.

—¿Qué tal, tío Matyjas? —preguntó Cholawicki—. Dígame, ¿quién es esta mujer?

—¡Pero si es la señora Ziółkowska, la antigua gobernanta del castillo! Ha venido a descansar y se aloja en mi casa por orden del príncipe.

—¿Cuándo ha llegado?

—Esta mañana temprano.

—¿Qué le pasa para contorsionarse de esa manera?

El guardabosque se echó a reír.

—¡Ah, cómo puedo saberlo! Desde que está aquí no para de patalear y de hacer tonterías.

—¿Ha venido a verla alguien?

—Sí, ha estado ese señor del castillo. Y él, en cuanto a contonearse, bate todos los récords.

—¿Y quién le ha trasmitido las órdenes del príncipe?

—Grzegorz, que ayer vino a avisarme. En seguida le preparé una cama a la mujer y les dije a mis chicos que se ocuparan de ella, porque yo tenía que hacer en el bosque.

Cholawicki permaneció un momento pensativo. Así que Grzegorz y el profesor eran cómplices... Habían hecho venir a esta buena mujer sin que él lo supiera. ¿Para qué diantres podía servirles? Se acordó de que Grzegorz le había hablado un día de esta gobernanta que había vivido en el castillo hacía muchos años.

—Dígale que el secretario del señor príncipe está aquí. Que venga, que quiero hablarle.

Al cabo de un momento, la señora Ziółkowska apareció ante él con sombrero, guantes y un manto echado sobre los hombros. Parecía sorprendida de la visita.

—Estoy aquí, señor secretario. ¿El señor secretario deseaba hablarme?

—¿Qué hace usted aquí?

—¿Yo? He venido a descansar. No tengo buena salud, estoy débil... El aire sano...

—¡Vamos, vamos! ¡Cuentos a otros! ¿Qué significa esta payasada? ¿Qué deseaba el señor que ha venido a verla aquí? ¡Usted sabe quién soy! Le aconsejo que hable francamente o avisaré a la policía. ¿Quién la ha hecho venir aquí?

—¡No he hecho nada malo!

—Le aconsejo que diga la verdad, o llamaré a la policía.

La pobre mujer, espantada, no resistió mucho. Lo confesó todo, suplicando a Cholawicki que no se lo contara al profesor. ¡Ella era inocente! No sabía nada. El profesor quería obligarla a que recordara la señal que ella había olvidado y que había hecho veinte años antes, al entrar en el cuarto del príncipe para llevarle el café. Ignoraba por qué quería saberlo.

Describió nuevamente con todo detalle su entrada en el cuarto, cómo había hecho ese ademán del que no conseguía acordarse y cómo el príncipe se había puesto a gritar: «¡La señal! ¡La señal!», tomándola por una aparición del otro mundo.

Cholawicki le ordenó que no dijera una palabra al

profesor de esta conversación, y que si recobraba la memoria siguiera fingiendo que ignoraba la señal. Amenazas y promesas lograron convencerla de que observara rigurosamente esas recomendaciones.

El secretario volvió al castillo con una sensación de alivio. Por fin tenía un hilo en ese laberinto. Sus presentimientos no lo habían engañado. El profesor y Grzegorz seguían un plan concertado. Pero, ¿cuál era la señal? ¿Y por qué la necesitaban?

Se puso a vigilar más atentamente las actividades y gestos del príncipe. Más de una vez había quedado intrigado, en esos años de vida en común, por un acontecimiento que acudía a su memoria. A menudo, por la noche, Cholawicki no lo encontraba en su cuarto ni en la sala donde tenía por costumbre deambular. Al cabo de media hora, o de tres cuartos de hora, el príncipe reaparecía de repente. En estos casos siempre se producía en él un acusado cambio de humor. Volvía más ausente, más nebuloso.

Antes de llegar a ese punto, un nuevo incidente lo hizo reflexionar mucho. Al entrar al día siguiente en el comedor, a la hora del almuerzo, vio en la pared cuatro inmensos retratos de familia. Cuatro ilustres príncipes Holszański-Dubrowicki, con las insignias de los altos cargos que ocupaban. Los colores habían palidecido, pero la púrpura de sus vestiduras permanecía deslumbrante.

La sala había cambiado de aspecto, se había transformado en un lugar viviente como tocada por una varita mágica.

—¿Qué significa esto? —le preguntó a Grzegorz.

—El señor profesor ha encontrado esos viejos retratos detrás de los armarios y ha ordenado que los cuelgue para dar una sorpresa al príncipe.

Cholawicki se mordió los labios. La política de Skoliński estaba clara. Afirmar al príncipe en su altivez y su autoridad, arrancarlo de su desorden y abandono, volverlo a las costumbres mundanas a las que el viejo aristócrata era tan sensible.

Pero no se atrevió a hacer quitar los retratos. El príncipe, al llegar al comedor, manifestó un comportamiento extraño. Al principio pareció avergonzarse y no dijo una palabra sobre los retratos. Tomaron la sopa hablando en tono cortés sobre generalidades, como de costumbre.

—¿Quién ha colgado esos retratos? —dijo por fin el príncipe con una sonrisa melancólica.

—He encontrado esos retratos mientras ponía orden y me he permitido hacerlos colgar aquí —dijo el profesor—. Si no le gustan, príncipe, podemos retirarlos cuando quiera. No son retratos los que faltan. Hay una galería entera.

—Sin duda —dijo el príncipe examinando las efigies de sus antepasados con una sonrisa extraña.

Y de pronto se animó, sus pómulos enrojecieron, sus ojos brillaron.

—Éste es Józefat Holszański, voivoda de Kiev, mi tatarabuelo por línea directa. Se había casado con una Ostrogska. Y éste es Jerzy, castellano de Mścisław, después atamán de campo. Éste es el alcalde de Pińsk, maestro de campo ilustre, devoto a la causa de Zborowski... Mi familia, como la de los Ostrogski y la de los Zasławski, era la primera de Rutenia. Ha sido una excelente idea, profesor. Hay que colgar todos esos retratos. Este castillo es una mansión demasiado vasta para los vivos únicamente. Se necesitan generaciones para poblarla.

Se interrumpió:

—Yo soy el último de mi linaje.

De nuevo apareció en sus labios una débil y vaga sonrisa. Cholawicki comprendió el sentido de las palabras: «Soy el último de mi linaje... un idiota y un degenerado.» ¿Qué podían sentir esos jefes y dignatarios al ver al último vástago... en ese estado? Eso estremecía en silencio los labios crispados del príncipe.

—¡No! ¡Lléveselos! —exclamó súbitamente—. ¡No quiero que me observen así! ¡Póngalos de nuevo donde estaban! Por lo demás, no soy el último de mi linaje. ¡También yo tengo un hijo! ¡Mi hijo! ¿Dónde está?

Y hundió su mirada en los ojos del profesor como si esperara de él una revelación.

Apartó bruscamente la mesa, estalló en sollozos y se fue de la sala, con la cabeza entre las manos.

Cholawicki gruñó irónicamente:

—Una semanita más con este tratamiento, y el pobre se volverá loco de atar.

—Pienso que no —replicó con naturalidad el profesor—. Estas situaciones a menudo provocan los resultados deseados. Tengo esperanzas de que el príncipe cure muy pronto.

—Ignoraba que el príncipe tuviera un hijo —dijo lentamente Cholawicki—. Nadie me había dicho una palabra.

—¡Oh!, no hay que prestar mucho crédito a lo que puede decir durante una de sus crisis.

—De todas maneras, hay que descolgar los retratos. Grzegorz, póngalos donde estaban.

Grzegorz no se daba prisa en obedecer.

—Por el momento, Grzegorz, conviene dejarlos donde están. Ya veremos —dijo Skoliński.

El secretario se puso de pie.

—Es usted el huésped del príncipe —dijo conteniéndose—, pero eso no lo autoriza en modo alguno a dar órdenes. Grzegorz, ¿ha oído lo que dijo el príncipe? Retire inmediatamente los retratos.

—Joven —replicó el profesor—, haga lo que quiera. Yo no respondo de sus actos.

—Haría bien en abandonar conmigo ese tono protector. No soy un niño y le aseguro que no me dejo asustar por los espíritus.

—Y sin embargo, les tiene miedo.

—¡Eso cree usted!

El profesor bajó la voz.

—¿Por qué no retira entonces esa servilleta de su percha? Puesto que no tiene importancia para usted, puesto que usted no tiembla ni teme nada... ¿Qué cosa más simple que tirarla?

El secretario no supo qué responder.

En efecto, no podía decidirse a ello. En vano trataba de persuadirse de que la existencia de fuerzas malignas en la vieja cocina era cosa infantil. Por lo demás, ¿no llevaba agua al molino del profesor y le permitía continuar su extorsión del miedo? ¡Cuántas veces había abierto la puerta de la vieja cocina y contemplado ese infatigable desecho sin poder decidirse a cogerlo y arrojarlo por la ventana!

Esta impotencia para dar el paso decisivo ensombrecía todos sus proyectos. Y lo mantenía en una permanente tensión nerviosa y, pese a todo, bajo la dependencia del profesor.

¿Por qué no iba a pasar la noche en la vieja cocina y ver lo que había visto el profesor, saber lo que él sabía? Se atrevía aún menos a afrontar esa solución radical.

¿Había tenido el príncipe un hijo? ¿Sería ése el origen de su enfermedad? ¿Ese «Franio», a quien veía a menudo en su delirio, era su hijo? Estos interrogantes atormentaban al secretario que, sintiendo que el príncipe se sustraía a su influencia, buscaba a cualquier precio la llave de su alma.

Por la noche permanecía al acecho en el cuarto vecino, y cuando el príncipe partía en su paseo nocturno a través del castillo lo seguía de sala en sala, a lo largo de las galerías y bajo los pórticos desiertos. Como de costumbre, Holszański avanzaba lentamente, bordeando las paredes. Se detenía ante las ventanas y murmuraba algunas palabras, después volvía, se tendía en la cama y dormitaba. Al cabo de media hora salía de nuevo como impulsado por una angustia creciente.

Esas idas y venidas proseguían hasta las dos de la mañana. El secretario estaba pronto para irse a dormir, dudando de la utilidad de su empresa, cuando, súbitamente, el príncipe se acercaba a la puerta del dormitorio de Cholawicki y aguzaba el oído. Después avanzaba lentamente por un corredor estrecho y largo que conducía al ala norte.

El secretario apuraba el paso. ¿Por qué diablos el príncipe se aventuraba por esa parte del castillo? Se componía de salitas exiguas enteramente vacías que se sucedían sin orden a distintos niveles.

Pero el príncipe avanzaba siempre a través de las cavernas abovedadas y bajas del viejo castillo, vagando como un fantasma por las inmensas salas del ala sur: la de las Rosas, la de los arrianos, la de los caballeros...

Cuando hubo dado de este modo la vuelta al castillo, se encontró no lejos de su cuarto. Tomó entonces el camino de la torre, que en otros tiempos albergaba la capilla.

Cholawicki comprendió por fin la razón de ese rodeo. El príncipe no hubiera podido llegar de otra manera hasta allí sin pasar por delante de la vieja cocina, que separaba su cuarto de la torre.

Holszański no entró en la torre. Cambió una vez más de dirección y desapareció por un estrecho pasaje que bajaba en diagonal hacia las salas de la planta baja. Esta parte del castillo, la menos protegida por la naturaleza, era la más sólidamente construida. Murallas enormes formaban estrechos recodos tan inesperados como inexplicables.

Siguió bajando hasta los calabozos, donde se detuvo ante una mampara. Un nuevo gemido surgió de su pecho. El viejo apoyó la frente en la pared y permaneció un buen rato en esa posición. Después se dejó caer de rodillas, la cabeza entre las manos, como presa de un terrible dolor.

Estaba muy oscuro. Cholawicki no podía distinguir bien lo que hacía el príncipe contra la pared. Sus gestos parecían fantásticos y absurdos. Como si palpara la pared o la arañara. El secretario pensó en la señora Ziółkowska. La escena también tenía el carácter de una celebración extraña.

—¡Franio, Franio, Franio! —exclamó sordamente el príncipe con voz desgarradora.

Después repitió sus gestos contra la pared, largamente.

De pronto, emitió una especie de ladridos dolorosos y amortiguados.

—¿Franio, Franio? —repetía.

No era tanto un gemido, como una pregunta. Era evidente que el príncipe esperaba una respuesta.

—¿Franio, Franio?

De nuevo silencio. Holszański se alejó. El secretario, agazapado detrás de pilas de carbón, percibió su rostro cuando pasó junto a él, bañado en lágrimas, doloroso. Pero le impresionó sobre todo la boca, congestionada hasta ser negra.

Cuando el príncipe hubo desaparecido, el secretario se acercó a la pared y encendió una antorcha. Quedó sorprendido al descubrir la enigmática actividad del príncipe.

Escribía.

Sobre las losas del suelo se veía un lápiz de color con el que el príncipe había escrito en el muro algunas frases, o más bien letras aisladas, sin orden, algunas cabeza abajo, que formaban como dibujos. Parecía un acertijo.

El muro estaba cubierto de corazoncitos de color violeta oscuro. Cholawicki recordó una divertida carta que una vez había recibido de una dama. A modo de firma había apretado sobre el papel sus labios pintados, que habían dejado una huella en forma de corazón.

El príncipe besaba la piedra con sus labios embadurnados con lápiz violeta. ¿Qué escondía ese muro que separaba un sótano de otro, ese muro tan enorme, tan macizo, tan inconmovible? Cholawicki echó una mirada en la cripta vecina, pero no vio nada de particular.

Observó con atención las letras trazadas en el muro.

Sin ninguna duda, había descubierto el santuario secreto del demente, el asilo que, por razones desconocidas, el príncipe había elegido como lugar de recuerdos, de lamentaciones y confidencias. Y a falta de mejor amigo, el príncipe se confiaba al muro. Sentía la necesi-

248

dad irresistible de confiar sus dolorosos secretos. Pero ante el temor de que alguien los descubriera, desparramaba y mezclaba las letras.

¿Sin orden o según una clave?

Cholawicki, para combatir el terrible aburrimiento de su existencia en el castillo, era maestro en la solución de acertijos y jeroglíficos. Su larga experiencia se reveló en aquella ocasión muy útil.

Era muy probable que el nombre de «Franio» se encontrara a menudo en ese diario mural místico. En efecto, la letra «F» aparecía muchas veces en distintas formas.

El secretario procedió de igual manera con las otras letras de ese nombre y descubrió sin esfuerzo el método del príncipe. Pero no lograba descifrar sino algunas frases y expresiones aisladas. Lo demás seguía ilegible.

Quizá el príncipe hubiera cambiado la clave o, bajo el impacto del sufrimiento y de un frenesí creciente, lanzara las letras sobre el muro olvidando el código elegido.

Lo que pudo descifrar bastaba para dar una idea precisa de la totalidad y le suministraba informaciones de primer orden.

No era un diario ni eran confidencias, sino misivas. ¡Cartas a Franio!

Franio, hijo mío, mi hijo único, pequeño mío. Me atormentas sin descanso. Tu padre que te ama.

El príncipe llevaba así sobre el muro esa clase de correspondencia reducida a su más simple expresión desde hacía muchos años, como lo indicaba la fecha: 1926.

Más lejos:

Franio, hijo mío, hijo mío.
Te espero y suplico sin cesar.
Ten piedad de tu padre.

O bien:

Año 1931
¿Cuándo dejarás de atormentarme?
¡Deja de ser malo! Porque tú eres malo.
Dime, ¿te agitas siempre? La he visto. He pasado
por allí y sé que te agitas.
Señor, ¿cuándo llegará la liberación?

¿Era una alusión a la toalla de la vieja cocina?

Cholawicki pasó por alto las inscripciones más antiguas, ya casi borradas, y se detuvo en las más recientes:

Franio, hijo mío, único, hijito querido.
¿Eres tú quien lo ha enviado?
¿Por qué no ha hecho la señal?
Ten piedad de mí.
Si viene de tu parte, que lo diga.
Libérame.
Estoy viejo.
Ten piedad.
Acabemos.
¡Devuélveme la libertad! ¡Déjame partir!
¡Perdóname!
No seas malo.
¡Porque tú eres malo!

Cholawicki lo escribió todo en su libreta de apuntes. No tenía tiempo de reflexionar sobre esas frases dolorosas: el príncipe podía aparecer en cualquier momento.

Encontró en un rincón una caja que contenía pobres recuerdos. Un mechón de pelo anudado con un lazo. Una medallita. Botones. Monedas. Un peine.

Tal era el santuario del príncipe Holszański...

13

Dos días después del encuentro con Maliniak y de su desairado final, Maja recibió una nota de la señora Halimska: le pedía que fuera a verla inmediatamente por un asunto urgente.

La presidenta la abrazó con ternura.

—¡Querida mía! Perdóname mi nerviosismo de anteayer. ¡Ese Maliniak haría perder la sangre fría a un santo! ¡Qué hombre tan extraño! ¿Sabes? Resulta que me equivoqué, que comprendimos todo al revés... Todo anda por buen camino. ¡Lee!

Le mostró una tarjeta de visita de Maliniak, garabateada con una letra apenas legible: «Señora. Si esa joven anda en busca de un empleo, puedo tomarla de secretaria. Que se presente a mi secretario entre las 4 y las 6, en el hotel, el miércoles.»

—Hija mía —dijo la presidenta—, ¡qué felicidad!... ¡Te felicito! ¡Secretaria de Maliniak! ¡Es un éxito! ¡Un éxito que te abre grandes perspectivas! ¡Y yo que creía que no había reparado en ti! ¡Cómo pedirte perdón, hija mía!

Este éxito inesperado también alegró a Maja. Su orgullo femenino estaba a salvo, sobre todo respecto a Róża y sus amigas, que se habían enterado de su fracaso con secreta satisfacción.

Maja estaba perpleja. ¿Por qué una secretaria, si tenía ya un secretario?

La señora Halimska acogió con risas sus reservas.

—¡Qué loca eres, hija mía! Es un anciano, ya lo conoces. Ten por cierto que si hubiera una sombra de duda sobre sus intenciones, no te habría propuesto que entraras a su servicio. ¿Acaso no reemplazo a tu madre?

—¡Deje a mi madre en paz!

—¡Qué encantador ese apego por tu madre! ¡Ah, Maja, Maja! Si con alguien puedes ocupar un empleo de secretaria sin temores es con Maliniak. Un anciano millonario y achacoso... no es posible concebir nada más decoroso para una joven. Confía en mi experiencia. Nadie podría decir una palabra.

—En ese caso, ¿por qué no toma una secretaria experimentada?

—¡No comprendes! Un viejo millonario, con un pie en la tumba, piensa también en su agrado. Le gusta ver a su alrededor la frescura de la juventud, por razones puramente estéticas. Tú le eres tan necesaria como las flores. Sería egoísta negarle ese placer, quizá el último que conocerá en esta vida. ¡Hasta es tu deber! Piensa que está triste, solo, débil, abandonado. Posará los ojos en ti, escuchará el sonido de tu voz, te cuidará. Quizá le darás la última, la más pura y la más dulce alegría de su vida.

En el hotel Bristol, el secretario personal de Maliniak, el señor Tocki, mitad polaco, mitad norteamericano, le declaró de entrada que no disponía de un segundo. Una quincena de personas, por lo menos, esperaban ser recibidas y el teléfono sonaba sin cesar. Después le informó que recibiría por el momento quinientos zlotys mensuales. Debería aparecer a las nueve en el hall del hotel y hacerle compañía al señor Maliniak durante la cena...

Cuando Maja preguntó por sus obligaciones, se volvió súbitamente muy amable y le lanzó una mirada suplicante.

—Señorita —exclamó—, su primera y única obligación será no hacerme perder el tiempo. ¡No venga a consultarme nunca nada, bajo ningún pretexto!

Y sin darle tiempo a que dijera una palabra, la condujo hasta la puerta y le estrechó cordialmente la mano.

A las nueve en punto, Maja, en vestido de noche, vio salir del ascensor a Maliniak y a la dama del café Europa, su presunta sobrina, que se presentó fríamente a Maja, subrayando su título:

—Condesa di Mildi.

—Acércate —dijo Maliniak a Maja, y apoyándose pesadamente en el brazo de las dos mujeres entró en el restaurante.

Ocupó su lugar en el fondo, y ordenó a los seis mozos que habían acudido, dos huevos pasados por agua muy frescos y un panecillo. La condesa deseaba una gallineta.

—¿Para qué? —refunfuñó él—. Más vale una tortilla de arvejas. Con pan tostado.

La condesa se mordió los labios.

—¿Y para la señorita? —preguntó el mozo, viendo que habían olvidado completamente a Maja.

—Yo quizá tome otra tortilla...

—¡Un momento, un momento! —exclamó Maliniak—. ¡Deme el menú!

Y pidió para ella una cena refinada y copiosa.

Maja no se atrevió a protestar. Tuvo que comer todo lo que le servían bajo la mirada envidiosa de la condesa hambrienta. Maliniak no levantaba los ojos del plato de la joven.

—Y ahora esto —y señaló con el dedo unos postres exquisitos—. Es rico, ¿verdad? ¿Qué le parecería ahora una copita de vino?

—¡No podré! —gimió Maja ante una extraña combinación de ananás y una mezcla de frutas y de chocolate regado por un líquido flameante.

—¿Qué significa eso? ¡Es delicioso! ¡Vamos, coma! Suzy, añádele un poco de chantilly.

—Muchas gracias, pero, de verdad, no tengo más apetito.

Maja pronunció estas palabras en un tono resuelto y ligeramente altivo. El millonario interrumpió sus ímpetus de manera tajante.

—¿Acaso ya ha cenado usted antes de venir? —preguntó.

—Acabo de tomar el té.

—Eso no está bien. En adelante, debe usted venir a comer o a cenar con mucha hambre. Yo no como casi nada, porque estoy enfermo. Pero me gusta que los demás coman con apetito.

Se quedó pensativo y permaneció silencioso una buena media hora. Nadie trataba de mantener la conversación. La condesa, evidentemente habituada a esas somnolencias, no abría la boca.

Era una morena llena de fuego, con el rostro firme y apasionado, que debía de andar por los treinta. No hizo el menor intento por acudir en auxilio de la joven, que sin duda se hallaba en una situación difícil.

—He terminado —dijo bruscamente Maliniak—.

La dejo. Mañana tenga a bien venir, digamos... a las cuatro. Haga lo posible por tener hambre. Lo mejor sería que no almorzara.

—¿Y en qué consisten mis funciones? —se permitió preguntar Maja.

—¿Sus funciones? Hum... Ante todo, esperar. Usted debe esperar que yo la llame. Y después, comer. A mí y a la condesa, mi sobrina, nos gusta que coman bien. Trataremos de encontrarle otras funciones, si se presenta la ocasión. Y ahora, adiós. Instálese desde hoy en el hotel.

Maja apretó las mandíbulas.

—No me instalaré en el hotel.

Maliniak ya se alejaba, apoyado en el brazo del mozo, pero se detuvo.

—¿Cómo? ¿Y por qué razón?

—Porque no está en mis intenciones tener hambre, ni esperar, ni, para decirlo de una vez, permanecer a su servicio.

—¡Ah, bueno! Dígale a Tocki que le dé doscientos zlotys más.

—Aunque me diera usted doscientos mil, no me quedaría, porque es usted un grosero.

Maliniak abrió la boca. No esperaba eso. Una profunda satisfacción se pintó en su rostro inerte.

—¡Bravo! ¡Excelente! Usted me gusta.

Maja se levantó:

—Me parece, señor, que toda discusión es inútil. Le he dicho que no me quedaré, y no me quedaré.

—¿Rechaza el empleo que le propongo?

Maja se encogió de hombros y lo miró de arriba abajo de tal manera que Maliniak se sintió un cero a la izquierda, un menos que nada, un viejo emigrado. Enrojeció y parecía a punto de decirle a Maja alguna desagradable grosería, cuando observó el aire satisfecho de su sobrina.

—¡Eh, condesa! —tronó—. No te regocijes demasiado. ¡Se quedará!

Tomó a Maja del brazo.

—¡Vamos, querida, no nos enojemos! Vea usted, yo soy un viejo chiflado y un grosero... pero me queda muy poco tiempo de vida. Un mes, quizá dos... Y veo que usted es alguien muy especial. ¡Vamos, perdone a este anciano! Me disculpa, ¿verdad? No es fácil encontrar a alguien como usted.

Le rogaba tan cordialmente que ella sintió piedad de él.

—Está bien —dijo.

Maliniak tuvo un violento acceso de tos. Los mozos lo llevaron casi en andas. La condesa tendió a Maja la punta de los dedos.

—Ha sabido usted arreglárselas con mi tío. Continúe por ese camino y muy pronto podrá sacar provecho de su desinterés. ¡La felicito, hija mía!

—¡Yo no soy su hija!

—Oh, Dios mío, es usted tan joven... yo no he querido ofenderla. A mi tío le gustan mucho esas criaturitas que puede poner en contra de mí. Porque no sé si usted se ha dado cuenta —dijo acentuando estas palabras— de que la ha empleado especialmente para provocarme. Pero no es tan fácil, y dentro de una semana ya no pensará en esto.

La condesa volvió la espalda a la joven sin darle tiempo para que respondiera.

Así fue como Maja entró en funciones como secretaria personal de Maliniak. Se instaló en el Bristol.

Al cabo de algunos días desempeñaba a la perfección sus tareas, que consistían esencialmente en esperar. Nunca sabía cuándo Maliniak la llamaría para que se presentase. Como no quería quedarse en el vestíbulo del hotel, pasaba la mayor parte del tiempo en su cuarto sin hacer nada. Lo que más la cansaba era no encontrar ocupación. Pensaba en Leszczuk. Al fin se presentaba un botones. El señor Maliniak le pedía que fuera a verlo. Maja acudía sin estar nunca segura de cómo sería recibida, ni de lo que le pasaría por la cabeza a ese rico excéntrico.

El día siguiente al primer encuentro comprobó que la condesa tenía razón. Parecía que Maliniak la había contratado para hacer rabiar a su sobrina.

Apenas compareció ante él, el anciano la sometió a un examen minucioso para llegar a la conclusión de que, a su juicio, Maja no estaba bien vestida. A Maliniak le gustaba la elegancia. Se permitiría, pues, completar su guardarropa para pasar por lo menos los últimos meses de su vida en compañía de personas vestidas con refinamiento.

El anciano excéntrico recorrió los talleres de costura con Maja, después de ordenar a la condesa que los acompañara. Comenzó por la cabeza. Maja se encontró muy pronto en posesión de muchos sombreritos encantadores. La dueña de la tienda, viendo la belleza de Maja y conociendo los recursos de Maliniak, les ofrecía las prendas más hermosas.

—A ti también te hace falta un sombrero —dijo Maliniak a la condesa—. Yo mismo lo elegiré.

Eligió un atroz sombrero presuntuoso y recargado con el que la condesa parecía un espantapájaros, y que la envejecía diez años.

—Jamás usaré eso —dijo pálida como un cadáver.

—¡Cómo! ¿No lo usarás? ¡Un regalo que te hago!

La pobre condesa di Mildi, acallando su furor, tuvo que adornarse con semejante horror. Lo mismo ocurrió en las otras tiendas. Maja salía de ellas dos veces más hermosa y la condesa di Mildi diez veces más fea. Maliniak, con maldad consumada, subrayaba y ponía de relieve en la condesa su cercana vejez.

Una mujer nunca perdona semejante afrenta de otra mujer. Maja sabía que se había ganado una enemiga mortal en la persona de la condesa.

Maliniak no sentía la menor lástima por esa fiera envejecida. ¿Se vengaba porque sospechaba que ella esperaba su muerte y codiciaba su herencia? ¿O porque la amaba? ¿O sólo quería vivir apasionadamente esos últimos meses de existencia y con ese fin excitaba a estas dos mujeres, una de las cuales estaba en el cenit de su belleza, la otra en su declive? No le bastaba, bajo pretexto de solicitud, condenar a su sobrina a dieta, matarla casi de hambre, concederle sólo lo estrictamente necesario. Se empeñaba en inventar mil maldades refinadas.

La condesa, reprimiendo su furor, soportaba pacientemente los caprichos de su tío. El orgullo de la demoníaca aventurera, habituada a ser la reina de la noche y de los salones, se sometía a una dura prueba. Sabía que Maliniak había encontrado en Maja un maravilloso juguete contra ella, pero contaba con que se le pasaría el capricho. ¡Le bastaba con saber esperar!

Soportaba con menos paciencia que Maliniak, a despecho de su extravagancia, tratara a Maja con toda consideración. Maja misma no comprendía por qué el millonario se volvía a veces ante ella humilde y deferente como un subalterno. Nada parecía motivar esos bruscos cambios. Pero un día se aclaró el enigma.

—Usted debe de pertenecer a la nobleza terrateniente —dijo Maliniak—, ¿o me equivoco?

—Ha acertado.

—¿Sus padres se arruinaron?

—Así es.

—Lástima —dijo—. ¿Eran ricos?

—Teníamos unas tres mil fanegas.

—¡Caramba! ¡Una verdadera fortuna!

Ella sonrió ante la admiración de un hombre cuyos bienes se calculaban en muchos millones. Maliniak sorprendió su sonrisa.

—Usted se burla de mí... Pero lo que yo tengo no son bienes. Un bien es una casa solariega con un parque, un tronco de caballos, un bosque, campos... Es algo muy distinto. Lo sé, porque yo mismo he pasado mi juventud en el campo. Soy hijo de campesinos, y mi padre trabajaba para el conde Ostecki de Plewo.

—Pertenece a nuestra familia.

Desde entonces, Maliniak le testimonió más respeto todavía, a la vez que se mostraba más tiránico. Maja comprendía el papel detestable y terriblemente humillante que le hacía representar: ser en manos de Maliniak un instrumento destinado a exasperar a la condesa, dejar explotar de esa manera su belleza y juventud y recibir sus regalos.

A veces se acordaba de Moɫowicz, y sentía ganas de huir. A menudo se acordaba todavía de Leszczuk, y entonces consentía en todo, lo aceptaba todo sin protestar.

A la condesa, aunque las había pasado negras, el cinismo de la joven la dejaba estupefacta.

Maja pasaba todos sus momentos de libertad vagando sin rumbo por la ciudad, buscando en todas partes una mirada, esperando ver surgir una cabeza conocida, una nuca, una silueta familiar, si el muchacho que acababa de pasar no era por casualidad...

Sabía que en el club habían rechazado a Leszczuk. Pero no conocía su dirección. Había pedido noticias en el registro de informes. Nada. Era de prever, por lo demás, que él se escondiera.

¿Quizá no estuviera en Varsovia?

Cada día se sentía más inquieta. Por la noche se le aparecía en sueños penosos, solo o en su compañía.

El único momento en que volvía a encontrar un poco de calma y de coraje era durante sus encuentros casi cotidianos con Mołowicz.

El joven ingeniero acudía a las citas con una impaciencia cada vez más viva. Maja le daba muy pocos informes sobre ella misma. Él sabía que era secretaria de Maliniak, pero fuera de ello su vida personal era un misterio.

No trataba de averiguar nada porque tenía la certeza de que ella le diría todo de sí misma.

Pero la terrible ansiedad de la joven no podía escapar a su atención. Su comportamiento era cada vez más extraño. Sus ojos vagaban sin cesar en una búsqueda inconfesada.

En el café elegía siempre un lugar junto a la ventana y la conversación más animada no podía impedirle que mirara a los transeúntes. Al caminar, se volvía a menudo. Y hasta murmuraba de improviso:

—Espéreme un momento. Vuelvo en seguida.

Y desaparecía entre la multitud para regresar al cabo de unos instantes.

—Ya estoy de vuelta —decía.

Mołowicz adivinaba que estaba enamorada.

Esta idea lo torturaba. Un día no pudo contenerse y le preguntó sin ambages si buscaba a alguien.

Maja no contestó.

Estaba intrigado por la indiferencia de Maja hacia los jóvenes elegantes, en tanto que los jóvenes de condición modesta atraían de inmediato su atención. Y ese rasgo concordaba extrañamente con las maneras populares que había podido observar en ella, con ese «nooo» arrastrado, con cierta tonalidad de su risa, con súbitas y sorprendentes vulgaridades en su conducta que detonaban en una persona de su clase.

Y también sus momentos de negras meditaciones... Los destellos de crueldad y maldad que pasaban súbitamente por sus ojos. Por fin resolvió jugarse el todo por el todo. No podía seguir atormentándose infinitamente.

—No oculte un pasado que la sofoca, Maja. Dígame qué le pasa. Usted es demasiado joven; yo la ayudaré a salir.

—¡No me pasa nada!

—Veo que algo la atormenta. Si me tuviera confianza, me lo diría todo.

Maja palideció.

—No, y además será mejor para usted que me calle. Si lo supiera todo, se desengañaría.

—Usted ha perdido la fe en sí misma —dijo Mołowicz con la energía que lo caracterizaba—. Ha debido de padecer una terrible humillación. Anda por mal camino. Yo no sé qué hace con Maliniak, pero todo eso no está claro. ¿Por qué no quiere usted confiar en mí? Usted bien sabe que yo...

Maja bajó los ojos. Había sucedido. Él estaba enamorado de ella, y dentro de un instante le declararía su amor. Maja no quería responderle con un rechazo.

—Hay alguien que ocupa mis pensamientos —dijo precipitadamente, interrumpiéndolo en mitad de una frase.

La cara de Mołowicz adquirió un tono terroso.

—Ah... —dijo—, lo sospechaba. Creo que lo sabía desde el principio.

La condujo al Bristol por Nowy Świat. La multitud animada los separaba a cada paso.

Bruscamente, la tomó del brazo y la apretó con fuerza.

—Pasemos por ahí. —Giró por la calle de Traugutt—. ¡Es imposible discutir aquí!

—¿No lo hemos hablado todo?

—Le pido perdón, pero no me basta. Reflexione. Si usted ama, ese amor no es sano, ni feliz. Me parece que usted está enredada en un sentimiento del que trata inútilmente de liberarse, pero que por sí sola no lo consigue. ¡Maja! Déjeme ayudarla. Quizá nuestras fuerzas conjugadas puedan más.

Ella sabía que él tenía razón. Cerró por un momento los ojos e imaginó que fuera su mujer.

¿Podría realmente curarla de Leszczuk?

Pero ¿cómo confesárselo? ¿Cómo expresar lo inconfesable? ¿Reconocer que ella se parecía a Leszczuk? Era absurdo y ridículo. A ningún precio quería parecer absurda y ridícula ante los ojos de un hombre de su calidad. Antes se habría confiado a un desconocido. Esta historia no podía inspirarle sino repulsión.

—Entremos en un bar —dijo—. Pídame un vodka.

Él mostró su extrañeza.

—¿Vodka?

—¡Compréndame! Es un anestésico muy eficaz.

—¡Ah!

Maja todavía vacilaba. Se detuvo, como si quisiera huir. Pero él la tomó del brazo.

—Entremos. ¡Pero usted me lo dirá todo!

—¡Sí, todo!

Se sentaron a una mesa. La sala todavía estaba casi vacía. Mołowicz hundió su mirada firme y tranquila en los ojos de Maja.

—Dígamelo sin vodka.

Sentía que había obtenido una victoria. La alegría le inundaba el corazón. Maja ya estaba bajo su influencia. Una vez que le hubiera confiado su secreto, ya no podría separarse de él.

Él se inclinó hacia el menú.

—No comeré nada —declaró Maja—. Tomemos cerveza.

—Bueno.

Mołowicz levantó los ojos del menú y los fijó en ella. Quedó petrificado.

El rostro de la joven había sufrido en un segundo un cambio misterioso y terrible. Era siempre Maja, pero una Maja desconocida, inimaginable. Roja, con los ojos bajos, la boca entreabierta en una mueca dolorosa, los brazos colgantes, torpe, la mirada perdida y vaga. Se inclinaba cada vez más, como si fuera a desmayarse sobre la mesa.

—¿Se siente mal? —exclamó Mołowicz.

Le hizo señas al mozo.

—Agua, por favor. Rápido. Agua fría.

—En seguida.

Pero Maja ya había vuelto en sí.

—Vámonos —murmuró.

—¿Le pasa algo malo?

—Tengo que volver.

—¿Cuándo nos veremos de nuevo?

Mołowicz adquirió la aterradora certidumbre de que la joven se le escapaba. Estaba a punto de perderla, y la conversación no tendría lugar. Trató febrilmente de fijar una cita.

En vez de responderle, Maja sonrió. Sus labios se entreabrieron descubriendo los dientes parejos en una expresión apasionada, encarnizada, feliz y maligna a la vez, como una especie de señal de inteligencia. Mołowicz percibió con espanto que esa sonrisa no le estaba destinada.

No quiso volverse. Al verla así, supo que de todas maneras Maja estaba perdida.

—La acompañaré hasta el hotel.

—De acuerdo.

Salieron. Mołowicz caminaba a su lado en silencio, sintiendo que pasaba algo importante en ella. Horribles transformaciones. No necesitaba mirarla para adivinarlo.

—¿Volveremos a vernos? —le preguntó cuando llegaron al hotel Bristol.

—Es inútil —dijo Maja como hablando para sí y tendiéndole la mano.

Y Mołowicz se alejó...

14

Maja sabía que pronto tendría lugar el relevo cotidiano de camareros, y fue a la plaza para esperar bajo una puerta cochera.

Permaneció al acecho mucho tiempo, más de una hora. Pero no sentía fatiga; sólo un asombro creciente.

«¡Me he precipitado y lo espero aquí como una idiota! ¡Así que he terminado con Mołowicz! ¿Cómo he podido llegar a esto?»

No se perdonaba su conducta irreflexiva con respecto a ese muchacho. Desde que se encontraba bajo la influencia de Leszczuk, obraba en desacuerdo con su voluntad, parecía ebria, sin poder comprender por qué. ¿Cómo había logrado hechizarla, a ella, Maja Ochołowska?

Fijaba la mirada ardiente en el bar, escondiéndose en el hueco de la puerta. Decididamente, Leszczuk no aparecía. Apareció otra persona, una muchacha que llevaba una modesta chaqueta azul marino. Era evidente que se había detenido allí porque esperaba a alguien.

Al principio Maja no le había prestado atención, pero muy pronto tuvo como un presentimiento. ¿Sería posible? ¡Cómo no había pensado! ¿Y si esa muchacha también esperara a Leszczuk?

De pronto salió Leszczuk, se aproximó a la desconocida, la tomó del brazo y los dos se alejaron a través de la plaza en dirección a la calle Królewska.

La sacudió una terrible humillación, como una descarga eléctrica. ¿Cómo hubiera podido preverlo? ¡Él andaba con otra! Nunca se le había ocurrido esa idea. Le parecía inconcebible que Leszczuk hubiera podido interesarse por otra mujer. Los vigiló a distancia. Leszczuk se volvió varias veces, como si temiera ser seguido.

Cuando se vio entre la multitud de Nowy Świat redujo la distancia, y fue entonces cuando empezó para ella una tortura de la que no había tenido hasta entonces la menor idea.

Leszczuk, con traje claro y sombrero, parecía un hombre de mundo. Sí, su aspecto hubiera podido ser el de un primo de Maja o de algún hidalgüelo de provincias. Mirándolo de espaldas, ella adivinó o más bien tuvo la certidumbre de que efectivamente se parecían. Si hablaba, reía, o simplemente agachaba la cabeza, hacía gestos y ademanes propios de ella, movimientos que le estaban emparentados, ligados y, de hecho, destinados.

Y sin embargo, era otra mujer la que lo acaparaba, la que gozaba de su presencia, la que caminaba a su lado, de su brazo. Maja percibía oblicuamente los ojos de la otra cuando volvía la cabeza: eran grandes y risueños; su perfil expresaba dulzura. La señorita Ochołowska consideró esos ojos con asombro y consternación.

¿Era posible mirar así a Leszczuk? Con una mirada tan tierna, tan límpida, con tanta seguridad, sinceridad, amistad. Por su parte, Maja no se sentía capaz; su mirada, cuando se posaba en él, estaba siempre velada de vergüenza, como palpitante, llena de violencia y de una peligrosa pasión contenida. Sólo expresaba desprecio.

Leszczuk y su compañera doblaron en dirección al puente Poniatowski. Maja tuvo que guardar distancia porque el lugar estaba menos concurrido. Entonces advirtió que no era la única en entregarse a esa maniobra detrás de la pareja.

Un joven moreno, con aspecto de artesano, el traje gastado como si volviera directamente del trabajo, también había ido tras ellos por la avenida, y ahora retardaba el paso. Él también había reparado en Maja, porque más de una vez le lanzó una mirada furtiva.

Los otros bajaron la escalera que llevaba a la orilla; Maja redobló el paso; y de igual modo, el desconocido. Maja, que estaba realmente abstraída, resbaló, cayó y fue rodando más de una docena de escalones.

El desconocido la sostuvo.

—¿Se ha lastimado? —dijo ayudándola a levantarse.

—Gracias, no me he hecho nada.

—Hay que prestar atención a los escalones.

No parecía tener prisa en alejarse.

—Se diría que tanto el uno como el otro prestamos atención a otra cosa —arriesgó finalmente Maja, tomando la iniciativa.

Él vaciló en confesar:

—Yo también lo creo.

—¿Ella le interesa?

—¿Y él a usted?

Maja movió la cabeza, él la miró con asombro, pero... ¿Era quizá una bailarina? ¿Quién sabe? Quizá actuaba en el bar...

—Entonces, él la engaña con mi novia...

—¿Es su novia?

—¡Así lo creo! Sólo que por un tiempo he salido con otra muchacha y nos hemos peleado. Pero no la va a sacar gratis, Dios mío, porque hace dos días que los sigo. Si no la deja tranquila, tendré que vérmelas con él. No voy a permitir que vayan juntos al baile.

—¿Al baile?

—Por supuesto. Hoy van al baile de La Sirena. Su tía me lo ha dicho. Hay una fiesta de beneficencia de no sé qué clase de baile y van muchos camareros. Usted debería hacerle entender que no debe pasearse con las novias de los otros. ¡O seré yo quien le dirá cuatro palabras! Que me birle a mi Julia cuando tiene a una como usted... Qué mundo el de hoy, Dios mío... Espere un instante, iré a ver adónde se dirigen y vuelvo en seguida.

Maja se apoyó en el parapeto.

—¡Ma-ja, Ma-ja, Ma-ja!

Se volvió. En la calle se había detenido un Buick descapotable color crema, ocupado por un alegre grupo: Róża, Iza Krzyska, la presidenta y dos señores que ella había conocido en *boîtes*.

Uno de ellos era Krystyn Krzewuski, el otro, el propietario del automóvil, Szulk, un rubio desgarbado, con aire de pollo mojado, y que hablaba por la nariz.

—¿Qué haces aquí?

—Ven con nosotros una hora a Konstancin. Ya fuimos hacia Lublin, y ahora vamos a Konstancin. ¡Sube! Hazle sitio.

—Pero no hay sitio para mí.

—Para usted hay todo lo que quiera —dijo Krzewuski, haciendo espacio, de la manera más extraña, en el asiento.

Para él, la presencia de Maja hacía subir ciento por ciento el valor del paseo.

—Voy —dijo Maja acercándose—, pero yo conduciré.

—De acuerdo, una vez que hayamos dejado la ciudad, yo le paso el vo-o-lante.

Pronunciaba algunas palabras con una insistencia particular.

—¿No tendrás frío? —se inquietó la presidenta—. Esa blusa es muy ligera.

—No, no. ¡En marcha!

Subieron al auto y arrancaron. Una violenta corriente de aire se apoderó de ellos. Róża se puso la mano a modo de corneta para gritar en el oído de Maja.

—¿Quién era ese buen mozo con quien conversabas?

Cuando dejaron atrás la ciudad, Szulk cedió su lugar a Maja en un alegre barullo. Ella se inclinó sobre el volante y apretó el acelerador.

—Cuidado, no demasiado rápido —aulló la presidenta.

Pero se quedó sin aliento. El espléndido automóvil se lanzó a toda velocidad. El rugido del motor les atronó los oídos. Los árboles y los postes empezaron a huir ante ellos. Szulk se inclinó hacia Maja.

—¿Sabe que vamos a cien?

—¡Gran cosa!

Un instante después, la aguja indicaba ciento treinta. La velocidad y el miedo hicieron perder a la presidenta el uso de la palabra. Las muchachas se pusieron a gritar. Iban como locos. Los automóviles que adelantaban parecían inmóviles.

—¡Tómenle el volante! —aulló Róża a Szulk—. Has perdido la cabeza. ¡Vamos a matarnos! ¡Para! —Bajo el imperio del terror, trató de tomarle el brazo a Maja desde atrás. Krzewuski se lo impidió.

—¡Quietos los brazos o estamos perdidos!

En verdad, estaban a merced de la buena o mala voluntad de Maja. Cogerle el volante a esa velocidad era arriesgarse a una catástrofe. Sólo cuando disminuyó la velocidad en un viraje peligroso, Szulk empezó a pegarse a ella, pero Maja lo rechazó, el coche hizo un desvío y de nuevo tomó la velocidad máxima. La presidenta rogaba y lloraba, los ojos secos, porque el viento barría sus lágrimas. Todos estaban graves y se aferraban convulsivamente a sus asientos, los ojos fijos en los obstáculos de la carretera.

Justamente antes de Konstancin, Maja disminuyó a ciento veinte.

—Ah, hemos marchado bien —dijo.

Szulk respiró profundamente y replicó:

—Nunca me he encontrado tan cerca de la muerte. ¡Cómo ha podido!

Todos, salvo quizá Krzewuski, estaban furiosos contra ella. La presidenta no disimulaba su animosidad y guardaba un ostensible silencio. Maja volvió la cabeza y se echó a reír. Su risa era tan extravagante, tan provocativa, que hasta entonces no comprendieron de qué modo se había burlado de ellos y cómo su enloquecimiento la divertía.

—¡Al diablo con sus quejas! —exclamó Krzewuski—. ¡Miren ustedes qué muchacha tan espléndida!

Nunca había estado tan hermosa. Sus ojos lanzaban destellos, sus dientes brillaban en la boca entreabierta, su fino rostro, azotado por el viento, estaba tenso, y aunque reía, conservaba el entrecejo fruncido. Todos la miraban con asombro como si la vieran por primera vez.

—Es más peligrosa que la velocidad —dijo Szulk con acento francés.

Inmediatamente, una excitación indefinible se apoderó de todos y se pusieron de un humor maravilloso. Sus rencores se habían disipado sin dejar huella, y los hombres sintieron vergüenza de haber mostrado su cobardía en su presencia. Una especie de espontaneidad impetuosa brotaba de esa muchacha. Hasta un hombre cansado de todo como era Szulk sintió la violenta necesidad de una pequeña «locura».

—¿Y si fuéramos a beber algo? —propuso.

—¡Vamos a bailar! —dijo la señorita Krzyska.

—¿A bailar? Eso no vale la pena.

—¡Es verdad, no hay nada más que hacer!

La miseria de sus diversiones se les aparecía bajo una luz cruda. Siempre lo mismo. Maja giró lentamente el coche y en ese momento se pudo comprobar hasta qué punto conducía mal: tuvo que retroceder en dos ocasiones. La presidenta amenazó con bajarse inmediatamente si Szulk no cogía de nuevo el volante.

—Bueno, ¿adónde vamos?

—¡Vamos al baile de La Sirena! —propuso Maja.

—¿Adónde? ¿Dónde queda eso?

—¿Dónde está ese baile?

—La Sirena, ¡excelente idea!

—¡Encontraremos muchos conocidos!

El coche se deslizó lentamente sobre la calzada, y todos aullaron como locos. ¡La idea de Maja era formidable! Era justamente lo que necesitaban. Naturalmente, la presidenta se oponía: ¿no sería demasiado excéntrico? Pero Szulk la tranquilizó.

—No creo que tengamos nada que temer de los elementos locales. Sabremos aislarnos. ¡Creo que hay derecho a mi-ra-ar!

Todos volvieron a su casa, porque según Róża y

Krzyska las damas debían mostrarse con la mayor elegancia posible. Por la noche, la alegre comitiva comenzó a afluir en coche delante de La Sirena.

La música les llegó desde el vestuario.

El elegante grupo hizo su entrada en el salón donde, en medio de la algarabía impregnada de música, las parejas giraban al ritmo de un vals. La multitud se apiñaba a su alrededor, las conversaciones se cruzaban. Globos de niños vagaban por encima de las mujeres.

—¡Oh, oh, qué multitud de conocidos! —exclamó la señorita Krzyska observando un buen número de empleados de los restaurantes y cafés que ella frecuentaba.

—Sin duda —dijo Szulk—, es una fiesta de beneficencia para no sé qué cursos para camareros, o algo por el estilo.

—Pero es un baile completamente formal —dijo ingenuamente la señorita Krzyska.

Le parecía extraño que los mozos de café pudieran tener tan buen aspecto. En el restaurante o en el café estaba acostumbrada a no mirarlos. De pronto veía aquí a personajes que habían cambiado sus trajes de trabajo cotidiano por ropa de baile o de fiesta. Habituados como estaban a moverse en medio de una multitud numerosa, manifestaban mayor facilidad y habilidad que la mayoría de los hombres.

Había en ellos una disciplina de trabajo, un dominio que contrastaba favorablemente con las maneras caprichosas y a menudo pretenciosas de los hombres de mundo que ellas frecuentaban. Acostumbrados como estaban a codearse con personas ociosas ocupadas en divertirse, habituados a controlar sus menores reflejos e impulsos, tenían una manera alegre y natural de divertirse.

Szulk, por su parte, sufría de un «complejo de camarero». Pertenecía a esa categoría de parroquianos que abusan de sus servicios de una manera muy particular. Explotaba a fondo la situación privilegiada del cliente que siempre tiene razón y cuyos menores caprichos hay que satisfacer. En el restaurante, le gustaba estar «bien servido». Se regocijaba del poder que le permitía, tan pronto hacía un pequeño movimiento con el dedo, que acudiera un personal solícito. Generoso en sus propinas, le gustaba sentirse el amo. Además, sentía placer en adiestrar a los camareros, descubría en ello una especie de misión civilizadora y, desde las cimas de su infalibilidad, los trataba sin miramiento alguno ni deferencias.

—¡Estoy esperando!

Por eso la vista de los bailarines le causó el efecto de una provocación. Los miró desde arriba.

—¡Ustedes llaman a esto un baile!

A decir verdad, no estaba enteramente equivocado. Desde cerca, se podía apreciar el carácter heteróclito de los asistentes que llenaban la sala. Camareros y camareras no constituían sino una débil proporción de la asistencia. El baile era una fiesta de beneficencia, y acudía a ella quien quería, a condición de observar una actitud correcta.

Peluqueros y pequeños comerciantes, mecanógrafas y empleados de oficina, proletarios y pequeños burgueses, pueblo y aristocracia, todos se apiñaban, reunidos, arrebatados, ligados por la melodía todopoderosa del vals.

> *¡A la boda, hurra!*
> *Todo el mundo grita: ¡Ah, ah!*
> *El baile ha comenzado.*
> *¡Sólo falta la novia!*

Maja, entrecerrando los ojos, seguía con la mirada ese espectáculo insólito.

En tanto que sus compañeras se entregaban a bromas fáciles y criticaban las cosas ridículas, Maja estaba impresionada por la fiesta. La contemplaba como hechizada, como si su propia suerte dependiera de ella.

La fiera y altiva muchacha de sociedad miraba esos pasos inhábiles, la falta de armonía de los vestidos, todos esos defectos, esas insuficiencias que le chocaban dolorosamente. Para ella no era cómico, sino trágico. Le parecía que todos bailaban dirigiéndose a ella, que toda esa agitación se reía, se burlaba de ella. «Maja, Maja —le gritaba el baile—, ven con nosotros. ¡Baila con nosotros! Diviértete con nosotros. ¡Tú eres de los nuestros, de los nuestros!»

Vio una persona conocida. En un rincón, en medio de los espectadores, estaba el novio de Julia que paseaba sin cesar su mirada a su alrededor. Maja se sintió de nuevo traspasada por el dardo de los celos.

Szulk, cansado de su propio aburrimiento, les propuso que fueran a sentarse en la sala contigua. Las mujeres lo siguieron en un frufrú de vestidos. Se instalaron en una mesa cerca del ambigú y se hicieron servir.

Los miraban. Manifiestamente eran personas que habían ido allí, como así..., para ver, quizá hasta para criticar y burlarse. Algunas miradas hostiles se detuvieron en ellos, pero, en general, nadie les prestó una atención excesiva. Hacían como si no estuvieran.

—Qué falta de gusto haber venido aquí —atacó de pronto Krzewuski—. Me siento un tonto.

—¿Y por qué? —dijo Szulk, cuadrándose en su silla—, ¿qué tiene de malo? ¡Ellos se divierten, nosotros nos divertimos, y tenemos perfecto derecho!

—Son ellos, me parece, los que podrían divertirse a nuestra costa —replicó Krzewuski.

La actitud que tomaba Szulk, su distinción excesiva, lo exasperaban. Los demás, a pesar de que la tuvieran, forzaban igualmente el tono. Las damas se sentían demasiado diferentes. Cada uno de sus gestos, cada una de sus palabras, cada una de sus actitudes, proclamaban a voz en cuello: «¡Nosotros no somos así, somos diferentes!» Hasta su distinción era indiscreta.

—Vamos a bailar —exclamó Róża con afectada desenvoltura.

—De acuerdo, pero no con ustedes —exclamó la señorita Krzyska, dirigiéndose a los dos hombres—. Quiero bailar con Andraszek. Lo he visto. Está aquí.

Andraszek era el nombre de un cochero famoso de la capital, que hasta las primeras horas del alba conducía a la juventud dorada de Varsovia de un cabaret a otro.

—Atención, no vayan a enamorarse de él —bromeó Szulk.

—Oh, ese género de accidentes sólo les sucede a ustedes, señores. Nosotras, las mujeres, a los hombres de clase inferior no los tomamos para nada en cuenta. Es como si no existieran. Yo no podría nunca amar a un campesino o a un obrero.

—¿Y por qué? —inquirió Krzewuski.

—¡Qué pregunta! No es que los desprecie. Pero, ¿qué puede una tener en común con un hombre de esa clase? ¿Qué proximidad espiritual puede haber entre nosotros?

—¿Cómo es posible entonces que hombres de nuestra clase se casen a veces con su sirvienta y vivan felices muchos años?

—¡Eso es otra cosa! —se indignó Iza—. ¡El hombre es superior! Él puede elevar a la mujer a su nivel. Si yo me casara con un obrero, descendería de clase.

—En mi opinión, todo eso se basa en un absurdo mal entendido.

—Déjennos en paz —exclamó Szulk con su acento nasal, cruzando las piernas, mostrando así sus calcetines inmaculados.

La discusión lo irritaba.

Pero Krzewuski quería continuarla.

—No les aconsejo en modo alguno que se casen con un don nadie —dijo exaltándose—. Estoy a mil leguas de semejante idea. No se trata de eso. Ustedes no tienen el menor conocimiento de las clases más humildes. Los hombres de los medios sociales más diversos pueden entrar en contacto en el ejército o en el trabajo y llegar a estimarse mutuamente. Pero las mujeres de las clases altas, si no trabajan para ganarse la vida, viven en el aislamiento. De ahí provienen todas sus fobias injustificadas. Para ustedes, un lamentable mequetrefe de esmoquin, o un perfecto malvado, con tal de que tenga las uñas cuidadas, es más digno de atención que un obrero lleno de salud y de mérito. Estamos divididos en clases y en castas incapaces de comunicarse entre sí.

Esta filípica, pronunciada con el entusiasmo de la juventud, cayó en la indiferencia general. Ninguno de ellos tenía intención de discutir.

—¿Dónde está Maja? —preguntó la presidenta que, como de costumbre, vigilaba atentamente a su pequeño rebaño.

—Ha salido a admirar a los bailarines.

En efecto, Maja observaba desde el umbral. Bajo el

efecto del movimiento y del alcohol, la multitud comenzaba en verdad a divertirse. Un gran soplo de alegría atravesaba la sala. El poderoso dinamismo del regocijo y de la locura, el impulso de la gente que no tiene a menudo ocasión de divertirse, impregnaba la reunión y la arrebataba. Para más de una costurera, aquélla era la noche de sus sueños.

Vio a Leszczuk que bailaba con Julia; llevaba un traje azul marino y una camisa azul claro con cuello blando. Bailaba tranquilamente y con rigidez, lleno de respeto por el rito del baile, teniendo a su compañera a distancia. Esta última tenía aspecto modesto y confuso, pero feliz.

Al verlos, Maja se escondió entre los espectadores. Le bastaba verlo para que todo, súbitamente, se volviera violento y apasionado, terrible e imprevisible, demente y maligno. ¡Estar entre sus brazos, como la otra! ¡Como la otra, inclinar dulcemente la cabeza sobre su hombro!

¡Cuántas ganas tenía! Y de nuevo la serpiente de los celos le mordió el corazón. Ya nada contaba en esa sala más que sus celos, su derecho pisoteado, sus prerrogativas que clamaban venganza.

Terminó el baile. Los caballeros jadeantes acompañaron a las bailarinas acaloradas. Se encendieron cigarrillos.

Se aproximó a Maja el fontanero electricista Władzio.

—Están allí —murmuró.

Maja advirtió que se dirigía a ella con aire sumiso y casi temeroso, como a una instancia superior, a una divinidad que iba a decidir su suerte.

Leszczuk y Julia conversaban en el otro extremo de

la sala. Una ronda interrumpida de bailarines los separaba de ellos. Pero en el océano de cabezas, ella veía las suyas inclinadas una hacia la otra y que se sonreían. Era más de lo que podía soportar.

Se dirigió hacia ellos, pero en vez de atravesar directamente la sala, se deslizó junto a las paredes para alcanzarlos sin ser vista. Pero la multitud se abría ante ella. Se volvían. Le lanzaban miradas asombradas, brotaban exclamaciones:

—¡Cuidado! ¡Mira adónde vas!

Maja se dio cuenta con furor de que el gentío le complicaba su ofensiva. Pero no podía obedecer sino a la idea fija.

La multitud, a su vez, no podía apartar sus miradas de Maja. Esta muchacha tan deliciosa y apasionada, que avanzaba con su vestido de noche, los labios fijos en una semisonrisa, era más hermosa y seductora que todas las que habían visto hasta entonces, inclusive en el cine. Nunca el universo de la belleza se le había revelado con semejante intensidad.

Los hombres miraban con ojos asombrados. En su presencia, las mujeres, hasta las más hermosas, se apagaban como la llama de una bujía. Convencidas de su propia insuficiencia, la contemplaban con envidia: ¿Por qué había ido allí? ¿Por qué esos brazos magníficos hacían resaltar sus torpes brazos y esos ojos sus ojos? ¿Qué había ido a hacer al baile?

Por su parte, Maja envidiaba a esas muchachas sencillas por ser como eran; hubiese querido abordar a Leszczuk sin esconderse, como cualquiera de ellas, a plena luz, como si él le perteneciera. ¡Oh, qué hubiera dado por ser como las otras!

Se acercó a él, se detuvo justo delante y oyó su voz

en medio del barullo. ¿Cuánto tiempo hacía que no se habían visto tan de cerca?

En ese instante resonaron fuertes acordes y los violines empezaron a vibrar al compás de un tango:

> *Nadie sabe como él engañar,*
> *hacer sufrir y llorar.*
> *Nadie sabe como él*
> *perderse en la multitud,*
> *desaparecer para siempre.*

La música extendía su dominio sobre la sala.

Leszczuk se inclinó ante Julia e iban a cogerse de la mano cuando sintió que le rozaban el brazo. Se volvió. ¡Ella!...

Ella estaba ante los dos, inmóvil y callada. No dijo una palabra. Pero Julia comprendió desde el primer instante que había perdido a Leszczuk. Era evidente. No había nada que hacer. ¡Lo había perdido!

Julia observó a los dos con espanto.

¿Quién era esa señorita? ¿Por qué, por qué de entrada no formaban ambos más que uno? ¿Por qué de pronto se encontraba ella apartada, arrumbada? ¿Por qué formaban inmediatamente una pareja, como si Leszczuk no hubiera acudido al baile con ella, sino con la otra?

—¡Julia, Julia! —le gritó Leszczuk, tendiéndole los brazos.

Pero Julia ya huía, desaparecía entre la multitud, los ojos bajos. Władzio se le acercó.

—¡Julia! —exclamó.

Ella se deshizo en llanto. Él la cogió por el brazo y la atrajo hacia el fondo, en dirección a las salas menos animadas.

Maja y Leszczuk habían quedado a solas...

Permanecieron el uno frente al otro sin decir una palabra. Y de nuevo el odio surgió entre ellos.

El tango se desencadenaba. Los violines tomaban vuelo para acabar cayendo en un gemido de dolor sofocado. Los golpes sordos de la percusión marcaban el ritmo.

Los labios de Maja esbozaron una sonrisa como si nada hubiera ocurrido.

—Bailemos —propuso.

Él quiso negarse, pero fue incapaz.

—Bueno —dijo.

Se abrazaron súbitamente en una armonía que parecía existir desde siempre entre ellos y se hundieron en el oleaje de los bailarines.

Él la hacía evolucionar con artificiosa rigidez, como a Julia momentos antes. La mantenía torpemente a distancia. Más que una danza, ejecutaba un rito. Y Maja sentía profundamente sus movimientos. Eran los de un hombre del pueblo lleno de respeto por la danza, ingenuo y sincero.

Ella, en cambio, se sentía transportada a las más altas cimas de la música y al mismo tiempo rechazaba sus más sombríos abismos. ¡Un admirable coreógrafo velaba en lo más recóndito de su alma! Imperceptiblemente atrajo a su compañero al reino embrujado de la danza, donde los movimientos se transformaban en sonidos y los sonidos en movimientos. Ya no era él quien conducía. Era ella la que lo guiaba.

Lentamente, pérfidamente, lo hizo entrar en el corazón del canto de los violines, en el estruendo de las percusiones. Leszczuk estaba impregnado de las inflexiones inesperadas de las flautas y se encontraba en el alma misma de la música. Se oía la letra de la canción:

Nadie sabe como él
reírse de tus lágrimas.
Nadie sabe como él
ser cruel.

Maja, seria, el entrecejo fruncido, observaba su despertar y descubría en él, con un júbilo mudo, la sutileza, la sensibilidad, la gracia y el sentido del ritmo de un bailarín auténtico. ¿Cómo comprendía todo eso? ¿Por qué prodigio lo adivinaba? ¡Más alto, siempre más difícil! ¡Qué modulación! Y con todo su ser le transportaba en la significación secreta de la música que tomaba posesión de ellos.

Los músicos habían reparado en la pareja. Quizá su parecido los había asombrado, quizá su manera de bailar... El caso es que la orquesta se puso a tocar de una manera del todo diferente, más expresiva. Se apoderaba de los bailarines, guiaba sus pasos, se convertía en cómplice. Las flautas tenían otra voz, el contrabajo un sonido diferente. Violines y violoncelos, como embriagados por su propio esplendor, rivalizaban en armonía.

Pero cuando él baila conmigo,
mis labios palidecen,
mis ojos se oscurecen...

La sala vibraba, arrebatada por el oleaje. ¿Eran Maja y Leszczuk los que habían comunicado ese estremecimiento a las demás parejas, o era su pasión la que los conquistaba a todos? Algo agitaba los corazones con más rapidez, subía a la cabeza y forzaba a arrojarse abiertamente en el baile.

Pero ahora no era Maja la que conducía a Leszczuk.

Él la llevaba siguiendo las solicitudes de la música. Ella no hacía sino sugerir, inspirar... La sala entera bailaba.

Las parejas evolucionaban, hermosas o ridículas, jóvenes y viejas. Hasta Pitulski, que también estaba allí, levantando al cielo su nariz romántica, pálido y desenfrenado, hacía maravillas con su pareja, sometiéndola a sus menores indicaciones.

La presidenta Halimska, inquieta por la ausencia prolongada de Maja, apareció en el vano de la puerta en compañía de Róża, Krzewuski y Szulk.

—¿Dónde puede estar? —decía.

Justo en ese instante, vio a Maja y a Leszczuk. Al mismo tiempo, todos se dieron cuenta de que pasaba algo extraño en la sala. ¿La música? ¿El baile? ¿Las caras atentas y emocionadas de los espectadores?

—¿Con quién baila? —preguntó la presidenta.

—En mi vida he visto algo parecido —murmuró Róża con voz ahogada.

Szulk hizo una mueca.

—Ese tipo baila de una manera es-pan-to-sa.

—¡Oh, no se trata de eso!

—¿De qué, entonces?

—¡Cállese, usted no comprende nada! —dijo en voz baja, los ojos fijos en la pareja que bailaba.

Instintivamente, había adivinado la felicidad de Maja.

Pero Szulk comprendía mejor que nadie. Aunque no se hubiera declarado a Maja, los celos lo sofocaban. Se rascaba nerviosamente el tobillo con la punta de su zapato de charol.

—¡Se está comprometiendo! —declaró finalmente la presidenta, incapaz de explicar qué había de comprometedor en ese baile—. ¡Hagan algo! ¡Háganla volver!

El tango terminó apenas acabó de pronunciar estas

palabras. Las parejas se dispersaron; aumentó el barullo. En medio del desorden, perdieron de vista a Maja.

Maja y Leszczuk habían permanecido en el lugar donde los había sorprendido el fin de la pieza. Inmediatamente se encontraron sumidos en una absoluta confusión. El encanto se había roto.

—Vayámonos —dijo ella sordamente.

Comenzaron a abrirse camino en medio de la multitud. Sentían las miradas insistentes que se posaban en ellos y que les causaban una extraña vergüenza.

Pitulski, el de la nariz romántica, se deslizó a su lado arrastrando en su onda a unas seis señoras desbordantes de alegría a las que ofrecía vodka y canapés.

—¡Qué me dicen de esto! —exclamó con condescendencia.

—¡Qué me dicen! —repitieron las damas.

Apenas terminó el baile, se despertó en la multitud una hostilidad hacia la pareja. Los que se habían sometido a su encanto soberano se mostraban ahora malignos y burlones. Llovieron las bromas groseras. Alguien intentó hacerle la zancadilla a Leszczuk. Les exasperaba su felicidad y la belleza de Maja actuaba como una provocación.

Maja y Leszczuk avanzaban con el único deseo de escapar a las miradas y huir. Apretaron el paso.

Alguien silbó muy cerca de ellos.

—Si tiene usted vergüenza de estar conmigo, puedo alejarme —dijo Leszczuk.

—¿Por qué habría de tener vergüenza?

—Yo no estoy hecho para usted.

Ella se detuvo y, apoyándose en la pared, fijó en él una larga mirada grave. Lo envolvía por completo en esa mirada severa y escrutadora.

—Al contrario, me parece que estamos hechos el uno para el otro.

Él se sintió turbado y no contestó.

—¿Quién era esa tal Julia que estaba con usted? Vaya a reunirse con ella, lo espera —exclamó Maja, burlona.

—No me moveré de aquí —respondió él, obstinado; y agregó con un matiz de fatalismo en la voz—: A menudo he soñado con usted, y siempre de la misma manera.

—¿Cómo?

—La veía en una sala blanca, y en un rincón colgaba de un clavo algo que se movía.

Se estremeció. Ella recordó al instante el sueño que la atormentaba siempre.

Ambos, presa de inquietud, no se hicieron más preguntas.

—¿Y el tenis?

Leszczuk se ruborizó.

—Nada.

—No lo aceptaron en el club...

—No. ¿Cómo lo sabe?

—Yo me encargué de todo.

—¿Cómo?

—Fui y hablé con Klonowicz.

—Ah, comprendo...

Y de pronto le tomó la mano y se la apretó con tal violencia que Maja estuvo a punto de gritar. Se inclinó sobre ella exactamente como antes, en el bosque de Połyka. Su cara se ensombreció y sus dientes, esos dientes que tal vez eran el mayor parecido que tenían en común, esos dientes regulares y agudos, brillaron entre sus labios deformados por un rictus.

—¿Por qué me hace todo eso? ¿Por qué le importa tanto mi perdición? Usted me busca y quiere arruinarme.

—No crea que todo le está permitido —exclamó ella rechazándolo.

Pero él no tomó en cuenta su observación.

—¡Por qué se ensaña contra mí!

Había sinceridad en su voz. Ella lo miró: tenía aspecto decente. Recordó lo que el baile le había enseñado sobre él. Debía de ser fino, sensible, inteligente.

Y sin embargo...

Levantó la cabeza. Se encontraban en lo alto de la escalera que conducía a la salida. Un instante antes el lugar estaba bastante vacío. Ahora muchas personas deambulaban justo delante de ellos: señoritas con globos en la mano, señores de frac o de chaqueta con cuellos duros y blandos. Todos paseaban y se ofrecían en espectáculo.

De pronto alguien le hizo un gran saludo a Maja. Era Szulk, seguido por Iza y Róża que iban de la mano con expresión traviesa.

—Discúlpeme si importuno —dijo inclinándose solemnemente ante Leszczuk—, pero la presidenta la reclama, señorita.

—En seguida voy.

—Permítame presentarme, señor: Szulk.

Al mismo tiempo las dos señoritas se acercaron.

—¿Qué significa ese flirteo aparte? ¡Nos aburres, Maja! —exclamó Róża riendo.

Szulk en seguida les presentó a Leszczuk.

—Encantadas.

—Vamos todos juntos.

—Lo invitamos a nuestra mesa.

La orquesta inició un fox-trot. Una oleada de sonidos saltarines, leves y entrecortados, golpeó a la multitud que de nuevo se unió en parejas.

Maja vaciló. No deseaba que Leszczuk los siguiera. Pero no había nada que hacer. Los conducían hasta la presidenta. Szulk, con su voz gangosa y suficiente, se creyó en el deber de presentar a Leszczuk a cada uno en particular.

—¡El señor Leszczuk!

Maja se ruborizó. Leszczuk saludaba torpemente y estrechaba las manos que le tendían; la presidenta susurró:

—Encantada. Siéntese.

Lo observaban con curiosidad apenas disimulada. Era Szulk quien había tenido la idea de llevarlo allí para ver qué tal era. Todos estaban intrigados.

¿Quién era? ¿De dónde lo había sacado esa loca de Maja? ¿Qué significaba eso? ¿Qué había entre ellos? Porque debería de haber gato encerrado, desde luego.

Era sobre todo Szulk quien, en su fuero interno, estaba ofendido y furioso contra Maja, que había traicionado a su grupo. Había decidido castigarla y ridiculizarla, y sentía placer en subrayar lo escabroso de la situación. Los demás apenas se dominaban.

Szulk se dirigía a Leszczuk con una cortesía exagerada. Le servía vino, pero la mano temblorosa de Leszczuk lo derramaba sobre el vestido de Róża.

—Lo siento, discúlpeme.

—¿Se conocen desde hace mucho tiempo? —le preguntó Szulk a Maja, tratando de compensar con la urbanidad del tono la indiscreción de la pregunta.

Maja levantó las cejas.

—Oh, conozco a Marian desde mucho antes que a usted.

Szulk apretó nerviosamente la copa. ¡Con qué tono le había contestado! Ni siquiera él se dirigía a los camareros de esa manera. ¿Qué se creía esa mocosa? ¡Y se llamaban por el nombre!

Para Leszczuk fue también una sorpresa. Tampoco él sabía que su relación fuera tan íntima.

En los ojos de Maja aparecieron destellos peligrosos. Comprendió que lo intentarían todo para ridiculizarla. Menuda pandilla...

—Creo tener el placer de haberlo visto en alguna parte —dijo Szulk—. ¿No cree usted lo mismo?

—Quizá en el café Europa —sugirió Maja—. Trabaja allí de camarero.

Fue un nuevo golpe para Szulk. ¡Un camarero! Ni siquiera un camarero, un mozo de café. Tomó su pitillera y encendió un cigarrillo para disimular su creciente nerviosismo. A las amigas de Maja los ojos se les salían de las órbitas. ¡Vaya con Maja! Impenetrable, la presidenta bebía su café a pequeños sorbos. El joven Krzewuski se retorcía con dificultad en su silla.

Szulk pasó a Leszczuk la compotera con ensalada de frutas.

—¿Le apetecen algunos *gateaux*?

—Gracias.

—¿En qué puedo servirlo, señor?

—En nada. Muchas gracias.

Szulk se había puesto a servirlo con ostentación. Le dio ensalada de frutas y le tendió el plato parodiando los gestos de un camarero profesional.

Su actitud podía pasar por un estímulo hacia un intruso que en su compañía debía de sentirse extraño y hasta exótico. En efecto, Leszczuk se sentía atrozmente incómodo. Veía claramente que todos los miraban por encima del hombro. Aceptó la ensalada para no ser descortés pero, Dios sabe por qué, se puso a comer ruidosamente, lo más groseramente que pudo.

En seguida se dio cuenta. ¿Qué mosca lo había picado? En Połyka nunca se había conducido así. ¿Era tal vez porque la gente no esperaba de él semejante comportamiento? Lo cierto es que Szulk comentó pérfidamente:

—¡Veo que le gusta!

Leszczuk se sintió torpe y desdichado. Se puso a sudar, cosa que a él, en una pista de tenis, hasta en los días más calurosos, no le sucedía jamás. Gotas de sudor le perlaban la frente. Una auténtica tortura.

El suplicio de Maja no era menor. ¡Ese sudor, esos ruidos de tripas! De nuevo sintió hasta qué punto él pertenecía a otro mundo. Le causaba horror. Una vez más le pareció un salvaje, una persona grosera, con reacciones imprevisibles.

Curiosos, inoportunos, los ojos del grupo iban de él a ella y de ella a él.

Szulk continuaba con sus payasadas. No cesaba de ofrecer platos a Leszczuk y terminó por llamar al camarero.

—¡El menú!

En ese preciso instante, una rabia desmedida se había apoderado de él.

—¿Cómo se conduce usted? —estalló dirigiéndose al camarero—. Condúzcase correctamente, se lo ruego, o deje de servirme. No estoy ha-bi-tua-do a una conducta semejante. Acérquese y trate de comportarse correctamente.

—Vamos, vamos, basta —trató de calmarlo la presidenta.

Pero Szulk había perdido completamente la medida. El camarero, que era un hombre viejo y fatigado, trató de justificarse, pero Szulk no le dejaba decir una palabra.

—¡No tengo intención de discutir! Venga aquí de nuevo y actúe como es debido. ¿Comprende?

Todos se sentían incómodos. Era demasiado, aunque sólo fuera por respeto a Maja. Pero la rabia que lo sofocaba desde hacía tiempo se desencadenaba en él. Puesto que le era imposible maltratar a Leszczuk, descargaba su enojo con ese camarero en su presencia.

—No se exalte de ese modo —dijo de pronto Maja en un tono insistente.

—No me exalto —replicó él fríamente—, pero exijo un servicio correcto.

—Pues bien, exíjalo de una manera correcta, señor Szulk.

Quedó petrificado. ¡Ese tono! ¡Y ese «señor Szulk»! ¡Maja perdía completamente la cabeza!

—Le ruego que tenga en cuenta que no soy un niño y que no acepto observaciones de nadie.

—¿Y por qué no? Si usted se permite hacer observaciones a los demás, ¿por qué no ha de aceptar que se las hagan?

Era imposible saber si Szulk hablaba en serio o si bromeaba. De todas maneras, era evidente su deseo de herir.

—Por lo menos —replicó—, yo no ando en amoríos con los camareros.

La señorita Ochołowska lo miró como si no existiera.

—Ha acertado. Hasta me he convertido en novia de uno de ellos, justamente hoy —articuló maquinalmente.

Su réplica causó el efecto de una bomba. La señora Halimska sofocó un grito. Róża y la señorita Krzyska

abrieron la boca, preguntándose si hablaba en serio...
Pero como el silencio se prolongara, todos comprendieron que esta vez no bromeaba.

—Bueno, la felicitamos por su gusto —dijo al fin Szulk mirando a Leszczuk desde arriba.

Leszczuk, con los ojos bajos, no se movía. No lograba poner en orden sus ideas. Pero Maja apoyó su mano en las de él y dijo tranquilamente, con un gran suspiro de alegría:

—¡Éste es mi novio!

En ese instante la sala fue invadida por un grupo de bailarines que se desenvolvió interminablemente entre la multitud para desaparecer por la puerta vecina. Las bailarinas y sus compañeros lo invadían todo, con sus pequeños globos, alzando los brazos, tirando los manteles a su paso y sembrando una alegre confusión.

Obligados a retroceder ante esa retozona invasión, se levantaron:

—Basta —dijo Szulk—. Camarero, ¡la cuenta!

En tanto que el camarero se la entregaba, se llevó la mano al bolsillo. Pero la retiró vacía, lleno de asombro.

—No tengo mi cartera —exclamó— y la tenía no hace ni cinco minutos.

Los señores acudieron en su auxilio con sus propias carteras. Miraban hacia todos los lados, como si la cartera de Szulk estuviera suspendida en el aire.

—Es posible que se le haya caído del bolsillo —sugirió la presidenta.

—La tenía aquí, en el bolsillo de mi pantalón —exclamó Szulk separando las colas de su frac.

—La habrá olvidado en el vestuario. Nadie ha podido quitársela aquí.

—No, la tenía, estoy seguro —dijo y se volvió hacia

Leszczuk, sentado a su lado—. Levántese —dijo—, veamos si no se ha extraviado por su lado.

Leszczuk se movió pero sin ponerse de pie. El silencio se hacía más tenso. Todos estaban asombrados de que Leszczuk fuera el único que continuara sentado, en tanto que los demás se habían puesto de pie desde hacía rato.

Maja palideció. Había visto el extremo de la cartera detrás de Leszczuk entre su espalda y la silla. Cuando él se movió, la cartera cayó al suelo. Leszczuk se dio cuenta y permaneció petrificado.

—Bueno —dijo lentamente Szulk.

En ese preciso instante, Maja se inclinó hacia adelante y abofeteó a Szulk con todas sus fuerzas en la cara. A éste se le cayeron las gafas. La confusión se apoderó de todo el grupo. Las señoritas se interpusieron, la presidenta, mientras tanto, lanzaba agudos gritos de espanto.

—Se ha vuelto loca.

Mientras tanto, Maja se había apoderado de la cartera y la había deslizado en su bolso, a la vez que tiraba de Leszczuk por el brazo. Él se puso de pie. Cuando se encontraron así, frente a frente, todos tuvieron la impresión de que formaban una pareja perfecta. Eran idénticos.

—Su gesto me priva de la posibilidad de llamar a la policía —dijo Szulk.

Todos se dirigieron rápidamente al vestuario. Maja y Leszczuk se quedaron.

—¡Vean eso! —exclamó desde las alturas de su nariz romántica Pitulski, pasando delante de ellos.

—Vámonos —dijo Maja.

15

La noticia del escándalo se había esparcido rápidamente entre los medios mundanos de la capital. Szulk había divulgado el relato a los cuatro vientos; las amigas de Maja comentaban entre sí esa historia en la mayor reserva. Por fin se había descubierto el secreto de la hermosa Maja, que había logrado en tan poco tiempo interesar a todo el mundo en Varsovia por su inquietante manera de ser. Enamorada de un mozo de café. Novia de un mozo de café que, por si fuera poco, era sospechoso de haber robado la cartera de Szulk.

La gente se precipitaba al café Europa, pero Leszczuk ya no trabajaba allí. Al día siguiente del baile, lo habían despedido, ciertamente por intervención de Szulk.

De pronto, Maja se había encontrado completamente aislada. Muy juiciosamente y sin perder un minuto, todo el grupillo de la presidenta se había apartado de ella. Hasta Róża había espaciado su relación. Ya no la invitaban a los bailes ni a las recepciones. No le quedaba sino Maliniak y la condesa, a quien éste había enloquecido.

Maja no se ofuscó. No necesitaba de la sociedad y vivía en una especie de trance.

—Pero no, no ha robado —trataba de convencerse—. No ha robado ¡Es imposible!

¡Justo en el momento en que ella se había declarado! Pero la contradecían demasiadas evidencias. ¿Quién si no él había podido hacerlo?

Sin embargo, otra visión de Leszczuk obsesionaba a Maja: cuando cerraba los ojos veía su rostro sincero y amistoso, y el robo parecía imposible. Lo cual no impedía que en Połyka hubiera cometido otro.

Cuando recordaba con qué vulgaridad, con qué grosería, había devorado esa ensalada —y sudando por añadidura—, se daba cuenta de que ese individuo le resultaba un extraño, pertenecía a otro mundo, del que ella no podía saber nada cierto y en el que la peor bajeza era posible.

Otra visión obsesionaba a Maja: Leszczuk, con los labios azulados y el rostro monstruosamente alterado. Le parecía un enfermo, completamente degenerado, convicción que contradecía el excelente físico del muchacho, evidente desde la primera mirada.

Cuando a la salida del baile lo había instado a que confesara al menos esa vez, él le había dado su palabra de que no había robado la cartera. Ella no había podido sacarle nada, salvo que ignoraba quién había deslizado la cartera detrás de él. Pero lo decía en un tono extraño. Maja sentía desconfianza hacia él.

¿Había que asombrarse? Ella misma, desde el primer instante que lo había conocido, ¿acaso no se había conducido de una manera excéntrica?

A decir verdad, también ella empezaba a tratarse a sí misma con desconfianza creciente. El escándalo del baile —la bofetada a Szulk, la cartera que había escondido—, toda esa serie de acciones brutales, groseras, hasta deshonestas, hubieran debido perturbar a una mujer cien veces más segura de sí que Maja. Al mismo tiempo, todos esos impulsos tenían algo ingenuo, humillante e infantil a la vez; lindaban con la tontería.

Una vez más, Maja no sabía cómo era. ¿Ingenua y pueril? ¿Corrompida y cínica? ¿Grosera y trivial? ¿Qué era ella? ¿De qué era capaz? Todo era turbación y oscuridad, gratuidad pura.

En el sombrío vestíbulo del Bristol, alguien la cogió suavemente del brazo. Se volvió. Era su madre. La señora Ochołowska parecía diez años más vieja. Habían surgido en torno a su boca y bajo sus ojos surcos morados. Tal fue la primera impresión de Maja.

—Mamá, ¿cómo has dado conmigo?

En realidad no estaba demasiado asombrada. Su estancia prolongada en Varsovia no podía permanecer secreta. Desde hacía mucho tiempo estaba preparada para esta explicación.

—La mujer de tu tío Wiktor me escribió que te había visto en la ciudad. También me informaron en el club. Al principio, creí que te habías ido a Lwów —se apresuró a contestar la señora Ochołowska acompañando a Maja por el corredor del hotel que daba a su cuarto—. Parece que eres la secretaria de Maliniak.

—Es verdad.

—Maja, ¿también es verdad que...?

—¿Que qué?

La señora Ochołowska se dejó caer pesadamente en una silla.

—Hija mía, dímelo todo. ¿Te has comprometido en

verdad con él? ¿Está él aquí contigo? ¿Es verdad lo que cuenta la gente?

—Mamá, te preocupas demasiado.

—¿Cómo demasiado? Entonces, ¿todo marcha bien?

Maja se echó a reír.

—¡Pero si no ocurre nada extraordinario!

Y se sentó junto a su madre y comenzó a hablar, sosegada y tranquila, como si efectivamente no hubiera ocurrido nada extraordinario. Dominaba su emoción, para evitar a toda costa que su madre participara de su calvario. Valía infinitamente más tenerla apartada de todo aquello.

Con su tono un poco infantil explicó que en realidad estaba muy contenta de su fuga y de su estancia en Varsovia. Todo era para mejorar. Sin duda, había causado alguna inquietud a su madre, pero a veces esas rupturas radicales se revelaban necesarias y no podían ser sino saludables. Había encontrado empleo gracias a Maliniak y se ganaba la vida. Era perfecto. Además, había conocido a muchas personas, había entrado en el gran mundo...

—Mamá, tengo la impresión de haber ganado mucho. He ganado en madurez. He comenzado a concebir la vida más seriamente. En cuanto a Leszczuk, es verdad que me veo con él. Hasta he salido en su defensa en el baile porque lo acusaban injustamente... Me ocupo un poco de él y me gustaría ayudarlo a que realice sus sueños de tenista. Pero ni siquiera puedes imaginarte, mamá, las críticas y los celos del mundo deportivo. ¡Ese noviazgo es pura tontería! Fábulas, habladurías de portera. En todo caso, no pueden perjudicarme porque he roto definitivamente con Cholawicki.

La señora Ochołowska no daba crédito a sus oídos.

No podía suponer que Maja fuera capaz de disfrazar la verdad hasta ese punto. Había acudido con el corazón transido de angustia y la encontraba satisfecha de su suerte y perfectamente equilibrada. Al escucharla, tenía la impresión de que todo era simple y natural.

Se sentía incapaz de comprender a Maja.

—Quizá pronto vuelva a Połyka —continuó Maja, con el tono más indiferente del mundo—. Sólo hay una cosa —se ruborizó—, esa historia del dinero... Te pido perdón, mamá. Comprendo muy bien lo que representa una cantidad semejante en tu situación. Ahorraré de mi salario y te la devolveré, puedes estar segura.

—Hija, ¿no comprendes que tu reputación está comprometida, que la gente murmura?

Maja, con la garganta seca, los ojos fijos en los estigmas de los sufrimientos soportados por su madre, no dejaba de repetirse: «¡Tengo que tranquilizarla! ¡Tengo que tranquilizarla!»

Y le describió con tal objetividad toda su existencia varsoviana que la vergüenza invadió a la señora Ochołowska al pensar en las lágrimas que había derramado en vano. Por lo demás, conocía demasiado bien a Maja para saber que ninguna presión tendría efecto sobre ella. La promesa de que volvería muy pronto a Połyka la tranquilizó definitivamente.

—He venido con alguien que también deseaba hablarte —dijo cuando se iba.

Un momento después, Cholawicki entraba en el cuarto de Maja.

La señora Ochołowska se retiró discretamente. Ante la elección entre dos males, prefería Cholawicki a Leszczuk. Ya a solas, Maja y Cholawicki se estrecharon la mano y se encontraron frente a frente.

—Has cambiado —dijo Cholawicki.

—Tú también has cambiado —respondió Maja como un eco.

En realidad, al partir su madre, la máscara había caído de su rostro. Cholawicki se quedó estupefacto ante la belleza de Maja. Sólo que ya no tenía la noble gracia señorial de la señorita Ochołowska de antes. Estaba marcada por la ambigüedad, la incertidumbre y el envilecimiento.

Maja, a su vez, no estaba menos asombrada por la apariencia de Cholawicki. Éste parecía un espectro. Había enflaquecido, tenía el rostro amarillo, los ojos extraviados, las manos temblorosas. Parecía un grave enfermo de los nervios. Hacía un constante y evidente esfuerzo de voluntad. Tenía la frente marcada por dos arrugas verticales, antes ausentes. Habían aparecido en sus sienes algunos cabellos blancos.

Tuvo lástima. Si ella no sentía nada por ese hombre, él sufría a causa de ella.

—Hace ya tres semanas que no nos hemos visto —dijo él.

De pronto Maja comprendió cuán poco tiempo hacía que había partido de Połyka y cuánto se habían precipitado los acontecimientos.

—¡Es inútil discutir! —prosiguió Cholawicki observándola atentamente—. No volverás. Se terminó.

Maja respiró.

—Tienes razón.

Él trató de contenerse, pero no pudo.

—Durante tres semanas he vivido con la idea de volver a verte y de hablarte. ¡Pero de qué sirve! ¡Te deseo mucha felicidad en el seno de la naturaleza con tu pastor! —concluyó con una sonrisa sarcástica.

—¿Estás seguro de que será con él?

—Eso salta a la vista. No creía lo que me habían contado, hoy mismo, hace apenas una hora. ¡Pero ahora sé a qué atenerme! ¡No es un simple parecido! ¡Eres su réplica viva! Te ha contagiado su virus. Te has vuelto vulgar y ordinaria, como él. Apuesto que ya nada os separa.

—Te pido una cosa. Ahorra el resultado de tus observaciones a mi madre. Ella no debe saber nada.

—Dentro de una hora volveré a Mysłocz —replicó Cholawicki después de un silencio prolongado y lanzando una mirada acosada a su alrededor—. Apenas estoy de paso. Es necesario que me vaya. Aquí todo está perdido. También yo tengo una cosa que pedirte. Estás al corriente de mis asuntos. Espero que no hables de ellos con nadie y que guardes silencio sobre mis proyectos.

—Puedes estar tranquilo. ¿Cómo está por allí la situación?

—No demasiado mal.

De nuevo lanzó una mirada a su alrededor. Maja tuvo la impresión de que algún detalle había desencadenado su inquietud.

—¿Cómo te las has arreglado con Skoliński?

Esas historias la dejaban indiferente... Tenía la impresión de hablar como de antes del diluvio.

—¿Skoliński? Está todavía en el castillo. Prepara el catálogo. Hemos llegado a un acuerdo.

Se puso de pie. Dio algunos pasos en dirección al rincón donde se encontraba el lavabo pero volvió a su sitio.

—¿Quieres agua? —preguntó Maja, asombrada.

—No.

—¿Cómo anda el príncipe?

—Así, así... Se mantiene.

De nuevo se levantó y se acercó al lavabo. En la barra metálica estaba anudado el pañuelo de Maja. Cholawicki lo examinó minuciosamente.

—¿Por qué se agita así? —murmuró—. La ventana está cerrada.

—¿Qué es lo que se agita?

—¿No ves? Tiembla todo el tiempo.

Sólo al aproximarse Maja logró distinguir un movimiento casi imperceptible.

—¿Qué tiene de raro? El montante está abierto y en la pared hay una cañería de agua caliente. Eso basta para crear una corriente de aire. No comprendo qué quieres decir.

Se lanzó sobre la ventana para cerrarla. El pañuelo dejó de agitarse.

—¡Me volveré loco! —exclamó Cholawicki, pasándose la mano por la frente.

—¿Qué te sucede?

—Nada, nada.

Entonces Maja recordó su sueño: ese lienzo que se movía y que le había dado tanto miedo. Leszczuk había tenido el mismo sueño.

—Una noche soñé con un pedazo de tela suspendido de una percha, y que se movía —dijo maquinalmente.

Esas palabras produjeron un efecto inesperado. Cholawicki se puso lívido.

—¿Cómo era? ¿Un trapo de cocina? Descríbemelo con todo detalle.

Maja le contó brevemente su sueño. Un subterráneo, quizá un cuarto con una ventana estrecha, paredes blancas, una percha metálica y, colgada de ella, una tela que se hinchaba. Quizá era un trapo de cocina, o un animal. No distinguía bien. Varias veces había tenido ese sueño, y cada vez se había despertado agotada y bañada en sudor.

—¿No había un horno en esa habitación, o una cocina?

—No, o quizá sí. No me acuerdo bien. ¿Pero tú has tenido ese sueño? ¿Qué significa?

No pudo sacarle nada. Cholawicki contestó brevemente y comenzó a despedirse. Maja tuvo la impresión de que se había vuelto loco.

—Te pido una cosa: si sueñas otra vez con ese trapo, escríbeme sin falta —agregó tomándola de la mano—. Te lo suplico. Es muy importante. Bueno, adiós.

De nuevo un pensamiento inoportuno se apoderó de ella. ¿Qué significaban esos sueños?

Por fortuna, Maja no pudo detenerse en ese problema. Maliniak la llamó para anunciarle que dentro de dos días se instalaban en Konstancin. Estaba harto de vivir en el hotel, y no soñaba más que con sol y césped verde. Además, le parecía que el aire del campo acabaría más fácilmente con la desgraciada condesa, a quien había comprado inverosímiles vestidos campestres.

El odio de la condesa hacia Maja había alcanzado proporciones morbosas. En vano se afanaba por contenerlo, sabiendo que con él ofrecía armas para ser maltratada, y que eso era justamente lo que quería Maliniak. A ella, aventurera europea de gran clase, pálida vampiresa demoníaca de pelo negro y labios de carmín, le era insoportable verse obligada a ceder ante esa tontuela provinciana, ante esa mocosa que había sabido caerle en gracia a Maliniak.

Ella también prestaba oídos a las historias sobre

Maja y se había apresurado a contárselas a Maliniak. Esa señorita de buena familia era en realidad un extraño personaje mezclado en asuntos turbios. La condesa ocultaba cuidadosamente a Maja los restos de la fortuna personal de los que Maliniak no la había despojado. Y apenas si trataba a Maja como a una señorita de la vida galante.

En medio de las incertidumbres en que se debatía Maja, sonó el teléfono. Era la presidenta.

—¿Cómo estás, querida? Estoy indignada por la conducta de Szulk. ¿Podrías venir a verme esta tarde, ángel mío? Quisiera hablarte de un asunto sin importancia.

Para Maja, esta llamada, así como la voz melosa de la presidenta, constituían una sorpresa. Desde el baile, la presidenta no había dado señales de vida. Se dieron cita en una modesta pastelería. Era evidente que la señora Halimska prefería no mostrarse con una joven tan escandalosa.

Sin embargo, la presidenta acogió a Maja con toda clase de efusiones algo diferentes a las habituales.

—Bueno, debo confesarte que no te creía con tanto carácter. Con tu temple, triunfarás en la vida, pequeña. No te imaginaba capaz de una réplica tan oportuna. Si no le hubieras pegado a Szulk, dándole al asunto otro cariz, habría llamado a la policía y las cosas habrían podido terminar mal para el muchacho. A propósito, querida, ¿piensas de verdad casarte con él?

—¿Por qué me lo pregunta?

—¡Oh, creo tener derecho! Me ocupo de ti desde hace mucho tiempo. Gracias a mí has encontrado a Maliniak, y me parece que uno de estos días tendré oportunidad de serte útil, porque no piensas volver a vivir con la familia, ¿no es cierto? En tu situación, no saldrás adelante sin mi ayuda.

Y la presidenta se esforzó por demostrar a Maja que ella era la única que podía restaurar su situación financiera y mundana. Después, pasó a los hechos.

—Tesoro mío, te he colocado con Maliniak, y en recompensa quisiera pedirte un servicio insignificante.

—¿De qué se trata?

—De una tontería. Una vez más, se trata de una cartera, pero no de Szulk, sino de Maliniak.

—No comprendo bien.

—Me gustaría que sacaras un papel de su cartera. Es una nota sobre la instalación de sus nuevas fábricas. Me lo confiarás por unas horas, y luego lo pondrás en su sitio. Nadie sabrá nada.

Maja pensó: «Hace justamente una semana no se habría atrevido a hacerme semejante proposición. Pero ahora, que me considera la novia de ese muchacho y que sabe que me parezco a él...»

Si se negaba, la señora Halimska podría vengarse, lo cual en la situación presente equivalía para Maja a una catástrofe. Decidió, pues, demorar su decisión.

—¿Y si Maliniak se da cuenta?

—¿Cómo podría darse cuenta? Por la noche pone su cartera bajo la almohada, y tiene un sueño profundo. Tendremos toda la noche por delante.

—Tengo que reflexionar.

—Por supuesto. Estoy dispuesta a esperar. Sé que no eres una ingrata.

Un matiz de amenaza se dejó sentir bajo las entonaciones melosas de la presidenta. Maja le lanzó una mirada escrutadora. ¡Ah, la presidenta era así, entonces! Pero ella no era mejor. Ni Leszczuk tampoco...

No, no era posible. Ella y Leszczuk ya nunca más... ¡Si pudiese hablarle! ¡Adueñarse de él una vez más!

Ahora se veían a menudo y pasaban juntos muchas horas. Pero no llegaban a comunicarse. Sobre todo, no se atrevían a abordar la cuestión esencial. No decían una palabra de ese noviazgo hecho público en el baile, ni de su porvenir común, ni siquiera de una solución cualquiera para un futuro inmediato. Tenían mucho que decirse y en cambio perdían el tiempo en comentarios fútiles. Por ejemplo:

—A esta hora es cuando hay más gente en la calle.

No se tuteaban ni se trataban de usted, y eso complicaba su comunicación.

Maja decidió poner a Leszczuk al corriente de la propuesta de la presidenta.

Alimentaba la loca esperanza de que él se mostrara reticente, aunque no manifestara una abierta oposición. La menor indicación por su parte en ese sentido hubiera reafirmado su voluntad de negarse. Si pudiera estar segura de que él se opusiera a que ella se mezclara en maquinaciones de esa clase... Pero si le era igual, a ella tampoco le importaría, ¡sucediera lo que sucediese!

Le repitió su conversación con la presidenta. ¿No podría él ayudarla? Entre los dos, todo resultaría más fácil.

Él no manifestó el menor asombro y puntualizó en seguida los detalles de la operación. La única reserva que formuló fue de orden puramente práctico:

—¿No hay peligro de que nos pesquen?

Si Maja alimentaba algunas ilusiones, se desvanecieron al instante.

No sabía en cambio que en ese preciso instante los ojos de Leszczuk la veían como por primera vez. Ahora

306

estaba casi seguro de que era ella quien había sustraído la cartera de Szulk. Había sospechado vagamente de Pitulski, pero el comportamiento actual de Maja había disipado sus últimas sospechas. Debía de ser una loca, o una cleptómana, o una mujer aún más astuta que él, y no tenía sombras de escrúpulos. Por lo demás, ¿cómo podía ser de otra manera? Nunca una muchacha normal de su mundo se habría comprometido con alguien como él.

Pero no tenía fuerzas para oponerse a ella. Se le parecía demasiado. En el fondo sentía el mismo deseo que ella de vivir plenamente su vida.

La iniciativa de Maja lo animó a pedirle algo que lo preocupaba desde hacía mucho tiempo.

—Me gustaría tentar mi suerte una vez más en el club.

—¿Cómo?

—Ganando a Wróbel y dejándole a cero.

Maja se encogió de hombros, cansada y aburrida de esas niñerías. Wróbel era una de las mejores raquetas de Europa.

Desde hacía algunos años su nombre figuraba permanentemente en la lista Myers. Era imposible que Leszczuk pudiera ganarle.

—He inventado un nuevo pase. Puedo ganar a quien quiera.

—¡Tonterías!

—Vamos a una pista; ya lo veremos.

Había una pista de tenis en el camino. Entraron. Maja se mostraba indiferente, flemática. Alquilaron zapatillas y raquetas. Leszczuk examinó detenidamente las cuerdas de las raquetas antes de elegir una; estaba muy floja, pero tenía un hermoso marco.

—Saque —dijo él lanzando la pelota. Maja contestó, él devolvió la pelota. Este último tiro, bastante fuerte, se detuvo justo detrás de la red, como si la pelota hubiera sido detenida de golpe por una mano invisible. Cayó a tierra casi vertical. Ningún jugador hubiera podido atraparla a tiempo. No valía la pena correr.

Lo mismo ocurrió con los pelotazos siguientes. Maja cambió sus saques y le mandó poderosos *drives* en la última línea. Todas las pelotas que él le devolvía se detenían detrás de la red, como cortadas nítidamente. En esas condiciones, el juego se hacía imposible. Sin embargo, desde el punto de vista formal, no se podía hacer ninguna objeción. Se diría que Leszczuk dominaba el arte de cortar los tiros con una precisión hasta entonces desconocida e inaccesible.

—¿Cómo se hace eso? —preguntó Maja asombrada, acercándose a la red.

Él sonrió.

—Es uno de mis inventos. Hay que coger la raqueta así —le explicó—, y tenerla de este modo en el momento de golpear. La pelota sigue entonces una trayectoria especial y cae justo detrás de la red. No hay nada extraordinario en ello, no es más que una manera de «cortar» la pelota. Sólo hay que sostener la raqueta de otro modo para cambiar el movimiento de la pelota.

—¿Y cómo a nadie se le había ocurrido esto hasta ahora?

¡Era incomprensible, en verdad! ¡Quién hubiera creído que existieran todavía golpes o trucos que no habían sido intentados por millones de jugadores en los millones de pistas del planeta?

—Más de un jugador ha debido de encontrar ese tiro por casualidad cuando la raqueta le ha hecho girar la mano. Todo se debe a que la primera vez que uno golpea la pelota de esa manera, tiene la impresión de que es idiota y que no sirve para nada. ¡Un fallo, y nada más! En apariencia esa manera de manejar la raqueta es estúpida y desanima. Sólo después de haberse ejercitado un poco, uno se da cuenta de que hay técnica en ello. Otra cosa: para lograr ese golpe se necesita una raqueta especial. Una raqueta vieja, de encordado flojo, y sobre todo que las dos cuerdas laterales sean más blandas. Con una buena raqueta, es imposible jugar así.

Maja tenía ganas de preguntarle cómo había descubierto ese truco, pero le era difícil hacer preguntas de una manera impersonal. Él adivinó sin embargo lo que le interesaba.

—He dado con ese truco hace mucho tiempo, en Lublin, pero sólo ahora lo he puesto a punto. En la actualidad, el mejor jugador del mundo no podría ganarme un set.

—¡Pero eso hace que el tenis sea imposible! Habría que introducir nuevas reglas. Ese golpe excluye toda posibilidad de jugar.

—¡Podría ganar a todo el mundo! —repetía obstinadamente Leszczuk—. No hay que hablar de esto a nadie —explicó, inclinándose hacia ella y sin mirarla—. Yo no juego mal y alguien que no esté al corriente pensará que no hay el menor truco. Dirán simplemente que corto bien los tiros, ¡y eso es todo! No tengo por qué hacerlo todo el tiempo, puedo usar mi truco de manera intermitente. Así podría ganar algunos *games* en cada set y nadie se daría cuenta de nada. Si me dejaran hacer un ensayo en el club, ganaría a todos. Los derrotaría por completo.

Maja lo miró de reojo. ¡Él era así! Había adoptado

un tono confidencial, como seguro de que ella lo comprendería y lo ayudaría.

Con una risa insegura, Leszczuk le preguntó:

—¿Entonces? No cabe duda de que si yo ganara... todo sería más fácil para los dos. Al menos, tendría una posición.

De modo que pensaba en el matrimonio... Asqueada, sintió la tentación de huir, pero esa manera de sonreír, esa manera de hablar eran las de ella misma. ¿Acaso ella valía más que él?

Bonita pareja en verdad: un imbécil vulgar y una señorita venida a menos.

—Ya veremos —dijo vacilante y como a pesar suyo—. Pronto habrá un torneo amistoso en Skolimów. Podríamos intentarlo. Lo pensaré. Si Wróbel perdiera una vez en público, estarían obligados a organizar un partido oficial.

Un destello brilló en los ojos de Leszczuk.

—¡Desde luego!

Inmediatamente se sintieron uno cerca del otro, en perfecto acuerdo. ¿Por qué sólo se ponían de acuerdo en el mal? ¿Por qué bastaba que conspiraran para que ambos se sintieran perfectamente bien estando juntos y se disiparan todos sus problemas de comunicación?

Maja se despidió rápidamente. Cuando llegó al hotel, se acostó. Pero antes de dormirse se levantó para apilar sobre una silla (sobre todo para que nada quedara colgando) servilletas, pañuelos y blusas: todo lo que pudiera parecerse a un pedazo de tela colgando de un clavo. Sin embargo, tuvo el mismo sueño. Y de nuevo, en su sueño, sobre el fondo de una pared horadada por una estrecha ventana, vio un trapo, o quizá un animal, en todo caso algo que se movía, algo horrible animado por un movimiento tan repugnante que los dos, Leszczuk y ella, paralizados por el temor, aguardaban como presas, prontas a ser devoradas. Después vio algo más. Vio ese trapo retorcerse en la boca de Leszczuk, que se ahogaba. Lanzó un grito...

16

El torneo amistoso de Skolimów, que se realizó dos días después de que Maliniak, Maja y la condesa se instalaran en Konstancin, reunió un público numeroso. Ciertamente, no era una atracción de primera importancia, pero el hecho de ser fiesta y el tiempo magnífico habían atraído a mucha gente de Varsovia, sin contar la población local y los veraneantes.

Las tribunas estaban llenas a más no poder. Estos torneos, que no se toman demasiado en serio y que se consideran pura distracción, ya que no se pone en juego ninguna responsabilidad, a menudo procuran a los jugadores y al público más satisfacción que las duras confrontaciones oficiales.

Es frecuente también que se admiren las mejores jugadas justamente en el curso de esas manifestaciones de segundo orden, donde correr un riesgo no trae consecuencias graves.

A todo eso había que agregar una agradable frescura a la sombra de los árboles, el césped verde, el sol y una orquesta que tocaba a lo lejos. Todos estaban de excelente humor y bebían una limonada servida por chiquillos sucios.

La estrella del encuentro era desde luego Wróbel, campeón de Polonia, que había comenzado por un *single* contra Lipski, a quien infligió una derrota completa, con gran alegría de sus admiradores. Después de la pausa habría de jugarse un doble mixto. Wróbel y la señorita Anton debían jugar contra Maja y Klonowicz.

La señorita Anton, mucho menos fuerte que Maja, igualaba un poco las posibilidades. Incluso en esas condiciones, nadie dudaba de que Wróbel, en la cúspide de su entrenamiento, aniquilaría a sus adversarios. Cierto que Klonowicz, gracias a su experiencia y a las astucias que practicaba, era mejor en dobles que en *single*.

—¡Bueno, basta de divertirse! ¡A su sitio! —dijo Ratfiński para dar prisa a los jugadores mientras el público aplaudía y silbaba tanto por impaciencia como por placer.

—Estoy en pésima forma —se justificó Klonowicz—. No sé qué me pasa hoy. Me ha dolido la cabeza toda la mañana.

—Es verdad, había notado que estabas pálido como un muerto —replicó la compasiva señorita Antonówna, provocando la risa general.

Tostado por el sol, Klonowicz estaba de color café con leche. Todos conocían sus insoportables caprichos cada vez que debía jugar en público.

En cambio Wróbel estaba muy nervioso, aunque ese partido fuera para él una simple diversión y por más que hubiera demostrado, un cuarto de hora antes, que estaba en excelente forma. Hacía saltar su raqueta con nerviosismo y lanzaba a su alrededor miradas impacientes.

—¡Vamos! —dijo.

Fueron recibidos con aclamaciones. Los primeros

pelotazos se cambiaron sin gran sensación: las cabezas de los espectadores iban de izquierda a derecha. De pronto, Maja resbaló y cayó. Klonowicz acudió en su auxilio, pero ella pudo incorporarse sin su ayuda. Sin embargo, cuando hubo dado algunos pasos, se notó que renqueaba.

—¡Maldita sea! No voy a poder continuar —dijo.

—¿Qué sucede?

—Me duele el tobillo. ¡Es imposible!

Todos quedaron consternados.

—Entonces, ¿cómo vamos a arreglarnos? —exclamó Ratfiński—. ¡El partido está perdido! No tenemos sustituto. Por lo menos, ¿no tendrá nada grave?

—No, no es nada. Me he desgarrado un músculo.

—Klonowicz no tiene más que jugar un *single* con Wróbel.

—¿Cómo? Un *single*, de ninguna manera. No estoy absolutamente de acuerdo.

—No se puede en modo alguno interrumpir el partido. ¡El público ha pagado!

—Señoras, señores —anunció Ratfiński subiendo al asiento del árbitro—. La señorita Ochołowska se ha lesionado un pie y no podrá continuar el partido. En consecuencia, pasaremos a un *single* entre Wróbel y Klonowicz.

La decisión fue acogida con silbidos y protestas. Klonowicz era demasiado débil para Wróbel. Además, no lo querían. Algunos espectadores empezaron a gritar:

—¡No queremos! ¡Klonowicz, al vestuario!

—¡Qué gentuza! —dijo Klonowicz.

Maja se acercó a él renqueando.

—Sustitúyeme por Leszczuk —dijo—. No juega peor que yo. Está allí, en las tribunas.

—¿Quién es ese Leszczuk?

—Jugaste con él tres partidos de ensayo, ¿te acuerdas?

—Ah sí, ese muchacho —dijo Ratfiński mezclándose en la conversación—. Pero no es capaz de aguantar el partido.

—Yo he jugado más de una vez con él; juega mejor que yo. Pueden cogerlo sin miedo. En aquella ocasión estaba completamente desmoralizado por Klon, se lo garantizo —dijo Maja con vehemencia.

Klonowicz, enloquecido por la perspectiva de un *single* contra Wróbel, se mostró colaborador. Por lo demás, después de tres partidos sin dificultad, Leszczuk no parecía peligroso.

—Quizá sea una buena idea, en dobles. Además, debo decir que en aquella ocasión yo lo había excluido por completo del juego. En el caso en que se revelara nulo, Wróbel no tendría sino que jugar contra mí y saldríamos del paso de una manera o de otra. ¿Pero aceptará?

Fueron a buscar a Leszczuk y le hicieron señas de que bajara de las tribunas. Pero entonces la razón por la que Maja se había torcido el pie se hizo evidente, tanto para Klon como para Ratfiński. Bastaba mirarlo. Ambos habían oído hablar vagamente de las extrañas aventuras de la señorita Ochołowska. Ahora no tenían la menor duda. Si estaba mezclada en algún amorío, no podía ser sino con ese joven.

—Ya veo, ya veo —dijo Ratfiński, asqueado.

Pero no podían retroceder. El público se impacientaba.

—Señoras, señores —anunció el capitán—. El señor Leszczuk va a jugar en vez de la señorita Ochołowska.

—¿Quién es ése?

—¡No queremos!

—¡Empiecen de una vez!

—¡Fuera, fuera! ¡Que lo echen! —empezaron a gritar en todas las tribunas, embriagándose con sus propios clamores en la calurosa jornada de verano.

Los jugadores hicieron su entrada en la pista en medio de esa sinfonía. Leszczuk y Klonowicz, frente a Wróbel y la señorita Antonówna. A media voz, Klonowicz daba sus instrucciones a Leszczuk.

—¡Sobre todo, no me cause problemas! ¡Trate de jugar lo menos posible!

El poderoso saque de Wróbel interrumpió sus instrucciones. El partido había comenzado. Klonowicz no contestó. Tampoco Leszczuk.

—Treinta-cero —anunció el árbitro.

De nuevo Klonowicz no contestó.

—Cuarenta-cero.

—No hay juego —opinaron en las tribunas.

Pero la cuarta pelota tuvo una suerte extraña. El saque de Wróbel, a quien no le gustaba escatimar fuerzas aun en los partidos menos importantes, fue difícil y poderoso. Sin embargo, el improvisado aficionado no sólo lo contestó, sino que acortó el tiro hasta hacer imposible que lo devolvieran.

—Cuarenta-quince.

Después la suerte favoreció a Klonowicz. Jugó contra la señorita Antonówna. El pelotazo no fue muy fuerte. La señorita Antonówna jugó contra Leszczuk, a quien consideraba más débil.

—Juegue contra ella —murmuró Klonowicz—, procure evitar a Wróbel.

Pero Leszczuk devolvió con todas sus fuerzas la pelota a Wróbel y se precipitó a la red. El tiro era magnífico, la pelota había pasado como una flecha. Wróbel la contestó por milagro. Klonowicz no tuvo ninguna dificultad en cogerla de nuevo, pero no logró terminarla.

Y súbitamente, con gran asombro de todos los espectadores, se estableció un duelo en la red entre Wróbel y Leszczuk. Algunos *smashes* rápidos como el rayo, un *lob* de Wróbel, un *smash* de Leszczuk, y estaba terminado.

Resonaron los aplausos. Pero antes de que hubieran cesado, Wróbel sacaba contra Leszczuk. Y de nuevo la pelota cortada con nitidez y seguridad. ¿Qué sucedía?

Un instante después, el primer set terminaba con la victoria de Klonowicz-Leszczuk.

—¡Sobre todo, no me moleste! —dijo Klonowicz, que aún creía que era él quien los había hecho ganar.

Pero los espectadores ya no tenían dudas. El resultado y, más aún, el estilo perfecto de Leszczuk, la clase indefinible pero evidente de sus movimientos, indicaba que se trataba de un jugador completo. De pronto la trivial distracción del domingo se volvió sensación. Sin embargo, muchos todavía creían que se trataba de una casualidad pasajera, como puede sucederle a todo el mundo.

En el segundo set, los que conocían a Wróbel —casi todos— quedaron estupefactos del cambio que se había operado en él. El campeón de Polonia se volvió serio, sombrío, encarnizado. Se concentró y abordó el juego con una atención redoblada. Tenía el mismo aspecto que en los más difíciles encuentros internacionales. Ahora jugaba únicamente contra Leszczuk.

Y Leszczuk sólo enviaba las pelotas a su zona. Klonowicz y la señorita Antonówna estaban completamente olvidados. *Drives* incomparables, poderosos, violentos, volaban por encima de la red tornando la pista al bies. Se diría que los dos no se veían sino a ellos en la pista. En cierto momento Klonowicz quiso acercarse, pero Wróbel exclamó:

—¡Apártese!

Sonó un nuevo estruendo de aplausos. Todos comprendieron que no tenía sentido continuar el doble. Los dos jugadores sentían demasiada curiosidad uno por el otro. De hecho, ya estaban jugando un *single*.

Muchos espectadores se habían levantado de sus asientos y gritaban:

—¡Un *single*! ¡Un *single*! ¡Un *single*!

Ratfiński anunció que a petición del público el doble quedaba suspendido. En cambio, asistirían a un partido Wróbel-Leszczuk. El anuncio fue acogido con un nuevo clamor del público. Cuando, después del partido de Klonowicz y la señorita Antonówna, los dos jugadores quedaron solos en la pista, se produjo tal silencio que se oía volar una mosca. Después, una ovación estalló súbitamente en honor de Wróbel. Éste hizo girar su raqueta y, mirando al público con aspecto extraño, tuvo una sonrisa más bien triste.

Su emoción no podía ocultarse a nadie. La actitud extraña de Wróbel conmovió aún más a los espectadores. Sólo en ese instante les pasó a todos por la cabeza que el favorito corría el riesgo de sufrir una derrota.

Este pensamiento parecía inverosímil. Sin embargo, el aire particularmente serio de Wróbel daba al encuentro un carácter dramático. Se hizo silencio. El campeón se puso en posición.

—¡Comencemos! —exclamó el árbitro.

Pero se hizo evidente, desde los primeros pelotazos, que el campeón de Polonia no tenía la menor posibilidad.

Al cabo de cinco minutos a nadie le cupo ninguna duda.

Si Wróbel era sin duda una de las mejores raquetas de Europa, del otro lado de la pista acababa de surgir un talento poderoso, inaudito, frente al cual toda la técnica y todas las cualidades del adversario sólo parecían valioso profesionalismo.

Era una personalidad sin duda juvenil y todavía mal desarrollada, pero su entusiasmo compensaba la falta de calma y de equilibrio. Y ningún error táctico podía descompensar esa ventaja natural.

Ya nadie aplaudía.

El público asistía a la derrota de su favorito.

Wróbel parecía impotente para conjurarla y había en el espectáculo algo trágico. Los mejores tiros de Leszczuk eran acogidos con un profundo silencio, por respeto al drama de Wróbel.

Este último se esforzaba por dar lo mejor de sí mismo. Sabía que luchaba para conservar su público, esa multitud inconstante que podía en todo momento apartarse de él. Ni siquiera trataba de conquistarla, sino tan sólo de hacer su derrota un poco menos irremediable.

Pero sus mejores golpes carecían de eficacia.

Cada vez que conseguía ventaja en un juego, el otro se ponía a cortar las pelotas. Y esos tiros cortos, ejecutados con una técnica inverosímil, infalibles, eran imposibles de contestar. ¡No se podía nada contra ellos!

La impotencia de Wróbel se volvía cómica.

Pero nadie reía. El set se terminó en un silencio de muerte. Cuando el árbitro anunció el resultado, seiscero, el aire fue sacudido por aullidos y ovaciones. El público estaba fuera de sí.

Wróbel escuchaba, apoyado en su raqueta. Antes era a él a quien aplaudían así.

En el curso del segundo set, los aplausos interrumpían constantemente el juego.

¡El público había encontrado un nuevo ídolo! ¡Y qué ídolo! ¡Leszczuk se había convertido en un orgullo, una esperanza, una gloria, una pasión, un ideal! Sólo tenían ojos para él. La derrota de Wróbel producía una incontenible alegría.

Este último luchó hasta el final, con todas sus fuerzas. Fue vencido honorablemente en tres sets por seiscero cada vez y, al final del partido, se aproximó a Leszczuk con la mano tendida. Pero la multitud se lo arrebató para llevarlo en triunfo.

Wróbel abandonó la pista y se alejó sin que nadie tratara de retenerlo.

Entre tanto, los otros jugadores formaban círculo en torno de Leszczuk.

—¡Caracoles, caracoles! —no dejaba de repetir Ratfiński—, ¡al diablo, al diablo!

—¡La copa Davis es nuestra!

—¡Y pensar que se había dejado vencer por Klonowicz!

—¡Es el día más grande del deporte polaco!

—Usted nos ha hecho caer en la trampa, señorita —dijo Ratfiński a Maja, que había olvidado por completo su tobillo— ¡Pero no hay mal que por bien no venga!

Leszczuk se apartó de la multitud y se acercó a ella.

—Vámonos —dijo sin sombra de alegría.

Una hora más tarde remontaban juntos la avenida sombreada de Konstancin.

Iban a la villa que había alquilado Maliniak. Era un

edificio de un piso, de madera, muy agradable, y que hacía pensar en una pequeña casa solariega en medio de su parque.

—Separémonos aquí —dijo ella. Durante el camino apenas se habían hablado.

—¿Cómo nos las arreglaremos? —preguntó él, señalando la casa.

—Todavía tenemos tiempo —dijo Maja—. Mi cuarto está al lado. Lo malo es que no tiene otra salida que por el de Maliniak. Yo misma podría coger la cartera y dársela a usted, pero entonces tendría que pasar el resto de la noche afuera, o entrar en mi cuarto atravesando el de Maliniak. Podría despertarse.

—¿Entonces, qué?

—Esta noche echaré una ojeada para ver si duerme profundamente. Si es así, encenderé un fósforo en mi ventana. Entonces usted podría entrar por la ventana y coger la cartera, que está bajo la almohada, y pasarla a la persona que esperara en el automóvil, a la entrada del parque. Toda la operación no debe durar más de dos horas. A la vuelta, me devolverán la cartera por la ventana. Si algo no marcha bien, por ejemplo si Maliniak se despierta y se da cuenta del robo, encenderé mi lámpara y bajaré las cortinas hasta la mitad.

—De acuerdo. Hagámoslo hoy mismo.

—¿Hoy?

—En seguida. Pero antes tengo que conocer la disposición del cuarto.

Le pasó un lápiz. Maja dibujó rápidamente el plano sobre un pedazo de papel y se lo entregó. En el último instante, cuando se despedían, sintió ganas de expresar su desacuerdo, pero le faltaron fuerzas.

Leszczuk, en el curso del partido, se le había revelado con todos los rasgos de su carácter. Estaba resignada. ¿Valía la pena exponerse a la venganza de la presidenta si en un mes o dos, continuando sus relaciones con ese muchacho, perpetraría fechorías todavía peores?

Leszczuk no volvió a Varsovia por la noche. Tomó un cuarto en una pensión vecina y se echó sobre la cama.

Estaba cansado pero no se durmió. No pensaba para nada en su triunfo sobre Wróbel. El tenis ya no le interesaba. Tanto peor. La suerte irremisiblemente estaba echada.

Sabía que hubiera podido ganar sin recurrir a trampas. El resultado hubiera sido menos deslumbrante, pero honesto.

Tanto peor... La suerte estaba echada.

En adelante, estaría siempre obligado a valerse de trucos porque el público exigía constantemente victorias estruendosas.

En cuanto a Maja, tanto peor, también. Tanto peor... había que creer que todo estaba escrito, que no podía unirse a la señorita Ochołowska sino con semejantes lazos.

En adelante, por nada en el mundo abandonaría a Maja. Ocurriera lo que ocurriera. Desde que había hecho trampas en el tenis, todo le daba igual. Con tal de que todo marchara rápido...

Estaba inquieto, aunque no quería demostrarlo ante Maja.

El cielo estaba cargado de nubes. La avenida que conducía a la villa de Maliniak era casi negra. Estaba flanqueada de árboles espesos.

Se detuvo en medio de la espesura para esperar la señal de Maja.

Se podía franquear sin peligro el pórtico entreabierto para deslizarse bajo la ventana de Maliniak, pues la presencia de los árboles volvía total la oscuridad.

Leszczuk esperaba la señal, la luz del fósforo iluminando la ventana. Se sentía cada vez más angustiado.

Si sólo se hubiera tratado de robo hubiera tenido miedo pero en todo caso de manera diferente.

Al peligro concreto se agregaba otro que no lograba definir. A buen seguro, Maja no era normal.

No era natural que una muchacha de su clase se permitiera semejantes actitudes y se fuera de su casa.

Recordó que su encuentro, desde el principio, había tenido algo de antinatural.

Y esos sueños en común... esos labios... ese parecido.

Habría temido mil veces menos esa operación si no hubiera tenido que realizarla con Maja. Quizá ella se había vuelto loca, ¿o era una enferma?

Por fin la débil luz de un fósforo se encendió en la ventana de Maja y se apagó en seguida. Era la señal de que Maliniak dormía.

Esperó todavía unos minutos, inspeccionó con la mirada los alrededores para ver si alguien se aproximaba y franqueó muy despacio el pórtico. Podía ser la una de la mañana.

Deslizó la cabeza por la ventana y aguzó el oído. En el cuarto de Maliniak reinaba un silencio de muerte...

Sin reflexionar más pasó por encima del alféizar y se detuvo, pronto a huir en el caso de que algo se moviera.

Pero nada se movía. Quedó asombrado al no oír la respiración de Maliniak. Había algo anormal. ¿Estaría despierto, acaso?

Leszczuk avanzó un paso y nuevamente se detuvo. ¡Ese silencio!

Ya estaba demasiado cerca para retroceder. Se encontraba a dos pasos de la cama y pudo distinguir la cabeza de Maliniak. Parecía pegada a la pared.

No dormía. Miraba a Leszczuk, con los ojos muy abiertos, casi salidos de las órbitas. Al menos era la impresión que daba. Pero lo más asombroso es que la cabeza no se movía.

Leszczuk retrocedió maquinalmente, tropezando con una lámpara que cayó con estrépito. La cabeza de Maliniak no se movió; seguía mirando con sus ojos desorbitados... y tenía los labios morados, casi negros...

Leszczuk se lanzó sobre Maliniak y lo sacudió por el brazo. La cabeza se deslizó hacia un lado...

Maliniak agonizaba... en un silencio completo, sin un soplo, los ojos fuera de las órbitas. Sólo sus dedos se torcían y convulsionaban...

Tenía en el cuello un nudo corredizo bien apretado. El extremo de la cuerda colgaba de la cama.

Alguien había estrangulado a Malikiak justo en el momento en que Leszczuk entraba en el cuarto. ¿Pero quién? No había nadie en el cuarto. ¡Absolutamente nadie! A menos que alguien estuviera escondido debajo de la cama...

Miró. Nadie. Nadie en el cuarto... ¿Quién había tirado de la cuerda? ¿Quién lo había estrangulado?

¡Maja había estrangulado a Maliniak!

¡No podía ser sino ella! Nadie más había entrado en el cuarto. Nadie podía haber entrado por la ventana porque él lo hubiera visto.

¡Sólo Maja! Sólo ella se había deslizado en el cuarto, había pasado el nudo corredizo por el cuello y tirado de la cuerda. Al oírlo entrar, había desaparecido. ¡Inútil buscar más! Ahí estaban los hechos en su agobiante desnudez.

¿Por qué? ¿Con qué fin? ¿Por qué justo en ese instante? ¿Quizá había tratado de retirar ella misma la cartera y lo había estrangulado?

Leszczuk no trataba de indagar los motivos ni los detalles del crimen. Le bastaba que fuera ella.

¿Estaba loca? Monstruosa, quizá, corrompida hasta la médula, en todo caso.

¡Y era por ella por quien él sentía esa irresistible inclinación! ¡Le gustaba tanto! ¡Se le parecía! ¿Qué afinidad lo unía a esa horrible demente?

Leszczuk no llegaba a comprenderlo, pero se sentía tan profundamente ligado a ella que, hiciera ella lo que hiciese, era como su álter ego. Como si todo acto de Maja le perteneciera, fuera su propio acto.

En vano sus ideas se arremolinaban en su cabeza como una nube de pájaros asustados. Se preguntaba, en medio de todo, si hubiera podido hacer una cosa semejante, si hubiera podido estrangular de tal manera a Maliniak.

Todo dependía de la respuesta de su conciencia.

Si él era capaz de hacerlo, también ella lo era... Y si ella estaba en condiciones de hacerlo, era que ella lo había hecho.

Todo le decía que era ella... Sólo un punto abogaba en favor de Maja: era imposible un acto tan insensato, tan monstruoso. Cómo habría podido pasar un nudo corredizo en torno a un hombre dormido y tirar... No, debió de actuar en plena locura.

Y Leszczuk se detuvo de pronto en su huida.

Se preguntaba si él no habría podido... Se sondeaba a sí mismo, se examinaba. ¿Era posible? Entrar con toda frialdad, deslizar ese nudo, tirar. ¡Horrible! ¡Una barbarie inaudita!

Seguía preguntándose...

De pronto, como movido por una inspiración súbita, sacó precipitadamente su espejo de bolsillo.

¡Tenía los labios morados, casi negros!

Al mismo tiempo comprobó una especie de relajamiento, como si estuviera a punto de alejarse de sí mismo.

Echó a correr. Pero fue en vano. Sentía que se perdía, que se escapaba de sí mismo, que no llegaba a dominarse. Algo se había apoderado de él. Quiso gritar pero no podía. Con los dientes apretados, mudos, se precipitó a ciegas a través del campo sin tener en la mente otra cosa que la imagen de esos labios azules, malignos, monstruosos, que lo acompañaban a donde fuera.

17

Conteniendo el aliento, Maja se había aproximado a la puerta para asegurarse de que Maliniak dormía y hacer a Leszczuk la señal convenida.

Al mismo tiempo había oído chirriar la ventana del cuarto vecino y poco después el suelo.

¿Leszczuk habría entrado sin esperar su aviso? Sin duda no habría querido esperar más tiempo o se habría asegurado a través de la ventana de que Maliniak dormía. Todo eso no presagiaba nada bueno. Aguzó el oído.

De pronto, oyó el estruendo de la lámpara derribada que resonó a través de toda la casa, y en seguida una violenta agitación.

Se precipitó a la ventana y tuvo tiempo de ver a Leszczuk que se precipitaba a su vez, enloquecido, por el pórtico. Después, todo volvió al silencio.

Maja esperó casi cinco minutos antes de abrir la puerta.

De nuevo el silencio. Y una inmovilidad verdaderamente mortal. ¿Qué había pasado?

Maliniak yacía en su cama, estrangulado por el nudo corredizo. Tenía los labios entreabiertos, amoratados, negros.

Leszczuk...

Sintióse desfallecer y se sentó cerca de la cama. Sus pensamientos se atropellaban. ¿Qué hacer? ¡Leszczuk! ¡Ocultarlo! ¡Pero era imposible!

Alguien bajó la escalera y llamó suavemente a la puerta. Maja no abrió. Llamaron de nuevo. Finalmente empezaron a golpear la puerta y a mover el picaporte.

Maja abrió.

La condesa di Mildi apareció en el vano de la puerta, con un candelero en la mano.

—¿Qué hace usted aquí? —le preguntó.

Al acercarse a la cama, lanzó un grito; cinco minutos después, toda la gente de la casa, el criado, la cocinera, el guardián, estaban en pie. Se encendieron las luces, y se precipitaron al teléfono. Todo estaba en completo desorden.

Maja permanecía inmóvil. Quiso salir de la villa para recuperarse, pero la condesa la tomó de la mano.

—Le pido que no salga hasta que llegue la policía.

—Pero me quedaré frente a la casa.

—¡No! Le ruego que se quede con nosotros.

Maja palideció.

—¿Por qué?

—No sé qué ha pasado. La he encontrado junto a mi tío. Exijo terminantemente que no se aleje de aquí hasta que lleguen las autoridades. ¡No toquen nada! —agregó, dirigiéndose a los criados.

Un automóvil se detuvo frente a la casa y entró el comisario, flanqueado de varios policías. Mandó a todos al cuarto contiguo y, después de haber tomado las huellas digitales, emprendió un interrogatorio.

—¿Quién de ustedes ha descubierto el crimen? —preguntó.

—Yo —dijo Maja.

—No, usted no, yo —interrumpió la condesa—. ¡Yo, yo, yo!

La mujer tenía el rostro pálido y salpicado de manchas rojas, el pelo suelto, y el cuerpo cubierto de un monstruoso peinador persa que le había regalado el difunto. Para colmar todas las miserias que debía padecer en los últimos tiempos, tenía un orzuelo cruelmente hinchado en el ojo izquierdo.

—¡Soy yo quien ha dado la alarma! —repitió.

—Hable, se lo ruego —cedió el comisario, viendo que no se libraría fácilmente de esa histérica.

—Señor comisario —empezó la señora di Mildi—, ¡es el crimen más enigmático que haya leído jamás!

El comisario no pudo reprimir una sonrisa.

—Veo que ha leído muchas historias policíacas —dijo.

—No, no, no es eso lo que quería decir. Señor comisario, es un enigma extraordinario. Esta noche me dolía la cabeza, no podía dormir. Bajé a pedirle un comprimido a mi tío. La puerta de su cuarto estaba cerrada con llave. Llamé. Nadie contestó. Traté de forzar la puerta y fue entonces cuando me abrió esta señorita. En seguida me di cuenta de que mi tío había dejado de existir. Aún estaba tibio.

—¿La puerta estaba cerrada desde adentro?

—Sí.

—¿Y la ventana? ¿La ventana estaba abierta?

—Cerrada.

Maja intentó rectificarla. La condesa sabía muy bien que la ventana estaba abierta; pero le faltaron las fuerzas.

—¿De modo que el único acceso al cuarto del señor Maliniak era por el cuarto contiguo?

—Sí.

—¿Y quién ocupaba ese cuarto?

—La señorita Ocho... ¡Es imposible! —exclamó—. ¡Quizá me equivoco! Quizá alguien ha entrado por el jardín... Comprueben si hay huellas bajo la ventana, se lo ruego.

Observó a Maja con aire consternado.

—¿Puede usted confirmar que la puerta que da a la antecámara estaba cerrada desde dentro? —preguntó el comisario a Maja.

—Sí, estaba cerrada. Pero yo...

—Hable usted sin miedo.

—Yo estaba en mi cuarto. Cuando entré en el del señor Maliniak, estaba muerto.

—¿Y por qué entró usted?

—Creí oír que alguien entraba por la ventana.

—¿La ventana estaba abierta?

—Sí.

—Miente —exclamó la condesa—. ¡Miente! La ventana estaba cerrada. Comprueben si hay huellas. Si alguien ha entrado por ahí, tiene que haber dejado huellas, porque la tierra estaba blanda en ese lugar. ¡Examinen todo el jardín!

Se echó sobre el cuerpo de Maliniak.

—¡Lo ha matado! ¡Lo ha matado! —aulló—. ¡Oh Dios mío, Dios mío! Desde hacía mucho tiempo sabía que esto acabaría así.

—Por el momento, esperemos la llegada del juez de instrucción —dijo el comisario consultando su reloj.

La condesa se desplomó sobre un canapé.

—Me siento mal —dijo.

—¡Hay huellas nítidas! —exclamó el policía que procedía a hacer verificaciones en la ventana—. Alguien ha huido por allí.

El comisario salió y al cabo de un instante entró de nuevo. Su rostro revelaba sorpresa.

—Hay huellas de pasos que van del pórtico a la ventana y de la ventana al pórtico. ¡Es indiscutible! Son huellas frescas.

La condesa volvió en sí inmediatamente.

—¿Cómo huellas? —preguntó.

—Evidentes. Del pórtico a la ventana.

—¡Imposible! ¡La ventana estaba cerrada!

Se precipitó fuera de la casa antes de que nadie tuviera tiempo de hacer un ademán para retenerla. Pero ni siquiera la vista de las huellas perfectamente nítidas pudo convencerla.

—¡Imposible! —aulló con voz histérica—. ¡Esto es absurdo! Les digo que la ventana estaba cerrada. Mi tío cerraba siempre la ventana por la noche. Debe de ser una coincidencia. Quizá alguien pasara por allí ayer por la tarde. ¡Compruébenlo, se lo ruego!

Cuando llegó el juez de instrucción reanudó las investigaciones.

—No cabe duda. Alguien ha entrado por la ventana —concluyó—. ¡Oh, pero también hay huellas de pasos en el suelo!

Desde ese instante, la condesa guardó silencio. La muerte de Maliniak representaba para ella una catástrofe espantosa. En efecto, sabía que el difunto no le había legado nada. En cambio, Maja, que parecía tener la cabeza bajo el agua sin esperanzas de sacarla, salía a la superficie.

La condesa cayó en una especie de embotamiento. Cubierta por su salto de cama con ramajes amarillos y verdes, el ojo hinchado, se contentaba con lanzar sonrisas irónicas.

El juez, que examinaba minuciosamente la almohada sobre la que descansaba la cabeza de Maliniak, dijo en voz baja:

—¡Miren qué extraño! ¿Ven cómo la cabeza está hundida contra la pared y la almohada? Se diría que el asesino estaba escondido bajo la cama y que ha tirado del nudo por debajo.

—Es absurdo —dijo el comisario, que se corrigió en seguida—. Esta muerte es muy extraña. ¿Se ha visto alguna vez estrangular a alguien con un nudo corredizo? Quizá sea un suicidio.

—No cabe duda de que lo han estrangulado.

—¿Desde debajo de la cama?

Los labios del cadáver se ponían cada vez más negros. Los dos hombres se volvieron para eludir su imagen. El comisario echó una mirada debajo de la cama y retiró un pañuelo que había caído en el suelo.

—¿Quizá el pañuelo lo haya estrangulado? Era lo único que había bajo la cama.

Dejaron libre a Maja después de un largo interrogatorio. Cuando se marchó de la villa, sentía que las piernas no la sostenían. Estaba extenuada hasta el punto de no saber lo que hacía.

¿Leszczuk? ¿Qué le había ocurrido a Leszczuk? Cómo había podido hacer una cosa semejante: ése era el único pensamiento que agitaba su espíritu.

¿Por qué? ¿Con qué propósito? ¿Cómo? ¿Era un monstruo? ¡Y ella que lo había ayudado! Juntos, habían... juntos...

¡Verlo! ¡Era imposible que hubiera cometido el asesinato! ¡Sin embargo, lo había cometido! ¡Y cómo!

Fue a Varsovia, y tampoco lo encontró. Lo buscó en vano durante dos días y hasta se informó discretamente en el club.

En el mundo del deporte reinaba la consternación. Se había organizado un gran torneo oficial con Leszczuk, que se había ido sin dejar dirección.

Por fortuna a nadie se le ocurrió que la desaparición del famoso tenista pudiera tener alguna relación con el asesinato de Konstancin. Por otra parte, ¿quién hubiera podido sospechar de ese joven ante quien se abría tan magnífica carrera?

¿Qué le había sucedido?

Para Maja, encontrarlo, comprender cómo había podido matar, tener un careo con él, era una cuestión de vida o muerte. Se sentía al borde de la locura. ¡Ah!, verlo de nuevo, comprender, saber al menos algo...

Viajaba en tranvía en un estado de total postración, cuando de pronto un señor sentado frente a ella le dirigió la palabra:

—Discúlpeme, señorita, ¿pero se da usted cuenta de lo que está haciendo?

Asombrada, levantó la cabeza y descubrió a un señor de pelo gris, con aire serio, cincuenta años bien cumplidos, de rostro notablemente inteligente.

—¿Qué?

—Si continúa así, se va a desgarrar toda la manga.

Maja advirtió que su manga estaba hecha jirones. La había desgarrado sin darse cuenta, de puro nerviosismo. El señor de cierta edad sonrió y se descubrió:

—Me llamo Hińcz —dijo.

Ella se estremeció. Era el nombre de un célebre vidente de Varsovia cuyas dotes poco comunes habían causado varias veces una verdadera sensación. Leía las cartas a través de los sobres cerrados y encontraba a personas y objetos desaparecidos.

Más de una vez había previsto con certeza el futuro.

Es cierto que muchas de sus predicciones no se habían realizado. Sin embargo, sus prácticas no tenían nada de charlatanismo y Hińcz se distinguía realmente por un don misterioso, inaccesible al resto de los mortales.

Era además un hombre de vasta cultura, un sabio cuyos trabajos sobre telepatía sentaban autoridad en el mundo entero.

—Sí, soy precisamente el Hińcz en el que usted está pensando, señorita —contestó sonriendo bajo la mirada interrogativa de Maja.

A su vez, ella había pensado que podía ayudarla a encontrar a Leszczuk. Pero no sabía cómo empezar a decírselo.

—Ánimo —dijo Hińcz con la misma sonrisa benévola.

—Veo que usted adivina mis pensamientos.

—No, sencillamente mi larga experiencia me permite sentir si alguien necesita mi ayuda. Para serle sincero, le confesaré que por este motivo inicié esta conversación.

—No se equivoca —murmuró ella—. Busco a alguien.

—Me bajo aquí —dijo Hińcz—. Si lo desea, puedo ocuparme de ese asunto con usted. Tengo media hora libre. Veré qué puede hacerse.

Maja aceptó con gratitud. Bajaron y entraron en un pequeño café de Nowy Świat.

Maja se mordió la lengua cuando estaba a punto de hablar. ¿Era prudente confiarse, en su situación, a ese vidente? Pero, por otro lado, era el único que podía ayudarla.

Se decidió.

—Busco a alguien —repitió.

—¿Quién es?

—Eso no tiene importancia.

—Bueno —dijo Hińcz—, no me lo diga. Me basta con tener un objeto que pertenezca a esa persona, un objeto que haya tocado. ¿Tiene usted algo así?

Maja se acordó del lápiz de Leszczuk que tenía en su bolso. ¿Debía decirle el nombre? Si se lo decía, Hińcz era muy capaz de descubrir todos sus secretos.

Hińcz, que tenía ahora un aire grave y como ansioso, le tomó la mano.

—Conmigo puede hablar con total libertad y le aconsejo que lo haga.

—¿Por qué?

—Puedo serle útil. Yo no cobro honorarios y me he interesado en usted por otras razones. Usted constituye para mí un objeto de estudio de primer orden. La he observado en el tranvía.

La pasión de la busca se leía en sus ojos.

Maja le tendió el lápiz que Leszczuk le había prestado algunos días antes para dibujar el plano de la villa. Hińcz lo examinó atentamente.

—Tiene rastros de mordiscos.

—Sí, su propietario lo mordía a menudo. Era un tic.

—Perfecto.

Apretó el lápiz en la mano y bajó los párpados. De pronto su mano empezó a temblar y su respiración se hizo difícil.

—Vamos —dijo con violencia—, no puedo concentrarme aquí.

¡Vamos a mi casa! Vamos en seguida...

Llamó a un taxi.

—¿Ha sentido usted algo?

—¡Es el lápiz más extraordinario que he visto! —respondió Hińcz en voz baja, escrutándola con la mirada.

Maja se sintió incómoda. ¡Pasaban tantas cosas extrañas y terribles a su alrededor desde hacía cierto tiempo! Quizá ese Hińcz era un charlatán o la sabía implicada en el caso Maliniak y trataba de sacarle informes.

Él se sentó en el sillón que se encontraba detrás del escritorio y, con el lápiz en la mano, empezó:

—Lo veo. Es un joven de unos veinte años, quizá, pelo castaño oscuro y sombrero claro. Camina...

—¿Por dónde?

—Un momento. No me interrumpa: camina por una carretera, no veo la dirección. Ah, sí, hay un mojón. Ciento cincuenta y siete. Está en el kilómetro ciento cincuenta y siete. Está fatigado, pero...

—¿Qué?

Hińcz se concentró.

—No, no. No camina, escribe... Escribe algo en una pared con este lápiz... Una pared blanca, gruesa. ¡Un momento, camina! ¿Qué significa esto? Lo amenaza un peligro.

—¿Un peligro?

—Ese hombre está en peligro... en gran peligro. Hay que salvarlo en seguida. Quiere hacer algo. En realidad, está loco... Hay algo a su alrededor. O en él. Ah, escribe de nuevo en la pared. No comprendo. No veo nada...

Hińcz dejó el lápiz y miró a Maja.

—Tenemos que salvarlo —murmuró—. Hay cosas que no comprendo. Veo a dos hombres al mismo tiempo, uno que camina y el otro que escribe. Eso nunca me ha sucedido. Pero los dos corren un peligro atroz.

—¿Por qué?

—Tampoco sé bien por qué. En mi vida he tenido un objeto de tan mal augurio como este lápiz. Es lo peor que he tenido en la mano. Ha pertenecido a ese hombre. Por lo demás, cuando lo he visto caminar en la carretera, he sentido que la locura se apoderaba de él. ¿Será un extravío pasajero? Lo más extraño es que, externamente, tiene el aire más normal del mundo.

—¿Cree usted que existen objetos buenos y perversos? —preguntó ella mirando el lápiz.

Todo se mezclaba en su cabeza.

—Subsisten en el mundo muchos misterios que el espíritu del hombre no ha logrado esclarecer —replicó—. Vea usted, a pesar de mis facultades, y quizá de mis dones, siempre me veo perplejo ante semejantes enigmas. Pero cuanto mayor es el misterio, siempre hay algo que resulta evidente. Pienso en los mandatos de la conciencia, del derecho moral. Muchos enigmas nos superan, pero lo que está bien y lo que está mal lo sabemos en seguida y con seguridad. Quizá usted se asombre, pero yo soy profundamente creyente. —Cambió de tono—. No es posible dejar a este muchacho en la situación en que se halla. Le sucederá una desgracia. Hay que encontrarlo en seguida. ¿Pero cómo?

—¿El kilómetro ciento cincuenta y siete, dice? —replicó Maja.

—Sí, he visto claramente el mojón.

¿Dónde había podido ir Leszczuk? ¿Por qué andaba a pie en vez de tomar el tren? ¿Cuál era esa carretera?

¿No se engañaría Hińcz? ¿No sería todo fruto de su imaginación? Maja recordó que el camino de Połyka se juntaba con la gran carretera de Lublin en el kilómetro ciento sesenta y dos.

—Descríbame el paisaje.

—Es una región llana, con bosques, con estanques.

—Adivino dónde se encuentra. Conozco esa región.

Le explicó brevemente la situación geográfica. Hińcz consultó el horario.

—Hay un expreso dentro de dos horas. No tenemos tiempo que perder. Vaya a preparar una maleta con lo imprescindible. Nos encontraremos en la estación.

—¿Usted vendrá conmigo?

—Desde luego.

En el tren, Maja contó a Hińcz todo lo que había pasado, hasta en sus menores detalles, desde que había conocido a Leszczuk.

Fue de una sinceridad absoluta y no le ocultó que era él quien había asesinado a Maliniak. Por lo demás, estaba demasiado agotada para disimular cualquier cosa.

Hińcz le inspiraba una total confianza. Le contó sus sueños y le habló de esos horribles labios azules y de la influencia deplorable que Leszczuk y ella ejercían el uno sobre el otro.

—¡Si él ha matado, es que yo también habría podido matar —repetía febrilmente—, poseemos naturalezas idénticas! Lo sé. Si él es así, es que yo también lo soy... ¡y es verdad!

Hińcz se concentró. Su mirada escrutadora y perspicaz parecía penetrar en Maja.

—Es una de las historias más extravagantes que he oído jamás —murmuró—. Pero no pierda esperanzas. Su aventura podría explicarse del modo más sencillo del mundo mediante la psicología. Si en verdad usted se le parece tanto, la razón de esa nefasta influencia recíproca es clara. Usted es de un temperamento extremadamente vivo, apasionado y agresivo. Si esta naturaleza encuentra otra parecida, su impetuosa energía se multiplica: él la excita; usted lo excita a su vez, y es un verdadero círculo vicioso. Esta fuerza constituye en sí misma un tesoro inestimable. Pero si no se encamina hacia el bien, se transforma en un elemento destructor. Es lo que ha debido de ocurrir en su caso, puesto que ustedes se habían perdido mutuamente confianza y respeto desde el primer instante. En efecto, todo sería claro, si...

—¿Sí?

—Si no se mezclaran ciertos factores... de otro orden. Esos labios. Sus sueños. El lápiz. Son fenómenos de naturaleza diversa. ¿Puedo hablarle con claridad? Tengo la impresión de que él está hechizado.

—¿Usted cree en los hechizos?

—Creo que el hombre puede crear en sí mismo condiciones en que el mal lo alcanza con más facilidad. En ese momento, atrae el mal como el imán. Sucede que en el mundo hay una multitud de personas y de lugares impregnados por el mal. Tenga usted cuidado, señorita, pero sobre todo no pierda la esperanza.

Maja creía estar soñando. Todo eso no podía ser real, olía a medioevo, a brujas. Sin embargo, el hombre que le hablaba estaba en la vanguardia del saber.

¿Estaba Leszczuk realmente hechizado? ¿Había matado en un acceso de locura?

Eso la llenaba de esperanzas, pero también de inquietud. Qué dolor pensar que Leszczuk vagaba por los caminos en ese estado, inconsciente, incapaz de defenderse.

—Sálvelo —murmuró.

El tren entraba en la estación. El crepúsculo envolvía al pueblo. Eran casi las siete.

A Maja no le costó ningún trabajo recoger informes. Alguien que se parecía a Leszczuk había llegado en el tren de la mañana para dirigirse a pie hasta Połyka.

Los presentimientos de Hińcz y las conjeturas de Maja se verificaban.

Tomaron un coche y partieron a prisa.

El castillo se les apareció a lo lejos en medio de los árboles, con la parte inferior esfumada por la niebla.

Hińcz mandó detener el coche.

—¡Perdemos la cabeza! Es en el camino donde lo he visto. Vamos allí. Es el punto de partida de nuestra busca.

Alcanzaron la carretera y el famoso kilómetro ciento cincuenta y siete. Hińcz examinó los alrededores.

—Sí, es aquí donde lo he visto. Caminaba en esta dirección.

Anduvieron un buen rato en silencio. De pronto Hińcz hizo parar de nuevo el coche. Bajó y se aproximó a un árbol frutal plantado cerca de la carretera y lo examinó detenidamente.

A primera vista, el árbol no difería en nada de los otros. Pero mirado de cerca se lo veía lacerado a cuchillazos. La corteza estaba raspada en algunos sitios. Algunas ramas habían sido arrancadas y colgaban como pingajos.

Hińcz examinó esas heridas con profunda atención.

—Continuemos —dijo Maja—. Son las proezas habituales de los chicos del pueblo.

—¿No ve usted que ese árbol ha sido mutilado de una manera especial? Un niño habría arrancado las ramas. Y éstas sólo están cortadas a medias. No es obra de un muchacho sino de una fuerza maligna. Esta mutilación fue realizada con refinada crueldad.

—Usted piensa que Leszczuk...

—Es muy posible...

Maja sintió un estremecimiento. ¿Por qué se había encarnizado con ese arbolito? ¿Estaba loco? Ella misma se sentía al borde de la demencia.

—¡Vamos, vamos!

Poco después se encontraron con unos obreros que volvían a su casa por el camino.

Sí, habían visto a un joven, hacía unas tres horas, que se dirigía a Koprzywie...

Era el nombre del pueblito vecino.

—Ha vagado por los alrededores. Ha debido de volver por la noche a Koprzywie. Quizá lo encontraremos en el albergue.

Dieron media vuelta, pero uno de los obreros lo retuvo:

—Ese señor debe de estar loco —dijo.

—¿Por qué?

—Se me acercó y me preguntó la hora. Le respondí muy amablemente, y entonces me pisó y estuvo a punto de romperme los dedos del pie.

—¡Quizá no lo hizo adrede! —dijo Hińcz.

—Si sólo me hubiera tocado con la punta del zapato, no digo... Pero giró el pie adrede y me aplastó los dedos con el talón.

—¡Ha perdido la cabeza! —susurró Maja.

—Es peor —dijo el vidente—. ¿No ve usted que todo eso revela un mal llevado a su límite extremo? Yo hubiera preferido que golpeara al hombre antes que le aplastara el pie. Ese detalle prueba que su acto va más allá de lo normal.

—¡Para qué buscarlo! —exclamó Maja—. Al fin y al cabo, tendremos que entregarlo a la policía...

—Calma, calma. Quizá él no haya asesinado a Maliniak. Por lo demás, su irresponsabilidad es evidente.

Trató de consolarla, pero Maja se confinaba en una desesperación ilimitada.

A pesar de todo, no llegaba a creer que Leszczuk estuviera hechizado. Eso parecía demasiado fantástico.

Estaba convencida de que se había vuelto loco, o de que era un asesino.

De vuelta a Koprzywie, fueron directamente al hotel Polonia, el único albergue aceptable de la localidad.

El hotel era una casita de madera de una planta que tenía muchas habitaciones.

En la planta baja estaba el restaurante que dirigía el señor Kotlak, quien se inclinó profundamente al ver a la señorita Ochołowska.

—En efecto, en efecto, ese señor llegó no hace mucho. Ha alquilado una habitación. Ahora debe de estar durmiendo porque ha apagado la luz.

Maja y Hińcz sostuvieron un pequeño consejo de guerra. Era difícil prever la reacción de Leszczuk cuando los viera.

Hińcz consideró más razonable esperar a la mañana siguiente antes que despertarlo en plena noche. Así pues, alquiló dos cuartos, uno para él y otro para Maja, y encargó la cena.

Estaban por el plato de carne cuando Leszczuk entró de improviso y se sentó a una mesa, cerca de la ventana.

Por suerte, un alegre grupo de granjeros bastante achispados los disimulaba a su vista.

Maja, sin aliento, contemplaba el rostro extenuado de Leszczuk.

¿Había perdido la cabeza? Sin embargo se comportaba normalmente. Pidió un bistec con voz baja y tímida; parecía confuso e infinitamente triste. A Maja se le saltaron las lágrimas.

Se le oprimió el corazón, y se propuso abordarlo. Hińcz la retuvo con un gesto imperioso.

Deseaba proseguir sus observaciones. Oyeron a Leszczuk preguntar por el camino de Połyka.

—He querido ir hoy, pero me he extraviado en el bosque y me he encontrado en el camino real —explicaba.

—Es él, desde luego —dijo Hińcz sin sacarle los ojos de encima.

—¿El señor desea ir a casa de la señora Ochołowska? —le preguntaba el dueño con curiosidad.

—No, es por otro asunto.

—¿Es el bosque lo que le interesa? ¿La madera?

—Nooo, es otra cosa.

Se puso a comer, pero al cabo de un instante rechazó el plato. Su mirada se había fijado en un objeto que se encontraba en el reborde de la ventana, a su lado.

Era un matamoscas. Sobre el papel engomado se habían congregado docenas de moscas que luchaban contra la muerte: extremaban sus últimas fuerzas para desprender una pata, pero sólo lograban hundir más la otra. El papel palpitaba por los esfuerzos lastimeros de esos pequeños seres que morían de agotamiento.

—Llévese eso —dijo Leszczuk con ansiedad.

—¿El matamoscas? ¿Dónde puedo ponerlo? —preguntó Kotlak asombrado.

—¡A mí qué me importa! Pero no quiero tenerlo ante los ojos. ¡Dese prisa!

El dueño del restaurante lo miró estupefacto, pero retiró el matamoscas para colocarlo en la ventana vecina.

Entonces sucedió algo extraño. Leszczuk se levantó, se dirigió súbitamente hacia el matamoscas y se puso a aplastar con los dedos las moscas, una tras otra, sin parar.

Los campesinos se incorporaron de sus asientos y lo observaron con asombro; el dueño preguntó:

—¿El señor mata las moscas?

—Al menos no sufren —murmuró Leszczuk con su voz sofocada.

Al decir eso empezó a matar las moscas cada vez más de prisa. Era algo tan absurdo que al fin uno de los campesinos exclamó:

—¡Basta de bromas! ¡Esto ya ha durado demasiado!

Leszczuk atrapó la cabeza del campesino y se lo pasó por encima de los hombros con una fuerza inaudita. Después rodó por encima de su víctima enloquecido, a través de la sala.

Los demás acudieron a auxiliar a su compañero.

Maja y Hińcz fueron empujados a un rincón. La pelea se hizo general y el aparador se vino abajo, con un estrépito de vajilla rota.

De pronto, un aullido atroz, espantoso, brotó de la masa humana.

—¡Jesús, María y José!

Leszczuk, arrojándose con todo su peso contra la ventana, la rompió y se encontró afuera. Pero antes de irse, se detuvo un segundo. Volviéndose, aplastó una última mosca sobre el papel y desapareció.

Los campesinos se precipitaron en su busca.

—¡Atrápenlo!

El pueblito se despertó. Se abrían puertas y ventanas y surgían los habitantes despavoridos. El cortejo corría por las calles como un espectro maléfico.

A Hińcz le costaba seguir a Maja pero logró cogerla por el brazo mientras ella avanzaba, y ya no la soltó.

—¡Van a matarlo! —murmuraba la muchacha como si tuviera fiebre.

Un nuevo aullido les llegó desde lejos. Los campesinos habían rodeado una casa en el límite del pueblo.

Armados de bastones, guadañas y horquillas, franqueaban el seto y penetraban en el edificio.

—¡Está escondido ahí! —gritaban—. ¡Está en el granero!

—Me ha tirado de la oreja —aullaba el propietario de la casa.

—Ha matado todas las moscas de un matamoscas. ¡Péguenle fuerte!

—¡Prendan fuego a la casa!

Si la conducta de Leszczuk hubiera sido más desatinada, no se habrían mostrado tan furiosos. Lo que los enfurecía eran justamente esos actos tan insignificantes, como tirarle de la oreja al dueño de la casa o matar moscas. ¡Eso era lo insultante! ¡Había que enseñarle!

Maja se aproximó a los campesinos.

—¿Han perdido la cabeza? Lo he visto escaparse por el otro lado, por la granja.

—¿Por dónde?

Muchos habían reconocido a la señorita de Połyka. Algunos se quitaron el sombrero, pero en seguida se oyeron voces:

—¡No se ha escapado! ¡Está allí! Ha pasado por aquí. Ha subido al granero por la escala.

Sin hacerse notar, Hińcz había sacado un caballo de la cuadra. Le ató una gruesa mata de paja a la cola y le prendió fuego. El caballo se encabritó y huyó al galope a través de los campos.

—¡Ha huido! —gritaron oyendo el galope—. ¡Ha robado un caballo!

Todos se precipitaron detrás de la casa.

Leszczuk aprovechó la situación para hacer un agujero en el techo de paja y lanzarse desde allí como un relámpago.

Maja lo percibió en un instante, medio inconsciente, enloquecido, temblando, desamparado. Quiso llamarlo. Pero en pocos saltos él se precipitó hacia un aljibe al otro lado de la calle, junto a las casas. Era un aljibe redondo, profundo y estrecho, con una enorme manivela.

Los campesinos volvieron aullando.

—¡Esperen! No se ha escapado. Le prendió fuego a la cola de un caballo. Vigilen. Está aquí, en el granero.

De nuevo rodearon la casa. Maja y Hińcz esperaban angustiados a que los campesinos vieran que la manivela estaba baja en tanto que un momento antes el cubo se balanceaba en el aire.

Algunos se habían adosado al brocal y les hubiera bastado lanzar una ojeada al fondo para descubrir a Leszczuk. Si no se había ahogado en el fondo con el cubo. Quizá el cubo estaba lleno de agua al caer: en ese caso, la suerte de Leszczuk estaba echada.

A pesar de todo, los campesinos no se atrevían a entrar en el granero. Se empujaban unos a otros hacia delante.

—Bah —gritó Kotlak a un campesino—. ¡Ve a buscar mi fusil! Está cargado, detrás del armario. ¡Anda!

Maja fue corriendo al hotel, entró en el restaurante desierto y se apoderó del arma. Estaba cargada. Sin perder tiempo, descargó en el aire los dos cañones a la vez.

Arrojó el fusil y huyó.

Los campesinos acudieron, alarmados por los tiros. Hińcz se unió a Maja:

—¿Es usted la que ha disparado?

—Sí, soy yo. Pero rápido, vamos al pozo.

Desde lejos, observó que la manivela había vuelto a su posición normal. Leszczuk había logrado escabullirse. ¿Qué iba a suceder? ¿Dónde buscarlo? ¿Qué cosas abominables iba a seguir haciendo? En vano escrutaron los alrededores. No encontraron ni la menor señal.

—¡Se ha vuelto loco! —decía Maja, abatida—. Es un loco furioso. ¡Más le valdría morir!

Y el atroz pensamiento de que había perdido la razón a causa de ella, de que era ella la que lo había reducido a ese estado...

Hińcz no pensaba así.

—¡No! —insistía—. El problema es otro. Hay en su comportamiento un determinado tipo de mal. ¡Un loco furioso hubiera golpeado a la gente en vez de matar moscas! ¡Sobre todo, no se habría vuelto para matar esa última mosca! ¡Se necesita algo más que locura para entretenerse en aplastar a un insecto después de semejante pelea! Recuerde de qué extraña manera se iniciaron los acontecimientos. Al principio se puso a exterminar las moscas por lástima; mientras lo estaba haciendo, se apoderó de él ese estado de frenesí. Puede usted confiar en mí, señorita. ¡Lo salvaremos!

Después de algunas horas de búsqueda infructuosa, volvieron al hotel. Hacia las siete de la mañana, llamaron a la puerta de Maja. Un granjero deseaba hablar con la señorita Ochołowska por un asunto urgente. La saludó un hombre de unos cuarenta años, duro, seco y fuerte.

—Tengo algo que decirle en privado —le dijo.

—¿De qué se trata? —le preguntó Maja cuando hubieron salido de la casa.

—Quiero decirle que el señor que ayer armó ese barullo está en mi casa.

—¿En su casa? ¿Dónde? —preguntó Maja tratando de reprimir su emoción.

—En mi casa. Tengo un terreno a cinco kilómetros

de aquí, en el lindero del bosque, en Zaniwecz. Está durmiendo, pero le he dicho a mi mujer que lo vigile.

—¿Quién le ha dicho que venga a verme?

El campesino sonrió con malicia.

—Połyka no está lejos de mi casa y algunas veces la he visto con ese señor. Por eso sé que vive en la casa solariega.

—Sabré demostrarle mi gratitud.

Llamó inmediatamente a Hińcz y ambos partieron con el campesino. Antes de salir, el vidente la obligó a tomar un vaso de leche caliente.

Una espléndida mañana doraba los rastrojos. En el campo reinaba un inmenso silencio. Hińcz solicitó precisiones al campesino.

—¡Dios nos libre! Si yo no hubiera estado allí, todo habría acabado para él —dijo.

—¿Cómo así?

—Al amanecer salí hacia el bosque de Połyka para recoger leña seca. Iba por un camino, entre Zaniwecz y Dębinki, y de pronto veo algo negro en la espesura...

Maja se estremeció.

—Me acerco pensando que era un jabalí y veo que se quita el cinturón y lo ata a una rama. Comprendí en seguida lo que trataba de hacer. Entonces tosí y se detuvo. Él espera dos minutos; yo también. Finalmente veo que se acerca y se pega a mí.

El campesino, aunque tenía un aire vivaz y rasgos inteligentes, no encontraba una expresión más adecuada.

—Bueno, se pega a mí —continuó—. Después siguió hasta mi casa, todo el tiempo pegado a mí. Hasta tal punto que mi mujer tuvo que empujarlo para que se alejara un poco. Bueno, ahí está mi casa —agregó señalando una pequeña granja completamente aislada en el lindero del bosque.

—Usted va a ayudarnos —dijo Hińcz—. En caso de que se niegue a venir con nosotros, habrá que maniatarlo y transportarlo a Połyka. Pero aguarde un momento. Vamos a deslizarnos detrás del seto sin que nos vea y usted lo hará salir al patio. Quisiera ver cómo «se pega».

—¿Para qué? —se impacientaba Maja—. Va a escaparse una vez más.

Pero Hińcz no compartía sus temores. Había deducido de las palabras del campesino que Leszczuk estaba agotado. En cambio le parecía infinitamente importante comprender a fondo su tipo de locura.

—Es curioso que el campesino no pueda definir la manera que tiene «de pegarse». Volvemos a encontrarnos ante un fenómeno que sale de lo normal. Recuerde que las dificultades apenas han empezado. Hasta que no tengamos la clave de su locura, no llegaremos a nada.

La conducta de Leszczuk parecía confirmar plenamente la hipótesis de Hińcz.

El campesino lo hizo salir, como se había convenido, y en varias ocasiones atravesó el patio en su compañía. Leszczuk hubiera inspirado piedad al corazón más endurecido.

Se arrastraba, parecía tullido y sin fuerzas; y a la vez, de toda su persona y de todos sus gestos emanaba la misma dulzura triste y esa especie de desesperación del hombre perdido.

En efecto, como decía el campesino, «se pegaba» de una manera absolutamente indudable.

Parecía querer decir algo al campesino pero sin conseguirlo, como si tratara de ponerse en contacto con él. Se acercaba mucho, se apretaba casi contra él, lo seguía como si un misterioso imán lo atrajese con una fuerza especial.

Ese comportamiento bastante poco consciente sólo se manifestaba respecto al campesino. A su mujer, que observaba sus movimientos con hostilidad, no le prestaba la menor atención.

El campesino era risueño, hacía gestos cómicos y no dejaba de lanzar miradas hacia el seto en el que estaban escondidos Hińcz y Maja.

—Inútil maniatarlo —dijo al regresar junto a ellos—. Ha debido de descubrir no sé qué en mí, y me sigue como un perrito.

Decidieron que Maja iría antes a Połyka para preparar la llegada de Leszczuk. Se trataba ante todo de que los pensionistas no se enteraran de nada.

Hińcz temía, por lo demás, que la vista de la muchacha causara a Leszczuk una conmoción demasiado fuerte. Esperaba poder trasladarlo a Połyka con ayuda del campesino.

Maja cogió un caballo sin ensillar y partió a través del bosque. Poco después, una carreta se detenía ante la entrada lateral de Połyka. Se hizo bajar de ella a Leszczuk, que fue trasladado en seguida a uno de los cuartos de arriba.

No podía caminar, se caía de fatiga y apenas se daba cuenta de lo que le sucedía. No reconoció ni siquiera a Połyka. Una especie de reacción se había apoderado de él, y, apenas lo acostaron, perdió el conocimiento.

18

La llegada de Maja a Połyka produjo una profunda conmoción entre los huéspedes de la pensión. La noticia impresionó muy particularmente a la señorita Wycisk y a la mujer del médico.

—¿Sabe usted quién ha llegado esta mañana? ¡Ocho-łowska!

—¿Se fue anoche y hoy ya está de vuelta?

—¡No, no la vieja! ¡Maja! ¡La he visto con mis propios ojos desde la ventana!

Los diarios se extendían complacidamente en la misteriosa muerte de Maliniak, y el nombre de Maja aparecía muchas veces en las crónicas. La esposa del médico estaba fascinada:

—¿Y sabe usted que no ha llegado sola? ¡Han transportado a alguien aquí y lo han instalado arriba! Lo he oído a través de la puerta.

—Marysia me dijo que ayer hubo una riña en Koprzywin.

La excitación de las dos damas llegó al colmo cuando Marysia les confió en secreto que era Leszczuk quien había sido trasladado e instalado en un cuarto de arriba.

En seguida permanecieron en acecho en el comedor, o bajo la galería.

Pero no pasaba nada. Maja no se dejaba ver. El denso silencio de la tarde llenaba la casa.

Hacia la noche se presentó un médico. Hińcz hizo que examinara íntegramente al paciente.

—El organismo no ha sufrido lesiones. Las heridas son superficiales. Los síntomas de que usted habla pueden tener una causa nerviosa. Sería prudente llamar a un psiquiatra.

Hińcz no era de esa opinión. Sospechaba que la enfermedad no era de origen nervioso, sino espiritual.

Pidió al médico un somnífero para Maja. Él mismo tomó una poción calmante. Necesitaban ante todo recuperar las fuerzas. El silencio se extendió sobre Połyka hasta la tarde siguiente. Fue el momento en que Leszczuk volvió en sí.

—¿Dónde estoy? —preguntó frotándose los ojos.

—No se mueva —dijo Hińcz, que no dejaba entrar a Maja—. Usted se halla enfermo.

—¿Pero dónde estoy?

—En Połyka.

De pronto todo le vino a la memoria; de un salto se incorporó en la cama.

—¡Qué he hecho! ¿Quién es usted? Dios mío, esos campesinos querían golpearme... ¿Y yo? Señor...

Se echó de nuevo hacia atrás y cerró los ojos.

—¿Es usted médico? —murmuró un instante después.

—No.

—Dígame la verdad. ¿Me he vuelto loco?

—De ningún modo —replicó Hińcz—. Usted se condujo ayer de una manera un poco agitada, pero debía de estar muy nervioso.

Y procuró tranquilizarlo por todos los medios.

Pero desde que el muchacho se acordó de los acontecimientos de la noche anterior, cayó en una sombría apatía, cerró los ojos y guardó silencio.

Hińcz le explicó serenamente cómo lo habían descubierto. Sólo le ocultó que era vidente. Le dijo que acompañaba a Maja a Połyka y que los dos lo habían encontrado entrando por casualidad en un restaurante.

—¿Entonces ella está aquí? —preguntó Leszczuk.

—¿Desea usted verla?

—¡No! —replicó asustado.

Y añadió:

—Quiero irme.

Hińcz cogió el lápiz de su bolsillo y le preguntó:

—Dígame de dónde ha sacado este lápiz.

—Ese lápiz no es mío.

—¿Cómo, no es suyo? Mírelo de cerca. Aquí están las marcas de sus dientes.

—Ah sí, es verdad. Lo he encontrado.

¿Dónde lo ha encontrado?

—En el castillo. Fui allí una vez y lo encontré en el suelo, en una sala blan...

Se interrumpió. Acababa de acordarse de la sala blanca que veía en sueños.

—Debe de ser la misma sala con la que sueño —gruñó contra su voluntad y se volvió del otro lado—. Quiero dormir.

—Espere un momento. ¿Ese lápiz estaba ya mordido cuando usted lo encontró?

—Sí.

—¿Y usted lo ha mordisqueado?

—No sé. Sí. Tengo esa costumbre.

Se calló y permaneció inmóvil, con los ojos muy abiertos y la mirada perdida en el techo.

Maja quedó trastornada por lo que Hińcz le contó. ¿Así que el lápiz procedía del castillo? Leszczuk lo había encontrado la noche en que había perdido su navaja. Después debió de olvidarlo en su bolsillo.

Poco tiempo después sus labios se habían vuelto azules, durante el paseo por el bosque. Además, él había encontrado el lápiz en la sala blanca. También Maja pensó en seguida en la sala blanca de su sueño en común. Había pensado más de una vez que aquella sala estaba en el castillo de Mysłocz.

¿Había, pues, algo extraordinario en todo aquello?

Le habló a Hińcz del castillo y de la impresión terrible que sentía cada vez que miraba su mole desierta, misteriosa, y como perteneciente a una vida diferente a la del resto del mundo.

Sí, esa sala que se le aparecía en sueños debía de ser uno de los cuartos del castillo. Este descubrimiento la impresionó mucho.

Maja pensó en Skoliński. Por nada del mundo quería mezclar a Cholawicki en esas historias: odiaba demasiado a Leszczuk.

Pero Skoliński, si estaba todavía en Mysłocz, quizá pudiera darle una explicación.

Hińcz estaba de acuerdo con ella. Según él, ese lápiz misterioso, tan repugnante, podía revelarles la clave del enigma. Ante todo, había que poner las cosas en claro.

—Óigame, vamos a ir juntos a visitar al profesor. Ese castillo me interesa. Pondremos a Leszczuk al cuidado de Marysia. Es una muchacha enérgica, y él todavía está demasiado débil para ofrecerle resistencia.

Marcharon a través de los pantanos, siguiendo los

terraplenes, y tomaron por el corredor subterráneo. Maja lo guiaba a través del dédalo de las salas sombrías y desiertas.

Tenía la esperanza de que llegarían a dar con el profesor sin encontrarse con Cholawicki, a quien deseaba ocultar su regreso el mayor tiempo posible.

Se detuvo en el primer piso.

—Espéreme aquí.

Desde el fondo de los salones le llegaban voces y vieron una luz que se filtraba por una puerta entreabierta. Maja quiso retroceder. Hińcz la retuvo.

—Aproximémonos —dijo—; aunque alguien nos vea, no resultará muy peligroso; tengo curiosidad por saber qué ocurre ahí dentro.

También Maja estaba intrigada por ese ruido de voces, tan contrario al silencio al que estaba habituada allí. Se aproximaron y fueron testigos de una escena única en su género.

Grzegorz servía la mesa al príncipe, a Cholawicki y al profesor, que hablaban de cosas intrascendentes como si nada los hubiera separado jamás. Se prodigaban amabilidades mutuas entre las paredes arruinadas y agrietadas. En apariencia, no había nada de particular. Al contrario, la conversación parecía de una corrección y de un convencionalismo excesivos.

Sin embargo, los rostros extenuados de los interlocutores conferían a sus frases redondeadas y a sus maneras ceremoniosas la apariencia de un juego increíble y peligroso. Se hubiera dicho que hacían un esfuerzo supremo para ahogar bajo un fárrago de charlatanerías mil cuestiones más importantes que aquellas que trataban.

Lo más asombroso era que, a despecho de la corrección de sus palabras, sus ademanes tenían un aire mal coordinado, extravagante. Skoliński y Cholawicki hacían de cuando en cuando movimientos extraños: uno doblaba el dedo hacia abajo, el otro tendía la mano hacia un plato con un ademán amplio y estudiado. El propio Grzegorz vertía agua en los vasos de una manera singular.

—¿Qué quiere decir todo esto? —preguntó Hińcz.

Maja se mostró por un instante a Skoliński, poniendo el índice sobre los labios. Él comprendió y fue a reunirse con ellos poco después.

—Venga con nosotros a Połyka, profesor —susurró Maja—. Tenemos que hablar. No quiero que Henryk lo sepa.

—Bueno, yo también deseo hablar con usted, señorita.

Por el camino preguntó a Hińcz dónde había oído pronunciar su nombre.

—¿Es usted el célebre vidente? ¿Qué le ha traído por aquí?

—Un momento, un momento, profesor. Dígame antes si sucede algo anormal en el castillo.

—¿Cómo lo sabe?

—Tengo razones para suponerlo.

—¡Por fin, estimado señor, encuentro a alguien con quien hablar! —exclamó el profesor con entusiasmo—. Usted llega en el momento más oportuno. Ya no podía resistir más.

Y le relató todo lo que le había sucedido en ese tiempo de espanto. La cocina. La toalla. El príncipe. Cholawicki. La señora Ziółkowska. La señal. Todo se desarrolló ante Maja y Hińcz como en un cuento de *Las mil y una noches*.

—No me he equivocado —murmuró Hińcz, impresionado—. Actúan aquí fuerzas muy extrañas.

—¿Cuáles?

—Profesor —dijo Hińcz—. Cuídese. Lo hemos visto mientras cenaba. ¿Por qué sus ademanes son tan... curiosos?

El sabio se turbó.

—Trato sin cesar de descubrir la señal, y aprovecho todas las ocasiones para sondear al príncipe. Por eso he tomado la costumbre de dar a cada uno de mis ademanes un toque un poco diferente del normal.

—Eso es muy peligroso.

El profesor no se engañaba: sabía que él también, en esas terribles condiciones, cedía progresivamente a una suerte de abandono. Según él, la situación era aún más amenazadora de lo que ellos mismos suponían.

Llegaron a la casa solariega y Maja los hizo pasar por la entrada lateral y subir a su cuarto.

—Esperaba descubrir la señal y librar al príncipe de ese estado que lo consume moral y físicamente. Por desgracia, no he avanzado un ápice en mis investigaciones. Estoy atrozmente cansado de todo esto, apenas aguanto... Mi resistencia disminuye de día en día. Temo que para Cholawicki las cosas sean todavía peor. Ese hombre da señales de extravío.

—¿Estará de veras tan mal?

—No lo sé. ¡Ya no sé nada! Quizá no disminuya nuestra resistencia, sino que aumenta la presión de esas fuerzas misteriosas... No es nada asombroso que uno deje de comprender, que pierda fe en su capacidad intelectual. Esos fenómenos superan mi entendimiento. Me alegro infinitamente de que venga usted en mi ayuda.

Usted conoce esas realidades mejor que yo. ¿Es posible explicarlas naturalmente?

Hińcz, a su vez, le contó la historia de Leszczuk.

—Dicho en otros términos, esa fuerza es contagiosa e infecta a la gente —murmuró el profesor.

—Puedo equivocarme —dijo Hińcz—, pero a mi juicio no podemos dudar del sentido moral y espiritual de esas asombrosas manifestaciones. Pienso que la agitación de esa servilleta es enigmática, en todo caso. Toda persona que ha participado en sesiones de espiritismo sabe que fuerzas desconocidas pueden levantar objetos, desplazar muebles e incluso golpear a los espectadores. Esos hechos no tienen necesariamente un carácter sobrenatural. Son fuerzas desconocidas que dependen de nuestra constitución psicosomática y que entran de tal modo en acción. Imaginemos que ese desgraciado Franio, en una tensión prodigiosa de sus fuerzas vitales, haya comunicado a la servilleta algunas parcelas de su energía. ¿No ha notado usted que ese movimiento guarda parentesco con el de un médium? Así se podría, si no explicar esta parte del enigma, al menos vincularlo con las experiencias que se han tenido durante las sesiones de espiritismo. Tengo la sensación —prosiguió— de que estamos en presencia de un caso inaudito por su poder. Franio ha debido de alcanzar un grado de intensidad de la que ningún hombre normal tiene idea, y desencadenar así fuerzas cuyo poder es difícil de calcular. Una parte de ese fluido ha debido de impregnar el lápiz y trasmitirse a Leszczuk. Hay un detalle extremadamente interesante: todos los síntomas están ligados con los labios, de una manera u otra. Muchas veces los labios de Leszczuk se han vuelto azules. Sabemos que tenía la costumbre de mordisquear el lápiz. Pero luego hemos sabido que el lápiz ya había sido mordisqueado antes. Apostaría cualquier cosa a que fue Franio: en ese lápiz, los rastros de los dientes de Leszczuk se mezclan con los de Franio.

—Los labios... —interrumpió el profesor—. Yo mismo he observado ciertos indicios que conciernen a mis propios labios. He advertido a menudo que mis labios se estremecían u ondulaban, pero después se me ha pasado.

—Parece que esa fuerza ataca con más facilidad los labios —concluyó Hińcz pensativo.

—También había una cuestión de labios en los pedazos de papel abandonados por Rudziański.

—Sin embargo, usted cree que esto dista de aclarar el problema —preguntó Maja a Hińcz.

—Precisamente. La fuerza que nos rodea no es neutra en el plano espiritual. Sin duda es portadora del signo negativo. Es una fuerza maligna. Le repito lo que ya le he dicho, señorita. La siento como extraordinariamente mala y me baso en esa sensación. Es muy posible que se comunique mecánicamente por intermedio de objetos contaminados, pero tengo la convicción de que sólo se ejerce a... través de un hombre que le es espiritualmente favorable. ¿Por qué no ha conseguido causar un daño notable al profesor, que ha permanecido tanto tiempo en la proximidad de esa sala? Pues porque el profesor le ha opuesto su fuerza espiritual. ¿Y por qué Leszczuk ha sido contaminado? Pues porque una deplorable serie de circunstancias lo ha llevado a dudar de sí mismo y lo ha hecho flaquear.

—Así es —confesó Maja, desesperada.

—No se deje abatir, señorita. Lucharemos.

—¿Qué queda por hacer?

Hińcz se concentró.

—Muchas cosas. Debemos buscar la explicación de esos fenómenos. Ante todo, habrá que sondear a Leszczuk. Soy de la opinión de no ocultarle nada sobre su estado. Cuando lo hayamos puesto al corriente de su situación, tal vez recupere la fuerza para resistir. Debemos tratar de hacerle decir qué le ha sucedido a Maliniak. Hay que disuadirlo de la idea de suicidarse. De todos modos, es necesario que él nos hable de su situación psíquica.

—No será fácil —observó el profesor.

—Ya veremos. Pero eso no es todo —continuó Hińcz, arrugando la frente—. Ese campesino me intriga. ¿Por qué Leszczuk se ha sentido tan atraído hacia él? Además, ¿por qué cuando yo tenía el lápiz he visto a dos personas? A Leszczuk que avanzaba por la carretera y a otro que escribía en la pared. ¿Sería Franio?

El profesor sacó de su cartera una vieja fotografía amarillenta.

—¿El hombre que escribía se parecía al de esta fotografía?

—¿Es Franio?

—Sí.

Examinaron la foto con curiosidad.

—Sí, es el que escribía en la pared. Es él, sin duda.

—¿No encuentra que se parece a Leszczuk? —preguntó el profesor.

—¿Qué dice usted? ¡En efecto! Pero no, no es exactamente un parecido. Mírelo usted: los rasgos son diferentes. Sucede con esto el mismo fenómeno que con la señorita —señaló a Maja—. No se parecen, pero dan esa impresión, porque los une un parentesco de naturaleza. Hay parecido sólo en la expresión de los ojos, en el dibujo de los labios, en el carácter. La misma pasión, la misma vitalidad, el mismo furor de vivir los une a los tres; mire usted, profesor.

Hińcz tapó los ojos de la foto de Franio con un pedazo de papel. El parecido desapareció inmediatamente.

Maja se estremeció al oír la expresión «los tres», como si formaran una misma y única familia.

Mientras tanto, Hińcz, pensativo, tenía la frente cruzada por una arruga vertical.

—Escúchenme —dijo—, no hay que hacerse ilusiones. La situación en la que nos encontramos es particularmente difícil y exigirá todos nuestros esfuerzos. Debemos serenarnos. Ni misterio, ni fatalismo. Y ahora, vamos a cenar.

—¿A cenar? —se asombró Maja.

—Desde luego. ¡Hay que comer! Además, no podemos ocultar mucho tiempo nuestra presencia a los pensionistas. Créame, será mejor que nos conduzcamos del modo más natural posible.

Entraron en el comedor. La mujer del médico, la señorita Wycisk y el consejero Szymczyk, que sabían de la vida tumultuosa de Maja, buscaron en su rostro señales de agotamiento, en tanto que un joven matrimonio con su hijo, recién llegados, continuaban consagrándose impávidos a los placeres de la mesa.

Maja procuró pronunciar el nombre de Hińcz con la menor claridad posible, y agregó en seguida con la mayor naturalidad del mundo:

—El señor Leszczuk ha llegado al mismo tiempo que nosotros, pero ha tenido un problema con unos campesinos en Koprzywie, y deberá descansar un poco.

—Ah... —dejó escapar la señorita Wycisk.

Maja contempló con emoción el viejo comedor familiar iluminado por dos lámparas de petróleo. Le parecía que no lo veía desde hacía siglos.

—Querido profesor, usted permanece recluido en el castillo y no viene siquiera a decirnos buenos días —susurró amablemente la opulenta esposa del médico.

—Es verdad, me he hecho amigo del príncipe —dijo Skoliński— y estudio los archivos de Mysłocz.

Pero la señorita Wycisk no podía contentarse con tales explicaciones. Que Maja tuviera un semblante espantoso no era sorprendente. ¿Pero el profesor? y el recién llegado le recordaba a alguien; no sería acaso...

—Debe de ser Hińcz —murmuró la otra dama—. ¡Ya sabe, el quiromántico! He visto su foto en los diarios.

¡Hińcz! Era como si la señorita Wycisk se hubiese encontrado con el rey de Inglaterra.

—Quizá sea ese mago —respondió la otra agriamente—; no me interesa.

Se hizo silencio en torno a la mesa, uno de esos silencios molestos tanto más difíciles y penosos de romper cuanto más prolongados. Nadie conseguía encontrar un tema de conversación. Cosa extraña, ese mutismo comenzaba a ser inquietante. La presencia de una personalidad del espiritismo, de un médium como Hińcz, quizá había turbado a las dos damas. El caso fue que ambas se pusieron a hablar de fantasmas. Hińcz se esforzaba en vano por moderarlas. La esposa del médico contó una historia espantosa y la señorita Wycisk continuó con otra. No había medio de hacerlas callar. Se deleitaban con esas historias abominables.

Después de la comida, Hińcz se fue a pasear por el jardín. Recorría las avenidas sinuosas del viejo parque esforzándose por aclarar sus ideas al máximo en esa historia tan sombría como intrincada.

Nunca había tenido semejante sensación de impotencia. ¿Para qué lo había dotado la naturaleza con un don de vidente parcial y harto fortuito, puesto que ese don no le permitía ver nada? Por lo contrario, lo precipitaba en una incertidumbre todavía más grande al ponerlo en comunicación con fuerzas desconocidas y misteriosas.

Hińcz chocaba sin cesar con ese universo metafísico cuya naturaleza no conseguía penetrar.

Esas circunstancias lo inclinaban cada vez más a la fe. En medio de las atroces incertidumbres de este mundo, sólo una cosa se le aparecía con nitidez: la verdad sólida y simple que proclama que el único refugio del hombre, su único medio de defensa, su único bastión, son sus cualidades de carácter, y su única guía, su moralidad. Tenía la certidumbre de que si Leszczuk y Maja recobraban la salud moral, podrían salir de todas sus dificultades.

Por eso se alegraba de haber encontrado un aliado en la notable personalidad del profesor. En cambio, la nulidad y tontería de las dos pensionistas, la funcionaria y la esposa del médico, lo llenaban de los más sombríos presentimientos. Si llegaban a sospechar algo, sembrarían sin duda la turbación y el pánico. El temor les quitaría todo asomo de dignidad y de razón.

Hińcz cogió el funesto lápiz y se puso a observar las huellas de los dientes a la luz del claro de luna. ¿Quién más lo había mordido? ¿Qué dientes... y en qué acceso de rabia? Se concentró, y el cuerpo bien erguido, el brazo tenso, se esforzó por ver algo más, por levantar otro pliegue del velo.

¡Inútil! Quizá allí, en la proximidad del castillo, esas fuerzas serían demasiado poderosas. ¿O tal vez le faltaba a él mismo calma, desapego, equilibrio espiritual? Lo cierto era que se fatigaba sin provecho alguno. Solamente una impresión aplastante del mal, del mal contenido en ese lápiz, lo penetraba de nuevo por completo.

Volvió a la casa a paso lento. En el comedor se encontró con las dos damas y el joven matrimonio recién llegado, reunidos en un rincón en torno a una mesita. Hińcz ya estaba sensibilizado a la menor anomalía, y observó inmediatamente que se habían sentado demasiado cerca de la mesa, demasiado juntos unos de otros.

Al ver a Hińcz, la funcionaria dejó escapar un grito de niña pillada en flagrante delito, y los demás manifestaron también confusión y excitación.

¿Qué andaban haciendo? Hińcz quiso pasar sin detenerse, pero observó sobre la mesa una gran hoja de papel cubierta de letras y sobre ella un platillo vuelto del revés.

—¿Organizan ustedes una sesión? —preguntó.

El grupo estalló en risitas.

—¡Eso quisiéramos! —dijo el recién llegado.

—Esta señora es médium, según parece —exclamó su joven esposa, señalando a la señorita Wycisk.

—A todos nos interesa con pasión el espiritismo —dijo con vehemencia la esposa del médico, dedicando su más encantadora mirada a Hińcz.

—¿No querría usted participar en la sesión?

¡Así que era una trampa! Habían descubierto su incógnito y utilizaban esa burda maniobra para forzarlo a participar en su juego, con la esperanza de tener grandes emociones. Hińcz pensó en dar su merecido a esa pandilla de tontos que ni siquiera sabían que jugaban con fuego.

Sin embargo se le ocurrió que, en efecto, podría organizar una sesión, pero con la participación de Leszczuk.

Sí, era una idea. Quizá podría proyectar así una nueva luz sobre el asunto. La experiencia tenía posibilidades de salir adelante. ¿Pero no comportaba peligros demasiado grandes?

Hińcz estaba tan absorto en sus meditaciones que no oyó las voces excitadas de esos magos improvisados. De pronto resonó el galope de un caballo y un hombre alto, en traje de montar, entró en el cuarto.

¡Cholawicki!

—Parece que ha llegado la señorita Ochołowska —dijo después de haber saludado a los presentes con voz desprovista de toda amabilidad y de toda expresión, sin mirar a nadie.

—Es verdad, ha llegado —se apresuraron a informarle las dos señoras, excitadas por ese nuevo giro de los acontecimientos.

—¿Está en el primer piso?

—Así es.

—El señor Leszczuk también ha llegado —agregó la señorita Wycisk con aire inocente.

Cholawicki hizo un movimiento para dirigirse a la escalera, pero Hińcz lo retuvo.

—Justamente, yo subía. Anunciaré su visita a la señorita Ochołowska.

Quería prevenirla y al mismo tiempo impedir que Cholawicki subiera. Pero este último, sin prestar la menor atención a las palabras del vidente, empezó a subir pesadamente los escalones.

Llegado al descanso, vio a Maja ante la puerta de un cuarto. Skoliński estaba junto a ella. El secretario se detuvo como hipnotizado.

Después de haberse despedido de ella en Varsovia, sus sufrimientos habían aumentado. La certeza de que la había perdido, de que Leszczuk se había apoderado de ella por completo, no lo dejaba en paz. Cuando supo que Maja había regresado a Połyka, se puso inmediatamente en camino, como llevado por el diablo. Ignoraba que Leszczuk había llegado con ella, y ahora acababan de darle la noticia.

Cholawicki estaba al borde del derrumbe final. Maja le recordaba los días en que a pesar de todo pertenecía al mundo normal, lo que aumentaba sus celos ya exacerbados.

—Maja —dijo con voz sorda.

Maja se apartó rápidamente de la puerta.

—¿Qué veo? —exclamó con una sonrisa forzada, haciendo un esfuerzo por dominarse.

El hecho de que Maja procurara apartarlo de la puerta puso en guardia a Cholawicki.

—¿Quién está en ese cuarto? —preguntó.

—Bajemos, ¿quieres?

Cholawicki le lanzó una breve mirada y por toda respuesta apoyó la mano en el picaporte. Los celos lo cegaban.

Maja trató de impedir que entrara, pero él se precipitó en el cuarto. Hińcz corrió tras él, furioso por ese contratiempo imprevisto que podía resultar nefasto para el enfermo, y se detuvo petrificado. La cama de Leszczuk estaba vacía. Había huido.

La ventana abierta indicaba a las claras cómo había abandonado el cuarto. El gran arce que se alzaba junto al muro era una escala muy adecuada.

Todos se olvidaron de Cholawicki.

Se precipitaron al jardín y se dispersaron por el bosque.

—¿Adónde ha podido huir?

—Vayamos a la casa del campesino —exclamó Hińcz—. Aún debe de andar por allí.

Sin decir palabra, Cholawicki montó a caballo. No tenía la menor idea de lo que significaba la huida de Leszczuk y menos aún de la persecución que presenciaba. Lo que le importaba era la emoción de Maja, que al ver el cuarto vacío parecía haber prescindido del mundo entero. Cholawicki los seguía al galope, alegrándose de que se hubiera olvidado de él y de que así pudiera entregarse de lleno a su desgracia.

Ya casi habían llegado a la granja, cuando Handrycz, alegre y lleno de bríos, les salió al encuentro.

—Ha vuelto —les gritó desde lejos.

Leszczuk había salido del cercado y se aproximaba a Handrycz vacilando, con la obstinación y la ceguera de un idiota. En ese momento, Maja, no pudiendo contenerse, se precipitó sobre él.

—¿Qué haces? ¡Por el amor de Dios! —exclamó.

Hińcz quiso interponerse. Demasiado tarde. Leszczuk la había visto.

—¡Vuelve a empezar! —aulló en una crisis de furia, la mirada perdida, y se lanzó sobre ella.

Lograron contenerlo, pero él trataba frenéticamente de escaparse, completamente fuera de sí.

—¡Lo ha matado! ¡Matado! ¡Matado! —rugía.

Lo derribaron por el suelo. La mujer de Handrycz acudió con cuerdas. Cholawicki contemplaba el espectáculo desde lo alto del caballo, sin participar lo más mínimo en los acontecimientos.

Dominaron a Leszczuk y lo trasladaron al interior de la casa. Entonces el secretario bajó del caballo y se aproximó lentamente a la ventana. Desde allí, oía perfectamente todo lo que se decía.

—Aléjese usted, señorita —exclamó Hińcz—. Es usted la que lo vuelve loco.

Leszczuk se echó a llorar. Hińcz se aproximó a él y lo cogió del brazo.

—¡Escúcheme bien! —dijo con fuerza—, usted es el juguete de un espíritu maligno. ¿Me oye? Usted está hechizado por el demonio.

Teniendo en cuenta el bajo nivel de instrucción del muchacho, no quería perder tiempo en consideraciones científicas y eligió el tipo de explicación más simple.

Entonces Hińcz, que lo tenía siempre por el brazo, le explicó claramente y con precisión todo lo que había sabido por Maja y el profesor. Hablaba lentamente, cuidando de que sus palabras llegaran a la conciencia de Leszczuk.

Le habló de la sala hechizada, del lápiz, de todo lo que les había hecho soportar en los últimos tiempos. Le pintó el conjunto de la situación y, soltando progresivamente el brazo del infeliz, empezó a acariciarle el pelo.

Hińcz no tenía la certeza de que entendiera lo que le decía pero le habló durante casi media hora.

Leszczuk volvió hacia él los ojos dilatados por el espanto.

—Entonces, ¿usted dice la verdad? Eso quiere decir que yo...

—Sí, pero no se deje vencer. Luchamos para recuperarlo. Ayúdenos.

—Por eso he seguido a ese campesino.

Ya tenía conciencia.

—Sálveme —murmuró.

—Aproveche este instante de conciencia. Ahora tiene usted toda su lucidez —lo alentaba Hińcz—. Trate de responder a mis preguntas con la mayor precisión posible.

—Empiece, lo escucho.

—¿Qué le atraía de ese campesino?

—No sé.

—¿Lo conocía usted?

—No.

—De modo que no lo conocía... ¿Se da usted cuenta de lo que hace en sus momentos de crisis? ¿Se acuerda?

—Me acuerdo —murmuró—, pero no puedo contenerme. Es como si estuviera borracho.

—¿Y cuándo le ocurrió eso por primera vez?

—Después de la muerte de Maliniak.

—¿Por qué mató a Maliniak?

—¿Cómo? ¿Qué?

Se sentó en la cama.

—¡Ella lo mató! —gritó y su rostro se puso sombrío—. ¡Ella, ella!

Hińcz lo sacudió violentamente.

—¡Calma! —le suplicó, viendo que el muchacho volvía a hundirse en las tinieblas—. ¡Qué tonterías dice!

—Le pasó un nudo corredizo alrededor del cuello y tiró de la cuerda a través de un agujero en la pared. Lo he visto —murmuró Leszczuk y se desvaneció.

Hińcz lo reanimó con un trapo mojado.

—¿Sabe usted lo que acaba de decir? Siga hablando. Cuente todo con detalle.

—¿Por qué?

—Porque ella no lo mató. Usted tuvo visiones. Quizá había perdido ya la cabeza en ese momento.

No, él no estaba loco. Lo recordaba perfectamente. En el momento en que había entrado en el cuarto, ella estaba a punto de estrangularlo. Le había pasado un nudo corredizo alrededor del cuello mientras dormía, había pasado el extremo de la cuerda por una hendidura en la pared de su cuarto y había tirado. Al principio, él no había comprendido. Sólo después se había dado cuenta.

La cuerda debió de pasarla por debajo, en una hendidura entre el tabique y el suelo. La casa no era de una construcción particularmente cuidada; no debía de ser muy difícil separar algunos listones. Maja había entrado en el cuarto de Maliniak, le había pasado el nudo alrededor del cuello y había pasado la cuerda por la hendidura. Después había encendido un fósforo para que él entrara por la ventana y había estrangulado a Maliniak en el momento en que él entraba. Había concebido el plan con una habilidad diabólica para que toda la culpa recayera sobre él. ¿Quién podía sospechar de ella, desde el momento en que él había entrado por la ventana?

Hińcz se pasó la mano por la frente.

¿Sería posible? ¿Y si fuera verdad? Todo era posible, en realidad. Tal vez Maja había sido atraída en la órbita de esas fuerzas malignas y había estrangulado a Maliniak en un acceso de furia.

Hińcz se había jurado no dejarse arrastrar por las temibles extravagancias de la imaginación. Por eso concentró su atención en los hechos.

¿Cómo era posible todo eso? Maja le había dicho que ella no había encendido el fósforo. Entonces, ¿por qué Leszczuk afirmaba que le había hecho la señal?

Se lo hizo repetir y corrió hacia Maja, que aguardaba en la entrada. Le contó todo.

—Leszczuk desvaría —dijo ella—. Ante todo, la cama de Maliniak estaba contra la pared opuesta a la que separaba su cuarto del mío. Además, no encendí el fósforo. ¿Quién puede haberlo matado, sino él? ¿Sabe usted?, mientras más reflexiono más me convenzo de que debemos consultar con un psiquiatra.

La resignación comenzaba a apoderarse de ella, pero Hińcz se resistía a la duda. Había decidido tener confianza. Si ellos mismos no se concedían mutua confianza, él había decidido prestarles crédito a los dos.

Si Maja afirmaba que no había encendido el fósforo y Leszczuk que había visto su resplandor en la ventana, eso significaba que ambos tenían razón. Si ambos sospechaban el uno del otro, eso quería decir que ninguno de los dos había cometido el crimen.

¿Qué había ocurrido? ¿Un espíritu maléfico? Era preciso no abusar de ese género de hipótesis, a menos que no quedara ninguna otra explicación posible.

Pidió a Maja que le dibujara un plano de la villa y que le describiera una vez más con precisión el desarrollo de los dramáticos acontecimientos. Ella satisfizo su petición de mala gana. Ya no se hacía ilusiones. Hińcz tuvo que vencer la misma reticencia con Leszczuk, antes de que este último consintiera en repetirle todo una vez más, plano en mano.

¡Leszczuk había confundido la disposición de los cuartos! El de Maliniak era contiguo, por un lado, al de Maja; por el otro, a una pequeña antecámara que daba a una escalera que conducía al primer piso.

—¿Vio usted el fósforo encendido en esta ventana o en ésta? —volvió a preguntarle Hińcz por enésima vez, indicándole sucesivamente la del cuarto de Maja y la de la antecámara. Leszczuk señaló cada vez la última.

—Fue allí, en la ventana de su cuarto.

—¿Y la cama de Maliniak estaba contra esta pared?

—Sí.

—Bueno, usted se ha equivocado. No era el cuarto de la señorita Ochołowska.

—Me da igual —respondió Leszczuk con su voz

melancólica y apenas audible—. Si algún espíritu de esa naturaleza me habita, si estoy...

Se volvió contra la pared y enmudeció.

Maja tampoco quiso creerlo cuando le expresó su íntima convicción de que Leszczuk decía la verdad y de que no era él quien había matado a Maliniak.

—¿Quién otro hubiera podido matarlo? O bien Leszczuk ha perdido la memoria, o bien su culpabilidad lo aterra. Esta historia de la pared es una niñería.

—Volvamos —dijo por fin Hińcz.

Lo peor era la imposibilidad de confrontarlos. Temía que ni el uno ni el otro resistieran. Maja tuvo que volver por sí sola, porque hubo que transportar a Leszczuk en la carreta.

—Regreso al castillo —dijo el profesor—. Usted ya no me necesita y no puedo dejar mucho tiempo al príncipe sin protección.

—Está bien, pero debemos mantenernos en contacto permanente. Si no sucede algo imprevisto, vaya a vernos mañana a Połyka. Ah, otra cosa. ¿Dónde está Handrycz? Habría que interrogarlo también a él.

Llamó al campesino.

—Vaya mañana a Połyka. Tengo que hablarle.

Pero la mujer de Handrycz intervino.

—Mi hombre —afirmó categóricamente— no irá a ninguna parte.

—¿Por qué?

—Porque tiene otras cosas que hacer.

—No te entrometas —dijo el campesino, que presentía la posibilidad de ganar algún dinero—. ¿A qué hora debo ir?

—No irás a ninguna parte —exclamó la mujer—. Tienes que ocuparte de tu trabajo.

Hińcz la miró atentamente. Esa resistencia inesperada lo intrigaba.

—Bueno —dijo—. Puesto que usted se niega, tanto peor.

Pero se prometió volver a verlos al día siguiente para observar a esa extraña pareja.

Se pusieron en camino. Ya estaban en el bosque cuando oyeron el galope de un caballo y vieron pasar ante ellos en una encrucijada la silueta sombría de un jinete.

Cholawicki... El eco sordo de los cascos y de los fustazos se sumió en el silencio del bosque.

¡Había como una especie de furor en ese galope! Hińcz escrutaba el bosque con ojos inquietos, pero el jinete y su caballo ya habían desaparecido.

Cholawicki entregó el caballo medio muerto al palafrenero y entró en el castillo. Si un momento antes cabalgaba a pleno galope, ahora se arrastraba por las salas vacías. La cabeza y las manos le temblaban como en un acceso de fiebre. Había oído toda la conversación de Hińcz y de Leszczuk, y estaba enterado de todo.

Esa fuerza de la vieja cocina era, pues, una manifestación maléfica.

¿Se comunicaba a las personas? ¿Por qué no lo había alcanzado todavía? ¿Por qué había elegido a Leszczuk?

El secretario estaba sumamente intrigado. Lo cierto era que ni él, ni Skoliński, ni el príncipe, que estaban permanentemente en el palacio, habían sido alcanzados por ella; sólo Leszczuk, aunque vivía lejos, en Varsovia...

Abrió la pesada puerta guarnecida de hierro y se detuvo en el umbral de la vieja cocina. Encendió un fósforo. La servilleta se agitaba sin descanso, de una manera imperceptible. Se estremeció, se puso tenso y su mente empezó a cavilar.

Como tantas veces, Cholawicki examinó el lugar en silencio. ¡Qué abominable! ¡Una repulsión sin límites! ¡Y la angustia y esa garganta apretada!... ¡Qué tontería!

Era, pues, ese trapo el que perseguía a Maja y a Leszczuk. Los había elegido como víctimas. Cholawicki estalló en una risa involuntaria que lo hizo estremecerse.

«Debo admitir —pensó— que aunque se trate de una fuerza de la naturaleza, ciega y mecánica, de una suerte de energía plasmo-espiritista... ha sabido elegir.»

¿Por qué a ellos? ¿Eran las misteriosas corrientes de tensión que se establecían entre Maja y Leszczuk las que habían atraído ese síndrome de vida convulsivo y turbulento?

Cholawicki prefería no detenerse demasiado en estas consideraciones. Sólo sabía que la servilleta (para llamarla por su nombre) estaba en connivencia con él.

Recordó que había tratado de encerrar al profesor en esa cocina. Skoliński había huido esa misma noche.

Ahora el fluido se había apoderado de Leszczuk. ¿Y si él trataba de conocer mejor esa fuerza, de explotar ese mal misterioso por cuenta propia? Tocar la servilleta con sus propias manos, pasar allí la noche para ver... Si el lápiz había ejercido una influencia tan catastrófica sobre Leszczuk, ¿qué podía esperarse de la servilleta?

Por supuesto, era abominable. ¿Pero no era también él abominable? Agotado, desesperado, privado de Maja, despojado de sus tesoros, había perdido en todos los frentes.

Sabía desde hacía mucho que había fracasado. Desde que el profesor se había instalado en el castillo; desde que Maja había huido con Leszczuk. Pero sólo ahora se le presentaba la posibilidad de una venganza.

Se echó a reír de nuevo.

—¡Haré que aún te agites más! —gruñó.

Se incorporó y se dirigió lentamente hacia la toalla. Le asombró que ese gesto, al que no se había atrevido durante tanto tiempo, le pareciera ahora tan increíblemente fácil. No sentía ya el horror del fenómeno: sólo percibía el horror de sí mismo. Y si hacía muecas, no era por miedo de la servilleta, sino por terror de sí mismo...

19

Entre tanto, Hińcz no daba tregua a su febril actividad. Solo, en medio de todas esas personas debilitadas y desequilibradas, representaba aún una energía psíquica intacta y una voluntad de resistencia. No ignoraba la responsabilidad que pesaba sobre sus hombros.

¡Tratar de aclarar la situación! Examinar todo lo que no era comprensible, seguir el menor rastro, tal era el método que había adoptado.

Escribió una carta a las autoridades de Varsovia encargadas de la investigación:

Señor juez de Instrucción:

En razón de asuntos extremadamente urgentes, por desgracia no puedo presentarme en persona ante usted, pero considero que mi deber es transmitirle una intuición que he tenido a propósito del crimen de Maliniak.

La tesis actual de los investigadores es, como se sabe, que el criminal ha entrado por la ventana. Sin embargo, no llegan a explicarse por qué se ha servido de un nudo corredizo. La posición del cuerpo y, en especial de la cabeza, presentan muchas dificultades a los policías.

Me permito aconsejarle con insistencia que someta a un examen minucioso la pared que separa el cuarto de Maliniak de la antecámara. Considere un instante, por favor, la hipótesis (sin retroceder ante el hecho de que parezca absurda) de que el criminal comenzara por pasar el nudo corredizo por el cuello de Maliniak dormido, para introducir después el extremo de la cuerda en una hendidura y en seguida pasar a la antecámara. Desde allí habría tirado de la cuerda. Después de lo cual habría cortado la cuerda a ras de la pared y la habría deslizado en el cuarto de su víctima.

Me doy perfecta cuenta de que esta suposición, ya de por sí bastante inverosímil, es absolutamente irrealizable, por el hecho de que la puerta del cuarto de Maliniak estaba cerrada con llave desde el interior. En otras palabras, el asesino no habría podido pasar y deslizar el nudo corredizo. Si por otra parte hubiera entrado por la ventana, no habría podido deslizarse hasta la antecámara. Considero sin embargo muy indicado corroborar esta hipótesis, porque tengo la convicción de que las cosas han sucedido así. Le agradecería mucho que me informara sin demora sobre el resultado de sus investigaciones, pues eso facilitaría la continuación de mis trabajos. Lo saluda afectuosamente, etcétera.

Hińcz había puesto toda su autoridad en la balanza. Skoliński llegó hacia las cinco de la tarde.

—Al fin —dijo Hińcz—, lo esperaba. Ocúpese de nuestro paciente. Yo iré a ver a Handrycz. No es el menor de todos los enigmas que tenemos que desentrañar.

—No sé si hago bien en alejarme del castillo —dijo el profesor—. Hoy Cholawicki no ha almorzado con nosotros. Se ha excusado diciendo que estaba enfermo. Me temo que lleve algún asunto entre manos.

—Pronto nos ocuparemos directamente de ese señor —dijo el vidente—, así como de la sala hechizada.

—¿Le ha declarado la guerra al trapo de cocina?

—Desde luego. ¡Ahí está el origen del mal y debemos remontarnos hasta él! Si Cholawicki nos lo impide, emplearemos la fuerza para que no pueda estorbarnos. ¡No andaremos con miramientos! Antes tengo que recoger un máximo de informaciones. Lo que más cuenta es que yo fortalezca el psiquismo de Maja y de Leszczuk. Nos encontraremos, pues, en el castillo y destruiremos esa servilleta.

—Eso puede traer consecuencias incalculables —exclamó Skoliński.

—Tanto peor. Por lo demás, tendremos tiempo de reflexionar. Esta tarde llevaré a cabo una experiencia de la que dependerán muchas cosas.

Skoliński permaneció junto a Leszczuk, que estaba de nuevo postrado en la cama.

Maja no dejó su cuarto. El profesor iba y venía del uno al otro; él mismo rumiaba funestos presentimientos. Pensaba con inquietud en el príncipe, así como en la súbita enfermedad de Cholawicki.

Hińcz regresó al anochecer.

—Hay algo turbio en ese campesino —dijo en su informe a Skoliński—. Su esposa no me ha dejado hablarle. No sé de dónde le viene esta súbita obstinación. Pero he ido a informarme en la aldea vecina. Bueno: me han dicho que Handrycz llegó allí con su mujer, hace algunos años, de Lublin. Esa mujer es hija de un granjero de la región, pero trabajaba en Lublin, donde conoció a Handrycz y casó con él. A la muerte del padre, heredaron la granja. Handrycz no tiene familia aquí, y nadie pudo decirme otra cosa.

—¡Ah, si pudiéramos dar con la señal! —gimió el historiador, inquieto por la suerte del príncipe.

—Profesor —dijo Hińcz—, esta noche intentaremos algo decisivo. Quédese a cenar. Es posible que esta noche se alce una esquina del velo.

Alimentaba serias inquietudes respecto a esta experiencia cuyo resultado podía ser fatal. ¿Organizar una sesión de espiritismo con Leszczuk como médium? Dormirlo y a través de este medio dudoso intentar hacerse una idea más clara de las fuerzas que lo habían hechizado.

Era un juego extremadamente peligroso, que el muchacho podía pagar con su salud y su vida. Nadie podía prever el resultado de semejante sesión.

Sin embargo, Hińcz estaba decidido a perforar la barrera de tinieblas que lo rodeaba.

¡Y si la experiencia triunfaba!

El carácter espiritista de los fenómenos de la sala hechizada permitía esperar mucho de este método. Pero, ante la desesperación de Hińcz, había que recurrir para la sesión, a falta de otros participantes, a las damas de la pensión.

La idea de que esas idiotas fueran a participar en una experiencia tan aventurada le ponía carne de gallina.

—Bueno, ¿y si hiciéramos una sesión de espiritismo? —propuso después de cenar—. Pasaríamos un buen rato...

—¡Maravilloso! —exclamaron la señorita Wycisk y la mujer del médico.

—Estoy dispuesta a servir de médium —agregó la señorita Wycisk.

—No, se me ocurre algo mejor. Si les propongo esto, es porque me parece que Leszczuk es un excelente médium. Vamos a pedirle que participe.

La señorita Wycisk y su compañera no cabían en sí de alegría. ¡Una sesión de espiritismo! ¡Y, además, con Leszczuk!

Prepararon una mesa redonda en un estrecho gabinete situado en un ala de la vieja casa. Bajaron las cortinas y colocaron en un rincón una luz tamizada. Éstos fueron todos los preparativos de la ceremonia, modestos, por cierto, pero harto excitantes.

Hińcz explicó su proyecto a Leszczuk, que no opuso ninguna objeción.

Hińcz no sospechaba hasta qué punto Leszczuk había quedado sobrecogido al saber que era presa de fuerzas misteriosas.

Esta noticia, que hubiera podido sacudir naturalezas más sutiles que la de él, había producido el efecto de una bomba en un ser tan simple.

¿Era, pues, un juguete del diablo?

Leszczuk no se detenía en casuísticas. Para él, una fuerza semejante no podía ser sino diabólica.

No creía en ella. No llegaba a creer. Sin embargo, todo le hacía admitirla.

En todo caso, había en él algo horrible, lo sentía.

Por eso la repulsión y el miedo de sí mismo lo hacían naufragar por completo en el embotamiento.

Maja no debía participar en la sesión: su presencia era imposible junto a Leszczuk.

—Consiga todos los cordiales y apósitos que encuentre y espere en la habitación contigua —le aconsejó Hińcz.

—¿Apósitos?

—Sí, ¡quién sabe qué puede ocurrir!

Todos ocuparon su lugar en torno a la mesa.

Hińcz estaba sentado a la derecha de Leszczuk; el

profesor, a su izquierda; seguían las dos damas y la joven pareja. Buscaron un papel y un platillo. Hińcz procedía con las mayores precauciones. Había decidido empezar por una sesión ordinaria con un platillo.

—Oh... oh, se mueve —murmuró la esposa del médico, impresionada, viendo que el platillo temblaba y giraba sobre el papel, al cabo de un cuarto de hora de espera febril.

En tanto que la dama seguía la demostración con temor reverencial, la señorita Wycisk, en cambio, estaba persuadida en su fuero interno de que todo eso no era más que subterfugio, trampa y trucos. Manifestó su convicción con una expresión y unas muecas apropiadas.

Sin embargo, el platillo comenzó a girar cada vez más rápido sobre el papel y con un movimiento cada vez más nítido.

De pronto se detuvo señalando sobre el papel la letra *f.* Después, con velocidad creciente, las letras *o, s, o.*

—Foso —leyó a media voz la esposa del médico.

—No hable —la reprendió el vidente.

El platillo repetía esa palabra sin cesar. Parecía loco, volaba sobre el papel, escapando de los dedos de los asistentes y repitiendo sin cesar: «Foso, foso, foso...»

—¿Cómo te llamas? —preguntó Hińcz.

Rápido movimiento del platillo.

Fosa-fra, fosa-ma, fosa-mi.

—Fósil —sugirió irónicamente la señorita Wycisk.

—Repite —ordenó Hińcz, que se esforzaba con todo su poder de concentración por penetrar en el sentido de ese balbuceo.

—Fosa-fra —respondió esta vez el platillo que, inmediatamente después, indicó la palabra «no».

—¿No quieres hablar?

—No.

—¿Por qué?

—Lápiz —martilló el platillo y se detuvo.

—Es caprichoso —susurró la primera pensionista.

—Aunque se moviera, ya no podría decirnos nada —replicó el profesor con voz algo ronca—, porque el trazo se ha borrado.

—¿Cómo?

Era verdad. El trazo que Hińcz había marcado con lápiz había desaparecido.

—Lápiz —repitió Hińcz levantándose—. Esperen un momento, traeré un lápiz.

—Yo tengo uno —dijo la señorita Wycisk.

Pero Hińcz salió como si no la hubiera oído y volvió poco después con un lápiz negro. Lo usó para trazar una nueva línea en el borde del platillo y de nuevo todos se inclinaron.

En ese momento, la mujer del médico fue presa de un miedo espantoso.

—¡Me voy!

—No rompa la cadena, señora —le gritó el vidente con aire amenazador.

En ese instante, el platillo empezó a moverse como enloquecido. Daba saltos sobre la mesa, se precipitaba hacia el borde como si quisiera caer y romperse. Era una verdadera furia, una rabia inconsciente, y sin embargo tan evidente que todos tenían la impresión de ver debatirse un animal bajo sus dedos.

—Duerme —dijo entonces Skoliński.

Y miraron a Leszczuk que dormía, en efecto, con el rostro pálido como la muerte, la frente chorreando sudor. Tenía los labios negros, y respiraba con fuerza.

—No rompan la cadena —ordenó Hińcz en voz baja.

Era una orden innecesaria. Nadie se movía. Todos esperaban como hipnotizados. Un estruendo resonó en la habitación y hubo como una descarga eléctrica. El platillo se había alzado a una altura de cincuenta centímetros y al caer de nuevo se había roto en mil pedazos.

—¿Quién eres? —preguntó el vidente.

Esta extraña pregunta no dejaba de ser razonable. Los rasgos de Leszczuk habían sufrido una transformación radical. Su nariz se había vuelto más puntiaguda, su rostro más delgado y como diferente: estaba bañado en un aura de odio espantoso. Los dientes asomaban entre sus labios negros y todo su cuerpo estaba como agitado por pulsaciones. No temblores, sino verdaderas pulsaciones; al menos, eso era lo que los espectadores veían desde la penumbra.

—¿Lo quieres? —profirió Leszczuk con una voz que no era la suya—. Está bien, te perdono. Lo verás en seguida. Primero yo, después tú.

Levantó el brazo con un ademán violento y se pasó los dedos por la garganta.

—Esto es el precio de mi perdón. Mi perdón hacia ti y hacia mí mismo.

Levantó el otro brazo y se puso de pie vacilando. Con las dos manos hizo unos ademanes precisos, como si se metiera algo en la boca. Inmediatamente después, su rostro se puso violeta y se desplomó.

La esposa del médico, presa de un ataque de nervios, cayó de su silla. Los jóvenes esposos optaron por huir. Hińcz y el profesor se apresuraron en socorro de las víctimas.

Pero, ¿cómo socorrerlas? ¿De qué? Leszczuk parecía

a punto de ahogarse con una sustancia invisible, sin esperanza de salvación.

Hińcz hacía esfuerzos desesperados para despertarlo. Finalmente, cuando todo parecía perdido, su intervención dio resultado: el muchacho se despertó, dejó de sofocarse al instante y respiró profundamente.

—¿Dónde estoy? —murmuró.

Lo subieron al piso de arriba. Toda la casa parecía desierta. Los pensionistas, enloquecidos, habían buscado refugio en los cuartos más apartados.

«¿Dónde está Maja?», se preguntó súbitamente el profesor.

Empezaron a llamarla, pero no respondía. Debió de esperarlos en el saloncito. De pronto Hińcz la vio en el suelo. Yacía sin conocimiento.

La hicieron volver en sí.

—¿Qué le ha sucedido?

—Me desmayé.

No sabía nada más, salvo que había permanecido sentada donde la dejaron. No se acordaba de nada más. Hińcz respiró aliviado cuando hubo examinado cuidadosamente sus heridas, que eran superficiales.

—¡Uf!, esto hubiera podido terminar mucho peor para los dos.

—¿La experiencia salió bien? ¿Han averiguado algo?

—Paciencia, paciencia. Descanse un poco antes de que procedamos al examen de los resultados.

Hińcz fue a ver a Leszczuk, que estaba tendido en su cama, extenuado. No hizo la menor pregunta. Los ojos, desmesuradamente abiertos y fijos, estaban impregnados de un sufrimiento y de una angustia mortales. Cuando Hińcz quiso pronunciar algunas palabras tranquilizadoras, le replicó nerviosamente.

—¡No diga nada! ¡No quiero saberlo! ¡No quiero nada de nada!

«Esto anda mal —pensó el vidente—. Pronto le faltarán fuerzas para soportarlo.»

Sin alejarse demasiado del cuarto de Leszczuk, Hińcz y el profesor discutieron largamente sobre la sesión.

—Me parece, estimado profesor —dijo el vidente—, que hemos asistido a una escena que se ha desarrollado antes en la vieja cocina. Por mi parte, no tengo la menor duda. Es Franio el que ha encarnado en Leszczuk.

—¿Es posible? —murmuró el profesor.

—Desde luego. Fenómenos semejantes se producen en las sesiones de espiritismo. No debemos apresurarnos en atribuirles un sentido sobrenatural. Ignoramos el proceso porque no conocemos del todo nuestras facultades psíquicas. Pero sucede precisamente en el curso de las experiencias que diferentes individuos se manifiestan a través del médium. En este caso, ha sido Franio.

—Sí, era de prever.

El profesor sacó la foto de su bolsillo. En efecto, Leszczuk había adquirido el aspecto de Franio.

—En mi opinión, ya sabemos qué ha pasado en la vieja cocina —dijo Hińcz—. Creo que usted estará de acuerdo conmigo. Hemos sido testigos de la última discusión entre Franio y el príncipe, discusión a consecuencia de la cual el muchacho se suicidó. Fue precisamente con la servilleta con lo que cometió este acto horrible, metiéndosela en la boca y sepultando en ella la cara, como hemos podido ver. Se ahogó con la servilleta en presencia del infeliz príncipe. Los movimientos de Leszczuk durante la sesión fueron claros y sugerentes al respecto. ¿Por qué no lo impidió el príncipe? ¿Estaba paralizado por el miedo? ¿Le era imposible por alguna razón concreta? ¿Y ese ademán de los dedos en la garganta —se preguntó bruscamente—, no sería la señal que buscábamos? ¿Qué piensa usted?

Pero el docto historiador se alzó de hombros.

—Mil veces he hecho ese ademán delante del príncipe y de la señora Ziółkowska, y siempre en vano. Por lo demás, no era un gesto de perdón. Era más bien una amenaza.

El profesor trató de reproducir el gesto de Franio, pero se detuvo en seguida.

—No es así... —dijo.

—Sí, lo hacía de otro modo —confirmó Hińcz, imitando a su vez el ademán de Leszczuk-Franio.

—No, no es así...

—¿Cómo, entonces?

Los dos permanecieron perplejos. De pronto Skoliński exclamó:

—¡Fue con la mano izquierda!

Sí, la diferencia residía en eso. ¿Franio era zurdo? En todo caso, Skoliński aún no había ensayado ese gesto preciso.

—Consultaré a la señora Ziółkowska —exclamó el profesor—. Hay que comprobar eso.

—Lo acompaño.

Hińcz no tenía demasiada confianza en la perspicacia del profesor.

—¿No sería mejor que se quedara? ¡Dejarlos así a los dos, después de semejante choque!

Pero el vidente no compartía sus temores.

—Iremos en coche. Estaremos de vuelta dentro de una hora.

Si han sido capaces de soportar la sesión, no corren peligro por el momento.

Por si acaso dejó instrucciones precisas a Maja, ordenándole que velara por Leszczuk pero que no entrara de ningún modo en su cuarto. La vigilancia directa del muchacho se confió a Marysia.

Después se pusieron en camino hacia la casa del guardabosque, donde la señora Ziółkowska había ido a descansar. Durante el camino, reflexionaron sobre algunos detalles de la sesión que todavía no habían logrado dilucidar.

¿Un foso? ¿Qué era ese foso del que había hablado Leszczuk? ¿De qué foso se trataba? ¿Por qué el médium había completado esa palabra con la sílaba «fra»? Fra, ¿Franio, acaso? ¿Se trataba del foso de Franio?

Hińcz y el profesor se perdían en conjeturas: «Foso, fosa-fra, fosa-ma, fosa-mi...» ¿Cuál era el sentido oculto de esos balbuceos?

—Ma-Maja —dijo Hińcz—. ¿Pero por qué «fra»? Quizá Fosafra... Fra... Franio. Fosa mí, es decir él, Leszczuk. Espere, espere... ¿El médium habría querido insistir con ello en la asociación de esas tres personas? Fra-Ma-Mi es por tanto una composición de los tres, una combinación de Maja, Leszczuk y Franio. Se la puede descomponer así, se la podría descomponer de otra manera. ¡Qué poca cosa sabemos del mundo y de nosotros mismos!

La señora Ziółkowska no estaba en la casa. Debieron esperar mucho tiempo antes de que regresara de Koprzywe, con un chal negro y un gran sombrero. Escupió de asco al ver al profesor.

—¿Qué? ¿Más muecas? ¡No recuerdo nada! —exclamó—. ¡Déjeme en paz de una vez por todas!

—Un instante, se lo ruego. ¿Y de esto, se acuerda? El profesor hizo el ademán.

—¡No! —exclamó ella—. ¡No me acuerdo! ¡No faltaba más que eso! ¡He venido aquí para mi perdición!

—Trate de acordarse. ¿Se parece más así?

—¡Se parece como un ratón a un elefante!

No les quedó más alternativa que subir al coche e irse. El profesor estaba decepcionado, pero a Hińcz la señora Ziółkowska no le inspiraba demasiada confianza.

—Esa arpía nos oculta algo. ¿Se dio usted cuenta de cómo perdió aplomo al principio? Por lo demás, si era ella la que le llevaba la comida al príncipe en una fuente, la sostenía probablemente con la mano derecha. Tenía, pues, la izquierda libre y, si es ella la que hizo el ademán, no pudo hacerlo sino con la mano izquierda.

—Bajo aquí —dijo el profesor a la altura del camino que subía al castillo—. Es hora de que vuelva a mi puesto. Pero ¿quién es el que corre? ¿Grzegorz?

Grzegorz se aproximaba en el claro de luna haciéndoles señas. Saltaron del vehículo.

—¿Pasa algo?

—Busco al señor por todas partes. He ido hasta Połyka.

—¿Qué pasa? Puede hablar sin temor delante de este señor, Grzegorz.

—¡Las cosas andan mal, Dios nos proteja! He corrido para prevenirlo de que andan mal.

—¿Y qué más?

—¡El señor secretario ha pasado la noche entera en la vieja cocina!

Esta noticia fue como un pistoletazo para Hińcz y Skoliński. ¿Cholawicki en la vieja cocina?

El viejo criado les informó con unas pocas frases entrecortadas.

—Desde ayer había notado que el señor secretario andaba peor. No cesaba de recorrer el castillo y de sonreír. ¡No fue a ver al príncipe ni siquiera una vez! Por la noche eché una mirada a su cuarto, y no estaba. Pensé que habría salido o no sé qué... Por la madrugada, volví: la cama no estaba siquiera deshecha. Y de pronto una intuición me llevó a ver qué pasaba en la vieja cocina. Miré: ¡la cama estaba deshecha como si alguien se hubiera acostado en ella!

—¿Y entonces?

—Me precipité a ver al secretario, y se me echó a reír en la cara, eso es todo, pero de una manera rara... ¡Se ha vuelto loco de atar! «No me moleste, Grzegorz —me dijo—, porque tengo que ajustar cuentas.» Y después se hizo ensillar un caballo y partió. Me dije que debía prevenir al señor profesor en Połyka, porque las cosas andaban mal. En el camino, un campesino me dijo que ustedes se acercaban por este lado, entonces los esperé aquí. Hay que hacer algo. ¡El príncipe está solo en el castillo!

Hińcz y el profesor intercambiaron una mirada.

—Volvamos.

—¿Habrá perdido por completo la razón?

—¡Todo es posible! —dijo Hińcz—. ¡Lo peor es que todo es posible! Vuelva en seguida al castillo con Grzegorz. Cuide del príncipe. Yo me iré a Połyka. Hemos hecho mal en dejarlos solos.

—¿Qué piensa usted hacer?

—Si Cholawicki da muestras de violencia, habrá que atarlo. Debemos imponer nuestra voluntad en Mysłocz y lograr el libre acceso a esa sala. ¡Si no queda otro remedio, tiraremos esa servilleta, la quemaremos, la aniquilaremos, sean cuales fueren las consecuencias!

¡Esta situación puede volverse insoportable si se prolonga! No dejaré que ese trapo continúe extorsionándome aunque lo haya elegido el propio diablo como instrumento.

Hińcz fustigó el caballo y partió hacia Połyka, dispuesto a afrontar cualquier eventualidad. Serían las once de la noche cuando llegó. Vio en seguida que no habían soltado los perros.

—¿Dónde está la señorita Ochołowska?

—La señorita se ha ido con el señor Cholawicki y me ha pedido que le entregue esta carta.

Hińcz abrió el sobre.

«Estimado señor —leyó—: No me busque. Volveré mañana por la mañana. Maja.»

—¿El señor Cholawicki se ha quedado mucho tiempo?

—No. Ha hablado con la señorita en el jardín y han partido a través de los pantanos. Está la señora, ha vuelto de Varsovia.

La señora Ochołowska apareció en la puerta con aire abatido y profundas ojeras.

—¿Puede explicarme qué sucede aquí? —dijo.

Entonces Hińcz advirtió que la casa estaba completamente revuelta. Los sirvientes bajaban maletas de todos lados.

Vio pasar por el fondo a la señorita Wycisk, a la esposa del médico y al consejero Szymczyk en traje de viaje. La señora Ochołowska estaba perpleja.

—Hace un cuarto de hora que he llegado de Varsovia, donde me he enterado de esa atroz historia de Maliniak. No encontré a Maja y he vuelto. Parece que usted la ha traído. ¿Pero qué pasa? ¡Todos quieren irse inmediatamente, en el tren de la noche! ¿Dónde está Maja?

Señoras, señor —agregó, dirigiéndose a la funcionaria, a su compañera y al consejero, que acababan de acercarse—, les ruego que esperen al menos hasta mañana por la mañana.

—Imposible —dijo la señorita Wycisk—, acabo de recibir un aviso urgente. Es necesario que parta.

—Y yo tengo que acompañarla —dijo la esposa del médico.

—Yo escoltaré a estas damas —dijo el consejero.

El joven matrimonio también se disponía a partir. Nadie quería pasar la noche en Połyka.

«Es el pánico», pensó Hińcz, buscando una explicación para la señora Ochołowska.

—Mucho me temo que yo sea el culpable —dijo por fin—. Por desgracia, y sin duda usted habrá oído hablar de ello... poseo ciertas dotes que asustan a la gente. Además, he cometido la imprudencia de organizar una sesión de espiritismo después de la cena. Eso, según parece, ha provocado este éxodo masivo.

—¿Dónde está Maja? —repetía la señora Ochołowska sin escucharlo.

La misma cuestión torturaba a Hińcz.

20

Hasta entonces Maja había concedido poco crédito a las hipótesis de Hińcz, que le parecían inverosímiles, y estaba convencida de que Leszczuk había perdido la razón, o simulaba la locura para evitar el castigo. Después de la sesión, empezó a creerlo verdaderamente hechizado. Debía de existir una relación entre sus actos y ese cuarto. Todo era obra de algún fluido oculto.

¡Pero entonces, todo resultaba posible!

¡Si Leszczuk no era en verdad el ser que ella había imaginado, quizá hubiera cometido ese crimen y los actos que lo habían precedido bajo la influencia de una voluntad ajena!

Y tal vez no fuera él quien había asesinado a Maliniak. ¿Era precisamente esa fuerza ajena a él la que lo había matado?

¿No habría mentido cuando la había acusado de homicidio?

Pero si había sospechado de ella... quizá fuese ésa la razón de su acceso de locura, de su sensibilidad al influjo de la vieja cocina. Por lo tanto, Leszczuk la amaba. Y sin embargo...

Maja iba y venía de un extremo a otro del cuarto, luchando consigo misma.

Lo que más la atormentaba era que Leszczuk no soportase su presencia, que debieran permanecer separados.

¿Iría o no? ¿Y si su visita agravaba su estado y él sufría una nueva crisis?

Pero Maja sentía que era necesario.

Estaba segura de que sólo ella podría curarlo.

Puesto que él la amaba...

Si Leszczuk la amaba, si ella era en verdad la única causa de su abatimiento, tenía entre sus manos la suerte del muchacho y era el remedio que él necesitaba.

Movió el picaporte de la puerta.

Leszczuk estaba tendido en la cama. Ningún músculo de su cara se estremeció cuando ella entró. Se miraron sin decir una palabra. Maja tuvo una sensación extraña.

¡Qué terrible aventura estar bajo una fuerza oculta, habitado por un huésped que en cualquier instante podía adueñarse de su alma, no ser plenamente responsable de nada!

—¿Usted cree en verdad que he matado a Maliniak?

Leszczuk callaba, pero sus ojos permanecían azorados y llenos de espanto. ¿Cómo convencerlo? ¿Qué decirle?

Parecía que Leszczuk fuera incapaz de reaccionar en su presencia.

—Haya sido usted o no —murmuró por fin—, me da lo mismo.

¡Oh, esa mirada llena de terror!

—¿Qué quiere decir?

—Que estoy perdido, definitivamente perdido.

—No es por mi culpa...

Leszczuk se incorporó en la cama.

—¿No es por su culpa? Entonces, ¿de quién es la

culpa? ¿No es usted quien me ha tentado de todas las maneras posibles? ¡Se lo he dicho más de una vez! Ese espíritu maligno me ha contaminado, no por intermedio del lápiz, sino por intermedio suyo. ¡Es en usted donde reside desde el principio! Cuando robó la cartera de Szulk. Cuando hizo de mí su cómplice. Si he jugado ese partido innoble, ha sido por usted, y no me sorprende que Dios me haya castigado.

Maja no supo qué responderle. Tenía razón. ¡Su mirada era terrible! ¡Cómo podía ella tener la conciencia en paz! En vez de elevarlo con su amor, ella lo había despreciado, no le había concedido nunca su confianza y lo había hundido cada vez más.

¡Qué visión ingenua de las cosas! El diablo, decía Leszczuk. Nada menos que eso. Aunque quizá estuviera cerca de la verdad.

Quedó muy asombrada al oír lo que el muchacho dijo sobre la cartera de Szulk.

—¿Que yo he robado a Szulk?...

Maja estaba a punto de creer que él decía la verdad. No comprendía nada. ¿También la creía culpable de eso?

Lo más duro de soportar era su indiferencia. ¡Esa apatía! ¡Ese terror animal!

—¡Cállese! —exclamó—. ¡Es falso! Y, además, ¡yo lo amo, lo amo! ¡Y usted también me ama, lo sé!

Quería a toda costa arrancarlo de ese sopor. ¿Habría perdido toda influencia sobre él?

—Váyase —dijo Leszczuk lentamente—; no es momento para frases de amor. Hay en mí lo que quizá haya en usted. Si está en mí, también está en usted. Cómo saber si es usted la que me habla ahora o... no sé... no estoy seguro... de que sea usted... Si quiere ayudarme, llame a un sacerdote. Quiero confesarme.

Maja se retiró.

Por un momento no supo qué había pasado.

Leszczuk creía simplemente que ella padecía su mismo mal. Ese espíritu maligno. Eso era lo que imaginaba. Tenía dudas. Le tenía miedo. Y ella tenía miedo de él. No había podido evitar tenerle miedo al verlo. Ambos se tenían miedo.

Maja sentía que Leszczuk se hacía una idea demasiado candorosa de las cosas, que las tomaba demasiado al pie de la letra. Pero en los últimos tiempos ella había sido testigo de tantas cosas extrañas que ya no estaba segura de nada.

¡Se tenían miedo el uno al otro, un miedo visceral que aniquilaba toda esperanza de salvación!

Quería confesarse... Llamar a un sacerdote. ¿Era lo único que podía hacer en su situación? Maja no podía creerlo.

Cayó de rodillas en el corredor y por primera vez desde hacía muchos años se sumió en una ardiente plegaria. No sabía a quién rogaba ni por qué. Llamaba desesperadamente a alguien en su ayuda, imploraba su piedad para ella y para Leszczuk.

Había perdido las fuerzas. Desamparada, se aferraba al único deseo de terminar con esos tormentos. ¡Poco importaba de qué manera!

Se había arrodillado en un rincón oscuro, el rostro entre las manos, y no sentía las lágrimas tibias que le corrían por los dedos. Poco a poco la abrumó el agotamiento y una indiferencia tan profunda que parecía imperturbable.

La casa parecía dormitar. La lámpara del corredor se había apagado.

¿Dormía o soñaba despierta?... Le parecía que alguien, un recién llegado, la levantaba y la conducía a través de la penumbra y del silencio.

El lugar estaba desierto. Las puertas se abrían sin ruido ante ella y se cerraban al instante. Tenía conciencia de ello por las tinieblas que se volvían cada vez más espesas. Un rumor cada vez más nítido llegaba desde detrás de las paredes, muy próximas: tenía algo del ruido de las ramas en la tempestad, o del golpeteo del chaparrón sobre los vidrios.

Todo era irreal y sin embargo verdadero. Le habría bastado extender el brazo para tocar las murallas húmedas. Tenía de ello una certidumbre total. Atravesaba misteriosos peristilos sin vacilar, confiaba en el que la conducía, fuera quien fuese.

Una débil luz, que se agrandaba y se volvía más nítida, brilló en la lejanía. Reconoció un vitral multicolor como los que se encuentran a veces en los corredores de las viejas abadías, un mosaico de cristales coloreados dispuestos al azar.

Quería ver algo detrás de los vidrios de colores. Pero el dibujo del vitral se animaba, las líneas ondulaban y bullían como serpientes. Sus esfuerzos resultaron vanos.

Tenía la certidumbre de que no dormía.

Hubiera querido romper el vitral, pero advirtió que no podía levantar las manos.

Las tenía sobre los ojos en la misma actitud que un momento antes, cuando estaba de rodillas y rezaba. Sentía las tibias pulsaciones de la sangre en sus dedos, que permanecían sobre sus mejillas bañadas en lágrimas. Por entre los dedos distinguía siempre la luz, no uniforme sino multicolor.

¡No, no dormía! Hasta oía su propia respiración, acelerada, interrumpida a veces por un suspiro espasmódico. A la vez estaba como paralizada, incapaz de hacer un movimiento.

Alguien permanecía junto a ella, alguien que se apiadaba al verla luchar contra su impotencia. Sin duda esa persona había cerrado los postigos de la ventanita, porque los vidrios coloreados habían desaparecido.

Miró por la estrecha abertura, abierta en el espeso muro. Sabía que descubriría algo terrible. Reunió sus últimas fuerzas para vencer su temor. Porque era necesario a toda costa que viera qué se escondía allí.

Presenció una escena extraña como a través de un espeso cortinaje. Desde un ángulo insólito, como si estuviera colocada más arriba o más abajo.

Sí, más abajo. En un cuarto blanco flotaban siluetas en escorzos curiosos. Grandes pies, largas piernas, troncos reducidos, cabezas casi inexistentes.

Uno de los espectros se aproximó a Maja. Se inclinó hacia ella, que creyó adivinar a través de la cortina el contorno de un rostro familiar y sin embargo tan cambiado que la estremeció. No, ese estremecimiento no era un sueño.

¿Quién era? Leszczuk, desde luego. ¿Esperaba ver allí a otra persona? Los ojos le salían de las órbitas, blancos y globulosos como los de un ahogado. Un rostro abotagado, lívido, y con los labios hinchados, con sombríos reflejos metálicos.

Una verdadera pesadilla.

Esas enormes manos se tendían hacia Maja. Los dedos curvos como garras se contraían y estiraban sin poder coger nada. Chocaban con la cortina blanca. Sus uñas la raspaban y laceraban sin lograr desgarrarla.

De pronto, por sus pupilas dilatadas pasó un relámpago de espanto. Las garras retrocedieron. Con la mano izquierda se apretó la garganta hasta que sus labios negros se abrieron y contrajeron en una mueca horrible, que descubrió los dientes. La otra mano se movía en el aire como el ala de un pájaro herido.

El espectro vacilaba. Titubeó un instante sin fuerza, y de pronto cayó con el rostro vuelto hacia Maja.

Un grito ahogado. Su propia voz. Un clamor de asombro, más que de temor. No era Leszczuk.

Alguien conocido, ¿pero quién? Sí, Handrycz. ¡Handrycz, sin duda!

La visión se disipó. Pero el rostro del espectro permanecía grabado en su memoria. No podía equivocarse, aunque sus rasgos estuvieran atrozmente alterados.

Todo había desaparecido. La cortina, el cuarto blanco, las sombras humanas... Sólo permanecía el recuerdo del rostro de Handrycz.

¿Por qué él?

Maja permanecía en ese estado de ensoñación y, atormentada por su curiosidad insatisfecha, no quería salir de él con la esperanza de que continuara su visión, de que se aclarase el misterio.

¿Quién la había conducido a esos corredores? ¿Por qué le habían mostrado ese cuarto, que por lo demás no le era más desconocido que el rostro de Handrycz?

Pero nada apareció tras sus párpados bajos, mientras iba adquiriendo conciencia del lugar y del tiempo, y su cuerpo se despertaba del letargo. Sintió un dolor en las rodillas fatigadas, en los dedos violentamente contraídos. Su espíritu se reactivó, asaltado por pensamientos inquietos.

¿Si no era un sueño, qué significaba esa visión? ¿De dónde venía? Fragmentos de recuerdos no podían formar un todo coherente. Por lo demás, ¿qué recuerdos?

¿El subterráneo que conducía al castillo, el cuarto que se le había aparecido hacía poco en sueños, el rostro de Handrycz? ¿Por qué Handrycz y no Leszczuk? ¿Por qué el espectro se estrangulaba con su propia mano? Sí, con la mano izquierda.

¡Qué no hubiera dado por tener junto a ella a alguien capaz de ayudarla a comprender!

La fatiga, el agotamiento nervioso, hubieran podido justificar su sueño, y el sueño, esa visión. Pero no había dormido... ¿Eran presentimientos en forma de visión, de una imaginación febril?... ¿Qué ver?

«¡Leszczuk no estaba allí! —comprobó Maja con asombro—. ¿Es para bien o para mal?... ¿Ya no estaba, o bien nada tenía que hacer allí?»

Antes de recuperar la calma y de convencerse del carácter quimérico de sus apariciones, oyó unos pasos cautelosos que se acercaban por el corredor.

—El señor Cholawicki está aquí —dijo tras ella Marysia, con voz insegura.

Maja se puso de pie. ¿Qué quería? ¿Debía recibirlo? Quizá hubiera pasado algo en el castillo.

Cholawicki se excusó por llegar a una hora tan tardía, pero tenía absoluta necesidad de hablarle.

Sus ojos brillaban ardorosos.

—Vamos al parque —propuso Maja, y ambos se dirigieron hacia los árboles que recortaban sus altas y oscuras siluetas en la noche azul.

—Ante todo quiero decirte —declaró el secretario con voz neutra— que ya no soy enemigo tuyo ni de Leszczuk. Me rindo. He cambiado mucho desde ayer. Te convencerás en seguida. Pero te pido que guardes una discreción absoluta sobre lo que voy a decirte, algo de importancia fundamental.

—De acuerdo.

—¿Sabes qué sucede en la vieja cocina del castillo?

—Lo sé.

—Escucha bien. Nadie se había arriesgado aún a pasar la noche allí, tampoco yo me había atrevido, hasta anteayer. Respiró profundamente.

—Ahora lo sé todo acerca de la servilleta —dijo—. He venido especialmente para decírtelo porque lo que sucede... tiene relación... contigo.

Maja se estremeció. ¿Con ella? ¿Trataba de engañarla? Pero ¿cómo hubiera podido él saberlo? Admitiendo que hubiese oído hablar de la enfermedad de Leszczuk, no conocía el origen ni el papel que ella había desempeñado...

A menos que Skoliński hubiera hablado. No, era imposible.

Por lo demás, bastaba mirarlo. Si Cholawicki había tenido hasta entonces el aire de un espectro, hoy era la imagen misma de la muerte.

Sintió un nudo en la garganta.

—¿Qué relación? —pudo al fin preguntar.

—No puedo decírtelo —murmuró Cholawicki—. No puede expresarse y... en una palabra, no puedo. Es inútil que me hagas preguntas. Todo lo que tengo que decirte es que os concierne a ti y a Leszczuk... ¡Debes ir tú misma y ver!

—¿Yo?

—Tú, porque nadie más podrá comprenderlo... Esto te concierne a ti. Dime una cosa, quiero decir... es posible que tú... que él...

—¿Qué?

—¡Nada! ¡Nada! Ven y verás. Hoy mismo. Todo depende de ello. ¡Su vida, y más que su vida!

—¿Pero de qué se trata?

—¡No hagas preguntas! ¡Si no vas hoy mismo, nadie podrá salvarlo!

Maja pasó de la desconfianza al espanto, y después a la rabia impotente.

No se atrevía a creer en Cholawicki. Temía una celada. ¡Él, convertido en su ángel de la guarda! Ella conocía demasiado sus celos.

Pero, ¿cómo sabía todo eso? ¿Quizá intentaba atraerla a ese cuarto? Pero ¿y si dijera la verdad?

Sus palabras oscuras y enigmáticas la enloquecían y acrecentaban su incertidumbre.

Comprendió que debía ir. Mientras no supiera lo que sucedía allí, viviría en la duda y no podría encontrar un minuto de sosiego.

Ella y Leszczuk serían los esclavos de ese misterio, los esclavos de la extorsión que alguien quería ejercer sobre ellos y, en suma, los esclavos de sus propios delirios.

Se temerían el uno al otro, no estarían seguros de nada. Si ya la desconfianza había matado en ellos el amor, ¿qué ocurriría en adelante, puesto que ya no sabían ni siquiera quiénes eran? Había que verlo y comprender: era ése decididamente el único medio que tenían de salvarse, ella, y con ella Leszczuk.

Pero ¿y si fuera una celada? ¿Y si no pudiera soportar lo que iba a ver?

Quizá no se tratara más que de un novio despechado que tramaba su venganza. Bastaba mirar su rostro.

—¿Puedes llevarme en seguida?

—Sí, en seguida. Ya es hora. Quizá mañana sea demasiado tarde.

Maja sonrió:

—¿De verdad? Bueno, vamos.

Entró en la casa para buscar un abrigo.

Cuando se encontró a solas en su cuarto, tuvo un momento de pánico. Apoyó la cabeza contra la pared y se sintió a punto de desmayarse.

Pero se repuso. El pensamiento de que iba a salvar a Leszczuk, de que se sacrificaría por él, le devolvió las fuerzas.

—Estoy lista —dijo bajando las escaleras. Cholawicki la esperaba con los ojos fijos en el suelo. No hablaron en todo el camino.

A cada golpe de cascos del caballo aumentaba en Maja la certeza de que las intenciones de Cholawicki no eran honestas y que preparaba una venganza. ¡Pero estaba harta!

No podía seguir temblando ante ese cuarto, depender de él, ignorarlo todo y vivir en medio de una niebla. ¡Ver! ¡Saber, por fin!

Su misma suerte le resultaba indiferente. Había sufrido demasiado.

Maja comprendió que hay momentos en la vida en que uno debe arriesgarlo todo para salvar la dignidad.

—Por aquí —dijo Cholawicki, conduciéndola a través de las salas.

Abrió la pesada puerta guarnecida de hierro y encendió su linterna.

—Hemos llegado.

Maja levantó la cabeza.

Era un cuarto blanco: el mismo que había visto en sus sueños. En una percha, una servilleta amarilla y polvorienta. ¡Ah, era eso! Se estremecía vagamente... insensiblemente.

—Bien —dijo.

El sonido de su propia voz la asombró.

Pero Cholawicki la tomó por los hombros.

—Quédate aquí —le dijo—. Siéntate en la cama y espera. Ahora, adiós.

Bajó la voz.

—No soportarás lo que verás. ¡No lo soportarás!

Y contrajo el rostro en una mueca atroz.

Maja quiso rechazarlo. Pero él la mantenía con todas sus fuerzas sobre la cama; después salió bruscamente, golpeó la pesada puerta y la cerró con llave.

Maja no intentó abrir.

El cuarto estaba sumido en la más completa oscuridad. Cholawicki le dijo a través de la puerta:

—Todavía estoy aquí, pero me iré, te dejaré sola. Y entonces verás, ¡y no soportarás lo que veas! Si antes no te has vuelto loca de terror. Te abandono...

Sus pasos se alejaron en el silencio.

21

Hińcz corrió al cuarto de Leszczuk.

—¿Sabe dónde ha ido Maja?

—¿Por qué?

—Cholawicki ha venido a la casa, y Maja se ha ido con él.

Estaba tan inquieto por esa desaparición que no tomó ninguna precaución al advertírselo a Leszczuk. Consideraba a Cholawicki de lo peor.

—No sé nada —gruñó Leszczuk en tono apático.

Parecía que nada pudiera sacarlo de su temeroso sopor.

Hińcz ya no lo escuchaba. Llamó a Marysia.

—¿Hay un arma aquí?

—Hay un revólver de nuestro difunto patrón y un fusil de caza.

—Tráigamelos, Marysia, sin que la señora lo advierta. Y cartuchos.

Los caballos esperaban al pie de la escalinata y los huéspedes de la pensión se disponían a marchar, cuando el vidente saltó súbitamente al coche con el fusil de caza y el revólver y, antes de que la señorita Wycisk y su compañera pudieran reaccionar, arrojó al suelo las maletas.

—¡Adelante! —gritó al cochero—. ¡Al castillo! ¡Veinte zlotys si llegamos en media hora!

El coche partió. En el mismo instante llegó Handrycz, que apenas tuvo tiempo de saltar al estribo.

—Quería verlo. ¡Tengo algo que decirle! ¡Hace dos horas que espero!

—Suba —dijo Hińcz—. Me lo dirá durante el camino. Tengo prisa.

—¿Adónde va?

—¡Al castillo!

—Está bien. Es precisamente el castillo lo que me preocupa.

Y expuso minuciosamente a Hińcz sus inquietudes.

Desde que ese señor Leszczuk se empeñaba en no separarse de él, pasaba el tiempo soñando... Como si hubiera olvidado algo y no consiguiera acordarse. ¿Se había vuelto estúpido?

Era precisamente algo que tenía que ver con el castillo. Pero no podía acordarse.

Había hablado con su mujer, que lo había cubierto de injurias y lo había mandado a trabajar. Por eso había resuelto ir a Połyka a pedirle consejo, porque seguramente habría gato encerrado.

—Dígame, ¿es usted zurdo? —preguntó de pronto el viajero.

—¿Cómo?

—¿Con qué mano trabaja mejor?

—Vamos, soy más hábil con la mano izquierda...

La pregunta lo asombró. Pero Hińcz no agregó nada.

Llegaron al castillo. Antes de que el coche llegara al portal, dos siluetas surgieron de la sombra. Eran Skoliński y Grzegorz.

—No cabe duda —decía el profesor—. Maja ha venido con él al castillo. Unos campesinos los han visto. ¡Pero Cholawicki ha cerrado el portal! No se puede entrar.

—Pasemos por el subterráneo.

—Queda demasiado lejos. Y también habrá previsto eso.

No sabían qué hacer. Súbitamente oyeron en la ventana de una torre la voz del secretario.

—¿Vienen ustedes a visitarnos? —preguntó con sarcasmo.

—¿La señorita Ochołowska está en el castillo?

—Así es. Lo ha adivinado.

—Deseo hablarle en seguida.

—¡Imposible! Maja está en este momento en la vieja cocina. Ella lo ha pedido. Ha resuelto estudiar desde más cerca qué pasa allí y me ha rogado que no se la moleste bajo ningún pretexto. Lo lamento, pero no puedo dejarlo entrar.

—Quiero hablar con el príncipe.

—El príncipe duerme.

—Abra, o derribaremos la puerta.

—Maja ha venido aquí por voluntad propia y, como ya le he dicho, no desea que la molesten. Y no puedo dejarlo entrar en el castillo porque el príncipe lo ha prohibido expresamente.

—Quiero hablar con el príncipe.

—También el príncipe quiere decirle algo. —Al cabo de un instante el príncipe apareció en la ventana.

—¡Váyanse! —gritó el viejo agitando la mano—. ¡Que nadie entre! ¡Lo prohíbo! ¡El castillo es mío! ¡Fuera, fuera!

El profesor se adelantó:

—Vamos, príncipe —exclamó—. Soy yo. ¡Usted me ha invitado al castillo! ¡Déjeme entrar!

Pero el viejo parecía totalmente cambiado y no cesaba de gesticular.

—¡Fuera, fuera! ¡No lo permito! ¡Franio lo ha prohibido! —exclamó bruscamente, como en éxtasis—. Franio... ¡Que no entre nadie!

Su cabeza de pájaro blanco desapareció bruscamente como si se hubiera desplomado en el piso. Cholawicki ocupó su lugar.

—Ya lo ven, señores; las órdenes del príncipe son terminantes.

—Señor —dijo Hińcz—, no somos niños. Usted conoce tan bien como nosotros el estado del príncipe y tenemos buenas razones para suponer que usted ha abusado de la confianza de la señorita Ochołowska. ¿Quiere obligarnos a hacer uso de la fuerza?

—Comprendo... Deseo hablar con usted, pero sin testigos. Acérquese a la puerta; discutiremos a través de la mirilla.

Hińcz se acercó a la puerta y, por detrás de la mirilla, la boca de Cholawicki apareció en la penumbra.

—Estimado señor —dijo con ironía—, como usted ve, tengo el derecho de mi parte. La orden del príncipe es estricta, y Maja ha venido aquí por su propia voluntad. La pobre quiere ver con sus propios ojos los fantasmas que rondan la vieja cocina. Se le ha metido en la cabeza que ella y su protegido están hechizados por esos fantasmas. Parece que usted ha contribuido a crearle esa convicción. Pero no se trata de esto. Yo tenía mis razones para que Maja pasara una noche en esa cocina. Vea usted —prosiguió—, he renunciado a los tesoros y a su amor. Pero tengo una cuenta pendiente con ella, y pienso que ese lugar la ajustará por mí. Pienso, o más bien, tengo la certidumbre, porque yo he pasado una noche en la vieja cocina y sé de qué hablo. El profesor ha logrado salvarse. Ella no lo conseguirá. ¿Qué pretenden? ¿Empujarme a un acto desesperado? Les aseguro que la vida no vale nada para mí. Tengo un revólver y sabré usarlo. Sólo depende de ustedes el que no me obliguen a ello. Si quieren que mate a Maja, fuercen la puerta. Pero, para hablarles con franqueza, preferiría no llegar a medios tan radicales. Espero que ese cuarto se vengará por mí sin que necesite intervenir. Decídanlo ustedes. Un poco de buen sentido, señores. Si tienen ustedes la sensatez de quedarse quietos, les resta una esperanza, pues si Maja sale viva de ese cuarto, la dejaré marchar. Si no, su suerte y la del príncipe están echadas.

—Si cree usted que de esta manera escapará a su responsabilidad, se equivoca —replicó Hińcz.

—Bah, nadie podrá probarme nada —murmuró con desdén—. Maja ha dejado escrito de puño y letra que ha venido por su propia voluntad. Yo no la he raptado. Y el príncipe no los autoriza a entrar, así que la culpa no es mía. Debo reconocer que al fin he descubierto la señal... El príncipe está en mi poder. Bueno, hasta luego.

Hińcz oyó una risa sardónica y el eco de unos pasos que se alejaban.

El vidente se volvió hacia el profesor, desesperado ante su impotencia.

¿Esperar? ¿Esperar a que Maja pagara con su vida o su razón su decisión imprudente?

¿Esperar a que Cholawicki se vengara del príncipe, sometido a sus decisiones?

¿Esperar sin intentar nada a que Cholawicki los

condujera al borde de un precipicio sin la menor esperanza de regreso?

—¡Cómo ha podido! —gimoteó el profesor—. ¡Cómo ha podido!...

—Si lográramos entrar en el castillo y desarmarlo antes de que pueda cumplir sus amenazas... —gruñó Hińcz—. Es horrible. Maja está sola allí. ¡Sola!

—Yo he estado en ese cuarto. Sé lo que es. No lo soportará. Sobre todo ahora que está agotada, psíquicamente debilitada por tantos acontecimientos...

El castillo se levantaba enorme y aplastante en el claro de luna. Sus torres inmensas se perdían en el violeta profundo del cielo. Dos dementes y Maja...

—Si Cholawicki aparece en una ventana, hay que dispararle —ordenó Hińcz amartillando su fusil.

Y entrecerró los ojos.

Era horrible pensar que ese demente tenía en su poder a Maja y al príncipe, que la horrible fuerza del cuarto se había vuelto un instrumento en manos de ese canalla cuyos celos insensatos lo despojaban de toda humanidad. ¿Pero qué hacer?

Vio entonces a Leszczuk, entre los árboles, apoyado en una bicicleta. Cómo, ¡él allí!

Esa llegada intempestiva dejó estupefacto a Hińcz.

A pesar de la oscuridad, veía que el muchacho estaba pálido como la muerte.

—¿Por qué ha venido? Vuelva a Połyka. ¡Usted nada tiene que hacer aquí!

—Ella está en la vieja cocina, ¿no es verdad? —preguntó Leszczuk con labios temblorosos.

La bicicleta se le deslizó de las manos y cayó.

—¿Y qué? Sí, está allí. Pero usted no puede sino molestar. ¡Vuélvase!

Leszczuk lo miró.

—¿Qué ha ido a hacer a la vieja cocina?

—¡Vuelva!

—No. Ella está allí. Ha ido para ver. Pero no podemos dejarla en ese sitio. Le sucederá lo mismo que a mí, o algo peor.

—La sacaremos —contestó Hińcz, aunque sin saber cómo.

—No. Porque Cholawicki quiere vengarse. Por celos. No hay más que un medio. Que me encierre en lugar de ella. Tiene una cuenta que saldar conmigo. ¡Preferiría tenerme a mí, en lugar de Maja!

Se adelantó.

—¡Señor! —gritó.

Silencio.

—¡Señor! —repitió.

—¿Qué pasa? —El secretario, cauteloso, no se dejaba ver. ¿Quién me llama?

—Suelte a Maja y yo ocuparé su lugar.

—¿Cómo?

—Deme usted su palabra de honor de que la soltará, y yo me quedaré en lugar de ella. También yo tengo curiosidad por saber qué sucede allí dentro. ¿De acuerdo?

Hubo un nuevo silencio.

Leszczuk no se equivocaba al suponer que el secretario lo odiaba aún más que a Maja. Su proposición era tentadora.

—¡No! —exclamó por fin Cholawicki—. Usted quiere introducirse en el castillo para lanzarse contra mí. ¡No le creo!

—¿Y si esos señores me atan? Usted podrá hacer de mí lo que se le antoje. Me atarán justo delante de su puerta, bajo sus ojos. En seguida se alejarán. Usted podrá entonces arrastrarme al castillo y hacer conmigo lo que quiera.

—¡Imbécil! —murmuró Hińcz, apartándolo—. Una vez que le tenga en sus manos, no le soltará. No tendrá fuerzas para soportar lo que vea.

—Las tendré —se obstinó Leszczuk—. Si ella las tiene, también yo las tendré.

Hińcz, Skoliński y Grzegorz lo rodeaban, persuadidos de que padecía una nueva crisis. Pero Leszczuk estaba perfectamente lúcido al hacer su proposición.

—Por supuesto que no la soltará, pero poco importa. Si me encierra en ese cuarto, ¡por lo menos no estará sola! Entre los dos, nos daremos ánimo. Aunque no pueda ayudarla, tendrá menos miedo.

Hablaba rápidamente, con brusquedad, empeñado en convencerlos a toda costa.

—¡Quiero estar junto a ella! Y si Cholawicki me liquida en seguida, tanto peor... sólo se muere una vez. ¡No queda otra cosa que hacer! Si ustedes tienen otra solución, ¡hablen!

Hińcz debió reconocer que no había otra salida. Su impotencia era total.

—Bueno, señores, si lo atan allí, ante el portal, bajo mis ojos —declaró Cholawicki— y se alejan doscientos pasos... no me opondré a que venga a ver, puesto que es curioso...

—Átenme —dijo Leszczuk tendiéndose en el suelo.

Grzegorz se lanzó sobre él.

—¡Es demasiado! ¡No estoy dispuesto a atarlo y mandarlo como un cerdo al matadero! ¡Sería como si lo matara con mis propias manos! ¡Busquen ustedes a otro!

—¡No es posible! —murmuró Skoliński llevándose a Hińcz aparte—. ¡No olvidemos que está ya contaminado! En el caso de que Cholawicki lo encerrara con Maja, ¡las consecuencias serían incalculables!

—Átenme —se impacientó Leszczuk—. ¡Átenme de una vez! No tengo miedo. Si Maja ha encontrado valor para ir, yo también lo encontraré. ¡No temo ni a Cholawicki ni a los espíritus! ¡Les digo que no tengo miedo! ¡Aguantaré! Les aseguro que aguantaré. ¡Aunque fuese el diablo en persona, no tengo miedo y nada podrá hacerme! ¡Nada!

Hińcz se pasó la mano por la frente.

La idea le parecía tan insensata como desesperada. ¿Entregar a ese muchacho atado de pies y manos al enemigo encarnizado?

¿Qué haría con él Cholawicki?

En el caso de que lo encerrara con Maja, ¿no tendría Leszczuk una nueva crisis? ¿Acaso el secretario no conocía mejor que ellos los secretos del cuarto?

Y sin embargo... comenzaba a creer que Leszczuk podría salvar a Maja.

Había cambiado.

No era ya ese Leszczuk aterrorizado como un campesino por los espíritus y los demonios que esperaba con fatalismo el momento en que la locura se apoderaría de él. ¿De dónde le venía ese cambio?

Hińcz lo contempló mientras Leszczuk permanecía tendido en tierra, esperando.

¡Sí! Leszczuk había dejado de tener miedo. Había llegado a ese límite más allá del cual el individuo está dispuesto a todo, sea cual fuere el peligro, y hasta es capaz de soportar lo que excede a sus fuerzas.

¿Qué lo había transformado así?

—¡Señores! —dijo Hińcz—. ¡Cojan las riendas de los caballos y átenlo!

Se pusieron manos a la obra. Cuando se hubieron alejado doscientos pasos, la puerta se abrió y el secretario lo arrastró hasta el interior como una araña atrae a una mosca al centro de su red.

Se hizo el silencio...

El profesor miró su reloj.

—Pronto serán las dos.

¿Qué sería de Leszczuk? ¿Lo habría encerrado Cholawicki en el cuarto maldito? ¿Qué sería de Maja? ¿Y del príncipe?

¡Qué suplicio la impotencia! Sólo les quedaba esperar. Los minutos pasaban lentamente. ¿Cuándo llegaría el amanecer?

—¡Todo esto no habrá servido para nada! —dijo Skoliński—. ¡Los hemos condenado a una muerte segura! Si salen sanos y salvos de ese cuarto, Cholawicki se librará de ellos de otra manera. ¡No los soltará jamás! ¡Es insensato!

Pero existía una mínima posibilidad de que Cholawicki no llegara a tal extremo. Si había encerrado a Leszczuk con Maja, ésta podría deshacer las ligaduras del muchacho y ambos podrían defenderse.

O quizá el secretario recobrara la razón y se asustara ante tan grave responsabilidad.

En cambio, si intentaban forzar la entrada del castillo, no tendrían ninguna posibilidad. Sin duda, Cholawicki cumpliría su amenaza.

En el temor y las tinieblas, esperaban implorando el alba salvadora. El profesor, recordando la terrible prueba que había vivido en la vieja cocina, había caído de rodillas y con la cabeza entre las manos temblaba de pies a cabeza.

—¿Adónde ha ido Handrycz? —preguntó el vidente.

Acababa de advertir que el campesino había desaparecido desde hacía mucho rato. Quería enviarlo a la aldea para que fuese en busca de ayuda.

De pronto, un grito horrible rasgó el silencio y lo heló de espanto.

Era la voz de Maja.

Desde el lugar en que se encontraban, no se veía la ventana de la vieja cocina, escondida por los muros exteriores del castillo. Pero ese grito de terror venía de allí. El silencio que lo siguió parecía mortal.

Hińcz y el profesor se lanzaron rápidamente contra la puerta para forzarla.

La puerta cedió por fin.

Hińcz, Grzegorz y el profesor irrumpieron en el castillo.

Subieron corriendo las escaleras oscuras.

Pero la puerta que conducía al descanso que separaba la cocina del resto del castillo se cerró de golpe ante ellos; y era una puerta pesada y maciza, como todas las del castillo.

Hińcz empezó a dar puñetazos contra ella.

Oyeron la voz pausada y fría de Cholawicki:

—Ya voy, ya voy. Permítanme que antes arregle mis cuentas con ellos. Después estaré con ustedes.

Y los pasos del secretario se alejaron en dirección a la vieja cocina. No llevaba prisa, seguro de que la puerta aguantaría lo bastante para que él pudiera ocuparse de Leszczuk y de Maja. Hińcz descargó su revólver contra la puerta y el profesor su fusil. Era un acto de desesperación. Las balas del revólver se hundieron en la madera; el plomo del fusil de caza aún fue más impotente.

El príncipe acudió.

—¡No les permito! ¡Franio! ¡Franio está allí! —gritó—. ¡Franio ha vuelto! ¡Ustedes quieren matarlo! ¡Fuera!

El profesor y Hińcz dejaron de disparar. Aguzaron el oído.

El silencio se prolongaba indefinidamente.

—¡Les digo que Franio ha venido a concederme su perdón! ¡He visto la señal! —exclamaba el príncipe.

De pronto se oyeron pasos —los pasos lentos del secretario— y la puerta se abrió.

Se lanzaron sobre él. Pero en vez de defenderse, Cholawicki dijo con voz muy baja, arrastrando las palabras:

—Vayan a ver, señores.

Y señalaba en dirección a la vieja cocina, incapaz de decir más. La puerta de la vieja cocina estaba entreabierta. Hińcz, el profesor y el príncipe se acercaron y quedaron petrificados. Maja y Leszczuk no estaban, habían desaparecido sin dejar ningún rastro.

En medio de la habitación, Handrycz paseaba una mirada vaga en torno a él, como un hombre que despierta de un profundo sueño.

Ni rastros de la servilleta.

—¿Dónde están? —exclamó Hińcz—. ¡Qué ha hecho con ellos, asesino!

Y cogió al secretario por los hombros. Pero Cholawicki, azorado, los ojos desmesuradamente abiertos, no dejaba de señalar a Handrycz y murmuraba:

—¡No he hecho nada!

Súbitamente, un cuerpo se desplomó en el suelo. Era el príncipe, que había caído de rodillas ante Handrycz, los brazos tensos, el rostro bañado en lágrimas.

—¡Franio! —exclamaba—. ¡Franio!

—¿De dónde ha salido usted? ¿Es usted? ¿Es usted,

Handrycz? —preguntaba Skoliński, apenas consciente de lo absurdo de sus preguntas.

El campesino no respondió; seguía paseando una mirada incierta por las paredes y diciendo como para sí, profundamente turbado:

—Yo... yo he estado aquí... en otro tiempo...

Y se desvaneció. Antes de que se apagara el ruido de su caída, Cholawicki se precipitó aullando como un lobo fuera del cuarto.

Hińcz, el profesor y Grzegorz permanecían plantados allí como tres signos de interrogación mudos.

22

... Maja no hizo el menor gesto cuando la puerta se cerró ante ella. No intentó suplicar ni llamar. Sabía que no serviría de nada. Se sentó en la cama y permaneció inmóvil, esperando...

¿Qué?

En las tinieblas no podía percibir esa cosa odiosa colgada de la percha, pero la sentía allí, agitándose.

Al principio, nada le pareció tan terrible como lo había contado Skoliński o como ella misma lo imaginaba.

Sentía incluso cierta satisfacción por encontrarse en ese cuarto para comprobar de una vez por todas qué ocurriría. Lo esperaba todo.

Los minutos se sucedían en la oscuridad; Maja sentía que aumentaba el estremecimiento de la servilleta, que parecía agitada por un furor desconocido.

En vano ponía toda su voluntad en apartar su atención de esas reflexiones y procuraba concentrarla en temas sensatos y concretos. Un solo interrogante la hechizaba: ¿Qué sucedería?

¿Se lanzaría eso contra ella? ¿Se limitaría a aparecerse y su sola imagen bastaría para marcarla para siempre?

¿Penetraría en ella, la contaminaría, tomaría posesión de ella como de Leszczuk?

Sólo las tinieblas.

Oyó voces por la ventana... la de Hińcz, le parecía, pero no estaba segura... Y no podía avanzar hacia ella, demasiado próxima al rincón donde se agitaba el trapo.

En vano se repetía en las tinieblas que había acudido por su propia voluntad, que dominaría su temor visceral, que su suerte y la de Leszczuk dependían de esa victoria. En vez de ganar fuerzas, se debilitaba, sentía estremecerse los músculos de su cara, un sudor frío le perlaba la frente y un pánico mortal se apoderaba de ella.

Sólo la sostenía un resto de amor propio.

No, no cedería. ¡No sucumbiría! Sabría resistir a... lo que se agitaba en un rincón.

Empezó a temblar. Y el movimiento convulsivo se acrecentaba sin cesar.

—¡Dios mío, Dios mío!

Súbitamente oyó que Cholawicki se acercaba lentamente. Hablaba. ¿Se hablaba a sí mismo?

La puerta se abrió. Maja se precipitó afuera. Estaba dispuesta a suplicar a Cholawicki.

Pero chocó con violencia contra una masa que se desplomó en el suelo. Retrocedió espantada. El secretario cerró de golpe la puerta:

—¡Tienes un visitante! ¡Divertíos juntos! —Y de nuevo sus pasos se perdieron en el silencio.

Maja no se atrevía a proferir una palabra. De pronto oyó la voz entrecortada y ahogada de Leszczuk.

—Soy yo.

Maja tuvo que hacer un enorme esfuerzo de voluntad para decir en un susurro:

—¿De dónde ha salido usted?

—Desáteme, por favor.

Maja se inclinó sobre Leszczuk. Mientras trataba de desatar las ligaduras, él le explicó lo que había pasado y por qué se había dejado encerrar por Cholawicki.

Maja sentía que no se podía turbar impunemente el silencio de ese cuarto, que la voz humana violaba una interdicción.

La presencia de Leszczuk la había arrancado de su pánico y aportaba una nota humana y apaciguadora a ese lugar inhumano. Pero por otra parte, redoblaba su terror. Allí, junto a él, en las tinieblas, temía que el miedo enloqueciera al muchacho, que lo impulsara a un acto insensato, que tuviera una nueva crisis.

No lo veía. No podía adivinar en qué estado se encontraba Leszczuk en ese instante.

Ambos callaban.

—¿Está allí? —preguntó él de pronto—. ¿De qué lado? ¿Allí?

Tomó la mano de Maja y señaló en una dirección.

—Sí.

—¿Se mueve?

—Sí, se mueve.

Permanecieron en silencio. Y de nuevo la repulsión, el terrible pánico, el frenesí que invadían el silencio, y ese movimiento convulsivo. Maja pensaba que ahora, estando el uno junto al otro, todo comenzaría entre ellos. ¡Debía suceder algo, irremisiblemente! Y la presencia del muchacho en la oscuridad, en vez de confortarla, la llevaba al colmo del terror.

Acurrucada en su rincón, no se atrevía a hacer un ademán. Esperaba.

No podía decidirse a hacer preguntas, demasiado segura de descubrir en la respuesta los acentos del espanto. No aguantaría más y también ella se abandonaría al espanto.

Tenía la certeza de que el terror le impedía moverse y hablar. De pronto, oyó:

—Bueno, ¿no sucede nada? ¡Y yo que creía imaginar las peores cosas! —Y Leszczuk se echo a reír.

Ella le cogió convulsivamente la mano.

—¿No siente que eso se mueve..., que eso se agita?

—¡No siento nada! ¿Qué es lo que puede moverse? Si quiere, arrojaré ese trapo por la ventana.

¿Estaba loco? ¿Había olvidado dónde se encontraba? El tono con que pronunció esas palabras le pareció a Maja increíble.

—¡No se mueva! —dijo.

Pero Leszczuk se dirigió hacia el fondo del cuarto. El corazón de Maja dejó de latir.

¡Ahora! Si ahora lo tocaba, algo sucedería. ¡No debía tocarlo!

Creyó oír un crujido, un gemido. Esperó que surgiera una súbita aparición...

Leszczuk seguía avanzando hacia el rincón.

Y silbaba entre dientes.

—No lo encuentro... ¡Ah, por fin! ¿Está en la percha? ¡Una simple servilleta y nada más! ¡Ideas locas, eso es todo! ¡Acabemos con ella!

Maja distinguió su silueta recortada contra el fondo de la ventana, y el ademán al arrojar la servilleta. El pelo le pareció extraño.

—¡Se acabó el miedo! Y si Cholawicki viene a meter la nariz aquí, le romperé la cara. Nos quedaremos hasta mañana, y después...

No terminó la frase.

La laja de la chimenea adosada al muro se desprendió y cayó con estruendo sobre el enlosado de piedra.

Maja lanzó un grito.

En el hogar destruido algo se agitaba y jadeaba.

De pronto se encendió un fósforo que iluminó con luz temblorosa el cuarto.

Maja distinguió la alta silueta de Handrycz, que emergía lentamente de los escombros.

Handrycz iba a decir algo, cuando unas detonaciones resonaron en las profundidades del castillo.

—¡Huyan por allí! —gritó el campesino—. ¡Hay un pasaje! ¡Vamos, pronto!

Y mientras Maja y Leszczuk desaparecían por el agujero, Handrycz permaneció allí, mirando a su alrededor, el rostro tenso y triste.

—Ya he estado aquí antes —murmuró.

FIN*

—Así que podemos hacernos una idea aproximada —dijo Hińcz mientras entraba junto con el profesor Skoliński en la vieja cocina— de la tragedia que en su tiempo tuvo lugar aquí.

Había mucha luz. Detrás de las ventanas piaban los pájaros. Libre de la toalla, la estancia ofrecía un aspecto plácido y amable.

—Imaginémonos los hechos de aquella última noche —siguió hablando el clarividente— cuando Franio alcanzó la cima de su furia.

»El príncipe, como siempre, se acercó a la puerta y suplicó clemencia. Y Franio respondió con burla.

»—¡Ya te voy a perdonar! —gritó al tiempo que se pasaba un dedo por la garganta, lo cual significaba que se degollaría a sí mismo y al padre.

»—¿Ve esa ranura en la puerta? El príncipe vio el movimiento de Franio a través de ella.

»Tras lo cual, presa de un estallido de furia, el desgraciado muchacho se abalanzó sobre la toalla, la cogió

* Texto inédito en español, traducido del polaco por Agata Orzeszek Sujak. Véase Nota del editor, pp. 441-443.

y se asfixió metiéndosela en la boca y rodeándose con ella el cuello. El príncipe se desmayó. Y cuando volvió en sí, vio que Franio ya estaba sin vida.

Los dos se inclinaron sobre la estufa.

—Sí —dijo el profesor—, hay un agujero en el fondo, una especie de chimenea que llega hasta el sótano. Seguramente son restos de una reforma inacabada de hace años.

—¡Lo veo! —dijo Hińcz, entornando los ojos—. Veo cómo el príncipe, después de volver en sí, acaba perdiendo sus cabales definitivamente. Cómo irrumpe en la habitación, no sabe qué hacer con el cuerpo, quiere ocultarse a sí mismo el terrible hecho y ante todos los demás, finalmente, deprisa y en estado febril, mete el cuerpo en la estufa y ¡el cuerpo cae hasta el mismísimo fondo!

El profesor sacó la cabeza de la estufa.

—¡Ah! Ahora comprendo por qué se hizo esta capilla en las mazmorras. Era el lugar en el que, según sus cálculos, se hallaban aquellos restos mortales que tanto amaba.

—No sabía que esta chimenea va a dar al paso subterráneo cuya salida está fuera de los límites del castillo. Ni tampoco que Franio no se había asfixiado sino que sólo había perdido el conocimiento.

»No se le ocurrió pensar que nadie podía asfixiarse de esta manera. Y, finalmente, no sabía que Franio, después de salir del castillo, iba a perder por completo la memoria a consecuencia del *shock* nervioso que sufrió.

—Me extraña que ninguno de los lugareños haya reconocido en Handrycz a Franio —dijo el profesor.

—Se lo pregunté al propio Handrycz —repuso Hińcz—. Me contó cómo había vuelto en sí pasadas varias semanas, en Lublin, enfermo de tifus. Unos desconocidos se encargaron de cuidarlo. La pérdida de la memoria la achacaba a la enfermedad.

»Allí conoció a la que ahora es su mujer. Regresaron aquí sólo al cabo de muchos años. En cualquier caso, tan sólo ella adivinaba que su marido tenía algo que ver con la leyenda de Franio y con el castillo, pero se lo ocultó por razones obvias.

»¿Y el príncipe? El príncipe, aferrándose ciegamente a la última esperanza como lo hacen los locos, se convenció a sí mismo de que aquel gesto tan cruel de Franio ¡era una señal de perdón! Seguía esperando que Franio le perdonara, tal como se lo había anunciado.

—De modo que Cholawicki pasó aquí la noche entera y no vio nada. ¿De dónde, pues, supo lo de la señal?

—De Ziółkowska. La tipa en cuestión estaba conchabada con él y le habló de nuestro descubrimiento durante la sesión. En la habitación no vio nada, aunque se quedó allí toda la noche. La toalla se movía cada vez más y, luego, cada vez menos. No apareció nada.

—Así que, en realidad, ¿no había aquí nada que diese miedo? —preguntó Skoliński, decepcionado.

—Nada. Tan sólo la toalla moviéndose.

Una vez hubieron salido de la estancia se encontraron en la explanada del castillo. El sol picaba de lo lindo.

La luz brillante del mediodía dejaba al descubierto el lúgubre abandono del viejo castillo. Matas de hierba asomando por las fisuras que se abrían entre las separadas piedras de los cimientos, revoques agrietados, manchas rojizas de ladrillos carcomidos, chorreones grises, salpicaduras verdes de musgo.

—Dentro de unos años no quedará más que un montón de escombros —gruñó Hińcz de mala gana.

—Cierto.

—¿Pretende usted reconstruir esta ruina?

—Mi acuerdo con el príncipe de momento no prevé tal posibilidad. Ya sabe, Handrycz será el heredero y yo tan sólo haré de albacea, si es que no es una palabra demasiado altisonante. Debo ocuparme de los bienes muebles, llevar a cabo una tasación, donar a museos objetos de valor...

—No quedarán sino ruinas —le interrumpió Hińcz.

—Ya lo dirá el futuro. Claro está que si nadie se ocupa del castillo, se desmoronará. Pero el príncipe aún está a tiempo de pensar en todo.

—¿Usted cree?

—Lo veo cada día y constato que está volviendo a la vida. Este anciano se parecía a su castillo. En su mente fueron creciendo como capas de telarañas y polvo. Contribuyó a ello, y de qué manera, ese criminal de Cholawicki. Torturó al viejo, se ensañó con él, ya atizaba su esperanza, ya se burlaba de él, ya lo aterrorizaba y le metía el miedo en el cuerpo. Supo sacar provecho de las manías del anciano aun sin comprender las causas de aquel estado. Un malhechor, un auténtico maleante, frío y perverso.

—Pero también se dejó atrapar por su propia maldad.

El profesor, distraído, partía con su bastón las grandes hojas de la bardana y unos cardos resecos que crecían incontrolados junto a la muralla.

—Es así como acaba toda maldad.

—¿Y qué? ¿Saldrá de ésta?

—¿De qué? ¿De la herida de bala? Seguramente. Los médicos dijeron en seguida que era una herida leve. El doctor Darasz afirma que de esa manera se disparan dos tipos de suicidas: los farsantes y los cobardes. ¿Una bala en el pecho? Vaya... Un par de costillas rotas, algunos músculos hechos trizas..., pues el balazo de un trasto tan antiguo hace estragos. Aun así, saldrá de ésta.

—¿Nada sabe el príncipe de ello?

—Nada.

—Aún no había vuelto en sí cuando sacábamos a Cholawicki. Grzegorz guardará silencio, aunque sólo sea por lo apegado que se siente al anciano. Y también Handrycz.

—Más bien Franio. ¿Y qué dice Franio de los proyectos del príncipe?

—Me parece que no tiene nada en contra.

—Así que, en resumidas cuentas, ha ganado usted la partida, profesor. El castillo seguirá en manos de Franio y el príncipe, y los bienes muebles disfrutarán de su retiro en los museos, ¿eh? Como usted ha deseado, ¿no es cierto?

—Eso espero. Aunque también quisiera evitar que se echase a perder el castillo. Estos viejos muros todavía pueden aguantar muchos años. Por fuera es una ruina pero la médula sigue sana. Piedra maciza. Sólo habría que cambiar las vigas y los suelos, reforzar los cimientos, poner revoques nuevos... y se resucitaría este cadáver.

—Igual a como hemos resucitado al príncipe.

—Hombre, en este caso no basta con una sola sacudida. Se necesita tiempo, trabajo y medios. Pero ya estoy yo para que se encuentre el dinero. Y rendirá muy bien, porque sabe Dios lo que pueden albergar estas viejas estancias. Un orfanato, una escuela, un museo... Incluso se podría renunciar a sacar de aquí todos los tesoros que se hallan en estas habitaciones, dejarlos como están, pero, eso sí, protegidos.

Mientras daban la vuelta a los lúgubres muros a lo largo de los fosos no paraban de tropezar en el ruinoso empedrado de la explanada y de hundirse, a cada rato, en los hoyos disimulados por la maleza.

—Una auténtica ilustración para el cuento de la bella durmiente —se alegraba el profesor mientras señalaba con su bastón la torre que se elevaba por encima de las paredes leprosas, de los inmensos sillares, de las almenas destrozadas.

—Aun así, ya empieza a despertar una nueva vida. Mire, profesor. Grzegorz abre las ventanas y la mujer de Handrycz, que se ha despabilado y ya está aquí, trajina entre los fogones. Franio ya gobierna a los nuevos criados. Las cosas cambiarán en seguida.

—El maléfico hechizo ha perdido su poder. El papel de la manzana envenenada lo ha desempeñado...

—La toalla —terminó Hińcz con toda seriedad—. Debe de estar por aquí, si es que alguien no la ha encontrado antes.

—Por aquí —dijo el profesor y arrastró a Hińcz a lo largo de la muralla—, ésta es la ventana de la vieja cocina.

—¿Dónde estará? ¡Vaya, aquí está nuestra bribona! —y Hińcz señaló con la mano la toalla, que se destacaba, blanca, sobre la hierba.

Allí estaba, desde que la tiró Leszczuk, y no ofrecía un aspecto amenazador. Aun así, los dos hombres la contemplaban con desconfianza y desde una cierta distancia.

El profesor tragó saliva. A pesar de todo, aborrecía terriblemente aquel trozo de tela que todavía parecía temblar y encogerse, si bien casi imperceptiblemente.

—Hay que quemarlo —dijo con repulsión.

—¡De ninguna manera! —repuso el clarividente—. Esta toalla, junto con el lápiz, es el único punto no examinado de toda esta historia. Me la llevaré a Varsovia y allí será sometida a análisis científicos. Veremos lo que es. Qué extraña energía la sacude.

—¡Pero con precaución! Recuerde que con esto ¡no se puede jugar impunemente!

—¡Oh! —dijo Hińcz—. Cuantas más vueltas le doy a este asunto, más me inclino a pensar que sólo en parte muy insignificante debemos el ataque de locura de Leszczuk a los fluidos de la toalla, innegables por otra parte. Sin duda se trata de enigmas. Pero la verdadera causa de su locura radica en Maja.

»Mire usted —prosiguió—, cuando en la vida de una persona hace acto de presencia evidente un elemento insondable y misterioso, en seguida nos inclinamos a atribuirlo todo a su radio de acción. Craso error. Sin duda, existe un número ingente de otras fuerzas y de otros fenómenos que sobrepasan nuestro conocimiento del mundo, pero no hay que exagerar su influencia.

»El hombre se forja él mismo su destino. Los que deciden son el carácter, la conciencia, la fe; no unos fluidos ciegos y oscuros. Cada vida humana, cada una de nuestras aventuras es un tanto opaca y misteriosa. Nos movemos en un mundo que no acaba de estar del todo explicado y aclarado. Pero esa claridad que ya existe es suficiente para una persona de buena voluntad.

Bajó la voz:

—En el presente caso no temo influencias mecánicas de este trapo. Siempre podremos arreglárnoslas con esto, aunque los labios se nos vuelvan negros como el carbón.

»A propósito —añadió como quien no quiere la

cosa—, no sé si se ha dado cuenta usted de que el lápiz de Leszczuk era... un lápiz de tinta.

El profesor le dirigió una mirada.

—No importa —dijo Hińcz—, eso tampoco aclararía nada. Repito que en vano hemos intentado comprenderlo todo. Nuestra vida sigue su curso en penumbra. Seguramente, podríamos resolver más enigmas de manera natural, pero, aun así, siempre quedará algo, un mínimo, irresoluble. Siempre.

»En cualquier caso, hay una cosa que sabemos a ciencia cierta: que en la vieja cocina no pasó nada. Simplemente, durante la noche la toalla se movió algo agitada. Nada más. La gente se volvía loca allí bajo la influencia del miedo y la imaginación: como siempre, desde que el mundo es mundo.

Hińcz esbozó una sonrisa condescendiente.

—Para ser un científico, es usted demasiado poco escéptico, profesor.

—Mire, si yo no hubiese sido testigo de los desaguisados que se produjeron a partir de este trapo... ¡Uf! ¡Cuando recuerdo la noche que pasé con él cara a cara...!

—Resulta que también en el cerebro de un científico la imaginación sabe elevarse por encima de la capacidad de razonar.

—Qué duda cabe. Pero permítame decirle que para ser un hombre más próximo que yo, un simple *homo sapiens*, a los fenómenos suprasensoriales, es usted demasiado escéptico.

—¿Por ejemplo?

—Si atribuye usted el ennegrecimiento de los labios de Leszczuk al hecho de que el lápiz era uno de tinta, haga el favor de intentar explicarme por qué se movía la dichosa toalla, ¿eh? Está claro que se movía, es un hecho, no se trata de ninguna ilusión, de un juego de la imaginación.

—El escéptico diría: seguramente una corriente de aire provocó el movimiento del trapo. Y buscaría una rendija en la pared, allí donde estaba colgada la toalla.

El profesor soltó una carcajada forzada, nada sincera.

—¿De modo que todo está claro? Ya no hay enigmas... En vista de ello, querido amigo, ya que la razón ha triunfado sobre la ficción, tal vez pueda usted aportar otra prueba de su escepticismo crítico metiendo esta asquerosidad con sus propias manos en la maleta, ¿eh?

Hińcz se mordió los labios. Frunció el ceño.

—No se enfade usted —prosiguió, grave, el profesor—. Yo trato mi propuesta con toda seriedad. ¿Comprende adónde quiero ir a parar?

—Sí —gruñó Hińcz.

Y, despacio, se inclinó hacia la toalla. Pero en aquel instante el profesor lo agarró por la mano extendida y lo apartó a un lado.

—¡Basta! —exclamó—. Para mí es suficiente...

—¿El qué?

—En primer lugar, que no haya vacilado usted ni haya intentado ganar tiempo, aunque usted no tema las «influencias mecánicas de este trapo». ¿Lo ha expresado así? Y en segundo lugar, que a pesar de todo se haya mostrado decidido. Un experimento muy interesante para quien investiga la psicología humana.

—¿Y la conclusión?

—Que a pesar de todo no es usted un escéptico. Como tampoco lo soy yo.

—Mi querido profesor —y Hińcz le dio unas palmaditas en el hombro—. ¿Acaso merece la pena ser un escéptico puro, sin ningún ingrediente más? De ser así, se despojaría a la vida de todas esas ilusiones que la hacen tan atractiva. Resulta agradable desentrañar misterios, pero no para que triunfe la negación de la fe, sino para el goce del conocimiento. ¿Qué negación es capaz de proporcionarle placer?

—Viva el romanticismo —se burló el profesor—. Dejémoslo así. Y por eso usemos un palo, y no la mano, para encerrar la toalla.

La metieron en la pequeña maleta y se dirigieron de vuelta a Połyka.

—¿Ha visto usted a Maja? —preguntó Skoliński cuando se bajaron delante de la casa.

—No. Aún no he tenido tiempo de hablar con ella. Y eso que tengo una noticia que darle. He recibido una llamada telefónica del juez en relación con el asunto de Maliniak. ¿Sabe usted quién lo mató? La condesa. Han descubierto una rendija en la pared por la cual ella había pasado la soga. Y todo se aclaró definitivamente cuando al juez le cayó en las manos la novela policíaca *En las redes del vampiro*.

»Resulta que la condesa copió al pie de la letra la escena capital de este libro. El asesino coloca la soga sobre la cama de tal manera que basta con un leve tirón para que ésta se deslice por la cabeza del que duerme.

»Ella, por supuesto, lo había preparado antes de que Maliniak se metiera en la cama, y tal cosa nos explica por qué pudo ahorcarlo a pesar de que la puerta del dormitorio del hombre estaba cerrada por dentro. ¡Qué acto tan pérfido! Si Leszczuk no se hubiese convertido en testigo accidental del asesinato y si Maja no hubiera abierto la ventana para dejarlo entrar, no habría fuerza alguna capaz de salvarla de una acusación falsa. Chitón... Aquí viene. Oiga, profesor, ni una palabra de que tenemos la toalla en la maleta; no sometamos su resistencia psíquica a una nueva prueba. Llévese en seguida todo esto a casa.

¡Qué mala suerte! El profesor se apresuró demasiado y ¡la catástrofe se precipitó! La maleta chocó contra el pasamanos, se abrió y... la toalla aterrizó a dos pasos de Maja, que precisamente en aquel momento se acercaba a la calesa.

Se detuvo, petrificada.

—¡Nada! ¡Nada! —exclamó Hińcz, intentando tapar la toalla con su propio cuerpo.

Ella se echó a reír.

—No se preocupe —dijo—, ya no me asusta.

Y dio un ligero puntapié al peligroso trapo.

—¿No le da miedo? —preguntó el profesor con asombro.

—En absoluto. Al fin y al cabo, Leszczuk tiró esa cosa por la ventana y no le pasó nada.

—¡Bravo! —exclamó Hińcz, emocionado—. ¿Quiere esto decir que habéis vencido el miedo? ¿Acaso la toalla por fin ha dejado de ejercer su influjo sobre vosotros?

—Ni el más mínimo. Y ¿saben ustedes por qué?

Y señaló con la mano a Leszczuk, que, caminando por la alameda, se aproximaba a ellos.

—Por eso —dijo.

Los hombres dejaron escapar un grito de asombro. ¡Leszczuk tenía el pelo blanco!

Después de la noche fatídica, cuando juntos regresaban del castillo, no se habían percatado de ello. Pero ahora, a la luz del día, su cabeza aparecía blanca como la nieve y él mismo daba la impresión de hechizado.

—Tenéis que hacer un esfuerzo para comprender el alma de una mujer —se puso a explicar Maja, medio en broma aunque conmovida en el fondo, cuando los tres se sentaron sobre un banco junto a la pista de tenis—. Sola en la habitación, pasé un miedo infernal, pero empecé a sentir más miedo todavía cuando apareció allí Leszczuk, junto a mí. No lo veía en la oscuridad. Me imaginaba que él pasaba aún más miedo que yo y por eso se apoderó de mí un miedo, por así decirlo, más grande todavía, por él.

»Luego, cuando lo vi tirar la toalla silbando, comprendí de pronto que él no temía nada en absoluto. Pero eso resultó aún peor. Pensé que era demasiado torpe, demasiado poco inteligente como para sentir miedo.

»Su presencia en la habitación perdió para mí todo valor. Mientras que antes había pensado que él se sacrificaba por mí, en aquel momento me di cuenta de que la cosa no le costaba ningún esfuerzo.

»Ya veis, no lo conocía. Me resultaba más oscuro que aquella habitación. Me parecía que era diferente a mí.

»Y sólo cuando esta mañana he visto que, mientras tiraba la toalla silbando, su pelo se había vuelto blanco, sólo entonces he comprendido...

Maja titubeó y se puso colorada.

—Él halló en su interior esa fuerza porque usted se había atrevido a entrar en la habitación. Usted le contagió su coraje y determinación —dijo Hińcz, sin poder ocultar su alegría—. Pero tengo una noticia para ustedes. Ya se sabe quién mató a Maliniak.

—No me interesa.

—¿¡Cómo!? ¿No tiene curiosidad?

—No. Sé a ciencia cierta que no lo hizo él. Ni tampoco yo. ¿Sabe? —prosiguió más despacio, mientras su vista abarcaba la vetusta mansión, el jardín y los edificios que aparecían al fondo—, durante mucho tiempo hemos dudado el uno del otro; pero una vez que hemos empezado a confiar, él de mí y yo de él, nada podrá, ni la más terrorífica de las historias, contagiarnos una sombra de duda. Como tampoco hay fluido capaz de atraparnos. Estamos... acorazados.

—¡Gracias a Dios! —exclamó el clarividente—. ¡Por fin lo habéis comprendido! En este mundo nuestro, lleno de opacidades y enigmas, de oscuridad y tinieblas, de misterios y equivocaciones, hay una sola verdad infalible: ¡la verdad del carácter!

NOTA DEL EDITOR*

La novela *Los hechizados* se publicó por entregas en 1939, entre el 4 de junio y el 3 de septiembre, en dos periódicos: el *Exprés Matutino (Expres Poranny)* de la voivodía de Kielce-Radom y el *Buenas Noches (Dobry Wieczór)*, el suplemento del *Correo Rojo (Kurier Czerwony)*; en ambas publicaciones apareció firmada con el seudónimo de Z. Niewieski.

En la nota del editor al tomo XI de *Obras* de Gombrowicz —Wydawnictwo Literackie, 1994— el estudioso Jerzy Jastrzębski escribió lo siguiente sobre el origen de la novela: «Gombrowicz observó, no sin cierta admiración y envidia, cuán fácilmente los asiduos a los salones de Mostowicz conquistaban a los lectores fabricando decocciones literarias que se subían a la cabeza de casi todo el mundo: desde las cocineras hasta las señoras de la casa y desde los porteros hasta los industriales. Era todo un reto para un autor que en tan alta estima se tenía. "¿Cómo es esto? ¿Acaso yo —se supone que alguien 'mejor'— soy incapaz de escribir algo así?" [...]

---

* Traducción del polaco por Agata Orzeszek Sujak.

»No quedaba otro remedio: había que "medirse con el pueblo", poner a prueba la pluma en un combate con el lector común y corriente. El factor económico también desempeñó su papel: después de la muerte de su padre, a Gombrowicz no le sobraba liquidez y los honorarios no eran nada despreciables: cinco mil zlotys. En campo de batalla iban a convertirse el popular periódico vespertino *Buenas Noches* (del *Correo Rojo*) y, paralelamente, el *Exprés Matutino* de Kielce-Radom. Su literaria "aventura con la cocinera" la llevó a cabo Gombrowicz a escondidas, ocultándose tras el seudónimo de Zdzisław Niewieski, inventado por su hermano Jerzy y derivado del nombre del río lituano Niewia, desde cuyas orillas habían llegado a Polonia los Gombrowicz (el mismo Niewia, por cierto, que, bajo el nombre de Issa, ha hecho carrera por obra del libro de Miłosz). Según testimonios de sus contemporáneos, la novela fue leída apasionadamente por "taxistas y verduleras", aunque no sólo por ellos: "Una de las damas del círculo selecto varsoviano —recuerda Jerzy Szymkowicz-Gombrowicz [en el artículo 'Mi hermano Witold y nuestros antepasados', publicado en *Miesięcznik literacki* (Revista mensual de literatura), núm. 3, 1972, p. 59]— dijo un día al primo y uno de los mejores amigos del autor Gucio Kotkowski: Sólo leyendo *Los hechizados* se nota la estupidez de *Ferdydurke*; estoy convencida de que su primo Gombrowicz no sería capaz de escribir un libro así."

Durante la guerra el manuscrito se perdió y la novela cayó en el olvido; sólo en 1973 fue incluida en el volumen *Varia* (tomo X de las *Obras*), publicado por el Instituto Literario de París como una obra incompleta: le faltaba el «Fin». En 1986, Ludwik B. Grzeniewski encontró en una colección particular los tres últimos capítulos de la novela, que resultó se habían publicado en las primeras semanas de la guerra. La novela apareció por primera vez en su totalidad en Res Publica, Varsovia, 1990.

La presente edición corresponde a la publicada por Wydawnictwo Literackie, Cracovia, 1994: Witold Gombrowicz, *Los hechizados*, *Obras*, tomo XI.

ÍNDICE